時計島に願いを

THE WISHING GAME

メグ・シェイファー
Meg Shaffer

杉田七重 訳

東京創元社

時計島に願いを　目次

時計島に願いを

XII
I
XI
X
II
IX
III
セカンドハンド
の町
VIII
IV
時計島の家
VII
V
VI
時計島
I. 一時のピクニック場
II. 二時の潮だまり
III. 三時のツノメドリ岩
IV. 四時のようこそ海岸
V. 五時の砂浜
VI. 六時の南端
VII. 七時の楽園
VIII. 八時の願いごとの井戸
IX. 九時の波止場
X. XI. 十時と十一時の森と沼
XII. 真昼と真夜中の灯台

この本をチャーリーと、いまもゴールデン・チケットを探している、
わたしたちみんなに捧げる。

プロローグ

五　月

ヒューゴは毎晩、「五時」へ散歩に出るものの、こんなことをするのは今夜がはじめてだった。砂の上に足で、ＳＯＳの文字を描くなどというのは。

描いた文字をもう一度爪先でしっかりなぞり、宇宙の果てからでも見えるようにする。ばかなことをしていると自分でも思う。どうせ夜が明ければ波にかき消されているのだから。

それにしても、砂浜に「五時」などという名前をつけるのは、ふざけすぎではないか。二十年ちょっと前、大西洋に浮かぶこの小さな島を見つけたジャック・マスターソンは、それを運命の出会いと考えた。メイン州南部沖に浮かぶ九十エーカーの島は、まるで時計のように、見事にまんまるな形をしていたのだ。それで紙の上に想像でつくり上げた「時計島」を、現実につくり上げようと考えた。実際ジャックの居間には、島内のさまざまな場所の絵に一時から十二時までの各時刻を割り振った時計がかかっている。灯台は十二時、海岸は五時、ゲストハウスは七時、井戸は八時……。そういうわけだから、この島では勢い妙な会話が飛び交うことになる……。

どこへ行く？

五時。

何時に帰る？

灯台までに。

場所が時間に。時間が場所に。最初は混乱したが、そのうち愉快になってきた。

しかしいまではもうヒューゴは混乱しないし、愉快でもない。こんなところに暮らしていると、頭がどうにかなってしまう。きっとジャックはもう正気を失っているのだろう。自分も同じだ。

ＳＯＳ。

Save Our Sanity.（われらの正気を守りたまえ）

裸足に触れる砂がやけに冷たく、足が濡れているように感じる。今日は何日だ？　五月十四日？　十五日か？　わからないが、もうじきここにも夏が来るのは確かだった。時計島で過ごす五度目の夏。一夏いるだけでもたくさんだろう。それなのに、なぜ五回目の夏もここで過ごさなきゃいけない？

俺ももう三十四だと、ヒューゴは自分の年齢を思い出す。計算が正しければ（数学が得意な画家はあまりいない）、これまでの人生のほぼ十五パーセントを、大の大人のお守《も》りをして過ごしたことになる。

もういいかげん、いいんじゃないか？　ここを出ていくことは、ずいぶん昔から考えていたが、それはティーンエイジャーが家出を夢見るのと変わらなかった。しかしいまは違う。ちゃんと計画がある。少なくとも計画を立てようとしている。ここを出たとして、どこへ行くか？　ロンドンにもどるか？　そこには母親がいるが、彼女はようやく人生をやりなおす端緒《たんしょ》についたところだ。新しい夫と義理の娘とともに、新しい幸せをさがすとか、なんとか。その邪魔をしたいとは思わない。

ならば、アムステルダムはどうだ？　いや、観光に夢中になって、仕事どころじゃなくなる。ローマは？　同じことだ。じゃあ、マンハッタンは？　ブルックリンは？　あるいはポートランドという手もある。五マイルしか離れていないからジャックの様子をちょくちょく見に来ることができる。近いが、それぐらいなら健全な距離といえないか？

しかし、ほんとうにできるのか？　昔からの友人を見捨てて、ここにひとりで置き去りにするなんて？　いまが何時だかもわからず、灯台とゲストハウスの見分けもつかない。そんな男を、助けてくれる人間のだれもいない孤島に置き去りにできるのか？

もう一度、ジャックがペンを取ってくれさえしたら、とヒューゴは思う。ペンでも、鉛筆でも、タイプライターでもいい。なんなら砂に棒で書いてもいいし、自分が口述筆記をしてやってもいい。一度そう申し出たこともあったのだ。

「頼む、どうかもう一度だけ」何か書いてくれと、つい昨日もジャックに懇願《こんがん》したばかりだった。

「なんでもいい。あんたのような人が才能を無駄遣いするのは、貧乏人の家の前で、札束を燃やすのと同じだ。残酷だし、あまりにももったいないじゃないか」

数年前、それと同じ言葉をジャックはヒューゴの顔に投げつけてきた。ヒューゴが死ぬほど飲んだくれて、才能を無駄遣いしていたときに。確かに、この言葉は胸に突き刺さる。真実を突いている。ジャック・マスターソンの新作が出たときいたら、何百万という子どもと、かつて子どもだった大人が、泣いて喜ぶはずだった。時計島を舞台に、そこに暮らす素性不明の謎めいた主人マスターマインドが、勇敢な子どもの願いを叶える物語。版元からは、定期的にファンレターが何箱も送られてくる。もう一度物語を書いてくださいと、何千という子どもがジャックをせっついているのだ。

SOS。そういう手紙の山が懇願している。

Save Our Stories.（ぼくらの物語を助けて）

しかし、この五年のあいだ、ジャックは何もしていない。庭をぶらぶらして、本を数ページほどめくり、長い昼寝をする以外のことは。夕食時にはワインを飲み過ぎて、時計の短針が九時の波止場をさすころには、悪夢の世界へ落ちている。

なんとか手を打たないと。それもいますぐ。何度そう思ったかしれない。今夜のジャックはいつもと違って、ワインをまるまる一本あけてはいない。いつもより大人しいのは、気分がよくなった徴候《ちょうこう》か？　それとも、落ちるところまで落ちたということか？　それに今夜は、あの苦々しいなぞなぞも出てこなかった。ジャックお気に入りの、あの忌々《いまいま》しいなぞなぞが……。

ひとつの島にふたりの男、ともに海のせいにしている。
妻を失ったのも、娘を死なせたのも。
しかしどちらの男も結婚はしておらず、子どももいない。
海と娘と妻。さてここに、どんな秘密が隠れている？

となると、とうとうジャックは、あの事件を乗り越えたのではないか？　そう期待したことはこれまで何度もあった。

ヒューゴは歩いて波打ち際まで近づいていく。波が爪先近くまで打ち寄せてくると、それ以上先へは進まない。もはや海とは、会って言葉を交わすほどのあいだがらではなくなった。こんなことを考えるのはエキセントリックか？　そうだろう。しかしそれでかまわない。画家においては、エキセントリックも看板のひとつだ。かつては海を愛していた。毎朝、毎晩、さまざまに違う姿を見せ、表情を変える海を愛しげに見つめた。海は季節ごとに異なる顔を見せ、月の満ちかけとともに様相を変える。それを知る者は現代ではめっきり少なくなったが、ヒューゴは知っている。そして海は眠っている火山のように危険であることも知っている。穏やかでいるときは、ただもう美しいばかりだが、その気になれば、海は王国を倒すこともできる。五年前、海は、時計島を本拠地とする謎めいた小王国を滅ぼした。

願いごとは叶うものだと、かつてジャックは信じていた。しかしヒューゴは信じない。自分がいまここにいるのは、自身の努力と棚ぼたの幸運に導かれたまでのこと。それ以外の要素は関係していない。

しかし今夜、ヒューゴは心の底から願ってやまない。何かがジャックを揺さぶって、無気力から抜け出させてほしい。この呪いから彼を解き放って、再び書く理由を与えてやってほしい。どんな理由でもかまわない。愛でも、金でも、恨みでも。ばか高いワインのなかにゆっくり溺れていく以外に、やるべきことを与えてほしい。

ヒューゴは海に背を向けた。靴を拾い上げて砂を払う。

時計島にやってきたときには、ひとまず一か月か二か月ばかり、ここにいようと決めた。そして、その期間が過ぎると、今度はジャックが立ち直るまではここにいようと、自分にいいきかせた。そうして五年経っても、まだこうしてここにいる。

だめだ。もうこれ以上は。時間切れだ。次の春が来る前に、ここからおさらばしてやる。こんなところにじっとして、昔ながらの友が、古い紙に書かれたインクの文字のように色褪《いろあ》せていって、もうだれも読めなくなるまで見守っているなんてできやしない。

心が決まって、ヒューゴは歩きだした。ちょうどそのとき、窓に明かりが灯《とも》っているのが目に入った。

ジャックの書斎の窓。

あの書斎には、家政婦が掃除に入るだけで、もう何年もだれも足を踏み入れていない。家政婦は……今日は休みだ。

窓に映る明かりは低い位置で金色に輝いている。ジャックのデスクランプだ。何年ぶりかで、ジャックが机を前にすわっている。マスターマインドが、再びペンを取って紙に向き合っているのか？

ヒューゴは明かりが消えるまで待った。自分の見立て違いであることがわかるまで。おそらく気まぐれだろう。きっとジャックは、なくした手紙か、どこかに置き忘れた本をさがしに来たのだろう。

しかし明かりはついたままだった。

期待のしすぎだと、自分でも思う。けれどほんとうは心の底で願っていた。夜空のあらゆる星に願いをかけていた。胸に希望をふくらませ、どうか、どうかと、願い、祈っている。

ヒューゴの願いは、書物に記された最古の奇跡が起きること——死者が蘇えることだった。

時計島の窓に灯る明かりに向かって、ヒューゴは語りかける。「いいぞ、ジャック、そろそろだと思っていたよ」

第一部　願いごと

夢も見ない深い眠りから、アストリッドははっとして目が覚めた。いったい何が気になって起きたのか？　ネコがベッドに飛びのった？　そうじゃない。ネコのヴィンス・パラルディは敷物の上に置いた籠のなかで身をまるめてぐっすり眠っている。ときに風がアストリッドを起こすこともあった。古い家だったから、風が吹けば屋根がガタガタ音を立てる。しかし、窓の外に目をやると、木の枝はじっとしていた。今夜は風もない。なんだか不気味な感じもしたけれど、アストリッドは思い切ってベッドから出て、窓辺に寄ってみる。ひょっとして小鳥がくちばしで、ガラスをコツコツたたいたとか？

と、いきなり部屋のなかに光があふれて、アストリッドは息を呑んだ。白い光が洪水のように窓から押し寄せてきた。車のヘッドライトかと思ったけれど、それより何千倍も強くてまぶしい。と、ふいに光が消えた。ひょっとして、いまの光で目が覚めたの？　部屋のなかにいきなり飛びこんできたから？

光はどこから来たのだろう？

アストリッドはベッドの支柱にぶらさげている双眼鏡を手に取った。窓辺にひざをつき、冷たい海の向こうに眠っているカメのようにぽつんと浮かぶ孤島を双眼鏡で見てみる。

また光がやってきた。

灯台の光。島にある灯台からだ。

「だけど」アストリッドは窓に向かってささやく。「灯台はもうずっと真っ暗だったのに」

これはどういうこと？

窓から飛びこんできた光と同じように、答えはいきなりやってきた。

アストリッドは忍び足で自分の部屋を出て、廊下をはさんで向き合った部屋へすべりこんだ。アストリッドの九歳の弟マックスは気を失ったようにぐっすり眠っていて、枕によだれをたらしている。げっ。これだから男の子ってのは。アストリッドはマックスの肩を突っついた。十二回目でようやく弟は目を覚ました。

「な……に？　なんなの？」目をあけて、パジャマのそででよだれをふきとる。

「マックス。マスターマインドが」

それをきいてマックスは跳ね起き、ベッドの上で背筋をぴんと伸ばした。「マスターマインドがどうしたの？」

アストリッドは暗がりのなかでにやっと笑った。

「時計島にもどってきた」

――ジャック・マスターソン作、時計島シリーズ第一巻『時計島の家』（一九九〇年刊）より。

1

一年後

午後二時三十分のチャイムが鳴ると同時に、いつものように小さな足音がいっせいに押し寄せてきた。ルーシーがみんなのバックパックとランチボックスを集めて、帰す用意をしているあいだに、テレサが子どもたちにお決まりの注意を与える。

「バックパックとランチボックスとプリント！　何ひとつ忘れないように！　忘れたからといって、テレサ先生もルーシー先生も、おうちまで持っていってあげるなんてしませんからね！」

みんな真剣に先生の話をきいている……と思ったら、あさってのほうを向いている子も。とはいえ、まだ幼稚園児なので、先生に反抗するような子はいない。

帰るときに、ルーシー先生を抱きしめていく子もいる。それを子どもたちは「ぎゅっ」と呼んでいて、この瞬間がルーシーは心からうれしい。ああこの仕事をやっていてよかったと痛感するのだ。教員補助の一日は長く、体力気力ともにとことん消耗する。園庭で子どもたちのケンカの仲裁をし、トイレに失敗した子のあとしまつをし、靴ひもを何度もほどいたり、結んだりをくりかえす。泣きぬれた顔をふいてやる回数は数え切れない。それでも帰りに「ぎゅっ」をされると、一日の疲れがすっと溶けて消えるのだった。

ようやく教室がからっぽになって、ルーシーは椅子の上にへたりこんだ。幸いにも今日はバスを見送る仕事がないので、数分でも元気を回復する時間がとれる。

テレサがゴミ袋を片手にあたりを見まわし、被害状況を検分している。室内に点々と置かれた丸いテーブルのすべてが工作用紙の切れ端に覆われ、その上に、蓋があけっぱなしになって中身がこぼれた糊の容器が転がっている。目を落とせば、床のあちこちに太い鉛筆と、色とりどりのふわふわモールが落ちていた。

「まるで携挙《けいきょ》（イエスの再臨のときに、善良な全死者がよみがえって天に昇って永遠の命を得ること）のあとね」とテレサ。「フーッ。ようやく全員、行ってくれた」

「そしてまた、ふたりは取り残された」とルーシー。「いったいわたしたち、どんな悪いことをしたっていうの？」

まあ、何かやったんでしょうねと、自分の質問に頭のなかで答えながら、ルーシーはテーブルの裏に貼り付いたガムのかたまりをはがす。今週に入ってもう二度目だ。「はい、ゴミ袋をこっちにちょうだい。これはわたしの仕事だから」そういってルーシーは袋を受け取って、なかにガムを放りこんだ。

「掃除、任せちゃって、ほんとうにいい？」テレサがきいた。

ルーシーは手を振って、テレサを追い出す。自分もへとへとだが、テレサも同じように疲れきった顔をしていた。しかもかわいそうに、テレサにはまだこれから教育委員会の会議に出席するという仕事が残っている。先生なんて楽な仕事ねというやつは、一度自分でやってみればいい。

「ぜんぜん大丈夫。クリストファーが喜んで手伝ってくれるから」

「小さいときの子どもって、ほんといいわよね。遊びだと思わせれば、なんでも喜んでやるんだから」テレサは机の一番下の引き出しからバッグを取り出した。「うちのローザなんか、キッチンにモップをかけてくれって頼んでも、それは大人の仕事でしょ、なんていうのよ。それでも無理やりやらせると、ぷーっとふくれちゃう」

「子どもをだましだまし、いうことをきかせる。いくつまで、それが通用するかってところね」

「ほんとそう」テレサはいう。「じゃあ、また明日の朝に。クリストファーによろしくいってね」

テレサがいなくなって、ルーシーは教室内に目を走らせた。まるで虹色の竜巻《たつまき》が通っていったあとのようだった。ゴミ袋を手に、テーブルをひとつひとつまわって、糊でべたべたになった果物の切り抜きを拾っていく。リンゴ、オレンジ、ブドウ、レモン。

すべて拾い上げたときには、手が糊だらけになって、カーキ色のパンツに紙のイチゴが貼り付いていた。三十分ものあいだ、低いテーブルにかがみこんでいたおかげで、首の筋がひきつっている。思いっきり熱いシャワーを浴びて、白ワインをグラス一杯あけたいところだ。

「ねえ、どうして髪にバナナをさしてるの?」

ふりかえると、ちょっと驚いた顔をした黒い髪の男の子がドア口に立って、こちらをじっと見つめていた。ルーシーは手を伸ばして髪を探る。幼稚園の教員補助を二年もやっていると、こういうときでも我慢がきく。そうでなかったら、思いつく限りの悪態が口から出ていただろう。

そうはせず、ありったけの威厳を出して、髪のバナナを髪からはがした。

「あら、クリストファー。それはこっちがききたいわ。どうして、あなたはバナナを髪にさしていないの?」いったいいつからこれを頭にくっつけていたんだろう。それは考えないようにする。

「クールな子は、みんなバナナをさしているのよ」

「うそだね」クリストファーはハシバミ色の目をあきれたようにぐるりとまわす。「だったらぼくは、クールじゃなくていい」

ルーシーはクリストファーの頭のてっぺんに、そっと紙のバナナをのせた。ウェーブのかかった黒い髪がさかだっている。まるで数時間、逆立ちをしたあとのようだった。「ほうら、クールな子になった」

クリストファーは頭を振ってバナナをはがし、それを青いバックパックの上にパシッと貼り付けた。髪を手櫛《てぐし》でとかすものの、落ち着くどころか、ますますさかだってしまった。ルーシーはこのちょっと変わった男の子が大好きだった。わたしのかわいい子。いつかほんとうに自分の子どもになる日が来るのを夢見ている。

「どう? これでもうぼくはクールな子じゃないよ」とクリストファー。

ルーシーは小さな椅子をひとつ引き出して腰を下ろし、もうひとつ引いて、クリストファーに勧めた。クリストファーは疲れた声をもらして腰を下ろした。

「いいえ、クリストファーはいつだってクールないい子。さてと、毎度おなじみの靴下さがしといきますか」ルーシーはクリストファーの両足首をつかんで自分のひざの上にのせる。考古学者の発掘調査よろしく靴の奥から靴下を掘り出すのが、ルーシーの日課になっていた。この子の足首がやせすぎているからすべり落ちるのか、それとも靴下のほうがすべりやすいつくりなのだろうか？

「ぼく、信じない」とクリストファー。「先生って、だれにでもいい子っていうんだから」

「へえ、そうなんだ。でも、わたしは世界一いい先生だから、ちゃんとわかっていってるの」

「ちがうね」クリストファーが両足を床にバタンと落とし、青いバックパックを枕のようにお腹に抱きしめた。

「ちがう？　わたしよりいい先生がいるの？　だったら駐車場で決闘して倒す」

「マッキーン先生。あの先生は毎月子どもたちを呼んでピザパーティをやるでしょ。でもね、一番かわいいのはルーシー先生だって、みんなそういってる」

「それはうれしいわね」いいながら、調子に乗らないよう自分を戒める。自分の取り柄は一番若いということだけ。それ以外は、どこをどう見ても、平均点そこそこだ。肩まで伸ばした茶色い髪に、大きな茶色の目。実年齢より子どもっぽく見えるらしく、よく身分証明書の提示を求められる。服装はといえば、ここ数年、ずっと代わり映えのしない格好だ。新しい服を買うにはお金がいる。「よし、じゃあ今年の先生ナンバーワンに応募しちゃおうっと。で、今日は、宿題はないの？」

ルーシーは立ち上がって、また教室の掃除をはじめる。テーブルも椅子も消毒剤入りの洗剤をつかって、ひとつひとつきれいにふき上げる。宿題は出なかったと、クリストファーがそう答えてくれたらいい。彼を育てている里親は最近忙しくて、クリストファーの面倒を見てやれない。家でかまってもらえない分、ここで自分が少しでも面倒を見てやろうとルーシーは思っていた。

「そんなにないよ」クリストファーはバックパックをテーブルの上に放るように置いた。かわいそうに、この子も相当疲れているのだ。目の下に黒いクマができて、肩をがっくり落としている。七歳の子どもが、こんな目をしていていいわけがない。まるで残虐な殺人事件の捜査をしている、世の中にうんざりしている刑事のようだ。

ルーシーはクリストファーの目の前に立った。洗剤の入ったスプレーボトルを指にひっかけて、胸の前で腕組みをする。「ちょっと、大丈夫？　昨日の夜はちゃんと眠れた？」

クリストファーは肩をすくめた。「また怖い夢」

ルーシーは隣に腰を下ろす。クリストファーはテーブルにあごをのせている。ルーシーも同じようにして、隣にいるクリストファーの目を覗きこんだ。まぶたのへりがピンク色になっている。今日一日ずっと泣かないようにがんばっていたようだ。

「どんな夢だったか、話したい？」声を極力落とし、できるだけ優しい口調でルーシーはきいた。つらい日々を送っている子どもには優しい言葉が必要なのだ。

子どもは柔軟性があるから立ち直りも早いと、そんなことをいう大人がいる。しかし、そういう人は、自分が子どものころのことを忘れている。どんな小さなことにも、とことん傷ついた日々のことを。ルーシー自身、子どものころに受けた心の傷が、まだ黒々と残っていた。

クリストファーはテーブルから顔を上げて、あごを胸に落とした。「また同じ」

同じというのは、つまりこういう夢だ。廊下で電話の呼び出し音が鳴り響くなか、半びらきになったドアの向こうで両親がぐっすり眠っている。けれどよく見ると、ふたりの目は大きくあいているのだった。その悪夢をこの子の頭から奪って、自分の脳内にしまっておけるなら、ルーシーは喜んでそうしただろう。そうすればクリストファーは何も心配することなく、夜にぐっすり眠れる。

ルーシーはクリストファーの腰をぽんぽんと優しくたたいた。「それは怖かったね。怖い夢を見たんだよって、ミセス・ベイリーに話した？」

「緊急の用事がない限り、起こさないでって、そういわれてるから。ほら、赤ちゃんが」

「うん、わかる」ルーシーはいったものの、養母の対応をそれでいいとは思っていない。双子の赤ん坊の体調が思わしくなく、その世話にかかりっきりなのはわかる。それでも、この子だって、だれかが世話をしてやらねばならないのだ。「眠れないときには、ルーシー先生に電話していいよって、いったでしょ。ほんとうだからね。電話越しにお話を読んであげるよ」

「電話したかったんだよ。でもほら……」

「そうだね」クリストファーは電話を恐れている。それをルーシーは責めることができない。

「大丈夫。古いテープレコーダーを見つけて、テープにお話の朗読を吹きこんであげる。そうしたら、眠れないときに、お話をきくことができるでしょ」

クリストファーが笑顔になった。小さな笑みだったけれど、最高のプレゼントはいつだって、小さな包みで届くものなのだ。

「お昼寝する？　マットを敷いてあげるよ」

「いい」

「本を読む？」

クリストファーはまた肩をすくめた。

「それじゃ……」ルーシーは考える。なんでもいい、クリストファーの気持ちを悪夢からそらせる助けになるものはないか。「……ラッピングを手伝ってくれる？」

ぴんと来たようで、クリストファーはふいに背筋を伸ばし、歯を見せてにっと笑った。「マフラー、売れたの？」

「三十ドル」ルーシーはいった。「糸代は六ドル。はい、計算」

「えーと……二十二？　四！　二十四ドルもうかった！」

「正解！」

「見せて見せて」

「いま出すから、いっしょにラッピングをして、手紙も書こう」

いつも鍵をかけてバッグをしまっておく引き出しをルーシーはあけた。なかには、ビニールのレジ袋に入ったルーシーの最新作が入っている。クモの巣をデザインしたマフラーで、やわらかくて光沢のあるピンクとクリーム色の糸で編んである。それを袋ごとテーブルに持っていく。ひっぱりだすと、羽根の襟巻きを肩に巻くように、マフラーをふわっと肩にかけて、クリストファーの前でポーズを取る。

「どう?」

「女の子っぽい」そういってクリストファーは首を左右に振る。ぼくだったら、そんなの欲しくないといっているのだ。

「女の子がつくって、女の子が買うんだから、いいの。それに十九世紀には、ピンクは男の子の色だったのよ。青は女の子の色」

「変なの」

ルーシーはクリストファーを指さす。「変な子」

「変な大人」と、クリストファーも負けていない。

ルーシーがマフラーの端でクリストファーの頭のてっぺんをぽんぽんすると、クリストファーは声を上げて笑った。

「ぼくらの便せん、とってくる。あれにお礼の言葉を書かなくちゃね」

クリストファーは材料置き場に飛んでいった。大好きな場所だった。新しい工作用紙が束になって積んであり、袋にぎっしり入ったモールや、ラメ、マジック、ペン、色鉛筆、ハロウィンの飾りなど、楽しいものが山のように置いてある。そのなかにある上質の文房具は、昨年ここに通っていた子どもの母親から寄付されたものだ。彼女は地元で高級文具を扱う店を経営しているのだ。ルーシーはそこにある空色の紙に雲を描いて、自分たちの「会社」専用の便せんをつくって置いてあった。

「ラッピングをしているあいだ、ぼくがこれに書いててていい?」便せんを手にテーブルに駆けもどってきたクリストファーがきく。

「手紙を書きたいの？」そういってルーシーはマフラーにやわらかなブラシをそっとすべらせて糸くずを払う。こういったマフラーが、Etsy（ネット上の手作り品販売サイト）を通じて週に一枚か二枚売れている。四本針をつかって編むマフラーは、できあがりまでにかなりの時間がかかるのに、週に三十から四十ドルしか稼げない。普通だったらばからしくてやっていられない。でもどれだけ少額であろうと、ルーシーには少しでもお金を貯めることが大事なのだった。

「手紙を書くの、ずっと練習してるんだ。昨日の夜なんて、まるまる一枚、終わりまで書いたんだよ」

「だれへの手紙？」ルーシーはきいた。マフラーを四つにきれいに畳んでから、白い薄紙でくるむ。

「だれでもない」

「そんなわけないでしょ。新しいお友だち？」

「ただの練習」

「そっか」それ以上深追いするのはやめる。だれへの手紙か、だいたいわかっている。クリストファーが両親に手紙を書いているところを一度ならず見ていた。

I miss you momy. I wish you wer at my school piknic today.（さみしいよ、ママ。きょうの学校のピクニック、きてほしかった。）

Lots of moms came today.（きょう、みんなのママ、いっぱいきた。）
Dad today I got a star on my homwork.（パパ、きょうのしゅくだい、花丸もらったよ。）

ほんの短い文章だったが、胸が張り裂けそうになった。ルーシーは一度、そのことを話題にしようとしたのだが、両親に手紙を書いていることをクリストファーは、がんとして認めない。恥ずかしいのだ。もうこの世に両親はいないとわかっている。それなのにときどき話しかけているのが知られたら、ほかの子たちに笑われると思っているのだろう。

クリストファーはテーブルに便せんをきちんと置くと、鉛筆を取り出した。

「マフラーを買った女の人、なんて名前？」そういってすぐに話題をそらすところなど、じつに頭がいい。

「キャリー・ウォッシュバーン。ミシガン州のデトロイトに住んでいるの」

「それ、どこ？」

ルーシーは壁に貼ってあるアメリカ合衆国の地図に歩み寄る。自分たちがいる場所――カリフォルニアのレッドウッド・ヴァレーにあるレッドウッド幼稚園と小学校――についている青い星。そこに置いた指をルーシーはすーっとすべらせて、地図のなかほどに位置するエリー湖の近くでとめる。

「うわっ、遠い」とクリストファー。

「散歩には向かないところね。冬はすっごく寒くなるの。マフラーがいっぱいいる」

「ぼくね、マスターマインドがどこに住んでるか、知ってるんだよ」

「えっ、だれのこと？」なんの脈絡もなく話が飛ぶ、子どもの思考回路にはいつも驚かされる。

「あの本に出てくる、マスターマインドだよ」

「ああ。ジャック・マスターソンね？　あの本を書いた人でしょ？」

「違う、マスターマインド。時計島に住んでる」

　どう答えたらいいのか、ルーシーは迷った。クリストファーはまだ七歳だ。本に登場する大好きなキャラクターが実在しないことを、何も急いで教える必要はない。目下のところ、クリストファーには心のよりどころがそう多くない。だったら、時計島シリーズに登場するマスターマインドはほんとうにいて、現実にいる子どもたちの願いを叶えてくれると、そう信じさせておいてもいいだろう。

「どうしてマスターマインドが住んでいる場所がわかったの？」

「先生が教えてくれた。知りたい？」

「よしマゼラン、出発だ！」

「なにそれ？」

「マゼラン。有名な航海家。フィリピンで大変な目に遭ったの。その甲斐《かい》はあったんだけどね。でもまあ、その話は置いといて。時計島はどこにあるのか、教えて」

　クリストファーはぴょんと飛び上がって、地図のずっと右端の角を指さした。

「ここだよ」クリストファーが正確な場所を指さしたのに、ルーシーは驚いた。メイン州のポートランド沖に浮かぶ小さな島。

「へえ、すごいね」とルーシー。

「あれが、ほんとうに時計島なの？」そういってクリストファーは目もとをぎゅっとしかめて地図をにらむ。「あの島に列車が走ってて、ユニコーンがいるの？」

「本と同じようにってこと？」ルーシーはきいた。「そうだねえ、びっくりするような場所らしいからね。でも、マスターマインドとジャック・マスターソンが同じ人だって思っている人もいるみたい。知ってた？」

「ルーシーは会ったんでしょ？」

「うん、ジャック・マスターソンに会った。ずっと昔……本にサインをしてもらったの」

「その人はマスターマインドじゃなかったでしょ？」

まいった。どう答えよう。マスターマインドはいつだって謎の人物で、どこに行っても影に隠れていて正体を明かさない。

「そうね、わたしが会ったときは、マスターマインドって感じじゃなかった」

「でしょ？」クリストファーが勝ち誇ったようにいう。大人のほうがまちがっていたという事実以上に子どもを喜ばせるものはない。

「はいはい、わたしがまちがっていました」

クリストファーは時計島に指を置き、そこから自分が住む町、カリフォルニアのレッドウッドまで、指でさーっと線を引いた。「ずっと、ずっと遠くだ」

クリストファーが顔をしかめる。同じ米国でありながら、カリフォルニアはメイン州から最も離れた場所にある。だからこそ、ルーシーはメインからカリフォルニアに移ってきたのだった。

「うん、確かに遠い。飛行機に乗っていくところだね」

「子どもも行ける？」

ルーシーの顔が思わずほころんだ。「時計島に？　うん、行けるよ。でも招待状が必要かな。だってあそこは私有地で、マスターマインドが自分の家みたいに島全部を所有しているの。招待もされないのに、人のおうちにいきなり押しかけていったら失礼だよね」

「でも本のなかの子どもは、いつもいきなり行ってるよ」

「そうだった。でもわたしたちは招待されるのを待とう」そういって、ルーシーはクリストファーに片目をつぶってみせる。

招待もされずに、いきなり時計島に押しかけた子どものことなら、だれよりもルーシーがよく知っていた。かといって、いまそのことをクリストファーに話そうとは思わない。もっと大きくなってからでいい。

クリストファーが地図から手を離して、ルーシーをじっと見る。「ねえ、どうして新しい本が出ないの？」

「どうしてだろうね」いいながらルーシーはラッピング作業にもどり、白い薄紙にくるんだマフラーに麻ひもをかける。「わたしがクリストファーぐらいのときには、年に五冊は出ていた。毎回毎回、出たその日のうちに読んでしまうの。次の週にはまた十回ほど読むんだけどね」

「いいなあ……」クリストファーが悲しそうにいう。時計島シリーズは、各巻どれも一五〇ページ以下で、一冊あたりの分量はさほど多くない。現在六十五巻まで出ていて、そこでストップしている。クリストファーには、一週間に一冊と決めて貸していた。そうでなかったら、六か月ですべて読み終わっていただろう。そうやって少しずつ与えてきたものの、結局もうシリーズ全巻を読破してしまって、数週間前にまた一巻から読み直している。

「ほらほら、お客さんへのお手紙」ルーシーはクリストファーに片目をつぶってみせる。

「そうだった。キャリーって、どういうつづり？」クリストファーがいって、鉛筆を便せんに置く。

「当ててごらん」

「K、A」

「はじまりはC」とルーシー。

「えっ、キャリーならKでしょ」

「同じ音をCでつづる場合もあるの。クリストファーだって、Cではじまるでしょ」そういって鼻を指で突っついてやる。

クリストファーはむっとしてルーシーをにらむ。鼻を突かれるのがいやなのだ。「同じクラスにKではじまる、キャリーっていう名前の子がいるよ」対抗してクリストファーがいい張る。

「名前のつづり方はひとつじゃなくて、いろいろあるの。キャリーはC、A、Rがふたつ、I、E」

「Rがふたつも?」

「そうふたつ」

「なんで?」

「なぜっていわれてもねえ。よくばりさん、なのかな?」

子どもらしい筆跡で、クリストファーは一文字一文字ていねいに書いていき、Rをふたつ入れるのも忘れない。

「どんどん上手になっていくね」

クリストファーはにこっと笑った。「練習してるもん」

「だよね」

ルーシーは〈ハート&ラム・ニッティング・カンパニー〉から手編みのマフラーを買ってくれた客に、必ず簡単な礼状を同梱することにしていた。会社といっても法人ではなく、Etzyにだけ存在するネットショップだ。それでも「共同経営者」のクリストファーはとても面白がってくれている。

「Carrieさんへ、その後は何を書けばいいの?」クリストファーがきいた。

「お客さんが喜びそうな言葉なら、なんでもいい。たとえば……マフラーを買ってくださってありがとう。気に入ってくれるとうれしいです、とか」

「これでいつも、首をあったかくしていられますように」

「それ、いいね。そのまま書いてごらん」

「ずいぶん女の子っぽいんですけど」

「それは書かなくてよろしい」

クリストファーはゲラゲラ笑って、また書きはじめた。この子の笑顔と笑い声は、宝くじに当たるより価値があるとルーシーは思う。でも宝くじに当たったら、もっとたくさんの時間、この子の笑顔を見て、笑い声をきける。ルーシーはクリストファーの肩越しに、書いている文字を覗いてみる。すごい、すごい。数か月前はほぼ一語置きに、つづりのまちがいが見られた。それがいまは、四語か五語置きにまで減っている。それと同時にクリストファーは音読も計算も上達していた。こんなことは、去年、六軒ほどの里親の家をたらいまわしにされていたときには考えられなかった。今年はずっと同じ家で暮らして、優秀なセラピストがついて、週日の放課後は毎日ルーシーが勉強を教えている。その甲斐あって、クリストファーはこれまでにないほどよい成績を収めていた。あとは悪夢を見なくなって、電話の音に脅《おび》えなくなれば、いうことはない。

クリストファーに必要なのは母親だ。自分がそれになりたいとルーシーは思っていた。クリストファーに必要なのは、病弱な赤ん坊をふたり抱えて、彼のことはそっちのけで赤ん坊の世話をする養母ではない。彼のためにたっぷり時間を割ける期間限定ではない母親。ルーシーはそれになりたかった。

「ねえ、ルーシー、願いごと貯金はいくら貯まった?」手紙の一番下に、自分の名を一文字ずつ、きっちり書きながらクリストファーがきく。

「二千二百ドル」

「うわあ…」クリストファーは目を大きく見ひらいた。「マフラーがそれだけ売れたってこと？」

「まあそんなところね」マフラーの売り上げと、子守のアルバイトで得たお金だ。もっと効率よく稼ぐためにウェイトレスの仕事に復帰しようかと、毎日のように思っている。けれど、そうしたらもうクリストファーとは会えない。ルーシーがお金を必要とする以上に、クリストファーはルーシーを必要としている。

「それだけ貯めるのに、どれだけかかったの？」

「二年」

「あと、どれだけ必要なの？」

「うーん……あとちょっと」

「だから、どれだけ？」

ルーシーは少し迷ってから口をひらいた。

「あと、二千ドル。いや、もうちょっとかな」

クリストファーが浮かない顔になった。やはりこの子は頭の回転が速い。もう答えが出たのだ。

「じゃあ、あと二年待たないといけない。ぼくはそのとき、九歳になってる」

「もしかしたら、もっと早いかも。こればっかりはわかんないからね」

クリストファーはデトロイトのキャリーに書いていた手紙に向かってうなだれる。ルーシーはそばに行って椅子から彼を抱き上げ、自分のひざにのせた。クリストファーが首にしがみついてくる。

「ぎゅっ」ルーシーはささやくようにいって、クリストファーをきつく抱きしめた。現状から判断すれば、この子の母親になるにはあと二年待たないといけない。少なくとも二年はかかる。

「大丈夫、必ず願いは叶うから」ルーシーは優しくいって、クリストファーの身体をゆすってやる。「毎日着実にゴールに近づいてるよ。ふたりとも。そのためにわたしは毎日がんばってるんだから。ゴールに到達したら、それからはもうずっといっしょにいられる。クリストファーも自分の部屋が持てる。壁に船の絵が描いてある部屋」

「サメも?」

「もう、あちこちサメだらけ。毛布にもサメ。壁には船を漕ぐサメの絵。そして毎朝、朝食には焼きたてのパンケーキ。冷たいシリアルじゃなくてね」

「ワッフルは?」

「ワッフルも焼いて、バターとシロップをかけて、ホイップクリームをしぼってバナナをのせる。紙のバナナじゃなくて、本物のバナナ。いいでしょ?」

「いい! いい!」

「よし、じゃあウィッシング・タイム! ほかに何が欲しい?」これはルーシーとクリストファーの考えたお気に入りの遊びで、ふたりはウィッシング・ゲームと呼んでいる。つまり願いごとゲームだ。ルーシーが車を買えるだけのお金が入ってきますように。ふたりともに自分の部屋を持てる、寝室のふたつあるアパートに住めますように。

「時計島シリーズの新しい巻」とクリストファー。

「わあ、いいね！　ミスター・マスターソンはもう作家業を引退しちゃったらしいって噂だけど、ほんとうかどうかわからないよね。きっといつか新作を出して、読者を驚かしてくれるんじゃないかな」

「いっしょに暮らせるようになったら、毎晩読んでくれる？」

「もちろん。読みだしたらとまらないよ。クリストファーが耳を両手でふさいで、『やめて、やめて、やめてええ――――！』って叫んでも読み続けちゃうから」

「どうかしてる」

「そう、どうかしてて、バンバンザイよ。ほかにクリストファーは何をお願いする？」ルーシーはきいた。

「これって、意味があるのかな」

「えっ？　こうやってお願いすること？　もちろんよ」ルーシーはクリストファーの身体を少し離して、目と目を合わせる。「願いごとは大事」

「でも、願っても叶わない」とクリストファー。

「ミスター・マスターソンが本のなかでいっていることを忘れたの？『願いを叶えるのは――』」

「『――だれもきいてくれないと思えるときでも、願い続けた勇敢な子どもたち。なぜならその願いは、どこかでだれかが必ずきいているのだから』」クリストファーがあとを引き取った。

「そうそう」ルーシーはうなずく。読んだものを正確に覚えているクリストファーの能力にはいつも驚かされる。まるで小さなスポンジみたいな頭脳。だからこそルーシーは、そこに栄養になるものをたっぷり吸わせてやる。物語、なぞなぞ、船、サメ、愛。「わたしたちも勇敢に願い続けて、決してあきらめちゃいけないの」

「でもルーシー、ぼくは勇敢じゃないよ。まだ電話が恐いもん」自分に失望する顔でクリストファーがいう。彼のそういう顔をルーシーは見たくなかった。

「心配しなくていい」そういって、またクリストファーの身体を揺らす。「いまに恐くなくなるから。それにね、大人だって電話の呼び出し音が恐いって人もいるんだから」

クリストファーがまた頭をルーシーの肩に持たせかける。ルーシーはその身体を引きよせてぎゅっと抱きしめた。

「よし、じゃあ、あともうひとつ願いごとをしてから宿題をしよう」

「えーっとじゃあ……もっと寒くなりますように」クリストファーがいった。

「えっ、寒くなってほしいの？　どうして？」

「そしたら、ルーシーのマフラーが、うんとたくさん売れる」

2

ヒューゴがグリニッチビレッジの通りを歩くのはほんとうに久しぶりだった。どれぐらい来ていなかった？　四年か？　最後の個展が五年前だったか？　それからほとんど変わっていない。

新しいレストランが数軒。新しいショップも数軒。しかしこの界隈の特徴は記憶にあるままだった。自由奔放で活気があって、何もかもが、ばか高い。

子どものころは、ここで暮らしたいと夢見ていた。ジャクソン・ポロック、アンディ・ウォーホルなど、あこがれの芸術家たちが大勢ここをたまり場にしていた。褐色砂岩でできた戦前の古い建物をねぐらにして、大志を抱く大勢の画家たちと食べたり飲んだりしながら、昼も夜もアートを呼吸するようにして暮らせるなら、何を差しだしてもいいと思っていた。しかし、残念ながら若く貧しいアーティストたちにとって、それは叶わぬ夢だった。だれかのクローゼットのなかに箱を置いて、そこで寝泊まりするのさえ、グリニッチビレッジという町は許してくれない。それが、いまのヒューゴには金銭的には充分可能となった。ところがいざそうなってみると、そんな暮らしはもう望んでいない自分に気づく。パークスロープ（ブルックリンの西側にある高級住宅街）だって、チェルシーだって（かつて画家文人が多く住んでいたテムズ川北岸にある住宅地区）、ウィリアムズバーグ（ヴァージニア州南東部の都市）だって、みな同じだ……。

成功したとたん、かつて腹のなかで燃えたぎっていた炎が、あっけなく消えた。今朝方から、いろいろなマンション、コンドミニアム、褐色砂岩の建物を見てきたが、そこで暮らす自分がイメージできない。たとえそのひとつに移り住んだところで、自分ではない他人の人生を送るような気がした。若いころの夢は卒業してしまったのに、それに代わる新しい夢が見つからずにいる。いまはそんな状態なのかもしれない。

今日一日歩きまわって適当な部屋を見つけようと思っていたが、あきらめて、この町でお気に入りの画廊へと向かう。十二番街のストリート・アート・ステーションは賃貸料の高騰にも負けず、なんとかまだ営業しているらしい。そこで何か新しいものを見て、コーヒーでも一杯飲もう。そう自分にいいきかせた。嘘をあっけなく信じる自分にはいつも感服する。

両びらきのガラス扉を押しあけたとたん、冷気に顔をはたかれた。メインのギャラリーに入っていくと、ありとあらゆる原色と合成牛革のラグに迎えられた。サングラスをはずしてケースにしまい、代わりに別の眼鏡をかける。最近必要に迫られてできた習慣だが、いやでならない。

新しい展示がはじまったばかりらしい。古典映画のモンスターがギャラリーに顔をそろえている。ドラキュラ、フランケンシュタイン博士のつくった怪物、宇宙からの不明物体ブロブの肖像。どれも金めっきを施したアンティークの額縁に先祖の写真のように収まっている。展示のタイトルは「曾祖父はモンスター」。アーティストはクイーンズに暮らす二十三歳のプエルトリコ系の女性だという。

なかなかいいとヒューゴは思い、若くして成功していることに感心する。二十三歳？　自分が最初の個展をひらいたのは二十九歳だった。

この画廊のどこかに、ヒューゴ自身の絵も数点陳列されている。メインのギャラリーから、ブリックルームと呼ばれる部屋へ入っていく。ここではレンガがむきだしになった壁に黒いフレームに入った作品が飾られている。あった。法外な値段がついていて、この壁を去る日は永遠に来ないと思われる三部作の絵画。売れないのはヒューゴにとってありがたいことだった。こうやってだれの目にも触れられる場所に置いてあるのを見るのがうれしい。自身の最高傑作と自負する作品だったが、最近手がけた時計島の風景画ほど一般には知られていない。

「ヒューゴ・リース。あなたに知らせようと思っていたの。困ったことにあなたのせいで、ここに娘を呼べないんだから」

ヒューゴは首をねじってふりかえり、数フィート後ろに立つ女を見つめる。ボブの黒髪に、強い光を宿らせた茶色の瞳。赤いくちびるを真一文字に固く結んでいる。笑いたいのに、その気持ちをこちらに知られたくないらしい。

「パイパー。きみがまだここで働いているとは知らなかった」と、ヒューゴは見え透いた大嘘をついた。

「パートタイムよ」そういって肩をすくめる仕草までがエレガント。「コーラが幼稚園に入ったから、何かしなきゃと思ってね。子どもたちの社会科見学に、この画廊に連れてきていいかって先生にきかれたわ。あなたのせいで、断らなきゃいけなかった」

そういってパイパーは片眉をつり上げたが、怒っているわけではない。そういう日々はもう遠い昔だ。

「趣味のいいヌードだと思うがね」そういってヒューゴは三部作の絵を指さす。数年前の長い冬にパイパーをモデルにして描いたものだった。美しい女性が古典的なポーズでベッドにゆったり横たわるさまを描いている。しかしこの絵をヒューゴの作品たらしめているのはそこではなく、背景の大窓に映った奇怪な景色だった。そこでは、サーカスのピエロたちが悪魔のような表情を浮かべ、炎に包まれた城がキャンドルさながらに溶けていて、白いサメがツェッペリンの飛行船のように空を浮遊している。

「問題なのはヌードじゃないわ。あのピエロたちを、コーラが死ぬほど怖がっているの」

「確かに、少々病んでるな」気味悪いピエロを横目でちらりと見て、ヒューゴは認めた。「あれを描いたとき、俺は何を悩んでいたんだろう?」

「わたしよ」パイパーがいって声を上げて笑った。一歩前へ出てきて、ヒューゴの頰にキスをする。「会えてうれしい」

「それはこちらのセリフだ。相変わらずきみは美しい」

「あなたも、そう悪くない。ぱりっと清潔で、あのヒッピー風のあごひげもないし」そういって、彼の頰をぽんぽんとたたく。男は失った何かを悼むためにひげをたくわえるものだが、それもいまはきれいに剃って、おまけに服装もめかしこんでいる。といっても彼の場合、穴のあいていないTシャツと注文仕立ての黒いブレザーが盛装だった。髪を切ってランニングも再開したのだかしら、大きな進歩というべきだろう。自己嫌悪のかたまりが、ようやく人間性を取りもどした。

「あごひげは必要に迫られて剃った」とヒューゴ。「ある日、クモが潜りこんでいた」

「眼鏡も新調したんじゃない?　シックで素敵。遠近両用かしら?」

「ジョークのネタにするな」

パイパーはにやっと笑ってヒューゴの眼鏡をはずし、自分でかけてみる。俺よりきみのほうがブラックのフレームが映える、とヒューゴはいった。

「もしモネがこういうのを持っていたら」そういってパイパーは、スマートフォンのカメラを鏡にして自分の顔を見る。「印象派は生まれなかったのよね」眼鏡をはずしてヒューゴに返す。

「目の不調はこれまで多くの画家を生み出してきた。俺もそのひとりだ」再び眼鏡をかけると、またパイパーの美しい顔が像を結んだ。「どうだい、ボンクラ・ボブは？」

「ロブ。ボブじゃないわ。ボンクラでもない。わたしの夫で、素晴らしい人」

「まだペットのお守りをしているのかい？」

「彼は獣医よ。確かに動物にとっても優しいけど。ジャックはどうなの？　少しはよくなった？　それとも、これはきくべきじゃなかったかしら？」

ちょっと迷ってからヒューゴが答える。「まあ、いいんじゃないかな。夜にタイプライターを打つ音がきこえる。死者を目覚めさせるほどの大きな音で。それに酒量も減らしている」

「となると、あなたの役目も終わりかしら？　そうじゃない？」

「まあ、そうだろうな」

するとパイパーはふくみのあるまなざしを寄越した。この目で見るまでは信じない。そういいたいのだろう。けれど口に出さずに自分の胸にしまっておくところが、彼女の優しさだった。

「それで、ここへやってきたってわけ？」面白がるような軽い口調だが、ちょっと身構える感じもある。元カレが職場に現れれば、どんな女でも警戒するだろう。「ビレッジに越してくるの？」

「まあそれも考えてる。目の玉が飛び出るほどの高額の賃貸料。いまの俺にはそれもどうってことないし」

「ヤな感じ。成功すればするほど、すさんでいくのね、あなたって人は」いつもの調子が出てきた。こんなふうに、しょっちゅう彼女をいらだたせていた昔が懐《なつ》かしい。

「それは違う」パイパーの眼前でヒューゴは指を振ってみせる。「すさんでいけばいくほど、成功する。アートのために、あえて自分を痛めつけるんだ、わかるかい？　でなきゃ、きみにあっさり捨てられたあとで最高傑作を生み出したことに、どう説明がつけられる？」

パイパーは手を払い、くるりと背を向けた。「それ以上くだらない話はきいてられない」

歩み去ろうとする彼女を、ヒューゴは小走りになって追いかける。

「きみを責めちゃいないさ。俺がきみでも、こんな男はあっさり捨てただろう」

「だれもあなたを捨ててなんかいない。あなたがあの島でジャックといっしょに引きこもることを選んだんでしょ。現実世界にもどって、わたしと新生活をはじめるより、そっちを選んだ」それはほんとうだった。パイパーと別れたあと、時計島の風景画を描きはじめた。まだらの毛のシカの群れ、月光を照り返す海、灯台、見捨てられた公園……どれもこれも、灰色の水彩絵の具で濃淡をつけて描いた。灰色は傷心の色。そういった抽象的な風景画が、彼の人生ではじめて、広い美術界で注目を集めた。十八歳を超える年齢の人々にとうとう名前が認知されたのだった。それなのに、どうしてまたジャックに新しい作品を書いてほしいなどと、叶わぬ望みを持っているのか？　海賊船や城、秘密の階段をのぼって月へ向かう子どもたちの絵を描いたころに、未練があるというのか？

おそらく少しある。

「あなたが何をどういおうと、事実は変わらない。わたしは非の打ち所のない恋人で、あなたはほんとうにわたしと結婚したがっていた」

「その点について異論はない」

「それなのにあなたは、わたしではなく、島とジャックを選んだ。いやいやだったなんて嘘をいわないでね。あなたはあそこが大好きだった。島もジャックも大好きだったから、去りたくなかった」

ヒューゴは話をそらす。「他人が入りこめない私有地の島で、新しい交際相手を見つけるのがどれだけ大変か、きみだってわかるはずだ。住人は男ふたりと、シカ二十頭と、自分が作家だと思っているカラスが一羽」

「わたしの助言が欲しいなら――」

その言葉が相手の口から出るなり、ヒューゴは助けを求めるように、あたりに目を走らせる。だれもいない。「いや、別に助言は――」

パイパーがヒューゴの胸を突っついた。「あなたと同じぐらいジャックを愛する女性を見つけなさい」

「そうか……しかし、その助言には問題がある」もうヒューゴは笑っていない。パイパーもそうだ。

問題はつまり――ヒューゴはそれを声に出して認める気はない――自分以上にジャックを愛する人間はいないという点にあった。

「じつをいうとだね、パイプス（バグパイプ）――」そう呼ばれるのがパイパーは大嫌いだった。ヒユーゴがパイパーに〝ヒュージ・エゴ〟（過大な自尊心）と呼ばれるのをいやがるのと同じだ。「俺はあの小さな島が、どうしようもなく好きなんだ」

森、沼地、家のすぐ前の砂浜で日なたぼっこをしているゴマフアザラシ、朝にきこえるカモメの甲高い鳴き声。カモメの鳴き声で起きるなど、都会では考えられないことだった。ロンドンでは、階下の夫婦が第三次世界大戦をおっぱじめる音で目を覚ましたものだった。それがいまは……アザラシがいて、カモメが鳴いて、潮の香りがする空気があって、神様さえそれを見たくて早起きする朝日のなかで目を覚ましている。

「知ってるわ」とパイパー。

「だが好きだと思うと、罪悪感に苛《さいな》まれる……どうして俺に、こんな素晴らしいところで暮らす資格があるのかってね」

「どういうこと？」

「もし時計島に一歩でも足を踏み入れることができるなら、デイヴィは、その非の打ち所のない黄金の魂を差しだした。なのに役立たずの抜け殻のような俺は、なんの代償も差しだすことなく、そこでのうのうと暮らしている」

パイパーは首を横に振る。「なんとまあ」

「そう、なんとまあだ」

「あなたの病名は生存者の罪悪感。心理学科の一年生だって、即座に診断できる」

ヒューゴは相手の言葉をはねのけようとするように、片手を上げた。「違うよ。それは――」

「そうよ」パイパーはいって、またヒューゴの胸を突っつく。「そうなのよ」

〈I ♡ New York〉のおそろいのTシャツを着た四人家族がギャラリーにぶらぶら歩いてきた。パイパーは彼らに優雅に微笑《ほほえ》みかけ、ヒューゴも笑顔をつくろうとする。家族は足早に別の部屋へ向かった。

「生存者の罪悪感なんて、かっこいいもんじゃない」家族連れがいなくなってから、ヒューゴがいった。パイパーが異議ありというように片眉をつり上げる。「生きていることに罪悪感はない……まあ、第一の選択というわけじゃないが、とりあえずこうして生きているわけだから、死に急ぐ必要はないだろう。罪悪感があるとすれば、恵まれすぎているという事実だ。仕事も、家も……何かも手にしている。毎朝目が覚めると自分の胸に問いかけるんだ。なぜ自分はこの島にこうやって暮らして、デイヴィは土のなかにいるんだ？　いいことは全部、俺の身に降りかかって、デイヴィの身には悪いことばかり降りかかったのはどうしてだ？　ありがたいことにきみに捨てられたおかげで、俺の罪悪感はそれ以上重くなりはしなかったがね」

「ヒューゴ――」

「いや、もうこの話は終わりだ」手を振って話を打ち切る。「現代アーティストの心の病について、素人が診断を下す必要はない。そういうのをきみが好むのは知っているが、俺はもうつきあえない」

「ごめんなさい。あなたの過去の傷に触れるつもりはなかった」

「デイヴィは過去の傷じゃない。未来永劫治らない傷だ」

「わたしにいくら怒ってもかまわないわ。信じるかどうかは別として、わたしはあなたに幸せになってもらいたいの」

信じたくはなかったが、相手の言葉に嘘はないとわかっている。

長いため息をついて、ヒューゴは壁に背中をもたせかけた。左には、フランケンシュタイン博士のつくった怪物がシルクハットとフロックコートを身につけている紳士然とした肖像。右には、白黒のパラソルの下に髪をたくしこんでいる怪物の花嫁の肖像がある。

「ジャックがまた書きだしたんだ」とヒューゴ。「うれしいよ。ものすごくね。いまなら晴れやかな気持ちで時計島を去ることができる。マンハッタンで哀れに暮らしてもいいし、ブルックリンで不機嫌な毎日を送ることもできる」

パイパーがまた眉をつり上げたが、それも一瞬で、すぐに笑顔になり、ため息をついた。

「休戦」パイパーが片手を差しだし、ヒューゴはそれを握った。しかし、手を離そうとしても、パイパーが離さない。「そんなに急がないで。せっかく来たんだから――」

「おいおい」

「絵が欲しいの。いま欲しいのよ」

罠にはまったオオカミよろしく、ヒューゴはパイパーの手首をかじった。

「あなたの仕事が新境地を切りひらいたのは、わたしのおかげだって、そういってたじゃない」

パイパーがヒューゴの指をぎゅっと握る。「それがほんとうなら、せめて時計島の表紙絵を二枚、なんだったら五十枚ぐらい持ってきてくれてもいいでしょ」

「表紙絵は売り物じゃない。そんなものを売ったら、ジャックの版元から警察につき出される」

「それなら展示するだけでいい」パイパーの手に力がこもる。

「放してくれ。力には屈しない」アーティストと契約するのに、こんな方法を採る画廊はない。マネージャーやエージェントがeメールを通じて交渉するもので、腕相撲はあり得ない。

パイパーは手を放した。「ではご希望をなんなりと」

「カウンターオファー。完全な個展をひらきたい。時計島の表紙原画を五枚、それにくわえて最近の作品を十枚から二十枚提供する。後者は売っていい。くわえて、オープニングの夜に上等な仕出し屋に頼んでパーティをひらく」

「ふむふむ……」パイパーがありもしないあごひげを撫でる真似をする。「それはいけるかも。ヒューゴ・リース回顧展。気に入った。乗ったわ」

「コーヒーを一杯おごってもらって、日時を決めよう。秘密の隠し場所に古い表紙絵が数点眠っているはずだ。死体といっしょに床下に隠してある」

パイパーはヒューゴに指を曲げてみせ――つきあっていたときには、まったく別のことを意味する合図だった――彼をギャラリーの喫茶室に案内する。

赤いエプロンをつけた若い女性がカウンターに立っていた。コーヒーカップの上に危なっかしくのせた器具の上から、湯気を上げる熱湯を注いでいる。

「彼女、何をやっている?」ヒューゴがひそひそ声できく。「化学の実験か?」

「ヒューゴ、ハンドドリップよ。コーヒーを抽出する一番いい方法」

「俺はミスター・コーヒーのコーヒーメーカー一辺倒だね。しかしいつも思うんだ……ミセス・コーヒーっていうのもあるのかなって?」

ふたりがカウンターまでたどりつくと、パイパーが声をかける。「アシュレー。こちらのお客様にコーヒーを一杯いただけるかしら?」

「いや、結構」メニューの値段を見て、ヒューゴがいった。「コーヒー一杯に十三ドル? ダイヤモンドと絶滅危惧種の血でも入っているのかい?」

「こちらのおごりよ」とパイパー。

「味は保証しますから」とバリスタのアシュレーがいう。「十三ドルの価値はありますから」そういって、大きな白いマグカップと、また新たにじょうご形の器具を取り出した。

「アシュレー、こちらはうちでお世話になっているアーティスト、ヒューゴ・リース。かつてジャック・マスターソンの『時計島』シリーズの挿絵を描いていた方よ」

「ええっ!」アシュレーがカウンターを両手でバンとたたいた。目を大きく見ひらいて、畏敬《いけい》の念に打たれるような声でいう。「ほんとうですか?」

人気は不滅だった。時計島とジャック・マスターソンの名前に対して、かつてのティーンエイジャーがビートルズに対するのと同じ反応を返す年齢層がいる。

「ほんとうなんだ。残念ながら」とヒューゴ。

パイパーがヒューゴの腕をバシンとたたく。

「どんな方なんですか?」まるでジャック・マスターソンが背後にいるように、声を潜めてアシユレーがきく。

「そうだね、アルバス・ダンブルドア（ハリーポッター の登場人物）と、ウィリー・ウォンカとジーザス・クライストを合わせてひとつにした感じかな」彼らがみな憂鬱《ゆううつ》に沈んで酒を飲み過ぎているとしたら、という条件付きなのだが。

「それはすごいです」とアシュレー。ヒューゴはイギリス人であり、彼の訛《なま》りと皮肉をアメリカ人が区別するのは難しいのに気づいていた。

「でも、あの作品の仕事をした方にしては、ずいぶんと若く見えるんですけど」

お世辞がうまい。

「ぼくはもともとのイラストレーターじゃないんだ。四十巻まで出たところで、版元は新しい絵をつけて、シリーズを再発売しようと考えた。それで二十一歳でその仕事を引き受けた」十四年前のことだった。百年も昔のように感じるし、つい昨日のことのようにも思える。

「あなたの描いた表紙が一番」とパイパー。「最初のイラストレーターも悪くないけど、ハーディー兄弟（児童向け推理小説）にあまりに似すぎていて、オリジナリティが感じられない。その点、あなたの絵は……なんていえばいいのかしら。ダリが子どもの絵を描いた感じ」

「子どものことを思えば、ダリ本人が描かなかったのを喜ぶべきだろう」とヒューゴ。

「ひとつ、お願いがあるんですが？」アシュレーが腰に片手をあてがい、首をちょこんとかしげて、熱っぽい目でヒューゴを見る。

そら来た。サインをしてくれというのだろう。あるいはいっしょに写真を撮ってほしいとか。

スター扱いをされる機会はそうたくさんあるものではなく、たまにはいいか、などとヒューゴは思う。

「ああ、いいよ」

「教えてほしいんです。どうしてカラスは書き物机に似ているの？」

「それはどちらも――待ってくれ」ヒューゴが怪訝《けげん》そうに目を細めた。「どうしてそんなことをきく？」

カウンターにつやつやした黒いスマートフォンが置かれている。そのスクリーンをアシュレーが何度かタップして、あるウェブページをヒューゴに見せる。「ジャック・マスターソンのウェブサイトに今日掲載されて。フェイスブックにも大きくのっていますよ」

「なんだ、それは？」

「見せてちょうだい」パイパーがいった。アシュレーの手からスマートフォンを自分の手に取った。彼女の肩越しにヒューゴがそれを見て声に出して読む。

親愛なる読者のみなさんへ

新しい本を書きました――『時計島に願いを』というタイトルです。今回の本は世界に一冊しかありません。とても勇敢で、賢く、願いを叶える方法を知っている人に差し上げます。

ヒューゴの心臓の鼓動が速くなり、それに頭が追いつかない。ジャックのやつ、いったいこれは何の真似だ？

「行かないと」とヒューゴ。

「もう帰るの？　どこへ行くつもり？」パイパーが心配そうな顔になる。

「わからない」パイパーの頬にキスをすると、ダイヤモンドをちりばめた十三ドルのコーヒーを置き去りにして、ヒューゴは通りへ飛び出した。ちょうどやってきたタクシーに手を振って、とまるなり乗りこむ。

「ペン駅（ペンシルベニア駅）まで。頼む、急いでくれ」ヒューゴは尻のポケットからスマートフォンを取り出した。部屋を探しているあいだはずっと機内モードにしてあった。それを解除するなり、ふいに怒濤《どとう》のように大量のメールやテキストメッセージ、ボイスメッセージが飛びこんできた。ビープ音、ベル、ブザーがけたたましく鳴り響く。

八十七本の出られなかった電話と、およそ二百通の新着メール。どれもこれも、各種メディアや、何年も連絡を取っていない友人たちからのようだった。

「なんてこった」ヒューゴはうなった。

家に電話をする。ジャックが出た。

ヒューゴは相手にしゃべらせない。

「おい、何をやらかした？」ヒューゴが迫る。「トゥデイショーが、俺の留守電にボイスメッセージを五本も残してる」

「a foot だよ」とジャック。「だが身体の一部じゃない」

「あんたのばかげたなぞなぞはたくさんだ。簡潔に、短いセンテンスで、正確に答えてくれ。なんだって喫茶室の女の子が俺に、どうしてカラスは書き物机に似ているのか、なんてきいてくる?」

「a foot」ジャックがまたいった。今度はゆっくりと、まるで子どもに話しかけているように。「だが、人体の一部じゃない」

ヒューゴは電話を切った。

スマートフォンをにらみつけ、一瞬窓の外に放り投げようかと思った。しかしCBSニュースが連絡してきているときに、それはまずいだろう。留守電に切り替えておく。

「大丈夫ですか?」運転手がきく。

「a foot で、人体の一部ではないものってなんだろう?」ヒューゴはきいた。「何か思いつくかな? なぞなぞみたいなもんだから、おそらく答えはばかげている。わかったとたん、ふざけるなと頭に来て怒りだすような」

運転手はくっくと笑った。「シャーロックを知りませんか? 知っていますよね。彼がそんなことをいっている」

「それはまた、いったいどういう――」そこでヒューゴは理解した。

人体の一部じゃないフットとは?

そうか、a foot(一本の足)じゃなくて、afoot(進行中)だ。

かつてシャーロック・ホームズはいった。「The game is afoot.（「さあ、はじまりだ」）」ジャック・マスターソンがゲームをはじめた。いまになって。なんの脈絡もなく。正気を失ったのか？　長いこと、ほとんど家から外へ出ていないジャックが、ここに至ってゲームをはじめた？　世界を相手に？　このどでかい世界全体に勝負をかけたって？

次の瞬間ヒューゴは、思いつく限り最も汚い悪態をついた。運転手に正体を知られていないのは幸いだった。知られていたなら、二度と児童書の世界で仕事はできないだろう。

ジャックにまた電話をかける。

「俺が、あんたに、またプロットを、練るといい、といったのは」ヒューゴは一語一語の終わりをかみきるようにいう。「本のプロットのことであって、現実世界で陰謀《プロット》を企《くわだ》てろとはいってない」

するとそこで、昔懐《なつ》かしい笑い声が起きた。悪魔が裏口に来ているというのに、だれもそこに鍵をかけることを思いつかなかったのをからかうような笑いだ。

「知ってるはずだよ、ヒューゴ……願いごとには気をつけろって言葉を」

3

ルーシーはバスルームの鏡の前に立ち、できるだけ頼りがいのある成熟した大人に見えるよう気を配る。まず当然ながら、ツインテールはほどく。学校で子どもたちが笑ってくれるので、自分ではとても気に入っていた。とりわけ大きなリボンを結んでやると子どもは大喜びする。けれど今日は半休を取って参加する大事な面接がある。年を食ったパワーパフ ガールみたいな姿で現れるわけにはいかない。

髪をまっすぐとかし、プレスのきいた清潔なベージュのスラックスを穿《は》き、グッドウィル（米国のリサイクルショップ）で見つけたエレガントな白いブラウスを合わせる。ファンの集いから追い出されたアニメオタクから、教会に行っても営業会議に出席しても恥ずかしくない立派な社会人に早変わりだ。

それからしぶしぶリビングに入っていく。クロエのガールフレンドは自分たちのリビングを「絶望の穴蔵」と呼んだ。まさにそのとおりの部屋。色も形もばらばらの古い家具はまだいい。別にルーシーはスノッブではなかった。しかしどこを見ても、ピザの箱やウォッカのボトルが転がっているのは我慢できない。床には汚れた靴下が落ちているし、床に敷かれたカーペットは、ルームメイトたちが家で靴を脱がないために、茶色い汚れが目立っている。この三階建ての家でシミひとつない清潔な場所は、ルーシーの寝室、ルーシーのバスルーム、そしてキッチンだけだ。キッチンは、ほかにだれも掃除をしないので、ルーシーがいつも掃除している。

一日も早くここを出たい。それはクリストファーのためだけではなかった。けれどここは賃料が安くて貯金ができる。それでいつまでも動けないのだった。ルームメイトたちがみなカレッジの最終学年だった二年前はこれほどひどくはなく、かなりきちんとしていた。しかし彼らが卒業して、好きなだけ酔っ払える新入生が入ってきてから事情が変わった。

いまもこうして、一番年の若いルームメイトのベケットが、リビングに置いてあるビールのシミがついた格子柄のソファに寝ころがって、スマートフォンで何かを見ている。彼のことだから、ポルノか笑えるネコの動画だろう。よくまあ毎日飽きないものだ。

「ねえベック、起きてる？　車を貸してくれるっていってたでしょ」

相手はゆっくりとまばたきをして、現実世界に目を向ける。「は？」

「ベケット。ちゃんと起きてこっちを見て」ルーシーはそういってパチンと指を鳴らした。

ベケットは目をぱちくりする。「ああ、ルーシーか。なんだ、その格好？　まるで尼さんじゃないか？　きみはツインテールのほうがずっとセクシーだぜ」

ルーシーは深いため息をついた。どうやら不屈の忍耐力を試されているようだ。

「マリファナの葉をプリントしたシャツを着て、もう六日もシャワーを浴びていない男から、ファッション・アドバイスを受けるつもりはないの」

「五日だ。シャワーの浴びすぎは肌によくないんだぜ。これでも美容に気を配っているんだ」

「衛生にも気を配ってほしいものね。たまにはシャワーを浴びたほうがいい。はい、車のキーを貸して」

「疲れてるんだ。頭が痛い」

ルーシーはきびすを返してキッチンに入ると、冷蔵庫からボトルをひとつ取ってきた。「はい、これ飲んで」

ベケットがボトルのキャップをはずし、一口飲んだ。とたんに目が大きくひらいた。「うわあ、これなんだい？」

「それは……水」

「ワオ」

「気分はよくなった？」

「サイコーだよ」とベック。「きみはほんとうに賢い。セクシーな魔法使いだ」

「セクシーな魔法使いに、車のキーを渡してもらえないかしら？」

「わかった」そういってジーンズのポケットから車のキーを取り出した。ルーシーは受け取ってにっこり笑う。

「ありがとう。じゃあ、シャワーを浴びてね」


児童相談所の両びらきのガラスドアの前で、ルーシーは再度身だしなみを点検する。深く息を吸って気持ちを落ち着かせ、冷静に対処するのだと自分にいいきかせる。これから会うのはミセス・コスタ。クリストファーの養育先の選定とケアを担当するソーシャルワーカーだ。ルーシーがクリストファーの養母になれる日を少しでも早める何か特別な策があるはずだった。クリストファーが頭のなかで計算して、ふたりがいっしょに暮らせるときには自分はもう九歳になっていると気づいた。あのときの顔がずっとルーシーを悩ませていた。

ミセス・コスタの事務室前に設けられた待合室で、ルーシーはスマートフォンにじっと目を落としている。ここにいるのがいやだった。どうしても、病院の待合室を思い出してしまう。一般家庭にあるものとは違う独特のタイルにけばけばしいペンキ。ラミネート加工された表示板には、救急対応、児童援助、経済援助と、それぞれ鮮やかな色で書かれている。経済援助の対象は、子どもを養子として受け入れる家庭や、一定期間子どもを養育する家庭、刑務所に親が入っている子ども、ドラッグ常習者の子どもだ。小さな男子の母親になろうとしている二十六歳の経済的に破綻した独身女性は何も援助してもらえない。

壁に貼ってあるポスターのなかで一番大きなものに、黒い大きな文字で、〈養育者になるのに完璧な人間である必要はない〉と書かれている。これはありがたい。完璧にはほど遠い自分にとって、こんなうれしい言葉はなかった。

しかし、そのポスター写真に写っている家族は幸せそうに笑っていて、どこからどう見ても完璧だった。

この待合室には絵に描いたような完璧な家族はいない。泣いている赤ん坊を抱いた女性。大声を上げている幼児といっしょの女性。だまってすわっているティーンエイジャーの隣に腰を下ろしている女性。少ないが男性もいる。親を敬遠するような表情からすると、あの子たちは、普通なら本や新聞で読むだけの恐ろしいことを実際に経験したに違いない。クリストファーもいつの日か、ああいった心に傷を抱えたティーンエイジャーに成長するのだろうか？　そういう運命から彼を助け出す窓が、急速に閉じていくようにルーシーには感じられた。

横のテーブルに資料一式やパンフレットが置いてある。そのなかに『フォスターケアの実情』

というタイトルのものをルーシーは見つけた。そこには、子どもがフォスターケアで過ごす平均日数は十二か月間で、二年に満たないと書かれている。クリストファーはすでに二十か月目に入っていた。もっと悩ましい事実も書かれている。すなわち、フォスターケアで育った子どもは、退役軍人の二倍、ＰＴＳＤ（心的外傷後ストレス障害）を発症しやすい。

「ルーシー・ハートさん？」呼ばれて顔を上げると、ミセス・コスタが事務室の戸口に立っていた。笑顔をつくっているものの、愉快そうではなく、儀礼的な笑みだった。ルーシーは自分がすでに彼女の時間を無駄にしているような気分になる。

　室内に入り、ミセス・コスタの机の前の椅子に腰を下ろした。散らかった机に積み重ねたファイルが縁からはみだしていて、いまにも落っこちそうだった。

「さて、ルーシー」ミセス・コスタがやる気を装った顔でいう。「今日は、どんなご用件でいらっしゃったのですか？」

「クリストファーを養子にすることを見据えた養育について、もう一度話がしたいと思いまして。彼を育てようと申し出ている親族はいないのですよね？」

　ミセス・コスタがじっとこちらを見る。ルーシーより年上で、肌は日差しで傷《いた》み、茶色い髪に白髪が交じっている。この仕事をしていなければ見なくて済んだはずの悲劇を、その目でいくつも見てきたのだろう。

「確かに、家族の再統合というのが、いつでも最善のシナリオです」とミセス・コスタ。「しかし、彼の場合、それは叶いません。親戚は刑務所にいる大叔父と、もうひとりいるだけで、そちらは施設に入っています。ですから、養育者がクリストファーを養子にすることは可能です。ただしルーシー、それは長い道のりで――」

「クリストファーにとっては、わたしは事実上、新しい母親なんです。戸籍に記載がないというだけで」

「あの子があなたと暮らしたがっているのは知っています。あなたが彼の母親になりたいと思っていることも――」

ルーシーは相手に終《しま》いまでいわせなかった。「クリストファーはどんどん成長しています。いろんな疑問をぶつけてきます。いまの養母は双子の赤ん坊を育てるのに必死で、彼にまで気がまわらない。それもあの子はわかっている」

「キャサリン・ベイリーとその夫がつくる家庭は、わたしたちが安心して子どもを預けられる、最高のもののひとつです。あそこに入れて彼は運がよかった」

「わたしならもっといい親になれます。彼はわたしに強い愛着を持っている」子ども時代の愛着は重要だとルーシーは知っている。ミセス・コスタもそれはわかっているはずだった。

「ベイリー夫妻は、彼に衣食住を充分に与え、安全な暮らしを提供し、学校で勉強させ、家で確実に宿題をさせています。それにミセス・ベイリーは毎回の法廷審問やあらゆるミーティングにきちんと準備して出席している……それ以上、あなたは彼らに何を求めるのです?」

「愛情を注いでほしいのです。彼らはクリストファーを愛していない。わたしのようには」

ミセス・コスタが大きなため息をついた。「それは犯罪ではありません」

ルーシーが口をはさむ。怒りのあまり自分でも驚くほど尖った声になった。「犯罪であるべきです」

「きいてちょうだい」ミセス・コスタの声に優しさが感じられて、ルーシーは自然と目を合わせた。「わたしにそれができるなら、いますぐあの子をあなたに引き渡したい。愛情だけで充分なら、あなたには彼を養子に迎える完璧な資格があるといえます」

ルーシーは待つ。神経が過敏になっている。次にどんな言葉が飛んでくるか、わかっていた。以前にもまったく同じことをいわれた。「でも――」

「そう、でも。あなたは、受け入れ家庭の調査報告書で失格になる。現状、あなたはさまざまな問題を抱えている。ルーシー、あなたにはクレジットカードの高額の借金がありますね。信頼できる輸送手段がない。一軒の家に三人のルームメイトと暮らしていて、その家も、火事になればあっというまに丸焼けになるような代物です。そうそう、ルームメイトのひとりは最近飲酒運転の罪を犯しましたね。あなたが利用できるあらゆる公共サービスをつけたとしても、適切な住まいは用意できず、車もない。いいですか、もしクリストファーを今日あなたに託したとして、彼はどこで眠るのです？　あなたの寝室の床ですか？」

「わたしが床で寝ます。クリストファーはわたしのベッドで寝かせます」

「ルーシー――」

「お金が入りますよね？　養父母は州から給付金がもらえる。それをつかってもっといい住環境をつくります」

「子どもを養育する前に、適切な住環境が必要なの」

「見てください」ルーシーはフォスターケアのパンフレットをひっぱりだした。「これには、フォスターケアで育った子どもはほかの子どもよりも、憂鬱《ゆううつ》症に苦しむ率が七倍多く、不安神経症になる率が五倍多いと書かれています。さらに刑務所に入る率も四倍。もっと続けましょうか?」ルーシーはパンフレットを振りかざす。「クリストファーを救えるのなら、わたしの安っぽい家で数か月暮らすぐらい、どうってことないんじゃないですか? あの子には本物の母親が必要なんです。体裁だけの人間より、わたしと暮らしたほうが彼は幸せなんです」

「その体裁がとても重要なんです。子どもには何より愛情が必要だとあなたが考えているのはわかります。だからといって、生活の安定が不要なわけじゃない。こんなことをいいたくはありませんが、あなたの人生は目下のところ、子どもの生活を安定させるのに充分ではない。彼には学校がある。それに週に二回のカウンセリング。そもそも、真夜中に具合が悪くなって目が覚めて、薬が必要になったというのに、あいている薬局は十マイル先に一軒しかないとなったら、どうするのですか? 二時間待ってバスに乗る? それとも、ルームメイトのひとりを起こして車を出してほしいと頼む? 午前四時にバイクで幹線道路を飛ばしますか?」

「車を借りられます。それを自分で運転して——」

ミセス・コスタが手を振って話をさえぎった。「あなたには新しい仕事が必要です」

補助ではない正式な教諭になることを考えているのだが、必要な講習を受ける余裕がなく、免許や証明書の発行に必要なお金もない。それをルーシーは説明した。

「それなら副業は?」とミセス・コスタ。

「仕事をふたつ持つことになれば、もうクリストファーには会えなくなります。あの子は電話をつかえない。恐くてだめなんです。あの子の立場に置かれれば、だれだってそうなりますよね?

あなたはわたしに、そういう子どもを見捨てろというのですか?」

「厳しい選択をしてくださいといっているのです」

「これまでわたしは、あまりに安易な選択ばかりをしてきたからですね」

「ルーシー、ルーシー」ミセス・コスタは首を横に振る。「子どもひとりを育てるには、まるまるひとつの村が必要だって言葉はご存じですね。あなたの村はどこですか? あなたを支えてくれる人々は?」

「わたしには、それは望めません。子どものころ、うちの両親は姉の心配しかしませんでした。いまもそうです。わたしは祖父母の家で育って、その祖父母はもういません。もはやだれも頼れないのです」

「お姉さんは?」

ルーシーは笑い飛ばした。「さっきいったじゃありませんか。彼女は両親のお気に入り。もう何年も話をしていません」

「それなら……お姉さんは後悔しているんじゃありませんか? そういうことを考えたことはありませんか? とりあえず、電話の一本でもかけてみたらどうです。生活を援助してくれるかもしれません」

「あの人にお金を恵んでもらうぐらいなら、闇取引で自分の内臓を売ります」

ミセス・コスタは腕組みをして背を椅子に預けた。「自身の生活を改善しようという気がない人には、残念ながらこちらもどう援助していいかわかりません」

ルーシーはまばたきをして涙をこらえた。「あと二年以上かかるって、あの子にいったんです。車を買って部屋を借りるだけのお金が貯まって、いっしょに暮らせるようになるまでに。あのときの彼の顔を見てほしかった。まるで二十年、あるいは永遠にかかるって、そういわれたみたいな顔でした」そこでルーシーは、からっぽの両手を差しだした。「持たざる者にも、子どもは持てる社会であるべきです。そうは思いませんか？」

「ええ、ええ、もちろんそうあるべきです」ミセス・コスタがいった。「それと同時に、持たざる者の家に生まれた子どもが生活に苦しむこともあってはならない。わたしはそう思っています。しかし、いまのわたしのポジションでは、現状を変えることはできないのです」

「何か方法はあるはずです」ルーシーは身をのりだし、期待の目でミセス・コスタを見つめる。

「何かありませんか？」

「奇跡を信じるなら、希望はあるといいたい……しかし近ごろは、奇跡のような展開など見たことはありません」そういって、うつろな目でルーシーを見つめる。まるで待合室にいるティーンエイジャーのようだった。「そろそろクリストファーに、願いは叶わないことを打ち明けるべきではないかしら」

ルーシーは首を横に振った。「嘘でしょ？　あり得ない。とにかく……無理です」

かつての恋人にいわれたのではなかったか？　俺たちのような人間は子どもを持つべきじゃないんだよ。さんざん無茶をやってきた。無茶な人間は子どもをだめにする。きみはいい母親になれないし、俺はいい父親になれない……。

ルーシーは頭から元カレの言葉を無理やり追い出した。涙が顔を流れていく。ミセス・コスタが背後に手を伸ばし、ティッシュの箱から数枚ひっぱりだしてルーシーに勧める。後ろを見もしない、そのいかにも手慣れた動作に、この人は昔からもう何度も同じことをしているのだろうとルーシーは思う。

「ねえ、ルーシー。このあいだクリストファーと話したときにきいたんだけど、あなたたち、ウィッシング・ゲームっていう遊びをやっているんですってね。叶いそうもない、途方もない願いごとをする。そういう願いごとは現実では叶わないって、あなただって、わかってるでしょ？どれだけ強く願ったところで、それだけで願いは叶わないものだって？」

「わかっています」自分の耳にもとげとげしく響く口調になった。とげとげしく、苦々しい。

「だけどクリストファーには持たせてやりたかった……なんていえばいいのか……。希望、でしょうか？」

「あなたはあの子に、ほんとうに希望を持たせたの？　それともいたずらに期待させただけ？」

この部屋の外の待合室は、困っている人間であふれている。自分よりもっと困窮《こんきゅう》している大人たちと、クリストファーよりもっとつらい目に遭っている子どもたち。

「なんなら、わたしから話しましょうか？」とミセス・コスタ。「ベイリー家に行って、あの子と腹を割って話す。決めたのはわたしであって、あなたのせいじゃないって」

そんないやな役回りを買って出てくれるというのは、なんとも親切なことだった。もう少しで飛びつきそうになるものの、それは臆病者の逃げだとルーシーは思い直す。

「わたしから……」ルーシーは顔の涙をぬぐった。「なんとかして、あの子に伝えます。それが筋だと思うんです」喉の奥にこみ上げてきたものを、ぐっと飲み下す。

「あの子だって最終的には、きっとわかってくれますよ。ただし先延ばしにすればするほど、あなたも彼もつらくなるのはまちがいない。新しい家庭に入ることになったときも、あなたを待っていなければ、彼はそれだけ入りやすくなる」

クリストファーが自分以外の人間に引き取られるなど、ルーシーには想像さえできなかった。

ミセス・コスタがまた新たなティッシュを渡してくれる。

「信じる信じないはあなたの自由ですが、数日もすれば楽になりますよ。肩の荷がちょっと下りたような」

ルーシーは相手と目を合わせた。そうしてわざとゆっくりした口調で伝える。「もしクリストファーが自分の息子だったら、肩の荷のようには思わないでしょう。彼がわたしの息子だったら、わたしの身体は浮き上がって、地に足は着かないと思います」

ミセス・コスタは無表情。「ほかに、わたしが力になれることがありますか?」

要するに帰れというのだ。当然だろう。もう何も話し合うことはない。

「いいえ、ありがとうございます。もう充分力になっていただきました」

4

ルーシーは車をベケットに返した。学校までは歩いていく。手足を動かし、呼吸をして、気持ちをしゃんとしてから、仕事にもどらないと。

楽になる？　肩の荷？　ミセス・コスタはクリストファーを、遂行しなきゃいけない慈善事業か何かだと思っているのだろうか？　それがあるから、自分の人生を楽しめないと？　人生なら充分楽しんだ。カレッジ時代には、その年代の女子がやるべきことをすべてやった。片っ端からパーティに参加して、セクシーな男性たちと関係を持ち、春休みにはパナマシティに出かけて安っぽいホテルの一部屋に女の子六人で泊まった。それどころか、カレッジに通う学生には身分不相応なことまでやったし、かつての恩師である教授のひとりとデートをしていた時期もある。その教授がたまたま国内有数の著名な作家だった。いくつもの賞を受賞した有名作家は、ルーシーをニューヨークの街並みを見下ろす屋上のカクテルパーティや、ハンプトンズの豪邸でふるまわれるディナーの席に連れていき、ヨーロッパをめぐるツアーにも伴った。あの時代にルーシーは人生を謳歌《おうか》した。それもやりたい放題。若かった時代に、とことん楽しんだ。

そういった刺激的なパーティや、豪華なディナー、知り合った数々の著名人、五つ星ホテルに泊まったあらゆる夜を、ルーシーはクリストファーの母親として過ごせる一週間と喜んで交換しただろう。たった一日。ほんの一日でもいい。けれどミセス・コスタによれば、そんな経験がいくらあっても、クリストファーの母親にはなれないらしい。

ずっとうなだれたまま歩き続ける。赤い目を見られて、昼間っから酔っ払っているか、ドラッグでもやっているのかと、そう思われるのがいやだった。ちょうど金曜日の午後だ。放課後にクリストファーに話そう。ミセス・コスタにまた会ったところ、わたしはクリストファーの母親にはなれないと、州がそう判断を下したと。話し終えたら元気づけのために、この週末に映画に連れていってやろう。二千ドル以上の貯金がある。クリストファーが幸せになるために、ここで少しぐらいつかったってバチは当たらない。この土日をまるまるつかって甘やかしてやれば、きっと月曜日からは元気にやっていける。何も変わっていない。わたしはずっとあなたの友だち。ただ母親になれないというだけで。

別に大したことじゃない。

なのにどうして、こんなにもつらいのだろう?

駐車場を横切って歩いていく。途中玩具のセレクトショップの前を通り過ぎ、あわてて引き返して店のなかに入る。今日は保護者のひとりが教室に入って、テレサの補助をしてくれているから、まだあと少し時間がある。

〈パープル・タートル〉という店のなかに一歩足を踏み入れた瞬間、たちまちルーシーは自分のまちがいに気づいた。店内に並ぶあらゆる商品が異常なほど高い。ドイツから輸入した積み木や、イギリスから輸入した手彩飾の人形。こういったものを子どもに当たり前のように買ってやれる母親って、どんな気分なんだろう。

「何かお探しですか？」若い女性店員がカウンターの向こうから声をかける。ルーシーがふりむくと、店員はスマートフォンを見ながら眉間にしわを寄せていた。

「サメや船が好きな男の子が喜びそうなものはありますか？　七歳なんです」これからクリストファーが受けるであろうショックをやわらげるものが欲しかった。これからも自分はあなたをずっと愛していて、あなたの人生に関わっていきたいと、その気持ちを伝えられるようなものを。

「何か、ちょっとしたものでいいんです」

何か、高価ではないもの。

「あちらに、レゴでつくった海賊船がありますけど、かなり大きいです」店員が指さしたセットに目を向けたら、二百ドル近い値札が目に飛びこんできた。あれを買ったら、貯金の十パーセントが一瞬で消える。

「ほかにはありませんか？　もっと小さなものは？」

「シュライヒ（ドイツの歴史ある玩具メーカー）の動物フィギュアはどうでしょう。小さいのがよいということでしたら、あそこにあるサメをふたつとか、いいと思いますが」

ルーシーは店員の指さす方向に目を向けた。大きな木箱にあらゆる属や種の動物フィギュアが入っている。ライオン、小鳥、オオカミといった動物はもちろん、恐竜やユニコーン、そしてサメもあった。

どれもひとつ七ドルだが、三つなら十五ドル。イタチザメとホホジロザメとハンマーヘッド・シャークの三つを買うか、それともどれかひとつにするか。まるまる十分ほどかけてようやく決め、とうとう三つ全部をカウンターに持っていく。だれにも文句はいわせない。たったの十五ドル。なんなら願いごと貯金の二千ドル全部をはたいたってかまわない。それだけ費やしても、クリストファーと自分が心に受ける傷は治らないとわかっている。それに、いますぐアパート探しをしたり、車を購入したりするわけではないのだ。

レゴのセットに二百ドル払うのは承服できないけれど、三頭のサメなら許す。

「無料のラッピングサービスはありますか?」

店員が片眉をつり上げた。「この小さなサメ三つを包むんですか?」

「お手数でなければ。お願いできますか?」

「ええ、もちろん。お子さんへのプレゼントですか?」

また喉の奥にこみ上げてきたものをルーシーは呑み下した。

「うちの学校に通う小さな男の子に。大変な毎日を乗り越えている最中で、プレゼントをもらえる機会もなかなかないんです」

「先生なんですか?」フィギュアを箱に詰めながら店員がきく。ルーシーは恐竜がプリントされた青い包み紙を指さす。クリストファーは虹よりこっちのほうが喜びそうだ。

「レッドウッドで教員補助をやっています」

「じゃあなぞなぞなんか、ご存じですか?」

「なぞなぞ、ですか?」突然きかれて、ルーシーはとまどう。「ジョークや洒落《しゃれ》やなぞなぞの授業を毎年四月にやりますけど」

「このなぞなぞはご存じですか——なぜカラスは書き物机に似ている?」いいながら、店員は箱に包み紙をかけていく。

「ええ、知っています。『不思議の国のアリス』か、『鏡の国のアリス』に出てきましたよね。どっちだったか、思い出せませんが」

「答えをご存じですか?」

答えを知っているか。遠い昔、同じなぞなぞを出されたことがある。それをきっかけに話が弾んだのだった。このなぞなぞに答えはない。少なくともルイス・キャロルにいわせればそうだ。

「じつのところ、答えはないんですよ。不思議の国でだけ通じるなぞなぞですから。あのワンダーランドではだれひとり正気じゃない」

「なるほど」と店員。「残念だわ」

「なぜ、興味を持たれたんですか?」

「ネットで話題になってるんです。わたしも朝からずっと答えを考えていて」

「幸運を祈ります」

ラッピングを終えた箱を店員が持ち手のついた茶色い袋に入れてくれる。袋の前面には紫色のカメの絵がプリントされていた。十五ドルプラス売り上げ税で、素敵なプレゼントのできあがり。

しかし店を出るときには、海賊船のほうがもっとずっと素敵なプレゼントになっただろうと思っている。

　学校に着いたときには、帰りの会の最後に歌う歌声が響いていた。「デ・コロレス」に続いて、『小さな谷の農夫』の遊び歌を英語とスペイン語で歌うのだ。「エル・ケソ（スペイン語で「チーズ」の意）」がひとりで立ったところで、ちょうど終業のベルが鳴り、いつものように「携挙」となる。キリストに連れ去られて子どもたちが昇天し、教室はあっというまにからっぽになって、ルーシーとテレサだけがあとに残された。

「どうだった？」ふたりして掃除に取りかかったところで、テレサがルーシーにきいた。

「きかないで」ルーシーはそういって、泣かないようにがんばる。

　テレサがさっとハグをした。「そうじゃないかと心配してた」いってからすぐに身体を離したのは賢明な判断だった。それ以上長く抱きしめられていたらルーシーは本格的に泣きだしただろう。

　肩をひくつかせながら、しっかりしなきゃと気を引き締める。同じことを今日でもう三度か四度やっている。

「大丈夫よ。いずれゴールに到達するから。いまはとにかくこつこつとお金を貯めなさい」

　ルーシーは首を横に振った。「こんな安い給料じゃ、永遠に貯まらない」

「それがアメリカ。子どもの世話は考え得る限り最も重要な仕事だといいながら、いざ給料を支払う段になると、最低の仕事並みの扱いをする。なんとかしてあげたいとは思うけど、こちらも無いそでは振れないのよ」

「いいの。心配しないで。首でも吊ればすべて解決」

「ちょっと。そういうことというの、やめなさいよね」

「ごめん。さんざんな日だったから」

ルーシーはテレサから離れると、ホワイトボードをきれいにしようと、洗剤の入ったスプレーとぞうきんを手に取った。

「ルーシー?」テレサが隣に立って、ルーシーの顔をじっと見つめる。ルーシーは目を合わせることができない。「何があったのか、話して」

「もう無理なんだって」

テレサが小さく息を呑んだのがルーシーにはわかった。「そんな……」

「あらゆる方向から攻めてみた。でもソーシャルワーカーの答えはにべもなくて、わたしにクリストファーを育てるのは無理だって、今日はっきりいわれたの。それをクリストファーにもそろそろ話すべきだって」

「その人に何がわかるっていうの? わたしのように、あなたをよく知っているわけじゃないでしょ」

「彼女のいってることは正論。クリストファーにはもっといい母親を持つ資格があるって」

「もっといい? そうじゃなくて、彼には最高の母親を持つ資格がある。そして、あなたこそが最高の母親。あなたが育てるべきなのよ」テレサはいって、ルーシーの肩を優しく突っついた。

ルーシーは深く息を吸って、ホワイトボードに無理やり意識を集中する。せっせとふいて、白く輝くまでにしていく。「わたしに母親の何がわかるっていうの？　わたしの両親は親として失格もいいところ。そして本人はといえば、ろくでもない男どもとつきあって――」

「ショーン？　それってショーンのこと？　彼とつきあったことが影響しているなら、あなたが二十六歳でも、ここでお尻ペンペンしてやる」

ルーシーは小声でそっと笑った。笑い声までがみじめで疲れている。「ショーンのことじゃないの。まあ、彼がろくでなしなのは事実だけど」

「世界一のろくでなし。これまでのあらゆる記録を破って堂々の一位」

「問題はわたしの置かれた現実にあるの。いまの状況でわたしが彼の母親になることはあり得ない」

テレサは肩を大きく落として息を吐いた。「現実論って大嫌い」

「そうね。そう」とルーシー。「でもクリストファーのためを思えば――」

「彼のためを思うなら、あきらめちゃだめ」テレサはルーシーの肩に手を置いて、そっと揺さぶった。「二十年近く教員をやってきて、いろんな悪い親を、いやというほど見てきた。自分には新しい服を買いながら、子どもには三サイズも小さい靴を履かせて学校へ行かせる。グラスに入ったミルクを落とした五歳児を平手打ちする親。子どもを数週間も風呂に入れず、着替えもさせない親。子どもを助手席にすわらせてシートベルトもさせずに、酔っ払い運転で学校へ送り届ける親。しかもね、ルーシー。そんなのはまだ序の口で、もっとひどい親が大勢いる。それはあなたも知っているでしょ」

「そうね、知ってる。そういう親を見ると、うちの親が聖人に思えてくる。まあ実際にはそうじゃないんだけど。わたしだってもっとひどい扱いを受ける可能性があったのよね」ルーシーは小さな丸テーブルのひとつに腰を下ろした。「ミセス・コスタは、幼い子にいいきかせるように、わたしにこんなことをいった。子どもひとり育てるには、まるごとひとつの村が必要なのよ、だから姉に助けを求めなさいって」

「村が必要だって話はまちがってないわ。連絡してみたらどう?」

「やめてよ」ルーシーは異議を唱えた。

それをはねのけるようにテレサが片手を振った。「わたしも子どものころは姉が大嫌いだった。お互いに抜いた相手の髪でカツラがつくれるほど、派手にケンカしたものよ。それがいまじゃあ、無二の親友みたい。お気に入りのジャケットは貸さないけど、だれかが彼女を手荒に扱ったら、刺してやるぐらいの気持ちでいるわ。わたしがあなただったら、連絡してみるけど。電話をかけたからって、取って食われるわけじゃなし、せいぜいガチャ切りされるだけでしょ」

「連絡はしない」ルーシーはきっぱりといった。そして釘を刺すようにもう一度。「絶対に」

「わかった、わかった」テレサは両手をかかげて降参の仕草をした。「だけど、クリストファーに今日話すのはやめて。少し時間を置くの。よく考える。いい?」

ルーシーはまばたきをして涙を押しもどす。「一週間じゃ、何も変わらない」

テレサがすっくと立ち上がり、ルーシーの胸を指さした。「変わらないですって? じゃあ、わたしのいとこのジョジョの話をしてあげる。彼は地球一の女ったらし。嘘じゃないわよ。そのジョジョが多額の借金を抱えて、二日後には家を銀行に明け渡さないといけなくなった。ところがちょうどその日、つきあっている恋人の妹と浮気しているのがバレて、恋人が彼のベッドに火をつけた。一時間で家は丸焼け」そこで楽しそうな顔になる。「でもって、巨額の保険金が下りた。彼はいまマイアミで、自分の半分の年の女の子ふたりと暮らしているわ」

ルーシーは相手の目を見ていう。「すごく刺激的で前向きになれるストーリーね。ありがとう。ぜひTEDトークでシェアしてちょうだい」

「一週間。一日だっていいから。わかった？　とにかく今日はだめ。金曜日に人の心を打ち砕くなんてやめて。週末が台無しになる」

「ショックをやわらげるために、サメのおもちゃを買ってきた」

「そのサメは取っておいて《save the sharks》。彼にはまだ話をしないこと」

サメを救えと命じられたように思い、ルーシーは今日はじめて本気で笑った。「了解です、マダム！」

テレサは企画会議に出席するため教室を出ていった。からっぽの部屋でひとりになると、ルーシーはスマートフォンを取り出して、グーグルの検索窓を表示させた。ちょっとした好奇心から、「アンジェラ・ヴィクトリア・ハート」と入力する。それから「アンジェラ・ハート」、そして「アンジー・ハート、ポートランド、メイン」と入れる。

見つけるのにさほど時間はかからなかった。メイン州ポートランド在住のアンジー・ハート三十一歳は、ウェザビーズ国際不動産会社の敏腕エージェントだった。写真をクリックして、すっかり大人になった姉の顔をじっと見る。魅力的ではあるが、美人ではない。しかし歯は真っ白で、メイクも完璧。そろいのグレイのスカートとジャケットを着ている。このスーツはわたしの部屋代より高そうだ。会社のホームページによると、アンジーはつい最近二百万ドルの地所を売ったばかりだという。傷口に塩をすりこむように、ルーシーはエージェントが不動産を売ったときに懐に入る標準的な手数料も調べた。なんと三パーセント。二百万ドルの三パーセントは六万ドル。

笑顔で写るアンジーの顔写真の下に連絡先が記されている。電話番号とｅメールアドレス。

六万ドル？　ひとつ売っただけでそんなに？

ルーシーの指が電話番号部分を押そうかどうか迷い、中空に浮いている。そうだ、テキストメッセージを送るなら、別に大したことじゃないのでは？

電話をかけると考えただけで、心臓がバクバクしてきた。汗もにじんできた。何をいえばいいのか？　ママとパパはわたしのことなんかいらないと、教えてくれてありがとう？　わたしは愛されていないし、愛される資格もないと、いつも思い出させてくれてありがとう？　自分の家のなかで、よそ者の気分を味わわせてくれてありがとう？　そうそう、ところで、いくらかお金を貸してもらえない？

だめだ。何もいえない。いうべきことがない。

ルーシーはスマートフォンをバッグに投げ入れた。いずれにしろ、電池の残量がゼロに近かった。

クリストファーが教室にやってくるころには、ルーシーは何事もなかったように、落ち着いていた。

「お帰りなさい、クリストファー」晴れやかな笑顔でいって、こちらへやってきたクリストファーを抱きしめた。ぐったり体重を預けてきたが、これは運動場で思いっきり遊んだ疲れであって、抱えきれぬ悲しみに憔悴《しょうすい》しているのではないと、ルーシーにはわかる。

「大変な一日だった?」ルーシーはきいた。見たところ、昨日より少し顔が明るい。もうアライグマのような目はしていない。

「もう……算数……大変」いって、うーっとうなり声を上げた。バックパックをテーブルのひとつに放り投げ、椅子にどすんと腰を落として、きゃしゃな腕をわざとバタンと下ろす。

「算数の宿題がたくさんあるの?」いつものように、靴のなかに手を入れて靴下を探しながらルーシーはきいた。こうなったら靴下の足首をダクトテープでぐるぐる巻きにしてやろうかと思う。

「ううん、それは終わった」そういって、クリストファーは髪の毛を指ですき、汗ばんだ巻き毛がアインシュタイン博士のようにぴょんぴょん外に飛び出した。「けど、頭が疲れきった」

「耳から煙が出てたもんね。だけどかけ算九九がはじまったら、それぐらいじゃすまないよ」ルーシーはクリストファーの向かいにある小さな椅子に腰を下ろした。「ほかの宿題はないの?」

「本読み。本に書かれているお話をひとつ読んで、そのお話についてマリック先生が出す十の質問に答える。それもちゃんとした文章で。げぇーっだよ」

「お話ひとつに十の質問？　それは大変だ」とルーシー。二年生というより、四年生の宿題に近い。「クラス全員に同じ宿題が出されたの？　それともイーグルズだけ？」

クリストファーはイーグルズという読書グループに属している。学年の標準レベルを超える集団で、クラスで一番よく本が読める子どもたちだ。イーグルズの下は、ホークス、その下はオウルズ。無害な鳥の名前であっても、イーグルズは特別で、オウルズは同情と軽蔑の対象だと、子どもたちにはすぐわかる。クリストファーがイーグルズに属していると知ったときには、どれだけほっとしたかしれない。フォスターケアの子どもは、一般家庭の子どもたちより、いじめの対象になりやすいからだ。

「えっと……ぼくだけ」指を髪に突っこんで、意味もなくかきむしる。

「あなただけ？　何かの罰？」

クリストファーは下まぶたを指でぐっと引き下げてゾンビの顔真似をする。何かで興奮している証拠だ。ルーシーはクリストファーの手を顔からどかした。放っておいたら目玉がこぼれ落ちそうだった。

「どういうこと？」クリストファーの手首を持ったままきく。

「もうぼくはイーグルズも卒業だって、マリック先生にいわれた。もっと上へ行くべきだって」

ルーシーは目を大きくみはった。「それ、ほんとうなの？」

クリストファーはあごをガクガクさせた。感情が高ぶっている。

ルーシーはクリストファーの両手をつかむと、その場で小躍りした。色とりどりの紙テープはどこ？　お祝いの風船はどこ？　こういうときこそ必要なのに。学校から帰ってきた子どもから、こんなニュースを伝えられたら、どんな親だって気を失いそうになるだろう。やっぱり今日はだめだとルーシーは観念した。こんなときに、悪いニュースなんて絶対伝えられない。この子がこんなにうれしそうな顔をするのはほんとうに久しぶりだった。

「すごいねえ。クリストファーはワシより上ってことだもんね。ワシより高い空を飛ぶのはなんだろう？　ハクチョウかな？　ガチョウかな？」

「ガチョウなんていやだ」とクリストファー。

ルーシーは指をパチンと弾いた。「そうだ、コンドル。クリストファー・ラム」そういってクリストファーを指さす。「あなたはコンドル。これからは名前を変えちゃおう。クリストファー・コンドル。よくできました、ミスター・コンドル」

ふたりはそこでハイタッチをした。

「よし、で、どんなお話？　どんな質問が出ているの？」ルーシーがきくと、クリストファーが教科書を取り出した。

「最初のお話は――『海辺の一日』。これを読むと、カン……なんとかいうやつの、つかい分けがわかるようになるんだって」

「カンなんとかいうやつ？　ちょっと見せて」ルーシーは教科書のページをひらいて、そのお話を見つけた。さほど面白そうではないが、まあこんなものだろう。この子にはまだチェーホフは早い。説明を読むと、どういうときに「a」や「an」をつかい、どういうときに「the」をつかうのか、そこに注意を向けましょうと書いてある。

「そうか、定冠詞と不定冠詞ね。これは簡単。すぐにわかるようになるから。用意はいい？」

ルーシーは椅子をひっぱってクリストファーにもっと近づいたが、読みはじめる前にテレサが総務室からもどってきた。スマートフォンで何かを夢中になって読んでいて、自分の机にもどるまでに、テーブルのひとつにぶつかった。

「テレサ？」注意を引こうとルーシーが声をかけた。

「カラスが書き物机に似ているの、なーんでだ？」テレサがいった。机の後ろにすわり、スマートフォンの画面をスクロールする。

「また同じ質問。今日でふたり目よ。いったい何がどうなってるの？」とルーシー。

「カラスって、鳥でしょ？」クリストファーがきく。

「そうよ。これって、インターネット上で拡散しているなぞなぞ？」

テレサがようやくスマートフォンから顔を上げた。「ふたりとも、時計島の本は読んでるでしょ？」

ルーシーの心臓が飛び跳ねた。ひょっとしてジャック・マスターソンが亡くなったのかと、ふいに恐ろしくなった。長きにわたって闘病生活をしていたのなら、新しい本が出なくなったのにも説明がつく。「どういうこと？」

「彼、新作の本を賭けてゲーム大会みたいなことをはじめたの」

ルーシーがクリストファーに顔を向けると、驚きに目を大きく見ひらいていた。

「ルーシー……」ささやくようにいう。「新しい本の願いごと、叶った」

「だれかが、きいてくれていたのね」ルーシーはいって、歯を見せてにっと笑う。

クリストファーの手をつかんで、ふたりしてテレサの机へ走っていく。

「でもゲーム大会って？」ルーシーはきいた。

「あなたたちはエントリーできない」とテレサ。「だからあまり興奮しないで。招待された人だけが参加できるの」

ルーシーは床にあぐらをかいてすわり、テレサのスマートフォンを貸してもらう。いっしょに見られるように、クリストファーをひざの上にのせる。ホームページは空色のシンプルなデザイン。端から端までエレガントな黒のフォントで、なぞなぞが大きく書かれている。〝カフスが書き物机に似ているの、なーんでだ？〟

ルーシーは画面をスクロールして、クリストファーに読んできかせる。

親愛なる読者のみなさんへ

新しい本を書きました――『時計島に願いを』というタイトルです。今回の本は世界に一冊しかありません。とても勇敢で、賢く、願いを叶える方法を知っている人に差し上げます。遠い昔、最も勇敢だった読者のみなさん数名に、本日特別な招待状をお送りします。招待状が送られるのは、次のなぞなぞの答えを知っている人たちです。カラスが書き物机に似ているの、なーんでだ？　さあ、あなたの郵便箱を確認してください。

時計島から愛をこめて、
マスターマインドより。

ルーシーは息を呑んだ。

「どうしたの？」とクリストファー。

すぐには答えられなかった。あまりにショックが強すぎて、しゃべることができない。

招待状が送られるのは、次のなぞなぞの答えを知っている人たちです。

「ルーシー？」クリストファーがひざからすべりおりて、こちらをふりかえった。テレサはルーシーの様子がおかしいのに気づいていない。

「クリストファー」ルーシーはそっとささやいた。満面に笑みが広がって、耳までにこにこ笑っている。

「何？」とクリストファー。

「わたし、答えを知っている」

5

「よし、行くよ」そういうが早いかルーシーはクリストファーの手をさっとつかんで駆け出した。廊下をいくつも抜けていく。

「どこへ行くの？」

「コンピューター室。わたしのスマートフォンはほぼ電池切れ。だけど調べたいことがあるの」

行ってみれば、コンピューター室には情報科学を担当しているグロス先生がひとりいるだけで、あとはがらんとしていた。かわいそうに、グロス（むかつくという意味がある）などという名字は、小さな子どものいる現場で働く人間にはありがたくない。

「ちょっとコンピューターをお借りします」ルーシーがグロス先生に断ってから、部屋の奥の隅にあるコンピューターにふたりして走っていく。

「どれでも、ご自由に」いいながら先生は、新しいカラープリンターを接続している。子どもの手前気をつかいながらも、悪態に近い言葉を吐いているところからすると、ずいぶんと手間取っているらしい。

ルーシーは腰を下ろすなり、またひざの上にクリストファーをひょいとのせた。けれど、それも一瞬で、すぐにクリストファーは飛び下りて、ルーシーの隣の椅子をひっぱりだした。プライベートではひざの上にのっても問題ないが、大人の男性がいるところではいやなのだ。ルーシーのほうは、ほかのことで頭がいっぱいで、気にもしない。

自分のＩＤとパスワードを素早く入力する。それから時計島のフェイスブックにあるファンのページにアクセスしてみるものの、さっきテレサのスマートフォンで見た以外の情報は得られなかった。ジャック・マスターソンの告知と、もっと詳しく知りたい読者からのコメントが数千も並んでいるだけだった。

ルーシーはメールの受信ボックスを確認する。カレッジ時代の友人たちから質問のメールが多数届いていた。

ジャック・マスターソンの、あれ、見た？　これはカレッジの最終学年のときに部屋をシェアしていた友人、ジェシー・コナーズからだ。あなた、以前に彼と会っているんじゃなかった？ウェイトレス時代の同僚のひとりからも来ている。ねえルーシー、ジャック・マスターソンって知ってたよね？　カラスが書き物机に似ているのはどうして？

返事を書くのも煩《わずら》わしいので、見なかったことにする。グーグルに飛んで、「ジャック・マスターソンの時計島のゲーム大会」と入力して検索する。肩越しにクリストファーが覗いているのを知りながら、ツイッターのリンクをクリックする。本来なら子どもが見ているところで、これはよくない。大人のソーシャルメディアは子どもの目に触れることを考えていないからだ。けれどいまは興奮しすぎて、気にしてはいられなかった。

ツイートはＣＮＮの人気リポーターのものだった。わたしもゲームに参加したい！　ねえジャック、わたしへのホグワーツ入学許可証はどこ？　さらに、ツイートに付加されているリンクをクリックすると、ニュース記事に飛んで、ジャック・マスターソンが突然文学界に舞いもどってきたことを知らせていた。

「どうしてホグワーツ？」クリストファーが不思議そうにきく。

「時計島に行くには、実際に紙の招待状みたいなものが必要だってこと。わたしは……」

「わたしは、なに？」

「あなたは秘密を守れる？」とルーシー。

「うん」

「絶対よ。すごく大事なこと。だれにもいっちゃだめ」

小さな子どもに秘密を守れと要求する。それはやってはいけないことだというのがルーシーの持論だった。子どもを重圧で押しつぶすことになると身をもって知っていた。それでも、この話が外にもれてしまうのは困る。きっと事実を揉み消そうとして、両親が出てくるに違いない。

「だれにもいわないって、誓うよ！」クリストファーは早くもいらだっている。

「わかった。じつは……わたし、時計島に行ったことがあるの」

クリストファーは、ルーシーが望む限りの驚きの表情を見せた。大きく見ひらいた目。あんぐりあいた口。「行ったことがある？」

「そう、行ったことがある」

クリストファーがワアアアア――――ッ！と大声を上げた。子どものいる現場で働いていて、一番愉快なのはこういう瞬間だ。一日のうち数時間でも子どもにもどることができる。お金や仕事や請求書の心配をする疲れきった大人ではなく、心配ごとといえば、うるさくしすぎて大人に怒られるぐらいしかない子どもに。

「どうしましたか？」グロス先生がきいてきた。

「いえ、なんでもありません」とルーシー。「叫びたいときは、思いっきり叫べ、というわけで」

「わたしもまさにそういう気分です」先生がいってプリンターをパンチする。

ルーシーはクリストファーに「しーっ」といってたしなめる。「落ち着いて。グロス先生がびっくりするじゃない」しかしクリストファーの耳にルーシーの言葉は入らないようだった。

「時計島に行った！　時計島に行った！」宙をパンチして、こぶしを振りかざす。コンピューターをテーブルから落とさないよう、ルーシーはクリストファーの両手首をそっとつかんで下ろす。

「そのとおりよ。前にもそういったでしょ」とルーシー。

「うそつき！」クリストファーがいった。まったくこの子は頭がよすぎる。「ルーシーがいったのは、ジャック・マスターソンに会って、サインをしてもらったってことだよ」

「うそはいってない。うそなんていうもんですか。わたしはうそをつくような――わかった、うそをいいました。確かにそうでした。だけど、うそといっても、すべてを話さなかったというだけよ。ジャック・マスターソンに会ったのも、サインをしてもらったのもうそじゃない。すべて真実。彼と会ったのが、時計島だったってことをいわなかっただけ」

クリストファーがルーシーをにらんだ。「うそつき」

ルーシーは上からクリストファーの顔をにらみつけた。「あなただって、スーパーマンが隣に住んでるなんて、うそをいったじゃない」

「そうだと思ったんだ！　ほんとうだよ！　スーパーマンそっくりだったんだから！」クリストファーが顔をぎゅっとしかめた。「似てたんだ」

「で、あなたは、わたしの話をききたいの？　それとも、過去のできごとを少しばかり不正確に述べた罪で、わたしを刑務所送りにしたいの？」

「うそつき」

「わかりました。うそをつきました」

「ねえねえ、どんなところだった？　マスターマインドに会ったの？　列車は見た？」クリストファーが矢継ぎ早に質問を投げてくる。

「すごいところだった」とルーシー。「物陰に隠れている男たちはいなかったし、列車も走ってなかったけど、家のなかに入ったの」

「どうやって、そこまで行ったの？」

ここからが、秘密にしたいところだった。

「十三歳のとき、家出をしたの」

クリストファーの口があんぐりとあいた。子どもにとって、家出というのは究極の悪事であり、犯罪の頂点に位置する。だれでも一度は家出を夢見て、話題にしたり、親を脅すネタにつかったりするが、実際に行動に出る子どもはまず皆無。一度家出した人間がもどってきて武勇伝を語ることもない。

クリストファーはルーシーを尊敬のまなざしで見つめる。まるでヒーローを崇めるような目だった。

「どうして家出をしたの？」

「それはね、うちの両親がわたしを、お姉ちゃんのようには愛してくれなかったから。親の注意を引きたかったの」

「でもルーシーは、とってもかわいいのに。どうして？」混乱の口ぶりが、ルーシーの胸をじんとさせる。

「この話、ほんとうにききたい？　ちょっと悲しいよ」とルーシー。

「大丈夫。ぼく悲しいのには慣れてるから」

ルーシーはクリストファーの顔を見た。胸がつぶれそうだった。今日はもう二度も同じ気分を味わっている。しかし、これは事実なのだ。クリストファーは嘘をついていない。悲しみに慣れてしまった。それはルーシーも同じだった。

「わかった。じゃあ話してあげる。悲しいお話だけど、心配しないで。結末はハッピーエンドだから」

クリストファーはルーシーの語る話に一心に耳をかたむけている。これまでルーシーが一度も話したことのない、姉のアンジーをめぐる話だった。

アンジーはずっと病気だった。原発性免疫不全症というのがその病名で、病気に対する免疫がほとんどない。両親はすべてをなげうって、アンジーのためにできることをなんでもやった。妹のルーシーは健康だったから、注意を向ける必要もなく、それで父からも母からも顧みられなかった。充分な愛情も得られずに育った。

「悲しいね」クリストファーが口をはさんだ。

「そういったでしょ」ルーシーはクリストファーのおでこにキスをしてやる。クリストファーはいやがらなかった。ルーシーは先を続ける。

家庭で親から無視され、優しい言葉もかけてもらえない。もしジャック・マスターソンの時計島シリーズがなかったら、幼いルーシーは完全に打ちのめされていただろう。

「どうやって、あのシリーズを見つけたのかは長い話になるの。でも、ほんとうにちょうどいいときにめぐりあった。わたしにとって八歳のときはとてもつらい時期だった。それがあのシリーズを読みだしてから、どんどん気分が明るくなった」

ルーシーは小児科病院の待合室に長時間置き去りにされることが多かった。その時間、両親は姉といっしょに過ごしていた。ルーシーも病室に入ってアンジーに会いたかったけれど、それには小さすぎた。病室の表示板に、〈十二歳未満の子どもは入室を禁じる〉と書かれていたのだ。そのとき、別にルーシーは本を読むつもりなどなかった。つかい古しの塗り絵がごちゃごちゃ入った籠のなかに手を突っこんだら、偶然それを見つけたのだ。

薄いペーパーバック。裏表紙を見ると、読者の対象年齢が九歳から十二歳と書かれていた。小さな子が読む本ではない。すべてのページに絵が描かれている絵本ではなく、ところどころに数枚の挿絵が入っているだけだった。それに、これは男の子向けの本というわけでもない。炎を吐き出すロボットや剣を振るう海賊の話ではない。本の表紙には、少年がひとり描かれているが、その子は女の子の横に立っている。少年も少女もルーシーと同じぐらいか、少し年上に見える。九歳か、十歳といったところで、どちらも手に懐中電灯を握っている。暗がりの長い廊下をふたりでこそこそと歩いているようだった。なんだか恐ろしげな、古くて変わった家だった。本のタイトルは『時計島の家』だった。ルーシーはたちまちこの本が気に入った。表紙では意を決する表情を浮かべた女の子が先頭に立ち、その子に導かれるように、後ろから、びくびくした顔の男の子がついていく。ほかの本だと、先頭を行くのはたいてい男の子だった。

面白そうだと思って、ルーシーは適当なページをひらいて読んでみた。

アストリッドは規則というものが嫌いだった。泳ぐのは、食事をして一時間経ってから、と両親が規則をつくっても、二十分後にはもうアストリッドは水に飛びこんでいる。〈子どもはここを通ってはいけない！　そう、そこのきみだよ！〉なんていう看板があっても、アストリッドはそこをまっすぐ突きぬけていく。

ルーシーは完全に心を持っていかれた。規則を破る女の子？　アストリッドっていう名前もかっこいい。ルーシーなんていう、おばあさんみたいな古くさい名前じゃない。もしアストリッドがいまここにいたら、子どもの入室を禁じる病室にこっそり入る方法を見つけて、姉に会いにいくに違いない。

アストリッドが、わたしのほんとうのお姉さんだったらいいのに……。

ルーシーは心のなかで、本の表紙に描かれている小さなマックスを消して、そこに自分自身を置いてみた。わたしはいま、アストリッドといっしょに時計島にいる。

待合室にひとりぼっちで置いておかれて数時間が経ったころ、祖母がルーシーを迎えにきた。ルーシーはその本を家に持ち帰った。

「盗んだの？」非難ではなく、尊敬の顔でクリストファーがいった。

「アストリッドなら、やりそうだなって思った」とルーシー。クリストファーはそれで納得した。

それからは、ルーシーと時計島は切っても切れない関係になった。学校の図書室にあるものはすべて読んだ。誕生日が来ると毎年必ず現金をねだって、祖母に地元の本屋さんへ連れていってもらって、そこに並んでいる時計島のシリーズをすべて手に入れる。図書室ですでに読んでいるものも全部自分で持っていたかった。ハロウィンにはアストリッドに扮して、ふくらはぎの途中まであるズボンを穿《は》いて、船員が着るような青と白のストライプのシャツを着て、白いセーラーハットをかぶった。いったい何に扮しているのか、だれにもわかってもらえなくてもかまわない。

そして五年生のとき、好きな作家に手紙を書くという課題がクラス全員に出された。ルーシーが手紙を書く相手は、もうとっくに決まっていた。

ジャック・マスターソン。宛先は簡単。彼、あるいはマスターマインドに手紙を出したければ、住所は——。

「知ってるよ」とクリストファー。「時計島って書けば、ちゃんとそこに着くんだ」

「どうして知ってるの？」とルーシー。

なぜこの人は、そんな簡単なことをきくのだろうと、クリストファーがあきれ顔を寄越した。

「本の裏表紙に書いてある」

「ああ、そうか。忘れてた」

ルーシーはまるまる一週間かけてミスター・マスターソンへの手紙を書き上げ、勇気を出して先生に提出した。あとは先生がまとめてポストに入れてくれる。この課題の中身は、なぜその本を最初に読んだのか、どうしてそんなに好きなのか、文章で作家に説明してから、その作家に自分からひとつ質問を投げかけるというもの。これは手紙を書く技術を評価されるのであって、作家から返事が来るかどうかは関係なかったから、子どもたちは安心した。

ミスター・マスターソンは返事をくれなかった。

数か月経っても返事が来なかったけれど、がっかりしないようにと先生にいわれた。ミスター・マスターソンは世界で最も売れっ子の作家で、彼が子ども向けに書いた作品は、有名な作家の書く大人向けの作品よりもずっとたくさん売れていた。

ルーシーは傷ついたけれど、すっかり希望を失ったわけではなかった。一方的な片思いなら慣れている。それにそのころは、ジャック・マスターソンが実在の人物であるといわれても、実感が湧かなかった。単に本の表紙にのっている名前でしかなく、その人が家で暮らして、ベッドで眠って、お菓子を食べたり、トイレに行ったりするなんて、とても想像できなかった。イエス・キリストと同じ。ブリトニー・スピアーズだってそうだ。

「ブリトニー・スピアーズって、だあれ？」とクリストファー。

「えっ、あのブリトニーを知らないの？」

クリストファーは肩をすくめた。

「ごめん、ごめん、そうだよね。その人のことはあとで説明するね。いまはミスター・マスターソンのお話」

最初の手紙に返事はもらえなかったものの、ルーシーはそれからもジャック・マスターソンに手紙を書いて送った。数か月に一通というペースで、先生に見せる必要がないので、もっと正直な気持ちを綴ることができた。両親が姉のようには自分を愛してくれないこと、家族はだれも自分をそばに置きたくないので、いまは祖父母と暮らしていることなんかを書いて送った。

さらには、昨年の春休みに実家に帰ったときのことも書いて送った。一週間という期間限定の里帰りで、そのあいだに両親が自分にかけてくれた言葉の数を勘定していた。月曜日の朝から日曜日の夜まで数えたところ、次のような総合結果が出た。

ママ：二十七語。

パパ：十語。

さらに、同じ部屋で両親と過ごした時間も記録した。

ママ：十一分。

パパ：四分。

その一週間に、愛していると両親からいわれた回数は次のとおり。

ママ：〇分。

パパ：〇分。

きっとそれが効いたのだろう。

その手紙にジャック・マスターソンが返事をくれた。

6

クリストファーがぐいぐい身を寄せてくる。まるで原子爆弾に関する秘密の暗号をこっそり教えてもらおうという感じだ。

「あの日のことは、まるで昨日のことのように覚えてる」と、ルーシーはささやくように告げる。クリストファーに話をしながら、いつのまにかワクワクしている自分がいた。

ある秋の日、学校から祖父母の家に帰ってくると、キッチンのテーブルの上に水色の封筒が置いてあった。宛名は自分。ちょうど十三歳になったばかりだったけれど、バースデーカードではないとわかっている。これまでだれもそういうものを送ってくれたことはなかった。キッチンでナイフを見つけ、それでズズーッと封を切って、中身を取り出した。

「どんな手紙だったの?」とクリストファー。

ルーシーはひと言もまちがうことなく、文面をそのままクリストファーに伝えてやる。もう何度も読んで暗記していた。

愛しのルーシーへ

秘密を教えよう。うちにはモンスターがいる。そいつはわたしの物語工場にいて、わたしがすわる椅子のすぐ後ろに立って見張っている。わたしが仕事を全部終えるまで外へ出してくれないんだ。このモンスターは編集者と呼ばれていて、全身緑色で毛に覆われている。歯が長くて、口のなかには、これまで締め切りを守れなかった作家たちを食べて残った骨がぎっしりつまっている。いまのところそいつは、しばられて部屋の隅にいる。口にさるぐつわをかませて、目隠しをしておいた。いずれ自力で縄をほどくだろうが、しばらくは動けないから、そのあいだにきみに手紙の返事を書いている。

きみの両親がきみにしたことは、あまりにひどい。でも仕方ないの、ときみはいうかもしれない。姉が重い病気にかかっていて、両親はそちらの世話にかかりっきりだからと。親という仕事に休みはない。重病の子どもがいればなおさらで、病気という牢獄に閉じこめられたも同然だ。だれだって牢獄になど入りたくない。きみのお姉さんの身にそんな大変なことが降りかからなければよかったのにと思う。いやどんな兄弟姉妹、母親、父親でも、そんな状況に置いてくれるなと、わたしは願っている。

そうはいっても、きみのご両親がきみにしたことはあまりにひどい。ほんとうにひどい。だからもう一度、全部で三度書いておく。

きみのご両親は、きみにほんとうにひどいことをした。

きみがわたしの娘だったら、ぜんぜん違う数字が出てくるだろう。

一週間にきみにかける言葉は？

十万語（そのうちほとんどが、毎日わたしにいやがらせをしてくるモンスターの話になるけれどね）。

一週間にきみと過ごす時間は？

八百四十分から千分のあいだといったところかな。一日に、平均して三時間から四時間。ただしその時間のほとんどは、きみに銛《もり》と火炎放射器を持ってもらい、わたしと並んで編集者モンスターとの戦いに費やすことになる。うちから追い出さなきゃいけないからね。いっておくけど、この戦いは、のどが渇くんだ。わたしは毎日ポットに何杯分ものお茶を飲む。相棒がいてくれればもっと楽になるんだがなあ。まあ、それっぽいのはひとり、いまもいるんだが、こいつがまったくの役立たず。わたしがそういっていたって、きみから彼に教えてくれてもいいよ。

やれやれ、部屋の隅にいるモンスターが、早くもロープをほとんどかみきってしまったようだ。両親がきみにしたひどい仕打ちについて文句をいうばかりじゃなく、もっとわたしが何かできればいいんだがと、そう思う。きみはじつに勇敢で頭のいい子どもだ。両親にはそれがわからなかったとしても、このわたしがちゃんとわかっている。きみの両親の意見より、わたしの意見のほうがずっと重要だよ。だって、すごいお金持ちで、有名なんだから。というのは冗談だ。お金持ちで有名なのはほんとうだけど、それだからわたしの意見が重要だというんじゃない。じつは、わたしはほかの人間が知らないことを知っている。謎めいた秘密や隠された知識。中折れ帽をかぶったスパイなんかが命をかけても知りたいと思うことを、このわたしは全部知っている。それにね、ルーン文字もタロットカードも、わたしの書斎で暮らしているカラスも、みんなきみについては同じことをわたしにいうんだ。ルーシー・ハートなら大丈夫だって。大丈夫どころか、これからもっともっと幸せになる。きみには愛される資格があるんだから、必ず愛される。きみは魔法のような人生を送ることになる（それはいやだというなら、そういってほしい。魔法にはいつだって代償がつきものだからね）。

ルーシー、あきらめちゃいけない。そしていつまでも覚えていてほしい。願いを叶えるのは、だれもきいてくれないときでも、願い続けた勇敢な子どもたち。なぜならその願いは、どこかでだれかが必ずきいているのだから。わたしのような人間がね。

ずっと願い続けるんだ。

わたしはいつでもきみの願いに耳をすましているよ。

きみの友だち
ジャック・マスターソンより。

追伸――おっと、まずい。やつがこっちへ向かってくる。だれかわたしに、聖水と十字架を！

「これはジョーク」とルーシーはクリストファーに教える。「編集者をヴァンパイアになぞらえているの。ヴァンパイアを寄せ付けないために、聖水と十字架が必要だっていうわけ」

きっとクリストファーは、モンスターについてもっときいてくるか、あるいはミスター・マスターソンの手紙の面白さやおかしさについて話すだろうと思った。ところがそうではなく、クリストファーはルーシーの首を両腕で抱いて、肩にあごをのせた。

「ルーシー、かわいそうだったね」

ルーシーはにっこり笑った。泣くわけにはいかない。あの人たちに流す涙はない。

「でもそうとばかりはいえない」ルーシーはクリストファーを抱きしめた。

「どういうこと?」

「もし、両親がわたしを愛してくれていたら、わたしはいまここに、あなたといっしょにいない。たぶんまだメイン州に暮らしていると思うの。それに……愛してくれていたら、家出なんかしなかったわけだし。家出をしたから、なぞなぞの答えがわかった」

「答えはなに?」クリストファーはそっときく。

「これからその話をする」

ミスター・マスターソンからの手紙を百回も読んだあと、ルーシーは心を決めた。そっちで暮らしたい。だってミスター・マスターソンは相棒がいたら楽になるって、そういってたじゃない?

情報科学の授業で、インターネットの使い方は学習していたから、ある場所を見つけて、そこまでの行き方を調べる方法はわかっていた。さっそくルーシーは荷作りをした。衣類と、子守や祖母の手伝いをして貯めた手持ちのお金、三百七十九ドルをすべて持っていく。ポートランドのフェリー・ターミナルまではバス。現地に着いたら、どのフェリーが時計島に行くのか、大人に声をかけてきいてみる。有名な作家がどこに住んでいて、どうすればそこに行けるか、知っている大人はいるはずで、きっと自慢げに教えてくれるだろう。時計島のシリーズでは、大人はいつでも子どもを見くびっている。どうせ情報を教えたところで、ほんとうに行きやしないと思っている。だから教えてくれる。

そしてその考えは正しかった。

「えっ、教えてくれたの？」とクリストファー。
「切符売り場の女の人にきいたの。そうしたら教えてくれた。ただし時計島でフェリーを下りることはできない、そこに寄港するのは郵便を配達するためだからっていわれた。それでも写真ぐらいは撮れるって。で、フェリーに乗りこんだんだけど、時計島の港に入って郵便配達人がフェリーを下りてこちらに背を向けたとたん、わたしもこっそり下りちゃった。とまあ、そういう話」

入念に計画し、最悪の事態も想定して、何が起きても大丈夫なようにいろいろ考えておいたけれど、蓋をあけてみたら、じつにあっさり時計島に着いてしまった。住所を知りたかったら、知っている人にきく。その人の家を訪ねたいなら、出かけていけばいい。それがジャック・マスターソンにも通用したのは驚きで、まるで一般人と変わらない人のようだった。浜辺からのびる石の一本道を歩きながら、ずいぶんあっさり着いちゃったと思った。道は小高い丘のてっぺんへ続いているようだった。でも電流の流れる柵はなく、敷地内を見張っている警備員もいない。ジャック・マスターソンは有名人で、人から狙われる危険だってあるのに、どうして？

そして、とうとう見えた。時計島の家。あそこがそうだと、はっきりわかる。とても大きなお屋敷で薄気味悪い。白い建物に黒い雨戸がついていて、側面にツタが這い上がっている……そう、これがあの家だ。

子どもだったから、家の様式などは何も知らず、お金持ちの家と普通の人の家は違うということぐらいしかわからない。そしてこの家はまちがいなく、お金持ちの家だった。

大人なら、堂々たるヴィクトリア朝様式の家だとわかっただろう。お金が有り余っていて、ちょっと変人の気味がある人が建てそうな家。建物の一部になっている小塔や、塔のような別棟があり、窓にはステンドグラスがはまっている。すごい。

びくびくしながら家の見えるほうへ近づいていく。激しく鼓動する心臓が、いまにも胸を突き破って、勝手に祖父母の家に逃げ帰りそうだった。わたし、大変なことをしちゃったんだと、事実の重さがいまになって胸にしみこんでくる。そうして松の幹の後ろに立つと、目の前にこれまで見たこともない、ものすごく豪華な家が建っていた。ほんとうに来ちゃった。ここからどうやって家に帰ればいい？　わたしはいったい、ここで何をするつもりだったの？

そこで思い出した……時計島シリーズでは、どの巻でも子どもたちはびくびくしながら家に近づいていって、おそるおそる呼び鈴を鳴らし、勇気を出してマスターマインドに助けを求める。マスターマインド自身も恐い。だからといって悪い人じゃない。恐いというなら、嵐もそうだし、オオカミだってそう。でも嵐もオオカミもルーシーは大好きだった。

そうして気がついたときには、ルーシーは玄関ドアの前に立っていた。呼び鈴を鳴らす。

その場で待つ。

あっ。ルーシーはすぐわかった。ジャック・マスターソンだ。年配の白人で、白髪交じりの茶色い髪がちょっと乱れている。茶色い瞳と、おでこに刻まれた永遠に消えないしわ。濃紺のカーディガンにベージュのしわくちゃなズボンを合わせて、顔もくしゃっとしている。まちがいなくジャック・マスターソンだ。だけどまさか本人が出てくるとは思わなかった。使用人が山ほどいるんじゃないの?

「ミスター・マスターソン」相手が口をひらく前にルーシーはしゃべりだした。「わたしは、ルーシー・ハートです。手紙のお返事をありがとうございました。手紙に相棒がいたらいいと書いてありました。それで……やってきました」

このときミスター・マスターソンは、世界一気の利いた、まさに完璧な対応をした。ほかの人間、あるいはほかの作家だったら、一ファンがバックパックを背負って玄関先に立ち、相棒になりたいといってきたら、まず警察か、精神科の病院へ連絡をするだろう。念のため消防車にも出動を願うかもしれない。もしそういう展開になっていたら、ルーシーは二度と立ち上がれなかったろう。徹底的に打ちのめされて再起不能になり、その後クリストファーのような子どもと何度出会おうと、壊れた心は二度ともとにもどらない。

そういう当たり前の反応ではなく、ミスター・マスターソンは、ジャック・マスターソンならではの対応をした。「やあ、ルーシー。待っていたよ。さあ、お入り。ちょうどいま、物語工場で、お茶を抽出しているところだ。きみはアメリカンがいいのかな、それともイングリッシュ・スタイルかな?」

これはあいさつのようなもので本来答えは不要だが、それでもルーシーはちゃんと答えた。

「えっと……どっちでしょうか?」これまで熱いお茶を飲んだことはなかった。

「それじゃあ、わたしの好みで——九十パーセントの砂糖入りにしよう。さあ、なかで話そう」

あとについて家のなかに入り、中央の階段を上がっていく。インテリアがどうなっていたか、ほとんど記憶にないのだが、ひたすら圧倒されたことは覚えている。わずかに記憶に残っているのは、濃いグリーンの壁に、おかしな絵がいっぱい飾られていたこと。どれもへんてこだったけれど、妙に心惹かれた。

ふたりして長い廊下を歩いていって、ミスター・マスターソンの物語工場に入った。見れば、ホットプレートの上にティーポットがのっていて、蓋のへりにティーバッグがかかっていた。ジャック・マスターソンは大きな茶色い椅子に腰を下ろし、ルーシーに湯気を上げる熱いお茶を渡した。約束どおり、砂糖をたっぷり入れて。それがおいしかった。(以来今日まで、ルーシーはミルクを入れずに砂糖だけ入れたお茶を飲んでいる)。この部屋には驚くものがいっぱいだった。ずらりと並んだ書棚。あらゆるところに置いてある本。いくつもの仮面。プラモデルのロケット。机の上にはデスクライトの代わりに、ハロウィンのカボチャちょうちんをガラスでつくったランプが置いてあって、ぼうっと光っている。ガラスの標本箱に入った、羽に目玉模様のある蛾。月の立体模型。海に向かって開け放たれた窓のそばには流木の止まり木があって、そこに黒い鳥が一羽とまっている。

生きている。

「カラス」鳥が動いたのを見て、ルーシーはびっくりしていった。

ミスター・マスターソンは手を口もとに持っていって、しーっとルーシーをだまらせた。

「一口にカラスといっても、体の大きなレイブンと小型のクロウがいて、あいつはレイブンなんだ。サールにはすぐ気に病むところがあってね。しかしまだ赤ん坊だから、成長するにつれて、それも治ると思う。ほら、おいでサール」

ミスター・マスターソンが口笛を吹いてやると、カラスはパタパタと翼をはためかせて、室内を横切ってジャックの手首にとまった。

「すごい。名前は、サールっていうんですか？」

「ああ、サール・レイブンズクロフト。別に関係はないんだけどね」

「関係がないって、何とですか？」

「サール・レイブンズクロフト（アメリカの声優）と」

ルーシーは相手の顔をまじまじと見た。思っていた以上に面白い人だ。もうずっと、ここにいて、帰りたくない。

「カラスをペットにしているんですか？」

「〝希望は羽根を持つもの〟と、愛しきミス・エミリー・ディキンソンはかつてそう書いた。ならば、〝願いは黒い羽根を持つもの〟といえる」そこでにやっと笑って、サール・レイブンズクロフトのつやつやした黒い胸を撫でる。「黒い羽根に、鋭いくちばしとかぎ爪。願いは危険なものだ。呼べば来ることもあれば、かみついてから飛び去ることもある」ミスター・マスターソンはサールのくちばしに指を持っていったが、かまれなかった。もう一度口笛を吹くと、サールは曲がった流木のかけらでできた止まり木へもどっていった。

「願いは慎重に。わたしがいいたいのはそれだけだ」

「ここにずっといたい。それがわたしの一番の願いです」

ミスター・マスターソンが向き直り、ルーシーのあごに手を持っていって、顔をしげしげと見つめる。まるでそうやって、人間の価値をはかっているかのようだった。どうやらルーシーはある種のテストに合格したらしい。なぜならジャックがこういったからだ。「ルーシー、わたしは最近あることに成功した。それを見てみたくないか？」

「見たいです」とルーシー。「いったいなんですか？」

「昔、チャールズ・ドッジソンという名の、とても変わった人がいてね。きみはたぶん、ルイス・キャロルという名前で知っているんじゃないかな？」

「はい、知っています」ルーシーは勢いこんでいった。

「個人的に？」ミスター・マスターソンがきく。

「会ったことはありません」とルーシー。その答えに、ジャックがにっこり笑った。

「かつて彼はある本のなかで、なぞなぞを出した。〝カラスが書き物机に似ているの、なーんだ？〟ってね。わたしはいくら考えてもわからなかった。きいてしまったなぞなぞの答えがわからないほど、悔しいことはない。もう頭がかっかしちまってね。まさに作者の思うつぼだ。しかし、こっちは締め切りが迫っているから、怒っている暇などない。それで自分で答えをつくったんだ」

「なぞなぞの答えをつくったんですか？」

ジャック・マスターソンはルーシーに向かって、にやっと笑った。インターネット上の百科事典によれば、当時年齢は五十四歳だったけれど、その瞬間の顔はまるで小さな男の子みたいだった。

「さあ、よく見ているんだよ」そういってジャックは、サールのいる窓辺に歩いていく。窓を大きくあけはなすと、小さな書き物机を取り上げた。ひざの上に置いてつかうもので、カフェテリアのお盆くらいの大きさだ。そしてそれを窓の外へ、えいっと放り投げた。ルーシーは息を呑んだ。ミスター・マスターソンは、どうかしてしまったのか？　窓辺に駆け寄って、ルーシーは外を覗いた。書き物机が地面に落ちているのを予測して。

「ところが、そこで信じられないことが起きたの」ルーシーはクリストファーにいった。机は地面に落ちていなかった。宙に浮いていたのだ。ミスター・マスターソンの手にはリモートコントローラーのようなものが握られている。

「おもちゃのヘリコプターの回転翼を机の裏につけたんだ」リモコンのボタンを押しながらジャックが説明する。「ほら、ショッピングセンターなんかで、宙に浮いているおもちゃを見かけるじゃないか」

書き物机は体を揺らしながら飛び、空中で上下にぷかぷか浮いたかと思うと、やがて窓にもどってきて、それをジャックがさっとつかまえた。

その瞬間ルーシーは、ジャック・マスターソンがまったく驚くべき人物であることを知った。過去にも未来にも、こんなすごい人はいない。この人の相棒にならなかったら、わたしはほんとうには幸せになれない。

そこでジャック・マスターソンがきいた。「さて、もうわかったかな……カラスが書き物机に似ているの、なーんでだ？」

十三年のときを隔てて、いまクリストファーがそのなぞなぞに答える。驚きに満ちた声で、そっという。「どっちも飛べるから」

「そのとおり」ルーシーがいって、笑顔を見せる。「つまりね……ちょっとした手助けで、どちらも飛べるようになるってわけ」

クリストファーはまだびっくり顔で目を大きくみはっている。

これはハッピーエンドのお話だといってあった。そろそろ結末を話してやろう。

「いずれにしても、最終的には島を出なきゃいけなかったの。当たり前よね。十三歳の子どもが、大好きな作家の玄関先に現れて、そのままいっしょにそこで暮らすなんてあり得ないもの。でも、ジャックはとってもいい人で、わたしのために本にサインをしてくれた。でもって、もっと大きくなったら、またここにやってくればいいって、そういってくれたの。だからいつの日か、そうするつもりよ」

「ぼくもいっしょに連れていってくれる？」

もちろん、どこへだって連れていくと、そういおうとしたところで、ルーシーはミセス・コスタのいったことを思い出した。わたしはクリストファーの母親には永遠になれない。奇跡でも起きない限り。

何かいわなきゃ。クリストファーがじっとわたしを見て答えを待っている。そうだ、きっといまが潮時なのかもしれない。わたしたちの願いは叶うことはないと、ここで思い切って話してしまおう。

「あのね、クリストファー。じつは話したいことがあって――」切り出したところで、ふいにテレサがコンピューター室のドア口に現れた。

「はい、これ」とテレサ。見れば手に、水色の封筒を持っている。「たったいま、あなた宛に届いたの。速達でね。何かで訴えられたんじゃないといいけど、大丈夫よね」

ルーシーは青い封筒をじっと見た。それからクリストファーの顔に目を向ける。クリストファーも青い封筒をじっと見ている。それからルーシーに目を向けた。

クリストファーが歓声を上げ、ワーッと大声で叫びだした。

叫びたいときは、思いっきり叫べ。

第二部　チクタク　ようこそ時計島へ

深い緑の森のまんなかに、カエデの木立に半ば隠れるようにして一軒の家が建っている。これほど奇妙で真っ暗な家をアストリッドは生まれてはじめて見た。家は赤レンガでできていて、高さも幅もある大きなものだったが、鬱蒼《うっそう》と茂る緑のツタにすっぽり覆われているため、ガラスに月明かりが反射してはじめて、ああ、あそこに窓があるとわかるのだった。

「ねえ、ここなの？」後ろでマックスがささやく。「ここにマスターマインドが住んでいるの？」

「たぶんそう」アストリッドもささやき声で返した。

「暗いよ。だれもいないよ。もう帰ろうよ」

「だめ、まだ着いたばかりじゃない」アストリッドだって家に帰りたかった。家に帰るほど簡単なことはない。でも、ここであきらめたら、ふたりの願いは叶わない。

窓に明かりが灯《とも》った。なかにだれかいる。

アストリッドはそっと息を呑んだ。マックスはゴクリとつばを呑んだ。

お互い顔を見あわせる。それからゆっくりと家に近づいていく。足の下の石の道は、コケが生えてすべりやすい。マックスはアストリッドの後ろにぴったりついて歩いている。

玄関ドアまでたどりついたものの、暗くてよく見えない。アストリッドは懐中電灯のスイッチを入れて呼び鈴を見つけた。ボタンを押して、呼び鈴が鳴るのを待つ。

呼び鈴は鳴らず、代わりに声がきこえてきた。ロボットの発するような機械的な声。

「さわることも、食べることも、持つこともできないけれど、破ることとできるの、なーんだ？」

アストリッドはぱっと飛びすさり、後ろにいたマックスも飛び上がった。ふたりとも恐ろしさに、肩ではあはあ息をしている。

「いまの、何？」マックスが目を大きく見ひらいてきく。

「呼び鈴の音が、ああいうふうに設定されているんだと思う」アストリッドはふるえる手で、もう一度呼び鈴のボタンを押した。

するとまた同じ声がきこえてきた。まるで時計のように、チク、タク、チク、タクのリズムで言葉を区切ってしゃべっている。

「さわる、ことも、食べる、ことも、持つ、ことも、できない、けれど、破ること、できるの、なーんだ？」

「なぞなぞだ」とアストリッド。「なぞなぞに答えられないと入れないいんだよ。さわることも、食べることも、持つこともできないけれど、破ることとできるのって、何？　考えて、マックス！」

しかしマックスは考えていない。ただもうぶるぶるふるえている。「アストリッド、家に帰りたいよ。恐いことになったら、家に帰るって約束したじゃないか」

そこでアストリッドははっと気づいた。わかった。

玄関ドアに向かって大声を張り上げる。「約束！」

長い間《ま》のあとで、ロボットの声がいった。「チク、タク、よう、こそ、時計島へ」

ドアがキーッときしみながらあいた。

——ジャック・マスターソン作、時計島シリーズ第一巻『時計島の家』（一九九〇年刊）より。

7

　ヒューゴは追放の身となった。自業自得だ。ここは三階の高さに相当する屋上のバルコニー。手すり近くに立って、ボートやフェリーが箱やら食品の袋やらを運んで行ったり来たりするのを眺めている。料理と掃除を担当する臨時のスタッフまでがいつのまにか雇われていた。このちょっとした軍団は、正気を疑うゲームを開催するためにジャックが一時的に召集した。これまでのところ、被害は大理石の胸像ひとつだが、それはすでにこの世にいない芸術の天才の作品で、非常に高価なものだった。なのにジャックは笑って、「だから保険というものがあるんだよ」といい、それをきいてヒューゴは頭が爆発しそうに激怒した。結果、ジャックからバルコニー行きを命ぜられた。高いところから「船の行き来を監視」していろという。

　ヒューゴは反論した。「船の監視？　監視が必要なのはここだよ。また何か壊されたら、たまったもんじゃない」

「ヒューゴ」ジャックは、気味悪い笑みを満面に浮かべていった。「不機嫌なおまえさんがいると、子どもたちが恐がるんだよ」

　ヒューゴは室内に手を振っていう。「子どもなんて、どこにもいないじゃないか」

「かつてわれわれは、みな子どもだった。違うかな？」

一本取られた。ヒューゴは屋上に退散する。

しかし、ここまで上がってきたというのに、まだ心の平和を乱すものがある。ポケットのなかで震動がはじまった。また知らない番号からの電話に決まっている。今度はだれだ？　ＴＭＺ（エンターテインメントのニュースサイト）か？　ニューヨーク・ポストか？　それともナショナル・エンクワイアラーか？　腹立ちまぎれにヒューゴは電話に出た。

「はい？」

「ヒューゴ・リースさんのお電話でまちがいないですか？　こちらはシェルフ・トーカーのトーマス・ララビーです」

「きいたことないな」

「有名な文芸ブログです」

「ブログって何？」いらだちも露《あら》わな口調でいった。

「あの、それは――」

「まあいい。で、なんの用？」

「いくつか質問にお答え願えないかと――」

「質問はひとつにしてくれ」

「あっ、はいわかりました」電話の向こうでノートのようなものをめくる音がする。「ジャック・マスターソン――本物の彼はどういう人なんですか？」

「いい質問だね」とヒューゴ。

「ありがとうございます」

「もし本物の彼に会ったら、教えるよ」

ヒューゴは電話を切った。どうして、この手の人間が俺の電話番号を知っているんだ？　屋上にいるのでスマートフォンの電波は充分に届く。それでシェルフ・トーカーなるものをグーグル検索してみる。有名な文芸ブログといいながら、フォロワーはたったの十七人。それもほとんどはロシアのボットアカウントのようだった。

しかし悪くない質問だった。本物のジャック・マスターソンとは？　知っている人がいたら教えてほしい。

昨年突然、まるで降ってわいたように、なんの前触れも説明もなく、ある日ジャックはベッドから出て、再び書きだした。そして、これまたなんの説明も前触れもなく、降ってわいたように突然、この島の自宅でゲーム大会を開催すると決めた。

ジャックは決まり切った日常を何より大切にする人間だ。ひとりの世界を守り、平和と静寂を愛した。社交好きの人間だったら孤島を買ってそこで暮らすなどあり得ない。ジャックは社交好きとはまるで逆の、完全に内にこもるタイプだった。それなのに、ここまるまる一週間、この家は大勢のよそ者に蹂躙《じゅうりん》されている。いったいなぜだ？

それをヒューゴが詳しくきこうとしても、ジャックからは、「何がいけない？」と返ってきただけだった。

信じられない。完全に正気を失っている。しかしそういうところが、生きて呼吸をしているなぞなぞと呼ぶべき、ジャック・マスターソンの面目躍如《めんもくやくじょ》なのだった。ジャックという人間の本質をわずかでも垣間見たと思った瞬間は、たぶん、あのときの一度だけ。遠い昔の話だ。

ヒューゴが新しいイラストレーターを決めるコンテストで優勝したとき、ジャック・マスターソン本人から電話がかかってきて、時計島に一か月間招待された。いくつもあるゲストルームのひとつをつかってもいいし、よければ、はなれのゲストハウスを全部つかってもいいという。そのとき二十一歳だったヒューゴはイギリスの外へ出たことはなく、ましてや大海を渡るなど、考えたこともなかった。しかし、どうしてこれを断ることができるだろう？ そんなことをしたら、デイヴィが二度と許してくれない。

その日、生まれてはじめて乗る飛行機で、ヒューゴはヒースロー空港からニューヨークのJFK空港へ飛びたった。到着した空港で黒塗りのキャデラックに迎えられ、マンハッタンにあるライオンハウス・ブックスへ送られて、ジャックの編集者と美術チームに引き合わされた。その晩はリッツに泊まり（費用はジャック持ち）、その翌日にまた別の飛行機に乗ってポートランドのジェット機用飛行場まで飛んだ。そこからまた別の送迎車。そしてフェリーに乗って、とうとう時計島の波止場に立った。つい先週までなら、弟に毎晩読んできかせる本のページにしか存在しないと断言した島だ。

使用人、たとえばお仕着せを着た執事なんかが出迎えると思っていたのに、違った。使用人はいない。取り巻きもいない。ジャック・マスターソン本人がひとりでヒューゴを待っていた。きっと気取った格好をしたインテリだろうと、ヒューゴが予想していたとしたら、さぞ驚いたことだろう。ごく普通の五十歳ぐらいの男性が、濃紺のカーディガンを着て立っている。空色のボタンダウンのシャツには、まるで万年筆と十ラウンド戦って負けたかのように、インクのシミがあちこちに飛び散っていた。

「じかに会えるのは、うれしいものだね」ジャックはヒューゴにいった。まるでヒューゴのほうが有名人であるかのようだった。「時計島にようこそ」

それにどう答えたか、ヒューゴは覚えていない。いいところですね？　それとも、ありがとうございます？　それとも、昔ながらのユー・オーライト？（英国で軽いあいさつにつかわれる）しかしこの表現はアメリカ人には大いに誤解される。たぶん、何もいわなかったんだろう。あまりに圧倒されて、ぶっきらぼうにあごを下げるのが精一杯だった。

その後、ジャックが何か食べ物を勧めてくれたのは覚えている。しかしプライドが邪魔して、腹が減って死にそうなのを認めたくなかった。前置きはなしで、仕事の話に入りませんか。半年で新しい絵を四十枚欲しいと本気で思っていらっしゃるなら……とかなんとか、そんな口を利いたはずだ。

世間知らずの青二才が、ビジネスに徹しているふりをしたわけだが、それを尻目に、ジャックはヒューゴを案内して時計島を一めぐりした。文字どおりの時計の島。五時の砂浜と、六時の南端は、バーベキューにもってこいの場所だとジャックはいう。ヒューゴは七時の楽園と名づけられたゲストコテージに泊まることになったが、仕事は母屋でしてもいいということだった。部屋はいくらでもあって、キッチンにはいつでも菓子がある。

ジャックはヒューゴに温室で育てている白いアルパインストロベリー（「味見してごらん、ヒューゴ。パイナップルの味がするんだ！」）や、潮だまり（「もしヒトデを見かけたら、待たせておいてくれ。ききたいことがいくつかあるんでね」）を見せ、そこに立つと島の風景が三百六十度見わたせるバルコニー（「星の観察が好きだったら、ここで眠ることもできる。顔にコウモリがとまっても気にしないならね」）にも案内してくれた。一大プロジェクトがはじまろうとしているのに、こんなふうにのんびりしていていいのかとヒューゴは不安になった。

若者をリラックスさせようと一生懸命なのに、残念ながらジャックの努力は実を結ばず、とうとうあきらめた。じゃあ仕事にかかる前に、一休みしないかと誘ったが、それさえもヒューゴは手を振ってはねのけた。

「いや、さっそくはじめましょう」と、ヒューゴはそういったのだ。あれから十四年が経ったいま、あのころにもどって、若い自分を叱ってやりたかった。全身黒で固めて、気難しい顔をして、態度も悪い。真摯《しんし》なアーティストのふりをしても意味がないとわかるまでに、それから数年が必要だった。まじめとアーティストは反対語といってもよく、それをジャックは会った初日にヒューゴに教えようとしていたのだ。

ジャックの家のなかを案内してもらいながら、ヒューゴはどの部屋にも驚いていたが、それを顔に出さないようにした。書斎には値段のつけられない高価な初版本がぎっしり並んでいる。十二人がすわれるダイニングテーブル。キッチンだけでも、母親のアパートまるまるひとつ分ほどの広さがある。ジャックの親戚でもない死者の肖像画が壁にずらりと並び、ガラスケースにはコウモリの骨格標本が入っている。秘密のパネルを押しあけると、その先に秘密の廊下があって、秘密の出口から、そう秘密にはしていない庭へ出られるようになっている。掛け時計、置き時計、砂時計、日時計。どこを見ても時計があって、振り子時計まであった。まるでヴィクトリア朝時代のマッドサイエンティストの夏の家といった風情で、ヒューゴはとても気に入った。けれどジャックにはいわなかった。

「ようこそ、わが物語工場へ」最後の部屋に入ったところでジャックがいった。ここにはさらにたくさんの本がある。机は船のように大きく、ジャックによれば、本物の船からつくったそうだ。

「物語工場?」とヒューゴ。

「ウィリー・ウォンカは自分のチョコレート工場で子どもたちを拷問にかけ、報償を与えた。わたしは、この物語工場で子どもたちを拷問にかけ、報償を与える。もちろん、紙の上の話だがね」

ジャックはタイプライターのコレクションを手で示す。手動のものと電動のものが半ダース以上そろっていた。赤いオリベッティ。黒いスミスコロナ。空色のロイヤル。ネオンピンクのオリンピア。どれもヒューゴより、少なくとも十年か二十年は年を取っている。

「タイプライターですか」とヒューゴ。ジャックは自分の机にすわり、てっぺんにヘルメス・ロケットと銘打たれた金属板のついたオレンジのタイプライターと向き合っている。「いまどき珍しいですね。コンピューターはつかわないんですか?」

「静かすぎるんだ」とジャック。「登場人物たちが助けを求める声をかき消せる、何か大きな音が欲しいんだよ」

　ジャックは少々頭をやられているのかもしれないと、ヒューゴは思いはじめた。

「タイプライターのほうが楽しいんだ。サールも、わたしの執筆を手伝うのが好きでね。おいで、サール」

　ジャックお気に入りのカラスにヒューゴが気づいていたとしても、彫像か何かだと思って無視していただろう。しかしこれは無視できない。南に面した窓近くの止まり木からカラスが飛びたって、東の窓近くのジャックの机に着地した。カラス。本物の黒いカラスで、翼の幅はヒューゴの脚ほどもある。

「カラスが」ヒューゴが指をさしていう。「どこから来たんだろう?」

「空だよ」ジャックはいって、サールのつやつやした翼を撫でる。

「もうずいぶん大きいですよね?」ヒューゴの顔には衝撃の表情が浮かんでいたに違いない。

「いや、まだほんの赤ん坊だ。まあ、大きな赤ん坊だね。ロンドンにもカラスはいたと思ったが?」

「ロンドン塔のカラス。でもあれは家へ連れて帰るものじゃない。持って帰れたらいいのにって、よく思っていました。ただし上着の下にどうやって隠せばいいのか」

「彼ならペットにできる。撫でてごらん」

　ペットのようにかわいがれというのか。まあでもデイヴィに報告するためだけでもやる価値はある。

ヒューゴはゆっくりと近づいていく。カラスはジャックのタイプライターの上にとまって満足げにキーを突っついている。近づいてきたヒューゴに、カラスがひょいと顔を上げた。漆黒の目がきらきら光っている。

「こんちは、カラスくん」ヒューゴはいって、カラスのなめらかな頭をゆっくりと撫でる。一度、二度。そこまでで、なけなしの勇気はもう潰《つい》えてしまった。あのくちばしで突っつかれたらと思うと恐ろしい。けれどやめたら、またやりたくなった。翼を撫でてやっても、サールはされるままになって、気にしている様子さえ見せない。ジャックの頭は少々いかれているかもしれないが、ペットの趣味はいい。

「嵐のあと、森で死にかけているのを見つけたんだ。近くに母鳥の姿はなかった。それでわたしが手塩にかけて育てたんだ。すっかり人間に慣れてしまって、もう大空へ飛んでいくこともなくなった」

「賢そうですね」ヒューゴはいって、カラスのつややかな頭を思い切ってもう一度撫でてみた。

「気に入ってくれてよかったよ。きみたちふたりは友だちになれる」

ヒューゴが笑顔になったのをジャックは見逃さなかった。相手がだれであろうとヒューゴは笑顔を見られるのが好きじゃない。真摯なアーティストはにこりともせず、いつも顔をしかめているものだと思っている。

ヒューゴはひったくるように手をひっこめ、ポケットに突っこんだ。

「で、どんな感じで進めましょうか？」ヒューゴは仕事の話に入る。

「わたしの本は読んでいるね？」ジャックはいうと、新しい紙をタイプライターに入れてキーをたたきはじめた。

「はい。弟のデイヴィに読んできかせていました」タイプライターの音に負けないよう声を張り上げる。

「で、わたしの編集者かライオンハウスのだれかが、仕事の進め方を昨日説明したね？」

「お偉方が、何をどうすればいいのか、教えてくれました」ライオンハウスの美術部から、本のジャケットをつくる工程について長々と講義を受けていた。時計島シリーズは特別で、表紙ジャケットは、コンピューターデザインではなく、いまも手描き一筋。それがジャックの〝好み〟（そういう言葉をつかったが、〝要求〟のほうが適切だろうとヒューゴは思った）だという。それから素材、絵の具、できあがり寸法まで、厳しい制約が細々と決められていた。面倒になって席を立つこともできただろう。しかし、ジャケットの絵一枚あたりの報酬額を耳にしたとたん、ヒューゴは椅子にすわり直し、注意して話に耳をかたむけた。ジャックが一冊の本を書くことで得られる収入に比べれば、取るに足りない額だろうが、ヒューゴやヒューゴの母親にとっては、一生を費やしても得られない大金だった。そんなわけで彼はいま、メイン州にいて、カラスを共著者とする常軌を逸した人間と話をしている。

「じゃあ、さっそくはじめればいい。描くんだよ。そして楽しむ」

「〝楽しむ〟以上の何か具体的なアドバイスをもらいたいんですが」

ジャックはタイプを打ち続け、声に出して詩を暗唱する。

ぼくらは音楽をつくり
夢を追いかけ
ひっそりした海のそばをさまよい
見捨てられた小川のほとりに腰を下ろす――
この世界で落ちぶれ、この世界に見捨てられた
けれどぼくらは、動かし、揺さぶる
永遠に続くと思えるこの世界を

ジャックは充分な間を置いてからいう。「アーサー・オショーネシー（英国の詩人）の『オード（頌）』の第一節だ。出典はつねに明らかにするものだよ」

それからまた、猛烈な勢いでタイプを打っていく。

「詩なんかじゃ、ぼくの問題は解決しません」やかましい音に向かって怒鳴りつけるようにヒューゴはいった。

とうとうジャックがキーをたたく手をとめて脇に下ろした。ようやく静かになってヒューゴはほっとする。

「詩で解決しないような問題を持つ人間が、どこにいるのかね？」ジャックがきいた。

ヒューゴは思う。この作家は若い画家にどれだけのプレッシャーがかかっているか、理解して

いないのだろうか？　ジャックの版元は、時計島シリーズの各巻は、これまでのところ、どれも一千万部以上刷られているといった。一千万部の本が四十冊以上、全部で何冊になるか、絵描きだって暗算で答えが出る。

「あなたはなんでも持っている」とヒューゴ。「それをやましく思えというつもりはありません」いいながら、心のなかでは逆の声が響いている。「しかし、ぼくが持っているのは」そこでヒューゴは自分の黒のダッフルバッグを指さす――「あれだけ。あそこに入っているものがすべてです。だからこの仕事をしくじるわけにはいかない。そのためには、〝楽しめ〟という以上のアドバイスが欲しいんです」

「いいかい、これが」といって、ジャックはタイプライターで打っている途中の紙を指さす。「わたしの仕事だ。そしてこれが」といって、今度は紙に描かれた時計島のテンペラ画を指さす。ヒューゴがコンテストに出品した作品だ。「きみの仕事だ。わたしの仕事にきみは口を出さない。わたしはきみの仕事に口を出さない」

「ジャック、待ってください」

「なんだね、ヒューゴ？」

「口を出してください」

ジャックはインダストリアルデザインの回転椅子の背にぐっともたれた。古いキャスターがキーッと鳴り、驚いたサールがパタパタ飛んで止まり木にもどる。

「きみがいままでもらったプレゼントのなかで、一番うれしかったのは何かな？」ジャックがきく。「いやいや、教師が喜びそうな答えを考えなくていい。わたしがいうのは、おもちゃだ。ドラムセットや弓矢なんかの。サンタクロースや、きみのお母さんをうらやむ裕福な独身の叔母がくれるもの」

「バットモービル」とヒューゴは答えた。恥ずかしさに顔が赤らみそうだったが、こればかりは嘘をつけない。大好きなおもちゃだった。「母親が節約に節約を重ねて買ってくれた、ラジコンで動くミニカーです。たぶんあれは中古品だった。きっと母親はチャリティショップで見つけてきたんだと思います。それでもちゃんと箱に入っていて、夢のように動いた」

「それで、遊んだのかね？」

「もちろんです。それが……もう……」ヒューゴは幼いころの自分を思い出して、くっくと笑いをもらした。「エンジンが焼き切れて、タイヤがはずれるまで遊んでいた」

「もし、きみがそれを箱から一度も出すことがなかったら、きみのお母さんはどう感じただろう？　棚の上に置いて、すごいなあと、ただ遠くから眺めているだけだったら？」

ヒューゴは母の苦しそうな笑い声を思い出した。小さな黒い車がテーブルを疾走して縁から落ち、アパートの部屋をぐるりと周回し、母親の足首をまわっていく。それを見て、息もできないほど大笑いしていた。朝食を食べているときのことで、そういうとき、母は決まって怒るふりをするのだが、いつだって目が笑っていた。隣人のキャロルに自慢げに話していたこともある。ヒューゴにおもちゃを買ってやったら、数週間も飽きずに夢中で遊んでいるのよと。

「母はがっかりしたと思います」

「それだ」ヒューゴが正解をたたきだしたかのように、ジャックがいった。なんの正解だ？

「それ？」

「神――いや、この地球を支配している者ならなんでもいい――が、ある日仕事で調子に乗って、わたしに創作の才能をプレゼントしようと決めた。それをもらったわたしは、自分にはふたつの選択肢があるとわかった。ひとつ、プレゼントを高い棚に置いておく。そうすればだれにも壊されず、それで遊んでいるところを見られて笑われることもない」そういうと、にやっと笑い、そこに国家秘密を隠していられるほど目尻のしわが深くなった。「ふたつ、それを楽しむ。もらったプレゼントを、エンジンが焼けて、タイヤがはずれるまで遊び倒す。わたしは遊ぶことに決めた。きみも同じようにするといい。油彩でも水彩でも、線画でもコラージュでも、自分が描きたいように描けばいい。そうしてキャンバスから煙が出たら、もどってくる。さあ行って、心ゆくまで楽しんでおいで」

ジャックは片手を振って若い画家を追い出した。それでヒューゴはどうしたか？　自室に行って、とことん楽しんだ。その結果、ジャックがまちがっていたことを証明できればよかったのだが、まちがってはいなかった。三日かけて時計島シリーズ第十一巻の『ゴースト・マシーン』のジャケットイラストをヒューゴは描き上げた。フクロウの海賊は描かなかったが、星ふたつを目になぞらえた三日月が、歯を見せて笑っている絵を描いた。その月を目指して、十歳ぐらいの男の子が、夜空にのびる構造的にあり得ないエッシャー風の階段を上がっている。男の子のすぐ後ろから、やはり男の子の形をした煙色のゴーストも階段を上がっている。時計島の家の窓には影が差していて、よく見るとそれはマスターマインドのシルエットだった。月に向かって駆け上がる少年とゴーストの競争をじっと見守っている。

風変わりではあるが魅力的な絵で、ヒューゴは描いていてとても楽しかった。

それをジャックに見せるときの、恥ずかしさと誇らしさ、ひょっとして完全に的外れかもしれないという不安をヒューゴは思い出す。まるで背中をぽんとたたかれるのを待っている子どものようだった。

ジャックはその絵をまじまじと見た。顔を近寄せて凝視したかと思うと、一歩下がって遠目に見て、またぐっと近づいてよくよく見る。絵には直接触れぬように、奇妙な階段を指でたどっていく。絵の具で描かれた階段は、どこへでも続いていそうで、どこともつながっていない。

それからジャックが小声でつぶやきだした。「昨日、階段の上で、そこにいるはずのない男に会った。今日もその男に会った。どうか、どうか、いなくなっていますように……」それからジャックは、そっといった。「ヒューズ・メアンズ（アメリカの教育者・詩人）」

そうだった。出典はつねに明らかにするもの。

その瞬間ヒューゴはジャック・マスターソンの本質を見たのではなかったか？　ジャックの顔から笑みが消え、ベールがすべり落ちたのではなかったか？　けれどどちらが本物のジャックなのか？　見守る月か？　それとも、脅《おび》えながら光に向かって逃げていく少年か？

あるいは、孤独なマスターマインドか？　閉ざされたガラスの向こうで、子どもさえも不安を感じる世の中に、何も手出しできずにいる？

「どうですか?」とうとうヒューゴはきいた。ジャックの答えをもう一秒たりとも待っていられなかった。

「完璧だ」ジャックはいった。笑みはもらさなかったが、深い喜びのようなものが表情ににじみ出ていた。ヒューゴのわき腹を軽く突っついていう。「ひとつ終わったな。あと三十九枚」

翌週の終わりには、ヒューゴはイーゼルにカラスを止まらせて絵を描くようになっていた。その月の終わりには、五枚のジャケットイラストを描き終えていて、それがどれも、自分がここまで描けるとは思っていなかったほどの出来映えだった。そうしてクリスマスまでには、過去作品のすべてのジャケットを描き終え、時計島シリーズの四十一巻から、何巻まで続くかわからない続刊に入れるイラストの仕事が、すべてヒューゴに任されることになった。

それから迎えたクリスマスの朝、ヒューゴの部屋にラッピングされた箱が置かれていた。ロンドンへ飛行機で飛んでデイヴィのもとへもどる二日前だった。あけてみると、ヴィンテージのバットモービルが入っていた。ラジコンで動くおもちゃで、新品同様。それをデイヴィに渡したところ、タイヤがはずれるまで夢中で遊んだ。

いまバルコニーに立つヒューゴは、この日最後の船が波止場から出ていくのを見守っている。そろそろ下りてもいい頃合いだろう。しかしその前に、その場でゆっくり一回転して、もう一度島の全景をじっくり眺める。まもなくここを去って、自分の人生と向き合うことになる。それがヒューゴには信じられない。望むと望まざるとにかかわらず、ほんとうはもう数年前にそうしているべきだった。

日が沈むと、ヒューゴは階段を下りて家のなかに入った。準備はほぼ完了しているようだ。明日、ゲーム大会の参加者たちがやってくる。もう何も壊されないよう、ヒューゴは大会が終わるまで、ここにいるつもりだった。壊れものにはジャックもふくまれている。とりわけジャックが一番心配だった。

8

奇跡を願う。

ミセス・コスタはそういった。テレサも同じことをいった。いわれたときには、そんな虫のいい話はないとルーシーは信じなかった。それがいま……信じかけている。

今日は月曜日。ルーシーが時計島に出発する日だ。

朝四時に起きてシリアルで腹ごしらえをした。シャワーを浴びてメイクをし、髪を整えて着替えを済ませると、荷物をもう一度点検して、忘れものがないようにする。

カレッジを卒業してから、もう二度とメインにはもどらないと誓った。冷たい空気と大西洋の荒れた海、鞭《むち》打つような風も、アビやツノメドリも、忘れることにした。ブルーベリーやロブスターロール、つくりかたを学ばなかったのが惜しまれる、信じられないほどおいしいポップオーバー（マフィンに似たパン）も、記憶から追い出した。一年のうち九か月も汗ばむ気候だって、懐《なつ》かしく思い出すのはやめた。故郷が恋しいのは正直に認めても、カリフォルニアに出てきたのは、まったく後悔していない。ここでわたしは命を救われた。永遠に脱出できないと思っていた深く暗い穴にいたわたしを、さんさんと降りそそぐ日差しがひっぱり上げてくれた。さらにクリストファーと出会ったことで、やはり自分の選択はまちがっていなかったと確信した。

あなたの母親にはなれない。それをクリストファーにいわずにおいてほんとうによかったとルーシーは思う。二年のあいだ生活を切り詰めて貯金をし、あらゆることを犠牲にしたというのに、状況はほとんど変わらなかった。それがとうとう変化を起こすチャンスをもらえた。ゲーム大会のルールには、もし優勝したら、賞品として受け取った本は好きなようにしてよく、どこの出版社に売ってもいいとあった。ルーシーは決めていた。読んでから売る。時計島シリーズの新作は大部数で出版されるだろう。少なくとも、本を売った代金で、車と部屋ぐらいはなんとかなる。なんとしても勝たないと。クリストファーのために。自分のために。こういうチャンスはもう二度とめぐってこない。

車のクラクションが鳴った。

さあ、出発だ。

立ち上がり、深く息を吸って、旅行かばんを肩にかける。外でテレサが待っている。空港までの送迎を買って出てくれた。外に出てテレサの古いベージュのカムリを見たとたん、声を上げて笑ってしまった。「必勝、時計島！」と書かれた赤い看板が車に飾られている。

「なんなのよこれは、どうかしてる」そういうルーシーから、テレサはスーツケースを受け取って、トランクに入れようとする。青と金の吹き流しが邪魔をする。

「子どもたちが、こうしようってきかなかったの。わたしを責めないで」とテレサ。ルーシーは助手席に乗りこんだ。

「昨日はちゃんと眠った？」テレサはいって車を縁石から離す。

「二時間ぐらいかな」

「興奮して？　それとも心配で？」

「興奮もあるけど、クリストファーが心配で」

「あの子なら大丈夫よ。わたしがちゃんと見てるから。あなたをどうしようもないほど恋しがるでしょうけど、それ以上に興奮して、もうわけがわからなくなってる。あなたが勝つって、クリストファーは信じている」

ルーシーは首を横に振った。「島に着いたところで、いったいそこで何がはじまるのか、何もわかっていないの。事前にゲームのことは何ひとつ教えてもらっていない。わかっているのは、ポートランドのジェット機用飛行場で迎えの車に乗って、それから船で島へ行くってことだけ。五日分の旅支度が必要だって、それしか書いていないのよ」

「とことん秘密主義で通すのね。カルト宗教かなんかじゃないでしょうね？」テレサはそういって片目をつぶって見せる。

「そういうものには一切関わらないし、共同購入の別荘にも手を出さないって約束する」

「町で昔なじみに会う時間はあるの？」

「それはない。時計島に行って、そこでゲームを終えたら、またすぐここにもどってくる」

「なるほど」

ルーシーはテレサを横目で見ていう。「いずれにしろ、ショーンに会うつもりはないから。お金ないしね」

「ちょっと確かめたかっただけ。彼の部屋を飛び出したとき、荷物は全部置いたままだったのよね。もしそれをもったいないと思うんだったら――」

「思わない」一度ならずショーンに連絡をして、荷物を船便で送ってもらおうと考えたことがあった。彼に買ってもらった、あのジミーチューのハイヒールがいまあったら、まずまちがいなく質に入れていただろう。

「それでいい。いやな記憶と結びついた金品には手を出さない。お金が欲しいんだったら、頼る相手はジャック・マスターソンよ。今回の妙なゲーム大会開催で、彼の本が再びベストセラーリストに返り咲いたからね。まあ先方にはそういう考えもあったんでしょうね」

「たぶんね」そうはいったものの、はじめて会ったときの印象では、ジャック・マスターソンはお金にもベストセラーリストにも、あまり興味がないようだった。もしあるなら、過去六年のあいだ一冊も本を出さないなんてことがあるだろうか？

ルーシーは車の窓から外に目を走らせた。もうそろそろ空港に着いていてもよさそうだった。

「これ、ほんとうに空港へ行く道？」

「先にちょっと寄っていくところがあるの」

時間には余裕があったから、問題はない。窓の外に目を向けて、高ぶってきた神経を落ち着かせる。いまはとにかく勝つことだけを考える。集中しないと。優勝までの道のりは容易《たやす》いものではないだろう。三日前、ルーシーは衛星の電波を通じてトゥデイショーにゲスト出演した。この番組はゲーム大会の参加者全員にインタビューをし、子ども時代に家出をして島へ渡った経緯とその理由をきくというものだった。

アンドレ・ワトキンズはニューイングランドの私立高等学校で人種差別によるいじめのターゲットになっていた。校外見学をチャンスと見て逃げ出し、家に帰らなかった。ジャックはアンドレの親に連絡をし、高額な費用がかかる学校に入れても、彼の学ぶ意欲が台無しになるなら、まったく意味がないと意見したという。安心して通える学校に転校させるべきで、そのためにジャックは推薦状を書き、その甲斐《かい》あって、アンドレは最終的にハーバード大学へ入ることになった。いまは弁護士になって成功を収めているらしい。

メラニー・エヴァンズは、もうひとりの女性参加者。子ども時代、新しい町の新しい学校で友だちができなかった。それでジャックは自著に、「これはわたしと、わたしの大好きな友だちメラニーからのプレゼントです」と書いてメラニーのクラスメート全員に送り、そのあと彼女は学校で一番人気のある女子になったという。現在メラニーは子どものための書店を経営している。

ドクター・ダスティン・ガードナーは、両親に同性愛者であることを恐ろしくて告白できなかった。ジャックは正直に告白するよう励まし、もし親がそれをよく思わないようだったら、その理由を釈明するよう両親にかけあってやると約束した。世界一好きな作家を味方につけたダスティンは、ほんとうの自分をさらけだす勇気を得た。結果、ジャックのアドバイスは正しかった。ダスティンの両親は最初こそ事実を受け入れるのに難儀していたが、最終的には息子に味方して最大の支援者になった。もしジャック・マスターソンの新作を勝ち取ったらどうするつもりかと、トークショーのホストにきかれると、ダスティンは、それを売って奨学金を完済すると答えた。だれか入札しませんかと、まだ優勝もしていないダスティンがいうと、スタジオにどっと笑いが起きた。

自分の番になるとルーシーは、事実を少しぼやかした。ジャック・マスターソンの相棒になりたかったんですと、それだけをいうにとどめた。相棒が欲しいと手紙に書かれていた冗談を真に受けて、よし、わたしが応募しようと考えたのだと。両親に育児放棄されたことや、姉の病気に関する話を朝からきかされては、テレビの視聴者は気が重くなると思ったのだ。

「どうしたの、急にだまっちゃって。大丈夫?」テレサにいわれて、ルーシーは白昼夢から覚めた。

「平気、平気。ちょっと神経が高ぶってるだけ。テレサ、ありがとうね」

テレサはルーシーの礼をはねつけるように手を払った。「空港へ送っていくぐらい、なんでもないって」

「そうじゃないの。クリストファーにはまだ話さないようにって、そういってくれたでしょ」

テレサが腕を伸ばしてルーシーの手をぎゅっと握った。「きっとあなたが勝って、クリストファーの母親になる。それ以外の展開は信じない」

「負ける可能性のほうが高いのよ」

「そう、ならばその島にいるあいだにマスターソンの銀器でも盗んでらっしゃい。もどってきたらネットでそれを売る。これがプランB」

「素晴らしいアイディア」

「まじめな話、メインにいるあいだに、真剣に考えたほうがいい」テレサはいって、ルーシーの顔の前で一本指を立ててチッチと揺らす。「現実的なプランBよ、わかる？　新しい仕事でも、お姉さんの罪悪感につけこんで小切手を送ってもらうのでもいい。とにかくそろそろ状況を変えないと。わかるでしょ？　クリストファーのために」

新しい仕事につけば、放課後にクリストファーの勉強を見てやれない。姉にメールを送るのは考えただけで吐き気がする。ましてやお金を無心するなど無理。八方ふさがりだった。

「わかった。何かしら考えてみる」

「あなたなら、大丈夫」テレサは小さなバンガロー風の家へ続く私道に車を入れた。前庭には剪《せん》定《てい》をしていないぼさぼさした灌木の茂みがある。いったいここはどこ？

玄関のドアがひらいて、そこからクリストファーが飛び出し、車のほうへ走ってくる。

ルーシーはテレサの顔を見る。

「どういたしまして」とテレサ。

ルーシーは車からおりて、クリストファーをつかまえてハグをし、両腕を持ってその場でぐるっと回転させた。

「ルーシー、ぼく、空港までいっしょに行くことになったんだ。ミセス・ベイリーがそういった。学校に遅刻してもいいんだって！」

「それはびっくり。じゃあ、行こう！」ルーシーはクリストファーといっしょに後部座席に乗りこむと、クリストファーにきちんとシートベルトを締めさせる。テレサが私道から車を出した。

「すごいサプライズ」ルーシーがいって、テレサの肩をぎゅっとつかんだ。

「心の応援団が必要だと思ってね」

「ぼく、心の応援団なんだよ、ルーシー」クリストファーがいう。

「わたしの心を励ますには、ちょっとやそっとの応援じゃ足りないよ」

空港に着くまでの車中で、クリストファーとテレサはずっと時計島シリーズのどの巻が好きか、その話題で持ちきりだった。ふたりが好きなのは『ゴースト・マシーン』、『スカルズ＆スカルダッガリー』で、とりわけ大好きなのが『時計島の秘密』だった。

「どうしてその巻が大好きなの？」テレサがきいた。

「マスターマインドがさ、島にやってきた女の子を養子にするんだ。それでその子はずっとマスターマインドといっしょに暮らせるようになる」

クリストファーはルーシーにちょっと照れたような目を向ける。

クリストファーに時計島シリーズを紹介したのはルーシーだった。彼の両親は病院に運ばれてきたときにはすでに死亡していることが確認され、それからソーシャルワーカーがクリストファーを迎えに来た。親戚のだれにも連絡がつかないとなって、ソーシャルワーカーは彼に、しばらくのあいだいっしょに暮らしたいと思う大人の人はいるかときいた。

するとクリストファーは「ルーシー先生」と答えたのだ。

それで一週間、ルーシーはクリストファーの母親になった。電話を受けたのは夏のことで、そのときルーシーは学校が休みの日に夕方からバーで働いていた。同僚が車で警察署まで送ってくれて、そのあとルーシーの家まで送ってくれた。クリストファーはまだショックのさなかにいて、車のなかでは何も話さなかった。

バーのマネージャーはいい人で、怖い思いをして脅《おび》えている少年にずっとルーシーがついていられるよう、有給休暇をくれた。ルーシーはベッドの隣に寝袋をしいて自分の寝床にし、クリストファーにはルームメイトから毛布を借りて、それも余分にかけてやった。このときばかりはルームメイトたちも、家のなかで騒ぐのをずっと自粛してくれた。押しだまっているクリストファーの口をなんとかしてひらかせたいと思い、ルーシーはベッドの下から箱をひっぱりだした。メインからカリフォルニアに移ってくるのに、飛行機をつかった。荷物はスーツケースふたつだけで、ひとつには衣類を詰められるだけ詰めて、もうひとつには本をぎっしり入れた。そのなかで、クリストファーに口をひらかせたのが、時計島シリーズだった。どれか選んでごらん、読んであげるよと声をかけたところ、時計島シリーズの三十八巻『月明かりのカーニバル』を選んだ。なぜか？　おそらく表紙絵に惹かれたのだろう。空中に浮かぶ大観覧車、翼のあるジェットコースター、小さな少年がサーカスの親方のような格好をしている。この表紙絵はルーシーのお気に入りのひとつでもあった。いっしょにベッドに潜りこむと、クリストファーがルーシーの腕に頭をのせてきた。その姿勢でルーシーはページをめくりながら読んでいき、クリストファーが何かいうのを待った。半ばまで来たところで、寝る時間になった。すると「あともう一章だけ読んで」とクリストファーがいった。それがこの部屋に連れて来られて、はじめて口にした言葉だった。その瞬間、ルーシーにはわかった。自分はこの子のためならなんでもする。この子を喜ばせ、安全に守り、愛情たっぷりの人生を送らせるためなら、わたしはなんだってすると。

最初の養い親の家へ連れていくためにソーシャルワーカーがやってきても、クリストファーはルーシーと離れるのをいやがった。首にしがみついてめそめそ泣いた。いつかあなたを迎えにいくと、ルーシーはこの日クリストファーに約束した。できるだけ早く、家族になろうねと。

空港の出発ターミナルにまもなく到着する。ルーシーは機内持ちこみ荷物のなかにクリストファーを押しこんで連れていきたい衝動に駆られた。

テレサが車からおりて、ルーシーのスーツケースをトランクから出す。

「そうだ、渡すものがあった」ルーシーはクリストファーにいった。

「何？」

ルーシーは荷物のなかから、玩具店〈パープル・タートル〉の紙袋を取り出して渡す。きれいにラッピングされた箱をひらくなり、クリストファーは目をまんまるにして、サメのフィギュアをひとつ、ふたつ、三つ取り出した。

「わあ、かっこいい……」びっくりした顔で、まじまじと見ている。「これ、ぼくが持っていていいの？」

「そうよ、全部。どれが気に入った？」

「これ」そういって、まるで子ネコを抱くように、ハンマーヘッドを両手のひらの上に大事そうにのせる。

「はい、笑って！」空を飛んでいるようにサメを持ち上げるクリストファーの写真を撮る。撮り終わるとクリストファーはルーシーの首にぱっと両腕をまわし、力一杯抱きついてきた。ルーシーも抱き返す。同じようにぎゅっと。クリストファーからベビーシャンプーの匂いがする。世界一いい匂いだと、ルーシーはいつも思う。

「そろそろ行かなきゃ」そっと声をかけた。

クリストファーが離れて、けなげに笑顔をつくった。「きっと優勝するよ」

「ありがとう、元気出た」ルーシーはクリストファーの顔を両手ではさんで、目と目を合わせた。「折りを見てミセス・ベイリーにメッセージを送って、クリストファーに伝えてもらうようにする。わかった？」

「わかった」クリストファーはうなずいた。それから自信なさそうにそっといった。「ルーシーから電話がかかってきたら、がんばって出るようにする」

「ほんとうに？　無理しなくていいのよ。メッセージを送れるんだから。ミスター・マスターソンのサインをクリストファーのために必ずもらってくるからね」

「それと、本も？」

今度はルーシーがけなげに笑顔を見せる番だった。「負ける可能性だってあるのは、わかるよね。勝者は四人のうちひとりだけ」

「ぼく、ルーシーが勝てるよう、お願いする」

「そうね。頼んだわ」ルーシーは最後にもう一度ハグをし、愛していると伝えてから、ばんそうこうを一気にはがすようにして車からおり、テレサを抱きしめてからスーツケースを受け取った。

「ライバル全員、ノックアウトするのよ」とテレサ。「怖《お》じ気《け》づいたら負け。あなたは大勢の手強い子どもたちを相手にして、日々負けてない。だったらなんでもできる」

ルーシーは最後にクリストファーに投げキスをした。クリストファーはルーシーの視界から車が消えるまで、ずっと窓から手を振っていた。

深く息を吸って、空港へ向かう。飛行機旅行などもう何年もしていない。というより、旅行自体まったくしていない。これからまたあの時計島に行く。それがまだ信じられずにいる。

保安検査を済ませてゲートへたどりついたときには、もう搭乗時間が近づいていた。その場を行ったり来たりしながら神経を静め、六時間すわりっぱなしに耐える準備をする。最初、ジーンズの尻ポケットでスマートフォンが震動しているのに気づかなかった。気づいたときにはとまっていて、それからまたふるえだした。取り出して見てみると、メインからの発信で知らない番号だった。

もしかしたらジャック・マスターソンの関係者かと思い、この一週間、知らない番号からかかってきた電話もすべて出ていた。

物に動じない大人の態度で、いかにもプロフェッショナルという声音で電話に出る。「はい、ルーシー・ハートです」

わずかな間のあと、相手がしゃべった。

「やあ、ルーシー」

きき覚えのある声。声の主を知っている。大嫌いな声。体内を流れる血がとたんに冷えた。

「ショーン？　どうして……どうして電話なんてかけてきたの？」

「数日後に、きみがポートランドにもどってくるっていう噂を耳にしてね。そうだ、おめでとう。ゲーム大会に出るんだってね。いったいどういう催しなんだい？」

ルーシーは深く息を吸った。「ググれば」

この元カレは、この地球上で、いま一番話をしたくない相手だった。いや、正確には二番目だ。姉のアンジーが一番で、ショーンは二番だが、とことん一番に近い。

「話してくれたっていいじゃないか。面白そうだ」むかしむかし、この男はわたしのためだけに空に月をかけてくれるのだと、そう思っていた。ところがいまは、そうではないとわかっている。この男は、月光を浴びた自分がどれだけハンサムか、それを見せつけるために空に月をかける。

「これから飛行機に乗るの。まじめな話、いったいなんの用？」

「おいおい、ルーシー。そうつれなくするなよ。そりゃあ、終わり方はまずかった。それも悪いのはほぼ俺だったってわかってる。だがどっちも子どもじゃないんだ。ここは大人になって、過去は水に流そう」

悪いのはほぼ俺だった？　ほぼって何？

彼に怒っても意味がない。怒りは注目の一形態。この男は日差しを浴びて成長する植物と同じで、注目を浴びてますます増長する。

「何がお望みなの、ショーン?」努めて冷静な口調でいいながら、目は搭乗受付のカウンターにいるスタッフをちらちら見ている。早く搭乗案内をしてほしい。

「きみが町にいるあいだに、コーヒーでも飲もうじゃないか」

「無理。ずっと島にいるから」

「島か。いい身分だ。また社会の第一線に出てきたってわけだ」相手の顔に浮かぶ気取った笑いが目に浮かぶ。「よかったな」

これには食いつかないでおく。さすがにもう学習した。

「とにかく、おめでとう。時計島、だったっけ? あの本、きみはほんとうに好きだったよな。俺には理解できない。といっても、児童向けの物語は、子どものときも読まなかった。あまりに単純すぎる、そうだろ?」

「わたしは単純すぎる人間ですから」とルーシー。

「違う。きみがそんなに単純だったら、俺は恋に落ちていない。自分で思っている以上に、きみは頭がいいし、面白い人間なんだよ」

この人のほめ言葉は信用できない。わたしを褒めることで、そんな女とつきあっていた俺は趣味がいいと自分をほめたいのだ。「〝ばかな真似はやめろ、ルーシー〟あなたはよくそういってたけど?」

「おいおい。さっきもいったように、過去は過去だ。俺は自分が悪かったって認める。きみは認められないのか？」

搭乗ゲートのスタッフがマイクを手にとって、優先搭乗がはじまったことをアナウンスする。

ルーシーはその女性にキスをしたいぐらいだった。

「行かないと。搭乗がはじまったの。ファーストクラスのね」いわずにはいられなかった。「じゃあね、ショーン」

「切らないでくれ」懇願《こんがん》しているようでいて、それは命令だった。「子どもがどうなったか、俺には知る権利がある」

ルーシーは深々と息を吸い、目を閉じた。飛行機に乗る前に泣くわけにはいかない。落ち着け。

「確かにそうね。あなたには知る権利がある。でも、どうしていままで待っていたの？　メッセージひとつ送ってこなかった。三年間で一度も」

この男は自分を恥じることができないのか？　きっとそうなんだろう。だったらせめて、答えに窮《きゅう》する質問を食らわせてやる。いまになって連絡をしてきた理由はわかっている。ゲーム大会のニュースが世界中に広まるなか、わたしの名前を耳にして、そういえば、そういう女がいたなと思い出した。さらに愉快なことに――わたしは一時の有名人になっている。だったら連絡して、その栄光のお裾分けにあずかるのはどうだろう。電話をして、俺があいつを連れ出してやった過去の冒険を思い出させてやるのも一興だ。世界は俺を中心にまわっていると信じる、それがショーンという男だった。

「だから、いまきいている」

「子どもはいない。よかったわね。あなたは父親にならずに済んだ。ほっとした？　そうだと認めなさいよ」

相手の冷ややかな笑い声に、ルーシーの腕のうぶ毛がさかだった。「こりゃあ、一杯食わされた。きみの小さなたくらみも、俺が相手じゃ成功しなかったわけだ。残念だったね」

「自分がろくでもない人間だから、相手も同じだと思う。あなたはそういう人」

「俺は――」

「あなたがどう考えようと、わたしにはどうでもいい。二度とかけてこないで」

「きみが何を――」

ルーシーは電話を切った。立ち上がって荷物を集める。いまから飛行機に飛び乗って、ふかふかの大きな座席に身を沈めて、窓に顔を向けて目を隠せる。それが何よりありがたい。ゆっくり呼吸して心臓の激しい鼓動を鎮める。隣の座席にすわるのがだれであれ、わたしがふるえているのは飛行機が怖いからであって、元カレの支配力にガタガタ脅えているのではないと、そう思ってほしい。たった一本の電話で、あの男はわたしの一日を台無しにできる。それが何より悔しい。冗談じゃない。もう二度とこんなことはさせない。もうわたしは子どもじゃない。あの男の小さな人形でもない。これ以上いいなりになどなるものか。おまえにはもう、これっぽっちも満足感は与えない。

よし。この瞬間、ルーシーの心が決まった。ゲーム大会で絶対優勝してやる。ジャック・マスターソンの新作を手にしてやるのだ。クリストファーに読んでやってお祝いしてから、その翌日に最高額で買ってくれる出版社に売る。

それからクリストファーを連れて〈パープル・タートル〉の店に入っていき、「今日はなんにいたしましょう?」と店員に声をかけられたら、こういうのだ。「そうね、全部いただくわ。プレゼント用に包んでいただけるかしら」

9

ポートランドのジェット機用空港に着いたのは、夜の六時を少し過ぎたころだった。疲労困憊《ひろうこんぱい》で、ちゃんとした食事が恋しかった。それと同時に思いっきり興奮してもいた。国の端から端まで横断したあとでも大事なことは忘れない。最初の目的地に無事着いたことを、テレサに簡単なメッセージで知らせておく。時計島で携帯電話の電波が受信できるかどうかはわからない。ジャック・マスターソンは悪名高い秘密主義者で、昨今は引きこもり生活をしている。といっても、メイン州の人間の大方はそんなものだろう。それでもジャックの関係者にスマートフォンを没収されるのは困る。電波が通じているうちにミセス・ベイリーにテキストメッセージを送って、クリストファーに愛していると、まずはそれを伝えてもらおう。無事に到着したことは二の次でいい。

迎えの運転手とは手荷物受取の場で落ち合うことになっていた。自分の名前が書かれた看板を持っている男性を探さないといけない。飛行機は予定到着時刻より、少し早めに着いていたから、到着ロビーに運転手らしき人の姿が見えなくても、心配はしなかった。スライディングドアが見える静かな場所を見つけて、ルーシーはそこで待つことにした。ひょっとして、ここで顔を上げたら、自分を出迎える両親や姉がドアの向こうから出てくるのが見えるかもしれない。いや、待っているのは手荷物引き渡しのコンベヤーのところかもしれない。だめだ、ばかなことを考えるな。そんなことがあるはずがない。家族が自分を出迎えるために、わざわざ出てきてくれるなんてことはこれまで一度もなかった。祖父母にはとてもかわいがってもらったが、家族から見捨てられて孫がどれだけ傷ついているか、それだけはわかってもらえなかった。病気の子どもに最優先で気を配るのは祖父母にとって当たり前のこと。おまえは運のいい子だと祖父母には何度もいわれた。親に注意を向けてもらうのと、健康な身体を授かるのと、どっちがいいかとよくきかれた。もし両親が自分を愛してくれて、家で暮らそうと迎えに来てくれて、五分だけでもわたしのために時間を割いてくれるなら、片腕を切り落としてもいいとルーシーは思っていた。

家族が待っているわけがない。到着時間を知っていたとしても来ない。いいかげん、そんなむなしい空想はやめようと思うのに、それができない。

家族がやってきて自分を家に連れ帰ってくれる。そんな夢みたいな場面が現実になるのを、わたしはいつまで待つつもり？

周囲では、至るところで家族の再会場面が繰り広げられている。両親にハグされるのをいやがっているカレッジに入った子ども。少なくともいやがるふりをするのが、あの年ごろのお約束だ。妻にキスをする夫。祖父母にわーっと駆け寄る子どもたち。五歳くらいの小さな女の子がエスカレーターで下りてくる母親を迎えに走っていく。エスカレーターの下までくると、母親は娘をさっと抱き上げた。肩に抱いて背中をぽんぽんたたいているのを見て、思わずルーシーの顔に笑みがこぼれる。親子が目の前を過ぎるとき、母が娘の髪に顔を埋めて、ささやく声がきこえた。

「ママはあなたが大好き。ずっと会いたかった」

見てよ、ママ。ルーシーは思う。あれだけでよかったの。学校に迎えに来たママのところへわたしが走っていく。そうして胸に飛びこんできたわたしをママが抱き上げて肩にのせ、「ママはあなたが大好き。ずっと会いたかった」と、そういってくれるだけでよかった。

「ルーシー?」呼び声にふりむくと、びっくりするほど背が高く肩幅も広い男性が、お抱え運転手の立派な制服を着て立っていた。〈ルーシー・ハート〉と書いたホワイトボードを持っている。

ルーシーは荷物を持ち上げた。「わたしです」

「はじめまして、ルーシー」男がルーシーからスーツケースを預かる。「あちらに車を置いています」

ブロンクス訛《なま》りのあるしゃべり方。年は五十代半ばといったところだろう。ルーシーを縁石のところまで連れていって、ここで待っていてくださいという。五分後、ルーシーが生まれてはじめて見る巨大な車がやってきた。

「うわあ」驚きの声をもらすルーシーに、車からおりてきた運転手がドアをあけてくれる。「すごい車ですね」

「ストレッチ・キャデラック・エスカレードです。お客様たちを迎えるなら最高の車でというのが、ミスター・ジャックの考えでしてね。この島に来るのに、前回は子どもたちにヒッチハイクをさせてしまったのだから、これぐらいはと、そう申しておりました」

運転手があけてくれたドアからルーシーはなかを覗きこんだ。後部座席は洞窟のように広い。以前この手の車にショーンと乗ったことがある。だいたい車酔いに悩まされた。それは単に同乗者が彼だったからか？

「あの、助手席に乗ってもいいでしょうか？」ルーシーはきいた。

運転手は軽く片眉を上げたものの、「ええどうぞ」といった。後部座席のドアを閉めて前の座席のドアをあけ、ルーシーが乗りこんだところで、運転席の側にまわった。

運転手が乗りこむと、ルーシーはきいた。「お名前を伺ってよろしいでしょうか？　最初におききするべきなのに、うっかりしていました」

相手は笑顔になるのをこらえるような顔になった。「マイク。よろしければマイキー《マイキー・イフ・ユー・ライキー》と呼んでください」そういって、片目をつぶって見せる。一日に何回も口にするジョークに違いない。

「マイキー、よろしくお願いします」

ルーシーはセーターを身体に抱きしめるようにして、窓の外に目を向け、飛びすさっていく街灯を眺める。懐《なつ》かしいと思う風景もあるが、ほとんどはぼやけた記憶とともに、後ろへ流れていく。身体のふるえをとめようと深く息を吸う。とうとうもどってきた。二度と故郷にはもどらないと誓ったのに、いま自分はここにいる。

「お嬢さん、大丈夫ですか？　何も怖いことはありませんよ。ジャックはいい人です」

故郷にまつわる重たい愛憎劇を、この運転手さんに語るのはかわいそうだ。メイン州はルーシーの大好きな土地だった。ただし二度と思い出したくないこともある。この町で起きた、両親、姉、元カレとのいざこざは、もう一生思い出さずに生きていきたかった。

「ゲーム大会のことで、緊張しているだけです」とルーシー。

「どうぞ背もたれにもたれてください。座席を温めておきましたから。心配いりませんよ。どういう大会なのか、わたしにはなんとなくわかります。きっとあなたは大丈夫」

空港からフェリーのターミナルまでは二十分ほどで、着いたところにフェリーが一隻待っていて、それに乗って時計島に向かうらしい。緊張のせいか、車中ではずっとマイキーに質問を投げていた。参加者のなかで、ルーシーが一番遅い到着らしく、ウエストコーストくんだりからやってくるのも彼女ひとりだけだった。

「ゲームってあまり得意じゃないんです」ルーシーはいった。

「別にジャックはフットボールとか、そういったものをやらせて競わせようとは考えていないと思います。きっと楽しい。だから怖がる必要はありません」

「もう遅いです。わたし完全にビビってます」

マイキーはくっくと笑い、片手を払った。「ビビっちゃだめ、楽しむんです。ほかの参加者も感じのいい人ばかりですよ。ヒューゴだって、あの性格さえ大目に見てくれれば、いい男です」

「待ってください。それってヒューゴ・リースのことですか？　イラストレーターの？」

ヒューゴ・リースは単に時計島シリーズのイラストレーターというだけでなく、まだ生きているアーティストで、ルーシーの一番のお気に入りだった。それに以前に一度会っている。家出したとき、彼が時計島の家にいたのだ。

「彼も島に住んでいるんですよ」とマイキー。「ジャックに目を配る人間が必要ですからね。ヒューゴは優しい男です。いつも不機嫌な顔をしているけれど、演技にだまされちゃいけない」

「ああ、確かに。でもわたし、だまされちゃいました」ルーシーは声を上げて笑った。

「うちのヒューゴと知り合いですか？」

「知り合い？　いいえ。ただ彼は……ミスター・マスターソンが警察に連絡をして、わたしを連れ帰ってもらうのを待っているあいだ、相手をしてくれたんです」

そのあたりの話はクリストファーにはしなかったが、当然そういうことになった。世界的に有名な作家の家の玄関先に現れて、警察に連絡されないわけがない。確かにジャック・マスターソンは、お茶とクッキーでもてなして、ペットのカラスと引き合わせてくれたが、他人の子をずっと家に置いておけるわけがない。願いごとは叶うものもあれば、叶わないものもある。魔法の島でお気に入りの作家と暮らして、彼の相棒として活躍するというのは、そういう永遠に叶わぬ願いごとのひとつだ。

ルーシーに空飛ぶ書き物机を見せたあと、きみを驚かせてあげようといって、ジャックは部屋を出ていった。もどってきたときには若い男の人を連れていた。

そのとき彼がどんなだったか、ルーシーはいまでも覚えている。明るい青い瞳の上でぎゅっとひそめられた眉。ロックスターを思わせるぼさぼさの髪。そしてあのタトゥー。忘れようにも忘れられない。

両腕のそでを下ろせば隠れる部分全体にタトゥーを入れていた。赤、黒、緑、金、青のカラフルな渦巻き。虹ではない。ストライプでもない。ただ、さまざまな色があるというだけ。そこだけ見れば、人間というより絵といったほうがふさわしい。

「ルーシー・ハート、こちらはヒューゴ・リース」ジャックが紹介した。「ヒューゴ・リース、こちらはルーシー・ハート。ヒューゴは画家でね。わたしの本の新しいイラストレーターだ。そしてルーシーは、わたしの新しい相棒としてここに来てくれた。彼女にマスターマインドの家の描き方を教えてもらえないか？　相棒だからね」

信じていいってこと？　ほんとうに？　ジャック・マスターソンは本気でわたしをこの家に置いてくれるの？　相棒として？　自分の娘として？　友として？　ルーシーは信じたかった。それで、握手をしようと、ふるえる手をヒューゴ・リースに向かって差しだした。

相手はその手に目をやり、それからジャック・マスターソンに目を移した。「じいさん、あんた頭がヤワになったのか？」イギリス訛りでヒューゴがいった。王子のような気取った訛りではなく、イギリスのパンクロック歌手みたいな訛りだった。

ジャック・マスターソンは頭のてっぺんをコツコツとたたいてみせる。「岩のように硬いよ」

ヒューゴはあきれて、大げさに目をぐるんとまわした。自分の脳みそが見えたんじゃないかとルーシーは思った。

「たっぷり時間をかけて教えてやってくれ」とジャック。「あとでもどってくる」

それでふたりきり。ルーシーはヒューゴ・リースと向き合った。ルーシーは自分でも驚くほど胸がドキドキしていた。それは相手がしかめっ面をしているからでも、時計島シリーズの新しいイラストレーターだからでもなく、こんなにハンサムな人にこれまで会ったことがなかったからだった。ふだんルーシーは男の子に注意を向けることはあまりない。けれどこの男性からは目を離すことができなかった。

「ルーシー・ハート、だって?」ヒューゴがいった。

ふいにルーシーは全身緊張してガチガチになった。学校にはかっこいい男の子もいた。けれどこの人は男の子じゃない。大人の男性だ。それも、かっこよすぎる大人の男性。

「家出してきたんだって? こんなところまで? それって、思いっきりばかげているって、わかっているのかな? 命を落としたかもしれないんだよ。親に、逆さ落としでもされたか?」

相手の怒りにルーシーはびっくりした。この人もジャックのように優しい対応をしてくれると思っていたのに。

「そうされても、驚きません」泣きそうになりながらルーシーはいった。「わたしのことは、どうでもいいみたいだから」

ヒューゴはルーシーの顔からさっと目をそむけた。「ごめん。俺にはきみと同じ年ごろの弟がいるんだ。もしやつが家出なんかしたら、どうしようと思ってさ」

「でも、ジャックは――」

「ジャックが何をいおうとどうでもいい。きみがこの家の玄関に突然現れて、ジャックは心臓麻《ハート・アタ》痺《ック》を起こしたかもしれないんだ」

ルーシーはくっくと笑い、ヒューゴににらまれた。

「ごめんなさい。ただ……わたしの名字、ハートっていうんです。だからハート・アタックっていったのはダジャレかと思って」ルーシーは突っ立ったまま床に目を落とし、それからまた顔を上げた。「ごめんなさい」

ヒューゴの目の表情がやわらかくなった。怒りの嵐は過ぎ去ったようだ。ルーシーにはだれかに叱りつけられた経験はほとんどなく、ましてやセクシーなパンク・アーティストに怒られるなどはじめてだった。自分の身の安全をこんなに心配してくれるのだから、実際には優しい人なんだろうと、そう思った。

「わかった、すわろう」とヒューゴ。「集中してくれよ。絵を描くのは、車の運転やローラー・スケートと同じ技術だから、生まれながらに方法を知っているわけじゃない。学ばないといけない。で、学びたい人間ならだれでも学ぶことができる。ただし、学ぶ気がないなら、俺の時間を無駄にしないでくれ」

いままでだれも教えてくれなかった。絵を学ぶことができるなんて。自分は絵が描けない人間だから、絵を描いてこなかったとルーシーは思っていた。それなのに、学べば描けると本物の画家がいっている。すごい。ルーシーは腰を下ろし、意識を集中して、ヒューゴ・リースがこうしろといったことをすべてやった。最初はダメダメで、何度もやりなおした。何度も何度も挑戦した。すると三十分後には、これならよしと自分でも思える絵がどうにか描けた。ツタが這い上がる、ぞっとする感じの家。その家には、じっとこっちを見ている目のような窓がついている。

単なる家じゃない……時計島の家だった。

描き終わった絵をヒューゴ・リースがじっと見つめ、それからいった。「悪くないよ、ハート・アタック。この調子で描き続けろ」

絵を描き続けることはなかったが、そのときの絵のレッスンは一生忘れられない。これまで見たこともないハンサムな男性に、冗談めかしてハート・アタックと呼ばれたときのうれしさも。

レッスンが終わるころには、ルーシーはちょっとした恋をしていたといってもいいかもしれない。けれどその恋はあっというまに終わった。三十分ほどして、部屋のドアがまたあいた。ルーシーは笑みを浮かべて顔を上げた。ジャック・マスターソンがもどってきたと思ったのだ。ところがそうではなく、やってきたのは制服を着た警察官で、その後ろにソーシャルワーカーだという女の人が立っていた。ルーシーを家にもどすためにやってきたのだ。

「お嬢さん、着きましたよ。船が待っています」

マイキーの声が、ルーシーを過去から現在に引きもどした。

マイキーが荷物をフェリーまで運んでくれて、船長がルーシーの乗船に手を貸した。座席にすわると、船長は熱いコーヒーを持ってきてくれた。青と白に塗り分けられた小さなフェリー。乗客はルーシーひとりだった。

あと数分で着くというときに、ルーシーはスマートフォンを確認する。テレサがメッセージに返信をくれていて、愛とハグと幸運を祈る絵文字がたくさんついていた。ミセス・ベイリーからもテキストメッセージが届いていて、〈無事着かれたようでクリストファーが喜んでいます〉と書いてくれていた。よし、すべて順調だ。

クリストファーに電話して、ヒューゴ・リースのことを話すなどという、いまやらなくてもいいことを実行に移す前に、ルーシーはスマートフォンをしまった。時計島に生息する架空の生き物や島にとりついているゴースト、島に停車する列車（どうやって海を渡ってくるのか、マスターマインドはちゃんと教えてくれない）といった奇想天外で、目もくらむような絵の数々を全部描いたのがヒューゴだった。物語と同じぐらい、クリストファーはこういった絵が大好きだった。

熱いコーヒーを手に、船室で大人しくしているべきなのだろう。わかってはいても、やはりじっとしていられない。船の揺れに慣れない脚を気遣いながら、座席から立ち上がって出口へと歩いていく。ドアを押しあけ、手すりのあるところまで歩いていって、そこにしっかりつかまる。フェリーは海のなかを上下しながら水をかきたて、しぶきを上げながら島へと向かっている。

深く息を吸って、海風を肺いっぱいに入れる。春だというのに夜の空気は冷たく、大西洋の潮風は甘い。なんと懐かしい香りだろう。自分がこんなにもこの香りを欲していたとは思わなかった。もしこれが香水だったら、一瓶買って毎日身につけていたい。ああ、ここにクリストファーがいっしょにいてくれたら、どんなにいいだろう。あの子の夢は海のそばで暮らしてサメたちと泳ぐこと。そのサメが、まさにいま自分の鼻先にいる。シロワニ。ヨシキリザメ。残念ながらハンマーヘッドはいないが、代わりにホホジロザメがいるはずで、もしそれを目にしたら、クリストファーは感動するに違いない。カモメに餌をやってはいけないとか、アザラシはペットじゃないといったこともちゃんと教えないと。それでも、そばにそういう生き物たちがいることに、あの子は大喜びするだろう。クリストファーにとって、まさに楽園だ。

ルーシーはいま、十三歳のころの自分にもどったような気がしていた。怖くてたまらないけれど、それと同時に言葉にならないほど興奮している。ジャック・マスターソンと再会できるから？　もちろんそうだ。彼はわたしのあこがれの人。まだ失望させられていないアイドルだ。しかしそれ以上に、これがチャンスであることにルーシーは興奮していた。自分とクリストファーの人生を変える一度切りのチャンス。もし勝てたなら、この現状を変えることができる。

問題は、勝てるとは決まっていないことだ。

暗い空がほんのり明るくなってきた。エンジンが変速し、フェリーのスピードが落ちる。

前方のそう遠くないところに、家が一軒見える。這い上がるツタに取り巻かれたヴィクトリア朝様式の豪邸。それといっしょに奇妙な塔たちが浜辺と波止場と海を見下ろしている。

心臓が連打される太鼓のように鼓動する。

いよいよだ。時計島。

頭のなかで、ロボットみたいな声がきこえる。

チクタク。ようこそ時計島へ。

とうとう、もどってきた。

第三部　なぞなぞとゲームと奇妙なものたち

目の前にその人がいるはずなのに、アストリッドには姿が見えない。見えるのは、火影《ほかげ》に浮かび上がる顔の輪郭《りんかく》だけ。この人がマスターマインド。

「あの、ミスター」アストリッドが切り出し、マックスがゴホンとせきばらいをする。「いえ、違いました。マスターマインド。願いごとを叶えてもらおうと、弟といっしょにやってきました」

「願いごと？」影のなかから声が響いた。「おまえたちには、このわたしが願いごとを叶える精霊にでも見えるのかね？」

「そうです」とアストリッド。「精霊がどんな姿をしているのか知りませんけど、きっとあなたみたいなんだと思います」

それについて相手は何もいわなかったが、影のなかの顔が、笑みをこぼしそうになっているのが、アストリッドにはわかった。

「マスターマインド？」マックスがいった。声がふるえている。「うちのパパが仕事で遠いところへ行ってしまったんだ。すごくさみしい。もし町で仕事が見つかれば、パパはもどってこられる。だからぼくらは願いごとを――」

「翼もないのに飛ぶもの、なーんだ」影に隠れた男がいった。「さあ、答えてもらおう」

マックスが顔を上げてアストリッドを見たが、姉も答えを知らなかった。アストリッドは部屋のなかに目を走らせ、どこかに答えが隠れていないか、頭を必死に働かせる。室内はしんと静まっていて、自分の心臓の鼓動がきこえるほどだった。まるで時計がチクタクいうように心臓も……。

時計がチクタク？

「時間です」アストリッドは答えた。「時間は飛ぶように過ぎていくけれど、翼はありません」

「辛抱強く待てば、じきにおまえたちのお父さんは、家に帰ってくる」

マックスはアストリッドのそでをひっぱる。「ねえ、ねえ。こんなのうまくいくはずがないよ。うちに帰ろう」

マックスは背を向けて帰ろうとするが、アストリッドはその場にがんと立ち尽くして動かない。

「待ちたくありません。いますぐパパに会いたい。だれかに対して、あなたはそう思ったことがないんですか？　大好きな人がいなくなると、一日が百万年にも感じられるんです」

またもやマスターマインドはだまりこくり、長い時間が過ぎていく。あんまり長いことだまっているので、アストリッドが答えを待っているあいだに時間に翼が生えて、どこかへ飛んでいってしまうような気がした。

「勇気はあるかね？」とマスターマインド。「勇敢な子どもだけが、願いを叶えられる」

アストリッドは怖かった。逃げ出したいほど恐ろしい。それでもあごを持ち上げて、こういった。「はい。わたしは勇敢です」

するとマックスが姉の手をつかんで、こういった。「ぼくもです。勇敢じゃないといけないなら」

マスターマインドは、グワハッハッハッと高笑いをし、その声がアストリッドたちには、どんな悲鳴より恐ろしくきこえた。

「そうだ、勇敢じゃないといけないのだ」


――ジャック・マスターソン作、時計島シリーズ第一巻『時計島の家』（一九九〇年刊）より。

10

木製の長い波止場に近づいていくと、速度がさらに落ちた。フェリーのヘッドライトが桟橋《さんばし》を明るく照らす。桟橋の一番先に男が立っている。顔はよくわからないが、ジャック・マスターソンではない。若すぎるし、背もずっと高い。濃い色のピーコートのポケットに両手を突っこんで、夜風に顔を向けている。冷たさをまったく感じないようだった。フェリーの船長がそちらへ向かって放ったロープを、男は素早くつかんで、慣れた手つきで波止場の杭に結びつける。

ルーシーはフェリーの先頭まで歩いていきながら、両腕で身体を抱くようにして冷たい夜風から身を守っている。フェリーからおりるのに、波止場の男が手を貸してくれる。ルーシーは大きな段差で転ばぬよう慎重に足を運ぶ。

「荷物は？」波止場の男がいう。船長が荷物を持ってきて、ルーシーに短くさよならのあいさつをした。

男がルーシーを上から下まで眺めていう。「いかにもカリフォルニアからやってきましたっていう格好だな。上着は？」

イギリス式のアクセント。ルーシーの耳になじみがあった。え、もしかして？　でもロックスターのヘアスタイルじゃない。

「上着はないんです」急に心細くなった。冬用のジャケットを買おうと思ったが、どうせ短い旅なのだからと自分にいいきかせて、やめた。しかし来てみれば、やっぱり必要だった。「大丈夫です。セーターを持ってきていますから」

「ほら。これを着るといい」そういって男はフランネルの裏地がついた男物の冬用ジャケットを投げて寄越した。まるでこういう事態をあらかじめ予測して用意してきたかのようだった。ルーシーはいわれたとおりに、だぶだぶのジャケットをすっぽり着こんだ。匂いがする。海の匂いだ。

「ありがとうございます。冬物をあまり持っていなくて」

「そりゃそうだ。尻に火がついて火傷《やけど》するような気候以外、知らないんだろう」

「失礼です」ルーシーはからかい半分にいった。「当たらずとも遠からずではありますが、失礼です」

　相手がもう少しで笑うかと思ったら、そうではなかった。

「こっちだ」そういって、桟橋を歩いていって家のほうへ向かう。スーツケースのキャスターがガタガタ音を立てて転がっていく。相手の長い歩幅についていくために、ルーシーは半ば小走りにならないといけなかった。

「ヒューゴ・リースさん、ですよね?」

　相手がいきなり足をとめて、ルーシーをふりかえった。いらだちをほとんど隠そうともしない。

「残念ながら、そうなんだ。さあ、行くぞ。ジャックが待っている」

　記憶にあるヒューゴと同じだ。もうパンクロッカーのような外見ではないけれど。三十代半ばで、がっちりとしたあご。知的な青い瞳が黒縁の眼鏡の奥で強い光を放っている。濃紺のピーコートの襟もとがはだけていて、そこからすっと伸びた首が美しい。自分が十三歳のときも、この人はかっこいいと思ったものだった。それがいまは、ハンサムもハンサム、しびれるようないい男になっている。顔を恐ろしげにしかめているけれど、それもまた威厳を感じさせて、ロックスターというより大学教授といった雰囲気だ。いまのほうがいいとルーシーは判定を下した。

彼のあとについていきながら、以前に自分がここに来たときのことを、この人はどのぐらい覚えているだろうかと思う。たぶん何も覚えていないだろう。若かったけれど、その当時の彼も大人だった。いっぽうルーシーは十三歳、最も多感な年ごろで、この人の口から出た一言一句を頭に焼きつけていた。

あの日、家の出入り口に立ち、ソーシャルワーカーに肩をたたかれて、ルーシーはミスター・マスターソンにさようならをいった。ジャック・マスターソンは優しく説明をしてくれた。きみはどうしたって家に帰らなきゃいけない。帰したくないのはやまやまだが、玄関先に現れた子どもをずっと手もとに置いておくというのは、法律違反なんだ。きみを相棒にできたらどれだけいいか。心の底からそう願ったよ。きみはサール・レイブンズクロフトの執事にだってなれる。もっと大きくなったら、きっと。

ヒューゴはジャック・マスターソンの背後にある階段に腰を下ろしていた。ソーシャルワーカーに手を引かれて家をあとにするとき、彼がジャックにこういうのがきこえた。「守れない約束をするもんじゃない。こんなことを許していると、いつか命の危険にさらされる子どもが出るぞ」

なんてひどいことをいうんだろうと、そのときは思った。それが二十六歳となったいまでは、ヒューゴのいうことが正しいと認めざるを得ない。世界的に有名な作家が、自分には相棒が必要なんだと手紙に書いたジョーク。それを真に受けて家出をする。よくぞ、危険な目に遭わなかったと思う。

しかし、それに対してジャック・マスターソンが口にした答えを、ルーシーは一生忘れない。

「ヒューゴ、心が壊れるときは、だまっていたほうがいい」

ヒューゴは鼻で笑っていた。「壊れるのは、あんたの心かい、それとも、あの子のかい？」

それがヒューゴ・リースを見た最後だった。

「どうした？」とヒューゴ。相手の顔をじっと見過ぎていたかと、ルーシーは危ぶんだ。まずい。寒風で、すでに顔が赤くなっていたのが幸いだ。

「以前にお会いしているんです」ルーシーはいった。「覚えていらっしゃるかなって」

「覚えてるよ」うれしくないといった口ぶり。そうか、いい記憶ではなかったんだ。それでも忘れられているよりはましだ。

「見違えました」

「老化現象というやつだ。わざわざご指摘、ありがとう」それだけいうと、くるっと背を向けてこういった。「ほら行くぞ。みんな待っている」

丸石を敷き詰めた私道の手前までやってきた。その先に玄関のドアがある。昔たどったのと同じ丸石の道。

ルーシーは途中で足をとめて、家を見上げた。すべての窓に明かりが灯《とも》っていて、クリスマスのようだった。大きな両びらきのドアの上に金属製の時計がかかっているのも記憶にあるとおりだ。歓迎されているようで、早くも心がぬくもってくる。よく帰ってきたねといわれているみたいだった。けれどここが自分の居場所でないことは、いまのルーシーにはよくわかっている。

「どうした?」とヒューゴ。

「すみませんでした」ルーシーはいい、ふたりで先へ進む。「あの、ほんとうに悪かったと思っています」

ヒューゴが眉をひそめる。ルーシーがよく覚えているあの怖い顔になった。「何に謝ってる?」

「覚えていらっしゃるかわかりませんが、家出をして危険に身をさらしたわたしを、あなたが叱ってくださいました。あのときのわたしには、まったく考えが及びませんでした。ジャック・マスターソンの家の玄関先に突然現れたことで、あの方にどれだけのダメージを与えるのか。愚かで危険なことをしてしまいました。万が一、女の子を自宅におびき寄せたなんて、おかしな報道がされたら、彼の経歴に大きな傷がつきます」

「あんたに謝らなきゃいけないのは、彼のほうだ」そういって、まるで最大の敵がなかにいるとでもいうように、家をにらみつけた。「まったくどうかしている。あそこまで落ちてしまった子どもを、自分なら救えるなんて思っていた。まるで神様気取りだ」

「わたしはそこまで落ちてはいませんでした」そういって、相手を笑わせようとしたものの、うまくいかない。

「きみのことじゃない。さあ行くよ」

それ以上何もいわず時計島の家に向かうヒューゴのあとに、ルーシーはついていった。

11

とうとう最後の人間が到着した。あとはゲームをはじめるだけ。ヒューゴは早くもゲーム大会の終わりを指折り数えて待っていた。とっとと終えて、また静かな家にもどってほしい。そうしたら、ジャックとすわって話をし、そろそろ俺も自分の人生を生きていい頃合いじゃないかと、そう教えてやるのだ。全員が無事そろったいまは少し安心している。参加者は、ヒューゴが恐れていたような、はた迷惑な連中ではなかった。アンドレは人なつこくて好奇心旺盛。メラニーはカナダ人で、どこまでも礼儀正しい。ダスティンは医師でエネルギーのかたまり。ルーシー・ハートは？　まだ若くてやせっぽちで、あまり勝ち目はなさそうだ。けれど、家出してこの家に逃げてきてジャックの経歴を危険にさらしたことを誠実に詫びたのは、彼女だけだった。いまどき、あんなふうに素直に詫びの言葉を口にする人間がいるとは思わなかった。ヒューゴ自身、いくら自分が悪いとわかっていても謝るのは苦手で、そういう場面をできるだけ避けてきたのだった。

「こっちだ」そういって、玉石の道を歩いていって、玄関ドアへ向かう。ドアをあけて、彼女をなかに入れた。

ルーシーがヒューゴの貸した上着を脱いで、返してきた。「ありがとうございました」

「持っていていいよ。上着なら山ほどあるから。スーツケースにパーカーでも入っているんじゃなきゃ、必要になる。あとで返してくれればいい」

ルーシーは上着を胸に抱きしめた。「じゃあ、お言葉に甘えて」そういうと顔を上げてあたりに目を走らせた。玄関口の天井からぶらさがるステンドグラスの古いシャンデリアの下でくるりとまわり、ぱっと笑顔になった。ヒューゴは改めて彼女を見つめ、ぼんやりと記憶に残る十三歳のやせた少女をそこに重ねてみようとする。あの奇妙な午後で一番よく覚えているのは、ジャックへの激しい怒りだった。問題を抱えた子どもが、彼の本を読んで、現実でも彼とつながることができると思って行動に出た。そんなジャックが許せなかった。子どもはみんな、自分は特別だと思っている。まちがった世界のまちがった町のまちがった家に神様が自分を置いたりしなければ、王子や女王や魔法使いになれたのにと。そういう子どもたちに絶対やってはいけないのが、まちがった考えを植え付けることだ。つまり、裕福で有名な作家なら、魔法をつかって自分の人生を望みどおりに変えてくれる。強く願えばきっとそれが叶うと思わせることなのだ。かわいそうに、ルーシー・ハートはまんまとそれにひっかかってしまった。早く夢から覚めてくれと、あのときヒューゴはそう願った。

ヒューゴは子どものとき、絵描きになることを夢見ていた。それで一日に十時間もスケッチをし、絵を描いた。それを永遠と思える年月くりかえして、まあまあと思える絵がようやく一枚描けた。願うだけでは夢は叶わない。夢を現実にするには努力が必要なのだ。

「ほかのみんなは図書室にいるんだ」ヒューゴはルーシーにいった。「じきにゲームがはじまる」

自分の荷物を持とうとするルーシーをヒューゴは片手で制する。「これは俺が持っていく。ついておいで」

ヒューゴはルーシーを従えて居間に入っていく。それにしても驚いたと、ヒューゴは思う。ずっと昔に会った少女とは別人のように、すっかり大人の女性に成長している。それも美しい女性にと、ヒューゴはしぶしぶ認めた。茶色の髪がやわらかなウェーブを描いて肩に落ち、海風で少し湿っている。明るい茶色の瞳。あけっぴろげな笑顔と、やわらかそうなピンクのくちびると、冷たい夜気に当たってピンク色になった頬。幼稚園か小学校の教師か何かだとジャックはいっていた。自分が子どものころ、小学校にこんなに若くてきれいな先生がいただろうか？　いや、いなかった。いたら絶対覚えているはずだ。

図書室のオーク材のドアは閉まっていた。そこまでたどりついたところで、ルーシーが足をとめた。

「どうした？」ヒューゴはきいた。

ルーシーがにっこり笑う。「わたし、また時計島にいるんですよね。信じられない」

「毎朝俺も同じことをいう。だが、そういうとき顔は笑っていない」ジョークをいったつもりだが、相手は笑わなかった。もうルーシーはヒューゴに注意は払っていないようだった。一種夢心地といっていい、うっとりした顔。あれはもう完全に自分の世界に入っている。肩にかけたキャンバス地のトートバッグには、レッドウッド小学校・幼稚園という文字と、レッドウッドの木の絵が正面にプリントされている。それが肩からすべって、やわらかな音を立てて足もとの床に落ちた。ルーシーはゆっくり身体をまわして、室内をまじまじと見ている。

「時間はこれからいくらでもある。好きなだけ見てまわればいい」

「見たいです」

ジャックの家はだれの目もくらませる。もうずいぶん昔になるが、ヒューゴもまた圧倒された口だ。部屋全体が、ヴィクトリア朝好きの人間の夢を体現している。濃い紫色に銀色の鎖とドクロがプリントされた壁紙……天井は空色に塗られ……大きな張り出し窓からは、いまは暗くて見えないが、海へ続く丘を見晴るかすことができる。小さな火がとろとろと燃えている大きな大理石の暖炉の前で足をとめたルーシーは、マントルピースから、錆《さ》びた細長い金属を取り上げた。

「これ、なんですか?」ルーシーがきいた。「鉄道レールの釘かしら?」

「棺《ひつぎ》の釘」とヒューゴ。

ルーシーは目を大きく見ひらいて、ヒューゴの顔を見る。「本物の棺の釘ですか?」

「百年前のね。この島はもともと裕福な実業家の所有地で、死者を私設の墓場に埋めていた。マツ材の棺は腐るが、釘は残る。それがときどき地表まで上がってくるんだ」

「それを暖炉のマントルピースに飾るんですか?」

ヒューゴはピーコートを脱いでソファの背に投げた。「ジャックは変わり者だ。まだ知らなかったなら教えておく」

「自分の身体をキャンバスにしている画家が、ジャックのことを変わり者と呼ぶんですか?」からかわれているのだと、ヒューゴもわかった。ルーシーの視線はヒューゴの前腕に注がれていた。シャツのそでを肘までまくってあった。両腕の手首から肩まで、色とりどりの抽象的な渦巻きのタトゥーが覆っている。その腕は、人体というより絵の具のパレットのように見える。

「彼は変わり者で、俺は偽善者だ」ヒューゴがいった。タトゥーに気づいてもらえたのが、なぜかちょっとうれしかった。両腕に目を落とし、彼女の目にこれがどう映っているのか想像する。

「やりすぎだって、そう思っているんだろ？ 若さとサンブーカ（イタリアのリキュール）のせいだ」

「いいえ、素敵だと思います」とルーシー。「まるで全身が絵の具でできているみたい。絵の具《ペイント・》と痛み《アンド・ペイン》」

「俺という人間は過去の失敗からできている」いいながら、インクの意味を見抜いた相手の直観に感服している。なぜなら、画家の人生には絵の具と痛みしかないからだ。

ルーシーは暖炉のそばの壁にかかった、単眼の巨人キュクロプスの眼窩《がんか》にそっと触れてみる。ディズニー・チャンネルのアニメ、『怪奇ゾーン グラビティフォールズ』につかわれた仕掛けだ。

「ほんとうにすごい家ですね」ルーシーはいった。「最初に来たときには緊張しまくっていたから、実際ほとんど覚えていないんです」時計島の地図の役目も果たしている壁の掛け時計をじっと見て、時間を表す数字や、願いごと井戸、潮だまり……といった場所を描いた小さな絵を指先でたどっていく。

一時の〈ピクニック場〉
二時の〈潮だまり〉
三時の〈ツノメドリ岩〉
四時の〈ようこそ海岸〉
五時の〈砂浜〉
六時の〈南端〉
七時の〈楽園〉
八時の〈願いごとの井戸〉
九時の〈波止場〉
十時と十一時の〈森と沼〉

「どうしてこんな場所が現実に存在するのかしら?」

ヒューゴは肩をすくめた。「こりゃ現実じゃないなと、そう思うときもある」

ルーシーは顔を上げて、シャンデリアを興味深げに見つめる。「シカの枝角?」

「この島にはシカはいくらでもいる。マダラジカまでいるんだ」

「マダラジカ?」

「毛に白い斑《まだら》があるんだ。野生では珍しい種なんだが、この島にはいっぱいいる。小さな遺伝子プールだ。ニューヨークにいる友人のアーティストが、ここの枝角をつかってシャンデリアや、極めてすわり心地の悪い椅子をつくっている」

緑のベルベット張りのソファの上方にかかる絵の前で、ルーシーの足がまたとまる。「これも覚えていない」

一見したところ、自分たちが立っているこの家を描いた普通の絵のように見える。有名な時計島の家だ。ところがもう一度よく見ると、窓は目に、両びらきの大きな玄関ドアは笑っている気味悪い口に見えてくる。

「覚えてないのは当然だ。まだ描いてなかったんだから」

「あなたがわたしに、この家の描き方を教えようとしてくれたんです」

「俺が?」

「おそらく、あなたとしては、あんなふうに午後の時間をつかうのは気に染まなかったはずです。はなたれ小娘の家出人に絵の描き方を教えるなんて。警察が来て、その子を連れ去ってくれるのを待つあいだのことです」

「たまたまだが、俺は子どもに絵を教えるのが好きなんだ」

「ほんとうですか?」ルーシーは両眉を持ち上げた。まあ、信じられないのも無理はないとヒューゴは思う。ジャックと本の仕事をするようになってから、国内のあちこちにある学校を訪ねてまわった。その仕事が楽しいと気づいて、一番驚いたのが自分だった。

「ほんとうだ」

「あなたもこの島に住んでいるんですか?」

「当座のあいだはね」

「今日まで生きてきて、こんなに人をうらやましいと思ったことはありません。わたしもジャックにほんとうの相棒にしてもらいたかった」

「楽しいことばかりじゃないよ。私有地の島で、おいしいチャイニーズのテイクアウトを食べるのがどれだけ難しいかわかるかい？」

「なるほど。でもわたしなら、テイクアウトは食べられなくても、マダラジカが庭にいて、ペットのカラスや空飛ぶ書き物机といっしょにいられるほうがいいです」ルーシーは彼のほうへ手を向けた。「それに、ここには世界的に有名なアーティストが専属で暮らしているんですから」

「ぼくが有名なのは、十二歳未満の子どもたち限定だ」それはほんとうではなかったが、なかなかいいフレーズだと思っている。

ルーシーは出窓に目をやった。真っ暗闇のなか、波止場の明かりだけが見える。「これから何がはじまるんでしょうか？」

「正直なところ、俺にもわからない。ジャックのやつ、こっちにはまったく相談なしなんだ」

その声の響きにヒューゴは、人に知られたくない感情をうっかりにじませてしまったようだ。すかさずルーシーにきかれた。「ジャックのことが心配なんですね」

「どんどん年を取って、動きが鈍くなってる。もちろん、心配さ」子どもたち――そしてかつての子どもたち――に話しかけるとき、ジャックが一番に課するルールがあった。本を読んでいる子たちの「魔法を解くな」だった。ルーシーはジャック・マスターソンと時計島の魔法にかかっている。そんな彼女に、見かけほど素晴らしいもんじゃないとはいえない。物語に登場して人々の問題を解決し、あらゆる子どもたちの願いを叶えるマスターマインド。不思議な力を持つ謎めいたその男が、じつは過去六年のあいだ酒に溺れて、早死に街道をまっしぐらに進んでいたなどとは、とてもいえない。

ヒューゴは図書室に目をやる。閉じたドアの向こうから、話し声がくぐもってきこえる。

「さあ、怖いことはない。単なるゲームだ」ヒューゴがやわらかな口調でいった。

ルーシーは首を横に振る。「わたしにとっては、そうじゃありません」

ヒューゴはちょっとためらってから口をひらいた。「俺もジャックのゲームで優勝した口だ。脅《おび》えるようなもんじゃない。こんなマヌケでさえ勝てる」

「優勝したんですか？　どうやって？」ルーシーはソファのへりに腰を下ろした。ヒューゴは腕組みをして、ルーシーの向かいにある本箱にもたれる。本箱には、『不思議の国のアリス』、『楽しい川辺』、『ホビットの冒険』、『ケンジントン公園のピーター・パン』など……児童書の古典的名作の数々が、でたらめに詰めこまれている。どれも初版本で、総額数百万ドルといった稀覯本《きこうぼん》なのに、病院の待合室に置いてある雑誌のような扱いだ。

「ジャックは昔のイラストレーターが気に入らなかった。雇ったのはジャックではなく版元だった。それで、新しい表紙絵で新装版を出すことになったとき、ジャックは二次創作イラストを募集してコンテストをひらいた。デイヴィ、つまり俺の弟がジャックの本の大ファンで、俺はやつに物語の絵をしょっちゅう描いてやっていた。〈嵐商店〉や〈白黒帽子ホテル〉なんかの絵をね。

そのデイヴィがコンテストの話を知って、俺に絵を送れといってきた。コンテストに応募なんて、自分じゃまったく考えなかったが、デイヴィが喜ぶならと思って、いうとおりにした。するとそれが、なんと――」

「優勝した」とルーシー。

ご名答というように、ヒューゴは両手を上げた。「そう、勝った。賞金は五百ドルということだった。しかし優勝者にとってほんとうに価値ある賞品は金じゃなかった。俺は新しいイラストレーターになるチャンスをつかんだんだ」

ルーシーはにやっと笑った。「きっとデイヴィは、有名になれたのは、ぼくのおかげだよって、それから毎日あなたに思い出させたんじゃないかしら」

「ああ、そうだ」とヒューゴ。「もう亡くなったがね」

ルーシーはヒューゴの顔をまじまじと見た。いまにも泣きだしそうな目で。「ミスター・リース、それは――」

「ヒューゴと呼んでくれ」

「ヒューゴ。わたしのことはルーシーと呼んで。あるいはハート・アタックでも。昔、あなたにそう呼ばれた」

「いかにも俺らしい。あのときも、愚か者の典型だった」

「あのときだけかしら?」ルーシーが笑顔でいった。

「失礼だ」とヒューゴ。「当たらずとも遠からずとはいえ」

「ちょっと、人のセリフをとらないでください」

何かいいかえして、このまま彼女と愉快なおしゃべりを続けたかったが、そろそろ時間切れだ。居間と図書室のあちこちにある時計が、いっせいにときを告げた。

「じゃあ、入るか」時計が静かになったところでヒューゴはいった。「ジャックもすぐに顔を見せると思う」

「ここが最初の突破口」いいながらルーシーはドアノブに手を伸ばした。

と、ヒューゴは思わず手を出し、ドアをあけるのを阻止した。

「ここまできみを連れてきた運転手、名前を覚えているかい？」きいたそばから、ヒューゴは後悔した。

「マイク。マイキー・イフ・ユー・ライキー。どうしてですか？」

「気にしなくていい。さあ行け」

ルーシーは勇敢な顔をつくって、ドアをあけた。

「ルーシー」名前を呼ばれてふりかえると、ヒューゴがいった。「幸運を祈る」

12

ルーシーはふるえる手で図書室のドアを押しあけた。室内に足を踏み入れたとたん、三組の目がいっせいにこちらへ向き、値踏みするような視線を投げてきた。ライバルたち。

ルーシーは照れた笑みを浮かべながら、部屋の奥へ進んでいく。「こんばんは、家出人仲間のみなさん」そういって小さく手を振る。「ルーシーです」

「ハイ、ルーシー。わたしはメラニー。よかったわ、女性の仲間がいて」アジア系の女性で三十代後半といった年ごろ。カナダ訛《なま》りがある。メラニーが近づいてきて、握手の手を差しだした。長身のすらりとした人で、長い黒髪を後れ毛一本出さずに、きれいなポニーテールにまとめている。ルーシーには逆立ちしてもできない芸当だ。やわらかなクリーム色のセーターは、見たところカシミアで、濃い色のスリムなジーンズに茶色の革のブーツを合わせている。

ルーシーはメラニーの手を握った。「はじめまして」

メラニーが、サイドボードの脇に立つ男性を手で示す。濃紺のスーツを着たハンサムな黒人男性だ。「こちらは、アンドレ・ワトキンズ。アトランタからやってきた弁護士さん」

「やあ、ルーシー、調子はどうだい？」アンドレが一歩前に出てきた。ルーシーの手を握ると政治家のように力をこめて振った。「きみはテレビ映りがいい。プロ並みだ」

「それはあなたでしょう」とルーシー。「ホダ・コット（テレビのパーソナリティ）の御株を奪いそうだった」

「それがぼくの仕事なんでね」とアンドレ。ルーシーの頭に彼が数年後にジョージア州の知事に立候補する姿が浮かんだ。

「ぼくはダスティン」部屋にいるもうひとりの男性がいった。「とうとうはじまったね」

ルーシーは彼にもあいさつをした。思い出した。ダスティンはＥＲの医師だ。もう長いこと太陽を見ていないような顔。ジーンズにブレザーを合わせ、その下にぱりっとしたボタンダウンの白いシャツを着ている。みんな自分よりいいものを着ていた。わたしは身なりでも年齢でもライバルたちに負けている。しかもみんなはゆったりくつろいでいる。これじゃあまるで、サマーキャンプに遅れてやってきた子どもだ。すでにみんなは友だちになっている。図書室が広くて立派なのにも、ルーシーは臆している。濃い色の木材と巨大な暖炉。壁紙は濃い緑で、図書館にあるような回転式の梯子《はしご》まで備わっている。

「お待たせして、すみません。カリフォルニアから長い旅をしてきました」サイドテーブルに置かれたカップにコーヒーが入っている。だれかが自分のために入れておいてくれたらしい。ルーシーのお腹がぐーっと鳴った。今日は朝食を食べたきりで、ちゃんとした食事をしていない。

「確かきみは、このあたりの出身じゃなかったかな」ダスティンが首をかしげていう。まるで頭のなかで、ルーシーを品定めしているかのようだ。

自身の身の上を、この人たちが知っているとは思わなかった。でも彼らにしてみれば、わたしはライバルなわけで、身上調査をするのもうなずける。自分だってテレビは見たし、参加者それぞれがどんな経歴を持つのかグーグル検索もした。みんな考えることは同じなのだ。

「ええ、そうなの。それからカリフォルニアに移った。四六時中寒いのにうんざりしてね」こういっておけば、たいていはそれ以上きかれずに済む。お決まりのセリフだった。

ダスティンが何か別のことをいおうとしたとき、ドアがまたひらいた。ジャック？

しかし違った。ヒューゴだった。図書室に入ってきて、暖炉の前に立った。

「このゲームの趣旨には賛同できないものの……みなさん、こんにちは」

心に鬱屈を抱えながらも男前。ルーシーはコーヒーカップに隠れて笑った。最初に会ったときから長い年月が経っている。だから、ルーシーの目には別人のように映っていいはずなのに、ヒューゴ・リースの印象は記憶にあるままだった。自宅の芝生に入ってきた子どもを叱り飛ばす、気難しい老人そのもの。ゲーム参加者が子どもで、時計島が彼の芝生だった。

参加者たちはそろって警戒の口調であいさつを返した。

「ジャックから伝言を預かっている。先に俺から謝っておこう。伝言というのは、〝ゲームがはじまるのは六時〟」

「待ってください。六時？」メラニーがいった。「もう八時に近いです。それじゃあ、朝の六時かしら？」

ヒューゴは身体のどこかが痛むかのように、ため息をついた。「名前？　ヒューゴ・トマス・リース。階級？　予備役画家。認識番号は……兵士じゃないんで、よくわからん。ジャックの伝言は〝ゲームがはじまるのは六時〟で、それ以外、俺には何もいえない」

アンドレが指をパチンと弾いた。あまりに大きな音にメラニーが飛び上がりそうになった。

「ゲームがはじまるのは六時」アンドレがヒューゴにいう。「それが伝言ですね？」

「それが伝言だ」

アンドレが宙にこぶしを突き上げ、それからヒューゴを指さした。「わかりましたよ。さあ、みんな、行くぞ」そういって両手を振ってみんなに立ち上がるよう促す。

「待って。どういうこと？」メラニーがいいながら、自分のバッグを取り上げる。

「ここは時計島だ」とアンドレ。「六時は時間じゃない。六時という場所だよ。どうです？　正解でしょ？」

ヒューゴがパチパチと熱意のない拍手を贈る。

「やっぱりそうだった。父さんに運転を教えてもらったとき、十時と二時に手を置けといわれた。いつだって十時と二時だ」

どうしてすぐにわからなかったのかと、ルーシーは自分が情けなくなった。居間にいるときに、ちゃんとこの目で見たというのに、六時にどんな場所の絵があったか思い出せない。いいかげんファン気分は捨てて、ゲームに集中しないと。

「煙の匂いをたどっていくんだ」とヒューゴ。「暗いから、つまずいて骨を折らないように」

アンドレは初の勝利に得意になっているのが明らかで、みんなの先頭に立って図書室からきびきびと出ていく。まるで校長先生のようだった。家から出て正面のポーチに立つと足をとめた。

「さてと、六時はどっちかな」そういって、あたりに目を走らせる。

ルーシーが最初に煙の匂いを嗅ぎつけた。おいしそうな匂い。焚き火だ。

「こっちよ」そういって小道を歩いていく。お腹がグーグー鳴っている。気がつけば、ホットドッグやマシュマロを焼いたスモアがこの先にあることを願っている。

煙の匂いを追って、すり切れた木道の上を慎重に歩いていくあいだ、だれもほとんどしゃべらない。地面に設置された小さなソーラーライトが道を照らしてくれているものの、まばゆい星の散らばる夜空の下を歩くのはやっぱり怖い。ずっと光害のある場所ばかりで暮らしてきたルーシーにとって、こんな夜はほんとうに久しぶりだ。この時計島では、星々がとても近くに見えて、空に手を伸ばせば、ゆるやかな川の流れに手を差し入れるように指先で星がさわれる気がする。

小道を歩いていった先に、砂浜になった一角があった。長椅子や木の幹でつくった腰掛けが地面に掘ってつくった炉をぐるりと囲んでいる。白いエプロンを着けた女性がひとり、四人に向かって、食べ物や飲み物が並んだピクニックテーブルを指さす。そこにはスモアも並んでいた。それもたくさん。ホットドッグやポテトチップスもある。瓶に入った水や、ゲータレード。ビールもワインもないのは、ジャックの心のなかでは、自分たちはまだ子どもだからなのだろうとルーシーは思う。

気温は低いが、風はとうとうやんで、赤々と燃える火を囲んですわれば、充分に暖かい。十分が過ぎた。そして十五分。だれもがくつろいでおしゃべりをしている。メラニーはルーシーにニューブランズウィックで経営する子どもの書店の話をしてくれた。ダスティンは救急処置室でのエピソードを語ってアンドレを脅《おび》えさせている。

エプロンを着けた女性は、まるで秘密の命令で呼ばれたかのように、小道を歩いていって消えた。残るのは四人だけ。四人と、ひとつの影。炉をぐるりと囲むベンチの輪の外に男の人影があって、そこまで火明かりは届かない。

ルーシーは息を呑み、両手で口を押さえた。

「ルーシー?」メラニーがいう。「どうかした?」

ルーシーは暗がりのなかの人影を指さして教える。

「来てる」

四人がそろって口をつぐみ、ふりかえって、待つ……。

闇のなかから声がした。苦虫を嚙みつぶしながら笑っているような、叱りながらからかっているような、年老いていながら若々しい、その声が、こういった。

「手があるのにつかめない。顔があるのに笑えない。それってなーんだ?」

すかさずルーシーが答えた。「時計!」

影のなかから、ジャック・マスターソンが現れた。


ルーシーの目には、ジャック・マスターソンは以前に会ったときと変わらないように見えた。善良そうな笑みを浮かべた、慈悲深い王様のよう。年を重ねてますます思いやり深く見える王は、ケーブル編みの茶色いセーターを着て、コーデュロイのズボンを穿《は》いている。十三年前に見たときは、まだほとんどの髪が茶色だった。それがいまは総白髪になり、あごひげも真っ白だった。

「チク、タク。ようこそ時計島へ。いや、時計島へお帰りなさい、というべきかな」

全員がだまりこんだ。自分たちの人生を変えた男が、いま目の前にいる。その口からどんな言葉が飛び出すのか、息を詰めて待っている。

「わたしはマスターマインドではなく、単に彼をこの世に生み出しただけの人間だ」ジャック・マスターソンが切り出した。「しかし彼の力のひとつは、わたしにも備わっている。すなわち心のなかを見透かす力だ。きみたちはずっと胸に問いかけてきたことだろう。なぜ自分たちはここに集められたのか。その理由をこれから説明しよう。むかしむかし、わたしは『時計島の家』という本を書いた。そしてやはりむかしむかし、きみたちは『時計島の家』という本を読んだ。その本を書いたことでわたしの人生は変わった。その本を読んだことで、きみたちの人生は変わった。そうしていま、われわれみんなが、わたしの書いた本のひとつで、また人生が変わればいいと願っている。物語は読者に向かって書かれるものだ。物語のある部分が、読者の胸を打ち、心に触れ、訴えかけ……読者の人生を変える」

そこでジャックはひとりひとりを手でさす。「きみたちが、その生き証人だ。四人の子どもがここにやってきたのは、一冊の本を読んで勇気を鼓舞され、助けを求めようと思いたったからだ。子どもが助けを求めるには、何より勇気が必要だ。その勇気を奮い起こした子どもは、当然報われなくてはならない」

ジャックはひとりひとりの目を見つめる。

アンドレを指さした。「覚えているよ、アンドレ。きみはわたしのつくりだしたキャラクター、ダニエルになりたかった。学校のいじめっ子たちはまちがっていると証明したくて、時計島にやってきた少年にね。そしてメラニー」ジャックはそういって、笑顔のメラニーを手で示す。「きみはローワンにあこがれていた。両親の離婚をやめさせたいと願って時計島にやってきた少女だ。そしてダスティン、きみはわたしのつくりだした少年ウィルと同じように、残酷な父親から逃げて時計島へやってきた。そしてルーシー……」ジャックに笑いかけられて、ルーシーも微笑《ほほえ》みを返した。「きみはわたしのつくりだしたヒロイン、アストリッドになりたかった。その思いが高じてハロウィンにはアストリッドに扮した。知っているかい、ルーシー？　アストリッドはここで暮らしているんだよ。ローワンだって、ウィルだって、ダニエルだって。一生懸命目を凝らせば、みんなここにいるとわかる。わたしもずっと目を凝らしてきた。そしていま、はっきり見える。あの子たちはここにいる」

　ジャックは片手を胸にあて、心底優しい声でいう。「子どもたちがもどってきてくれて、ほんとうにうれしい」

「ジャック、それはこっちのセリフです」感に堪えないというようにアンドレがいった。「もどってこられて、ほんとうにうれしい」

　最初に飛び出していったのはメラニー。ほとんど走らんばかりだ。ジャックは彼女をさっと受けとめると、優しくハグをして背中をぽんぽんたたいてやる。照れくさいながらも、娘を誇らしく思う父親のようだった。次はアンドレ。ジャックは満面に笑みを浮かべ、アトランタの子どもたちのために無償で弁護活動をしているきみが誇らしいと伝える。次はダスティンが走っていき、ずっと会えなかった祖父と再会したかのように、ジャックを抱きしめた。それでルーシーは思い出した。ダスティンは時計島の本に命を救われたといっていた。恐怖に身を隠す毎日のなか、本が逃げ場になってくれたのだと。

　ルーシーの番になった。

「そして、わたしの最後の相棒」そういうとジャックはルーシーの片手を、両手で優しく握った。

思った以上に老けて、疲れて、心労にやつれて見える。子どものときには、ジャック・マスターソンが父親だったらいいと夢見ていた。それがいまは祖父といった感じだった。

「ルーシー、ルーシー」そういって、ジャックは首を横に振る。まるでこんなに大きくなったのが信じられないようだった。それからにやっと笑って何かいおうとして、やっぱりやめる。代わりに、「飛行機はどうだったかな?」ときいた。

「無事着陸しましたから、文句はいえません」ルーシーは思いっきりどぎまぎしている。まだ生きている世界一有名な子どもの本の作家が、自分の手を握っているのだ。

「車はどうだったかな? だれがきみをここまで送ってきた?」

「マイキー。いい方です。いろいろ教えてもらいました」

「そう。うちのマイキーはいいやつなんだ。片時も口を閉じていられないんだがね」そういって、ルーシーの顔を一心に見つめ、表情から何か探ろうとしている。「で、ルーシー・ハート、最近調子はどうだね?」以前にもこんな目で見られた。ほかの人からこういう目で見られたことはない。でもそれは、わたしの勝手な想像かもしれない。本に出てくるマスターマインドは子どもの目をこんなふうに見ていると想像していた。目を見るだけで、相手が心の奥深くにしまっている願いを見抜けるのだった。

「よくなりました」とルーシー。「最後にお会いしたときより、ずっといい調子です」

「きみのことだから、きっとそうなると思っていたよ」一度力をこめて、ぎゅっと握ったあとで、ルーシーの手を放した。それから全員に向き直る。「きみたちみんなが、幸せに暮らしているだろうと思っていたよ。実際そのとおりだったと、いまわかった。勇敢な子どもたち全員が、勇敢な大人になった。そんなきみたちと、こうしてずっと話していられればいいのだが、ああ、悲しいかな――」〝ああ、悲しいかな〟などという芝居がかった言葉を普通の会話で口にしても浮かないのは、ジャック・マスターソンぐらいだろうとルーシーは思う。「時計はつねに動いている。チク、タク、チク、タク」

ルーシーはすわっていたベンチにもどり、自分のジャケット――正しくはヒューゴのジャケット――の前をぎゅっとかき合わせた。夜がだんだん冷えこんできたが、ジャックは気にならないようだった。

「自分がここに来た理由ならわかっている。わたしの新作を勝ち取るためだと、きみたちはみなそう思っているかもしれない。しかし、じつはそれだけじゃないんだ。最初にここに来たとき、きみたちの胸には願いがあった。わたしの本に出てくる子どもになりたいという願いだ。その願いが、ここでは叶うことになる。ここに今週いっぱいいるあいだ、きみたちは、かつて自分がなりたいと願っていた人物になる。悲しいことに、わたしはマスターマインドのような、尊敬を集める秘密の存在ではないが、彼に代わって子どもたちに話していいと許可を得て、彼から伝言をもらっている。しかし、ここでわざわざいう必要はないだろう。わたしの本を読んでいるきみたちだ、すでにマスターマインドのいいたいことはわかっているはずだ。だれか、代わりにいってくれないか?」

アンドレは眉を寄せて考えている。ダスティンはぽかんと宙を見つめている。メラニーはひょいっと肩をすくめた。

しかしルーシーは覚えていた。クリストファーだって、答えられる。

「あの……本のなかでマスターマインドが子どもたちにいうようなことを、わたしたちにもいうのだとしたら」ルーシーは切り出した。「彼の伝言は、〝どうか幸運を。いずれきみたちにはそれが必要になる〟です」

13

食事をしながらの近況報告が済むと、ジャックはみんなを家に連れ帰った。図書室にひとり居残っていたヒューゴは、スケッチブックに何か描いている。きっと新作の表紙絵だ。ルーシーは覗いてみたかった。けれどジャックに、すわるようにいわれてしまった。ルーシーは本の図柄がプリントされた大きな肘掛け椅子を選び、そのなかにすっぽり身体を収めた。屋内は暖かくて居心地がよく、ほっと一息つける。しかし居心地のよさは長くは続かなかった。

「さてと」ジャックがふーっと重いため息をついた。「ほんとうならこのゲームは、わたしときみたちだけでやりたかった……しかし、権力者には別の考えがあるらしい。ヒューゴ？」

「お偉いさんを連れてきましょう」とヒューゴ。スケッチブックを閉じて立ち上がり、部屋を出ていった。

「お偉いさんって?」アンドレがきいた。

ルーシーはお茶をカップに入れてこようと、席を立った。

「わたしです」図書室のドア口に女性がひとり、見るからに高価そうなパンツスーツを着て立っている。ジャックは『ジョーズ』のテーマをハミングしだした。ルーシーはそのジョークをすぐに理解した。あの人はサメ――つまり人を食い物にする弁護士だ。

「わたしはスーザン・ハイド。ジャックの時計島シリーズの版元、ライオンハウス・ブックスの顧問弁護士です。あなた方が今回のゲームに参加したのは、唯一現存する……」

「唯一現存する、と来なさったか」ジャックはうなずいた。「かっこいいねえ」

ジャックに茶々を入れられるのをミズ・ハイドが喜ぶはずもなく、知らん顔で先を続ける。

「今回のゲームの内容については、公正を期するため、事前にわたしどもが見せていただいて、承認しております。問題を解くのに、固定電話、スマートフォン、コンピューター、そのほかインターネットにつながるいかなる手段をつかっても即刻失格となります。またほかの参加者と共謀したり、賄賂《わいろ》――」

「賄賂はいつでも歓迎だ」とジャック。「十ドル札か二十ドル札といっしょにチョコレートトリュフなんかでもかまわない」

みんなが声を上げて笑った。弁護士以外全員。

「では重要なことから先に」とミズ・ハイド。「書類の件です。本来でしたら、この家に入った瞬間にサインしていただく重要書類があります」

ジャックが顔を上げ、天井を見上げていう。「ああ神よ、われを弁護士から救いたまえ」

「茶々はもうたくさん」アンドレが冗談半分にいった。

「ああ、すまなかった。それじゃあ大変申し訳ないが、極悪非道の書面に署名をしていただけるかな。もしゲームに勝てなくても、わたしやわたしのエージェント、わたしの版元を訴えないと」

「免責事項もふくまれます」ミズ・ハイドが続ける。「たとえば、泳ぎに出て溺れた場合にも訴えない」

「もし溺死したら」お茶を入れに立ち上がったついでに、メラニーが口をひらいた。「わたしはだれも訴えないと約束します」

「冗談じゃ済まないぞ」ヒューゴがドア口からいう。「このあたりの海で溺れたら、死ぬのはあっというまだ」

「ありがとう、ヒューゴ」とジャック。「ここにいるだれひとりとして、そんな危ない真似をするつもりはない。そうだね?」

みんなが同意する。

「ならば結構です」と弁護士はあっさりいった。

ミズ・ハイドはブリーフケースからクリップボードを四枚取り出して、みんなにまわす。

「まだだれもサインしないで」アンドレが片手を上げて制する。「まずはぼくが確認する」

室内がしんと静まった。弁護士のアンドレが室内を行ったり来たりしながら契約条項を確認するあいだ、ヒューゴは暖炉の火をかきたて、ダスティンは片足をトントン動かして床を震動させ、メラニーはお茶を飲んでいる。そのあいだジャックはのんきにも、クイズ番組『ジェパディ！』のテーマソングを口笛で吹いている。

それも二回。

「問題ないようだ」とアンドレ。「すべて常識の範囲内だ」

アンドレが最初にサインする。ルーシーはクリップボードをひざの上に置いて、線上に名前を書いた。それまでは実感がなかったとしても、これでいよいよはじまったという気がする。

「もうひとつ」ミズ・ハイドが先を続ける。「万が一、どなたも新作を勝ち取ることができなかった場合には、デフォルトでライオンハウス・ブックスに版権が渡ります」

「いいかえれば」とジャック。「主導権を握るのは版元だと、連中はそう脅しているわけだ。だが心配はいらない。きみたちのうち、少なくとも二、三人には、勝ち目がある」

四人のライバルは互いに顔を見あわせた。

こういう謎めいた言葉を、不思議なことにルーシーは面白がっている。いかにもマスターマインドがいいそうなことだった。公明正大にふるまう彼ではあるが、ときに意地悪になることもある。

「二、三人って、だれのこと？」アンドレが思い切って尋ねた。

「きみたちを空港からここまで送ってきた運転手。彼に名前をきいたのは、ルーシーとメラニーだけだった。女性諸君、お見事。もしそれがゲームにふくまれていたら、きみたちはすでに一ポイント獲得だ」

「ちょっと待って」とダスティン。「これはゲームだって参加者に伝えないまま、勝手にはじまるってこと？」

ジャックが悪魔のような笑いをもらしていった。「ああ、充分あり得る」

ジャックはジョークのつもりでいったのだろうが、そのひと言で、それまでの友好的なムードが雲散霧消《うんさんむしよう》した。室内に緊張が霧のように濃厚に立ちこめる。

と、そこでミズ・ハイドがゲームのルールが記載された紙を配った。

ルーシーが読んでみると、ゲームは毎日あると書かれていた。ほとんどのゲームは優勝すれば二点、次点なら一点が獲得できる。ただし最後のゲームだけは例外で、優勝すれば五点獲得となる。

「最後のゲームだけ五点って、いったいどうして？」アンドレがきく。

ジャックがにやっと笑う。「わたしはいつだって、大穴に賭けるんだ」

「最終的に、優勝者に必須の十点をだれも獲得できなかった場合」ミズ・ハイドがいう。「新作は——ただちに——ライオンハウスのものとなります」

「必須の、と来たか。これまたかっこいい」ジャックがいって、自分でうなずいている。弁護士はまたもジャックを無視して先を続ける。「もし、あなた方のひとりが新作を獲得した場合、勝者から版権を買い取る権限が、ライオンハウスからわたしに与えられています。それも六桁という破格の値段で」

六桁ときいて、ルーシーの呼吸が速くなる。十万ドル——あるいは、もっと？　それなら楽に部屋を借りて車を買って、クリストファーを養育できる。それだけあってもカリフォルニアではそう長くはもたないだろうが、スタートしては上々だ。

ジャックはやめろというように、手の甲を見せて振った。「オークションにかけるんだ」

「もし十ポイントを獲得した人間がふたりいた場合は？」ダスティンがきいた。

「それはない」とジャック。「ひとりでも十ポイントを獲得できたら、それだけですごいことだ」

いまのジャックは老人には見えない。ルーシーと目を合わせて、にこりともせずに強いまなざしを向けたときにはなおさらそうだった。いま目の前にいるのは、子どもたちに愛された作家、ジャック・マスターソンではない。この人はマスターマインド。時計島の王様で、なぞなぞを出す魔法使いで、陰に隠れてこの島を守りつつ、勇気のある子どもの願いを叶えてやる。

「前もっていっておいたほうがいいだろう。ここではまた」――ジャックはそこで少しいいよみ、正しい言葉を探しているようだった。――「ちょっとした問題が出される。それは解けたとしても、ポイント獲得とはならないが、もしその問題を解かずに避けて通ろうとすれば、失格となって家へ送り返される。おわかりかな？」

アンドレは首を横に振った。「よく、わかりません」

「まあ、無理もない」謎めいたマスターマインドを気取って、ジャックがいう。「しかし、そろそろ、はじめようじゃないか？」

外では風が一段と強くなっている。ルーシーは深く息を吸った。

いよいよゲームがはじまる。

風が勢いを増し、雨戸がガタガタ鳴って暖炉の炎が揺れる。

ジャックは待つ。すると、まるで彼がやんでくれと命じたように、風が大人しく命令に従った。

ジャックが話しだす。

On the moon is a room,（月に部屋がひとつ）
With a green glass door.（緑色のガラスのドアがついている）
I can't go in.（ぼくは入れない）
You can't go in.（きみは入れない）
What is it for?（それってどうして？）
Kittens go in.（子ネコは入る）
Puppies too.（子イヌも入る）
But no cats and no dogs.（けれどネコとイヌは入れない）
A drill but not a screw.（ドリルは入るけれど、ネジは入らない）
A queen but not a king.（女王は入るけれど、王は入らない）
A rabbi but not a priest.（ラビは入るけれど、司祭は入らない）
Kisses allowed but no hugs.（キスはいいけど、ハグはダメ）
Not in the least.（ちょっとでもダメ）

You can roll there but not rock.（揺れてもいいけど、転がっちゃダメ）
And you won't find a clock,（そして、そこで時計は見つからない）
In the room on the moon.（月にある部屋で）
With the green glass door.（緑のガラスのドアがついている）
Jill can go in.（ジルは入れる）
Jack can't go in.（ジャックは入れない）
So what is it for?（それってどうして?）

14

長い沈黙が続いたあとで、ジャックがいう。「以上、この文章の秘密を最初に正しく当てた者には二ポイント。次に当てた者には一ポイント。ただし、わかっても答えを口にしないこと。ゲームを続けるんだ……」

「なる……ほど」とダスティン。「ヒントはないのかな?」そういって緊張した笑いをもらす。

「もちろんあるさ」とジャック。「ヒントはいくらでもあげよう」

ルーシーは深く息を吸った。

ジャックがふりかえって、棚から本を一冊引き抜く。「本（book）はそのドアを通れる」いったあとで、本のあるページをつまみ上げる。「しかし、ページ（page）は通れない」

「なんだって？」アンドレがいって、手がかりを探すように、あたりにきょろきょろ目を走らせる。

ジャックは本を棚に置く。それからゆっくりと室内を歩きだした。「コーヒー（coffee）は緑のガラスのドアを通れる」そういってコーヒーをカップに注いでから、乾杯するようにカップを高くかかげる。「しかし、マグ（mug）は通れない。コーヒーは通れるがお茶（tea）は通れない」

メラニーがいう。「ねえ、混乱しているのはわたしだけ？」

ジャックが歩いていって、ヒューゴの肩をぽんとたたいた。「ヒューゴ（Hugo）はドアを抜けられないが、ミスター・リース（Reese）は抜けられる」

「おお、なんと！」ヒューゴが大きな声を上げ、ルーシーはクスクスと笑った。

そこでジャックはルーシーを指さす。「クスクス笑って（giggle）なら通れるが、ゲラゲラ笑って（laugh）は通れない」

「待ってくれ、いったいなんのことだ？」アンドレがいった。「何を話しているのか、さっぱりわからない。こんなの、わかるやつがいるのか？」

「答えは自分で考えるしかない。それがルールだ、従うしかない」とヒューゴ。

ジャックはいたずらっ子のように、ヒヒヒと小さな笑い声をもらした。楽しんでるなあとルーシーは思う。それはジャックにとって、いいことだろう。ただしほかのみんなは、楽しんでいるようには見えない。

ジャックは暖炉のところまでもどって、その上にかかっている絵を指さしていう。「ピカソ（Picasso）は緑のガラスのドアを通れる。しかし古い絵（old pictures）は通れない」

「そいつはピカソじゃない」ヒューゴがいって、ジャックをにらむ。「俺が描いた絵だ」

「とても素敵」ルーシーはいった。非常に目を引く絵だった。鮮やかな色を大胆につかって、木立や砂や家が四角や三角のモチーフの組み合わせで描かれている。

「ほめ言葉（compliment）も、そのドアを通すことはできない」とジャック。「しかし、ちょっとしたお世辞（flattery）なら通せる」

「だめだ」ダスティンがいって、ソファの背に倒れこむ。

メラニーは両手に顔を埋めた。「いったいこれは、なんの話？」顔を上げたときには、以前のような隙のない表情は消えていた。

「もうひとつ、ヒントを出そうか？」ジャックがきいた。

みんながいっせいに大声でいう。「イエス！」

ジャックは指を一本立てて、室内のあちこちを探す。その指がアンドレの前でとまった。「アンドレ、きみが最近見た映画は？」

「えーっと」しばらく考える。「たぶん『スターウォーズ』かな。息子といっしょに」

「素晴らしい」ジャックは両手をこすりあわせた。「それならわたしも知っている。だとすると……」そこで指をパチンと鳴らす。「じゃあ行くよ。きみはそのドアからハリソン・フォード（Harrison Ford）を通すことができる。そしてマーク・ハミル（Mark Hamill）も。キャリー・

フィッシャー（Carrie Fisher）――どうか安らかに眠ってくれ――も。それからレイア姫（Princess Leia）も。しかし、ハン・ソロ（Han Solo）はダメで、ルーク・スカイウォーカー（Luke Skywalker）もダメだ。ビリー・ディー・ウィリアムズ（Billy Dee Williams）はそのドアを三回通ることができる。しかし、ダース・ベイダー（Darth Vader）はだめだ。彼は通ることができない」

「ヒーローは通れる？　でも悪人は通れない？」

「ピカソはヒーローじゃない」とヒューゴ。「彼の愛人のだれにでもきいてみるといい」

「そのとおり」とジャック。「しかし、彼の愛人（mistresses）もまた、そのドアを喜んで通してもらえる。悪人（villains）もそうだ」

メラニーは指先をこめかみに置いてもんでいる。まるでいまにもそこにひどい頭痛が発生するとでもいうようだった。「大声を上げたくなってきた」とメラニー。

「何かあるはずなんだ」ダスティンがいって、ジャックを見上げる。「すべてに共通するものがある、そうだよね？」

「ああ」とジャック。「すべてに共通するものがある」

ジャックはそれ以上何もいわない。このヒントがみんなの頭にしみこむのを待っているかのようだった。

ルーシーは息をひとつ吸った。大丈夫、大丈夫……何か共通点があるはず。物でも人でも考えでも、すべてに共通するもの……キャリー・フィッシャー（Carrie Fisher）。レイア姫いったいジャックは何をいっているのだろう？　本（book）。ピカソ（Picasso）。お世辞（flattery）。レイア姫（Princess Leia）。

ルーシーは目を閉じて、心の奥を見つめるようにじっくり考える。ジャックは子どもの本を書いた。おそらくこれは、子どもなら解けるなぞなぞだろう。

そうだ……ジャックがキャリー・フィッシャー（Carrie Fisher）といったとき、ひっかかるものがあった。頭のなかを何かがかすめたのだ。思い出した、クリストファーにキャリーという名前の綴りを教えたんだった。クリストファーのクラスにKariと書いて同じようにキャリーと読む名前の女の子がいる。まったく同じ発音なのに、綴りが違う名前があると知ってクリストファーは驚いていた。KariとCarrie。

言葉。言葉のなかには同じ音でも綴りの違うものがある……。

ルーシーの頭のなかで小さな火花が散った。

共通点は、どれも言葉であるということ。絵もページもヒューゴも言葉だけれど、意味が違う。となると、意味じゃなくて、綴り……。

ミスター・リース（Reese）

ピカソ（Picasso）

本（Book）

ハリソン・フォード（Harrison Ford）

レイア姫（Princess Leia）

キャリー・フィッシャー（Carrie Fisher）
ビリー・ディー・ウィリアムズ（Billy Dee Williams）。三回。
三つの名前。三回。三つの名前。三つの単語。
緑（Green）
ガラス（Glass）
ドア（Door）
クリストファーがお礼の手紙に、一文字一文字ていねいに、Carrieと綴っている場面が頭に浮かんだ。舌先を口から出し、眉を寄せて集中する愛らしい顔。ふたつのrを、便せんに刻みつけるように、ゆっくりゆっくり書いていた。
Carrie.
キャリー・フィッシャー（Carrie Fisher）
ハリソン・フォード（Harrison Ford）
ピカソ（Picasso）
本（Book）
緑（Green）
ガラス（Glass）
ドア（Door）
ハリソン（Harrison）。KariではなくCarrie。KariではなくCarrie。Carrie……rがふたつの

Carrie。

胸で心臓が飛び跳ねた。両目がぱっとあいた。ルーシーは挙手した。

「ヒツジたち（sheep）はドアを通れる。でも、その子ヒツジたち（lambs）は通れない。木（tree）は通れるけれど、その枝（limbs）は通れない」

ジャックが両腕を大きく広げ、満面の笑みを浮かべた。そうしてルーシーを指さす。

「正解だ」

正解だ――今日まで生きてきて、こんなにうれしく耳に響いた言葉はない。

ルーシーは勝利の笑みを浮かべた。ジャックが拍手をするが、それに続いて拍手をする者はいない。

「なんだって？」アンドレが立ち上がっていった。もうこれ以上じっとすわっていられないらしい。「いったい、どうしてだ――ピカソとヒツジが、スターウォーズとなんの関係があるんだ？」

「どういうことだよ、ルーシー？」とダスティン。「もう頭がおかしくなりそうだ」

「だめだ、だめだ」ジャックがダスティンの顔の前で指を立ててくねくねさせる。ダスティンはその指をかみちぎってやりたそうな顔でジャックをにらんでいる。「ルーシー、きみは退出していい。ただし出ていくときに、どんなヒントも出しちゃいけない。ほかのみんなは一ポイント獲得をかけて二位の座を争う。ヒューゴはルーシーを部屋に連れていって、食事をとらせてほしい。スモアだけじゃお腹はふくれなかっただろうからね」

「わけのわからないクイズの場から退場できるとなれば、こっちはワクワクだ」ヒューゴがいって立ち上がった。

「ワクワク（thrill）はガラスのドアを通れるが」とジャック。「ドキドキ（excitement）は通れない」

ヒューゴのあとについて歩きながら、ルーシーの耳に、欲求不満の限界に達したかのような声が飛びこんでくる。

「とっとと、ここを離れよう」図書室を出るなりヒューゴがいった。「暴力沙汰になる前に」

冗談をいっているのではないらしい。

ヒューゴのあとについて出口へと向かい、さらに中央階段を上がっていく。踊り場まで来たところで、ヒューゴが肩越しにふりかえった。

「どうしてわかったんだい？」

ルーシーは顔をしかめた。「わたしは天才だから、といえればいいんだけど。じつは七歳の男の子に、ちょうどCarrieの綴りを教えたばかりだったの。rは一個だと彼は思っていたんだけど、実際には二個。Carrieにrは二個。Harrisonにもrは二個。Picassoにはsがふたつ。Reeseにはeがふたつ」

「bookにはoがふたつで、coffeeにはfがふたつとeがふたつ」とヒューゴ。「すごいな」

「そんなに難しくなかった」

だれか――たぶんダスティンだ――が四文字語を叫んだ。ジャックの書く本には、どこを探しても出てこない言葉だった。ルーシーは思わず笑った。

「ほら、いったとおりだろ」とヒューゴ。「みんなわからないんだ。それで頭が熱くなって勝負をあきらめ、答えを要求している。ジャックは子どもの本を書く作家だ。彼のなぞなぞはだいたいが子どもの目線で考えられている。子どもが大人よりも早く解くのは、たいてい文字だけを見ているからだ」

「じゃあ、わたしは大きな子どもってわけね」

この廊下だ。ルーシーは最初に来たときのことを思い出した。あのときは左へ曲がって、ペットのカラスがいるジャックの仕事部屋に入った。今日はそうではなく右へ曲がった。オーク材の両びらきのドアをヒューゴが押しあける。

「この先だ」ヒューゴはポケットから鍵の束を取り出し、奥のドアの鍵をあけた。「ジャックはきみに、オーシャン・ルームを用意した」

ドアをあけて、照明のスイッチを入れる。ルーシーの目が驚きと喜びに大きく見ひらかれた。単にオーシャンビューの部屋だと思ったが、そんなものでは済まなかった。室内は銀色がかった、どこまでも明るい水色に塗られていて、冬の朝に見る海のようだった。レンガづくりの暖炉には白いマントルピースがついていて、その上にボトルに入った船舶の模型が飾られている。大きな四柱式のベッドには、人が三人並んで横になれそうだ。

ヒューゴはバスルームと、ランタンや緊急資材が入ったクローゼットを見せてくれる。マントルピースの上に今週のスケジュール表が貼ってあると教えてくれるのだが、ルーシーはそれより暖炉の上にかかっている絵に注意を持っていかれた。サメが一匹泳いでいる絵だが、背景は海ではなく空で、そのサメは鳥の群れを追いかけているのだった。

「素敵。あなたの絵ですか?」ルーシーはきいた。

「ああ、そうだ。タイトルは、フライフィッシング」

「すごく楽しい。こういうのに大喜びする小さな男の子がいるの」

「息子さん?」

ルーシーは口ごもった。ほんとうなら、「そう、わたしの息子よ」といいたかった。わたしの息子、クリストファー。クリストファー、わたしの息子……。ルーシーは首を振って、「違います」といった。

「わたしが教えている子です。クリストファーっていって、サメが大好きなんです」スマートフォンを取り出して、われ知らずヒューゴに写真を見せていた。ルーシーのあげたおもちゃのハンマーヘッド・シャークをクリストファーが持っている写真だ。

「かわいいな。この髪形は、マッドサイエンティストだな」

「いえますね」とルーシー。「この子の靴下がしょっちゅう消えるんです。七歳の子に靴下留めを買ってやるっていうのはおかしいかしら? 気がつくと、靴の爪先でぐしゃぐしゃになっていて」

「どうすればいいか知ってるかい?」

「ゴリラグルー(接着剤)でくっつける?」

「サンダルを履かせる」とヒューゴ。「サメに夢中の時期が過ぎると、次は恐竜だ」

「恐竜なら去年終わりました」とルーシー。「今度は大気圏外か、古代エジプトじゃないかしら」

「あるいはタイタニック。弟のデイヴィがタイタニックに夢中だった」ヒューゴが自分のスマートフォンを取り出して写真を見せる。タイタニック展をやっているポスターの前に少年が立っている。

「この子がデイヴィ？」ルーシーは写真に写っている十歳ぐらいの少年に笑いかけた。男の子も満面の笑顔で、ちょっとつり上がった目とボタンのように低い鼻から、ダウン症の子どもだとわかる。

「そう、やつが九つか十のときだった。ロンドンで開催されたタイタニック展に連れていったんだ。映画を観せたかったんだが、あれは大人向けだから、観るチャンスはめぐってこなかった」

「残念ね――」

「そう、残念だ」ヒューゴはポケットにスマートフォンをしまった。「それはさておき」またビジネス口調にもどった。「腹は減ってない？」

「少しだけ」

「じゃあ、きみにディナーを届けよう」

「ありがとうございます」といってから、出ていこうとするヒューゴに声をかける。「あの、ヒューゴ？　クリストファーのために、この絵の写真を撮ってもいいですか？」

一瞬不思議そうな顔をしたものの、すぐに手を振って、「好きにどうぞ」といってくれた。

ヒューゴが出ていくと、ルーシーは室内を歩きまわった。この部屋をまるまる一週間つかっていいという。夢のようだった。分厚いフラシ天のコンフォーターがベッドにかかっている。シーツは船舶を思わせる白と青のストライプ。窓辺に寄ると、波の輪郭《りんかく》が見えた。砂浜に打ち寄せては、また静かに引いていく。そうかと思うとまたすぐ打ち寄せて、徐々に距離を延ばしていく。

一晩中眺めていても飽きそうになかったけれど、荷ほどきを済ませないといけないのもわかっていた。スーツケースを荷物ラックに置いて、荷をほどきにかかる。まずは自分とクリストファーが写っている写真を取り出す。運動場にいるときにテレサが撮って、フレームに入れてくれたものだった。それを暖炉のマントルピースの上に置く。

それだけで、ここが自分の家のように思えてきた。

「ディナーをお持ちしました」

見ればヒューゴがドア口に立って、覆いをかけたお盆を持っている。

「ご自分がほんとうに有名なアーティストだって、わかっていらっしゃいますか？」

「最も有名なアーティストだって、リアリティ番組に出ている無名の出演者ほどにも知られていない。どこに置こうか？」

「えーっと……」あたりを見まわすと、椅子が付属した、小さな鏡台があった。「あそこにお願いできますか？」

ヒューゴが盆を鏡台に置いた。ルーシーは空腹を感じて、まっすぐ料理に近づいていくと、迷わず蓋をあけた。

「まあ……これは、ロブスター・ビスク?」

「きみはメイン州出身だってね」

ルーシーがメイン州訛《なま》りを強調して、「ハイ」と返事をする。

「やっぱりそうだ」

ルーシーはすわって、ロブスターの濃厚なクリームスープを食べはじめた。メイン州を離れて長い年月が経っているせいか、あるいはこのロブスター・ビスクがこれまで食べたなかで最上の味だからか、思わず歓喜のあえぎをもらした。それがあまりに大きく響いたので、ルーシーは赤面した。

「ごめんなさい。妙な声を出しちゃって」

「そこまで気に入ってもらってよかった」相手が笑いだしたいのをこらえているのが、ルーシーにもわかった。

次の一口は、おかしな声を出さずに食べ終えることができた。ヒューゴはなぜかまだドア口に立っている。

階下から、またわっと声が上がり、どぎつい悪態の数々が次々と披露される。

ヒューゴが首をねじって音のするほうへ顔を向けた。

「どうやら欲求不満の限界に来たらしい。ここは俺が下りていって、ジャックを火かき棒で殴るやつがいないよう、見張っていなきゃいけないな」

「幸運を祈ります」

ヒューゴは芝居がかった様子で深いため息をつき、ルーシーに背を向ける。

「ヒューゴ?」

ふりかえった相手に、ルーシーはきいた。

「どうしてわたしにヒントをくれたんですか?」

ヒューゴは額にしわを寄せた。「ヒントなんてあげてない」

「ここまで車に乗せてきてくれた人の名前を覚えているかって」

「ああ、それはきいた。だが答えを教えたわけじゃない」ヒューゴはひょいと肩をすくめる。「ただ、きみは優勝候補なのかどうか、知りたかっただけだ。まあ、実際そうだった」そこでふいにだれかが「くそっ!」と怒鳴った。ヒューゴが肩越しにふりかえる。「よし。ジャック救出の合図だ。じゃあルーシー、おやすみ」

「ちょっと待って」

ルーシーは立ち上がって自分のバッグをあけ、なかから緋色《ひいろ》のマフラーを取り出した。飛行機に乗っているときに編み上げたものだった。「これをどうぞ」そういって、ヒューゴに差しだす。

ヒューゴが受け取って、しげしげと見る。「きれいだ。けど――」

「わたし、マフラーをつくってネットで販売しているんです。あなたは上着を貸してくれた。それを返すまで、そのマフラーを担保として持っていてください」

「ありがとう」そういって首にマフラーをさっと巻いてみせる。自分が手作りしたものが、相手をとびっきりセクシーに見せている。ルーシーは顔が赤くなってくるのがわかって、気づかれる前に腰を下ろしてまた食べはじめた。

「とにかく、幸運を祈ってます。どうか、ジャックを殺させないで」

「ああ、約束する」そこでヒューゴがちょっと足をとめた。「今夜はドアに鍵をかけるのを忘れないこと。現時点できみがトップなんだ。コンクリートの靴を履かせられて、海に落とされないように」

「万が一のために、銛《もり》といっしょに寝ます」

小さいけれど、ドアの上の壁にアンティークの銛がかかっている。

「いい考えだ」

それを最後にヒューゴは階段を下りていった。ルーシーは立ち上がってドアを閉め、いわれたとおり鍵をかけた。

それからロブスター・ビスクを食べ終え、「続き部屋」のバスルームでゆっくりシャワーを浴びてから、パジャマを着て至福のベッドに潜りこんだ。シーツは極上の肌触りで、ラベンダーの香りがした。

メイン州では十時だが、レッドウッドではまだ七時。ミセス・ベイリーが伝えてくれるかどうかわからなかったが、ここはどうしてもとルーシーは思い、テキストメッセージを送ることにする。

クリストファーにこのメッセージを伝えてもらえませんか？　これまでのところ、わたしが勝っていると。

ルーシーは待つ。もうあきらめようと思ったところで、スマートフォンが手のなかで震動した。

あの子、いま叫んでいますよ。

ルーシーも心のなかで歓声を上げた。それから返事を打つ。叫びたいときは、思いっきり叫べ。

それに対する返信はなかった。あちらの時刻は七時半。クリストファーはおそらくお風呂に入っていて、まもなく寝る時間だろう。それでいい。いずれにしろ自分も眠らなくてはならない。

今夜はきっとぐっすり眠れる。何しろ最初のゲームで勝って、それも楽勝だったのだ。ほかのみんなはいまも階下で知恵をしぼっている。

弁護士。

医師。

成功している書店経営者の女性。

そしてルーシー・ハート。小学校に附属する幼稚園の教員補助で、一万ドルの借金があり、三人のルームメイトといっしょに暮らしていて、車もない……そういう人間が、ライバルたちをこてんぱんにやっつけた。

もしほんとうに優勝したら、どうする？　このまま大きな失敗をせず、小さなミスも犯さず、気を散らしたり、本道からはずれたりしない限り、これはきっと勝てる勝負だ。それも自力で勝てる。プランBは不要で、毎日クリストファーと過ごす貴重な二時間をあきらめることなく、両親や姉の罪悪感につけこんで支援や金銭をねだらなくていい。子どもひとり育てるにはまるまるひとつの村が必要だとミセス・コスタはいっていた。たぶんそれは的外れな意見ではないだろう。

しかし自分にはたぶん村は必要ない。きっと自力でなんとかできる。

そうだ、成功の青写真を描いてみよう。クリストファーにニュースを伝える場面を想像する。もちろん、呼び出し音に恐怖するあの子が電話に出るわけがない。でもこれは想像だから、なんでもありだ。

わたしが電話をかける。呼び出し音のあとしばらくして、電話に出る音がきこえる。そして電話の向こうから、「もしもし?」という声が、おずおずと流れてくる。

これに対してルーシーは、「もしもし」と返すことはしないし、「ハイ、元気?」ときくこともない。ルーシーはすでにクリストファーへの第一声を考えてある。

「クリストファー……勝った!」

15

ヒューゴは居間にすわって、ゲームが終わるのを待っている。新しい本のジャケットにする絵をいくつか簡単に描いてみながら、じっと聞き耳を立てている。図書室のドアは閉じているものの音は筒抜けで、突飛な答えや欲求不満のうめき、もっともっとヒントが欲しいと懇願《こんがん》する声がきこえてくる。

午前一時になったところで、ジャックはアンドレとメラニーとダスティンに、そろそろ降参かなときいた。全員がここで勝負をあきらめて、二位に与えられる一ポイントを放棄してはじめて、ジャックは答えを教える。

みんなはそれに飛びついた。緑のガラスのドアの秘密についてジャックが明かすと、家じゅうに叫び声がこだました。ヒューゴは忍び笑いをもらす。なぞなぞに答える側になるのはごめんだが、それをつかって望まれぬ客たちをジャックが苛《さいな》むのはかまわない。

そろって目を充血させた三人が、重い足取りで図書室から出てきた。みなだまりこんでいるなか、メラニーだけはぶつぶつ独り言をいっている。「ビリー・ディー・ウィリアムズ？　どうしてわからなかったんだろう？」

「俺だってわからなかった」ヒューゴが声をかける。「それが慰めになるといいんだが」

「だめ。ぜんぜん慰めになんてならない」

ヒューゴはみんなに向かって、陽気におやすみのあいさつをする。「明日は幸運が舞いこみますように」

ジャックが出てこないので、スケッチブックを閉じて図書室に入っていく。ジャックはアンティークの提げ時計（角形で上面に取っ手のついた初期の旅行用時計）を手にして、小さな鍵でゼンマイを巻いていた。

「ずいぶんと夜更かしじゃないか」時計をヒューゴに向けてジャックがいった。時刻が合っているかどうか、自分の腕時計を見て確認する。

「そうかな？　時間なんてわざわざ見てなかった」

「この部屋でそういうことを口にするのは、ケンカを売るのと同じだ」ジャックがいって、残忍な目で壁の時計たちを見やる。全部で五十個近くある。「またわたしを叱りに来たのかね？」
ヒューゴは暖炉に背を向けてすわった。火はもう消えているが、残り火からまだ熱気が上がっている。

「そんなんじゃない。みんなと楽しくやっているかどうか、それが気になっただけだ」

ジャックはうれしそうにうなずいた。「思った以上に楽しい。いい子たちだ」

「みんなもう中年で、くたびれちまってるよ」

「ルーシー・ハートは中年じゃないだろう」ジャックがいって、ふたつ目の時計を手に取った。旧式の目覚まし時計で、ゼンマイを巻いて息を吹き返らせる。「初戦を彼女が勝ってよかった。年上の人間に囲まれて、少々不利かなと思っていたんだ」

「耐えがたいほど、ばかげたゲームだった」

「昔よくサマーキャンプでやった、たわいないゲームだ」

「ひょっとして、キャンプの指導員は、ルシファー（天から落ちた傲慢な大天使）という名前じゃなかったかい？」

「名前は忘れたが、テングザルがうらやましがるような鼻をしていた。彼が息を吸うときには、子どもたちは頑丈な木にしがみついていないといけない。でないと鼻の穴に吸いこまれてしまうからね」ジャックはヒューゴがひざに置いたスケッチブックに目をやっていう。「絵の描ける人間が、昔からうらやましかった。ある登場人物が並はずれて大きな鼻を持っていると知らせるのに、こっちは五十の言葉と十の比喩をつかわないといけない。きみなら鉛筆をさっと動かしただけで、それができる」

「俺は六億部の本を売る作家がずっとうらやましかった」

「こりゃ、一本取られた」ジャックがくっくと笑う。

ジャックには、話したい気分の夜がある。ヒューゴが千の疑問をぶつけても、答えがひとつも返ってこないときもある。今夜はどうだ？　ひとつ、勝負をかけてルーレットをまわしてみよう。

「今回の本のジャケット。どんな絵にするか、ずっと知恵をしぼっていたんだが、まるでいい考えが浮かばない。何しろ、どんな話だか見当もつかないんだから」ヒューゴはいって、指のあいだで鉛筆をくるくるっと回転させてから、先端をジャックに向けた。「どうして明かさない？」

ジャックは手を振ってヒューゴの心配をはねのけた。「これからは、本を読まずにジャケットの絵を描く画家がいくらでも出てくると思うがね」

「確かに。だがせめて、ヒントぐらいくれてもいいんじゃないか？」

「だったら……そうだ、時計島の番人。きみの描いたジャケットのなかで、あれがいつでもわたしのお気に入りだった」そういって、特に意味はなさそうに片目をつぶって見せるが、じつはそれがヒントなのだとヒューゴにはわかる。

「新しい本はちゃんと完成しているんだろうな？　俺の参加した二次創作コンテストみたいなのとはわけが違うんだ。あれでは五百ドルをもらえるはずだったよな？　まだ小切手の到着を待ってる」

普通とは逆に進む、『不思議の国のアリス』の時計を手にとって、ジャックは時間を合わせる。

「きみは、わたしの本のイラストを描く仕事より、五百ドルが欲しいというのかね？」

「どっちも捨てがたい」

ジャックが含み笑いをもらした。「本はちゃんとある。世界に一冊。タイプし終えて隠してあるよ」

「で、あんたはそれを見知らぬ他人に託そうと、本気で考えているのか？」

「いや違う。見知らぬ他人に託そうと、ふっと思ったんだよ」

「サメたちがすでに周囲を泳ぎまわっている。稀覯本《きこうぼん》のコレクター、億万長者、ソーシャルメディアのインフルエンサー……」インフルエンサーと口にして、ヒューゴは大げさに身をふるわせる。しかし、水面下で人が動きだしているのは事実だった。すでにコレクターたちが電話をかけてきて、もしジャックの新作が手に入ったなら、言い値で買うといってきていた。

「それはそれでいい」とジャック。「子どもたちはきっと正しい選択をすると、わたしは信じている」

「ほかの人間はさておき、ルーシー・ハートは信じてもいいかな」とヒューゴ。「玄関にいきなり現れて、あんたのキャリアを危険にさらした。その愚行をちゃんと謝罪した唯一の人間だ」

「そのマフラー、はじめて見たが？」ジャックがきいた。「ルーシーがそういうマフラーを編んでいなかったかな？　きみは屋内でもスカーフを着用するのか、それともそのマフラーは、ファッションによる新しい自己主張かね？」

ヒューゴはジャックをにらみつける。「わざと話題をそらそうとしている」

「なんの話題だったかな?」

「本だ。その、どこからともなく出てきた奇跡の本。まさかあんた、死ぬってわけじゃないよな?」ヒューゴはきいた。「死にはしないと、そういってくれ」

「ふーむ……どこからともなく出てきた本っていうのは、なかなかいいタイトルだ」

「ジャック」

にっこり笑って、ジャックは壁からウタスズメの掛け時計をはずした。表面についた埃をそでさっとぬぐう。

「死にはせんよ。自分の砂時計に残っている砂の量が、落ちていった砂より遥かに少ないと、それに気づいただけだ。ゼロになってしまう前に、これまでした約束を守りたい。とりわけ、きみとの約束を」

ジャックは目の端からヒューゴをちらっと見て、それからまた時計に目をもどした。「俺との約束って、何?」

「きみがいつこの島から出ていって自分の人生を歩むことにしても、わたしは大丈夫だからと約束した」

ヒューゴは緊張した。「知ってたのか?」

「知ってるとも。もう何年も片足がドアの外へ出ていた。なのに出ていかない理由はひとつ。それもわたしは知っている」

「その理由とやらを教えてもらえないかな?」

「なぜなら、わたしはきみにとって父親みたいなものだから。どうしてそれを知っているか、わかるかね?」そういって、壁に掛けた時計をまっすぐに直す。

「俺がそういったから?」

「きみはわたしに怒っているから。息子というのはそういうものだ」

ヒューゴは心の風船がパンと割れた気がした。「違う——」

ウタスズメがまた歌いだした。「ほら、おやすみの合図だ」とジャック。「息子よ、おまえも少し寝たほうがいい。東のブルーバードで、朝食時に会おう。遅くとも、赤い翼のクロウタドリまでに」

ジャックは図書室のドアへ向かったが、途中で足をとめてふりかえった。

「わたしのことは心配しなくていい。自分が何をしているのか、なぜこんなことをやっているのか、ちゃんとわかっている」

ヒューゴはその言葉を信じたかった。ジャックは内部の仕組みが見えない時計と同じだ。両手が動いているのは見えるものの、何が彼を動かしているのか、どうしてもわからない。

「少なくとも、ひとりはわかっているってことか」ヒューゴがつぶやき、ジャックはまた歩きだした。「ジャック?」

ジャックがヒューゴをふりかえった。ヒューゴは立ち上がって、ジャックと顔をつきあわせる格好になった。

「俺はあんたに怒っていない。俺が怒っているのは、このろくでもない世の中だ。自分を見てみろよ。あんたは子どもが大好きな物語を書き、病院や子どものチャリティに大枚を寄付している。悪いことなんてひとつもしてない。あえていうなら、ときに子どもたちを愛しすぎるのが罪だともいえる……それなのに、俺がいなくなったら、あんたはからっぽの部屋でひとりぼっちだ。そばにあるのはワインのボトル、話し相手は老いぼれのカラスだけ」

ジャックはヒューゴに怖い顔をしてみせる。「彼を老いぼれと呼んだのを、サールがきいていないことを祈ろう。あいつは傷つきやすいからな」そこでまた表情をやわらげる。「ひとりぼっちのおまえさんも見たくない。ところでそのマフラー、やっぱりいいね」ジャックはいい、ひっそり笑いながら歩み去った。


ルーシーは驚いて目を覚ました。胸の激しい鼓動を感じながら、耳を澄ます。いったい何が深い眠りのなかから自分をはっと目覚めさせたのか。スマートフォンに目をやって時間を確認する
――午前一時に近い。

「いったい何?」

ドアをそっとノックする音。

「だれなの?」ルーシーの声がふるえる。こんな遅い時間に、いったいだれがドアをノックするのか?

だれも答えない。ベッド脇のランプをつけてから、ドアを確認しようとベッドから出る。白い封筒がラグの上に落ちていた。だれかがドアの下からすべりこませたのだろうか?

封筒を取り上げて、ドアの鍵をあける。

覗いてみても廊下はからっぽで、真っ暗だった。

ドアを閉めて、もう一度鍵をかけてから、ベッドに腰を下ろす。封筒のなかからカードをひっぱりだして文面を読む。

もし勝利を手にしたいなら、セカンドハンド（「秒針」と「中古」、両方の意味がある）の町で会いましょう。

なんなのこれ？　本にセカンドハンドの町が出てくるのは知っている。マスターマインドの気分しだいで、消えたり、現れたりするらしい小さな町だ。だれがこれを置いていったのか知らないが、地図も描かれている。セカンドハンドの町は島の中心にあった。

これもゲーム？　秘密の問題が出されると、ジャックはいっていた。そのひとつだろうか？　それ以外に何も思いつかない。真夜中にそんなことをやるのは奇妙ではあるけれど。もしかしてみんなは、わたしがまだ起きていると思っている？　メイン州は午前一時でも、カリフォルニアはまだ十時だ。

万が一のために、ルーシーは外に出ることに決めた。ちょっとした臆病心と時差ぼけで、みすみす勝利を逃したくはない。

手早く服を着る。ジーンズ、長そでのシャツ、靴下、靴、そして最後にヒューゴが貸してくれたジャケットをはおる。ふんわりと、いい香りがする。海の潮としょっぱい汗と、マツやスギといった針葉樹のような香り。きっと彼のつかっている石鹸かシェイビング・クリームだ。

クローゼットからランタンを取り出すと、部屋をそっと抜け出した。廊下を歩いて階段を下りていく。壁にずらりと並ぶ、金縁の額に入ったご先祖様みたいな人々の肖像画。これは前に来たときもあった。ある絵には、「これってだれだっけ?」と書かれた銘板がついている。ジャック・マスターソンもまた、分身であるマスターマインド同様、風変わりなことをする変わり者なのだとわかってうれしくなる。

階段の最後の一段がきしんで音を立てた。ルーシーはっとしてその場にかたまった。けれどベッドにもどりなさいと叱る人間は現れない。玄関まで出て、ドアをそうっとあける。夜のなかへ飛び出すと、一瞬にして子どもにもどった気がした。家を飛び出して、この時計島に一か八かでやってきた、勇敢で向こう見ずな子どもと、いままた同じことをやっている。たぶん今度は幸運をつかめる。

ボタンを押すとランタンが灯《とも》った。温かみのある黄色い光が足もとを妖精の輪のように照らす。丸石を敷き詰めた歩道をたどりながら家の周囲をぐるっとまわって、庭門の前を過ぎる。ショーンと暮らしていた昔、裕福な著名人たちに混じってわずかなときを過ごしたことがあった。彼らのカントリーハウスや豪邸もそれ相応に訪ねて、過剰に手入れされた庭やだだっ広いプール、古代ローマ風の彫像や巨大な噴水を目にした。ここにはそういったものが一切ない。広いプールも、古代ローマの噴水も、自然界ではあり得ない姿に刈りこまれた不気味な灌木《かんぼく》もない。

ここにあるのは森だけ。それも本物の森で、鬱蒼《うっそう》として暗い。

背筋をふるわせながら道なりに進んで、樹木のあいだを通って島の中心部を目指す。懐中電灯を持ったアストリッドになって、時計島を冒険しているような気分だった。十三歳のときにこんなことができたら、死んでもいいと思っただろう。時代を遡《さかのぼ》って、あのころの自分に会えたなら、とにかく待っていなさい、そうすればいつかきっとチャンスがめぐってくるからと教えてやるのに。

左手で、ふいに何かが動いた……。シカの小さな群れが木立のあいだを疾走していく。ランタンの明かりが数頭を照らし、全身に白い斑《まだら》のある毛が浮かび上がった。ヒューゴがいっていたマダラジカだ。まるで森のなかで妖精に遭遇したようだった。

シカたちの邪魔をしないように後ろへ下がった拍子に、何か固い物につまずいて転びそうになった。なんだろうと思ってランタンを下げる。石か小枝だろうと思っていた。

違う、鉄だ。鉄のレール。それも木の厚板がくっついている。枕木だ。

鉄道の線路？　時計島に列車が走っている？　それは本のなかだけのことだと思っていた。九十エーカーの島に、だれが鉄道を敷設するだろう？　けれど、レールの幅は狭い。アムトラック（主要都市間の鉄道の愛称）でないのは確かだ。線路をたどって百ヤードほど歩いていくと、やがて杭で地面に打たれた木製の看板に行き当たった。〈ようこそ、セカンドハンドの町へ。住人——あなた〉

思わず笑顔になる。ここだ。看板の前を過ぎて玉石の道へ出る。樹木がまばらになってきて、奥へ行けば行くほど、星と月の光が町を明るく照らしている。いまにきっと、だれかが出てきて、なぞなぞを出すか、解くべき問題を教えてくれる。ところが、そうはならない。どうやらこの小さな町にいるのは自分ひとりらしい。

左手に、赤い小さな郵便局が見えてきた。あそこから世界のどこへでも手紙を出すことができる。切手の図柄はすべて時計で、時計島の本のなかには、時計の切手シートが付録についているものもあった。けれどいま、窓は暗く、赤いドアは施錠されている。右手には三階建ての細身の建物がわずかに左にかしいで立っている。庇《ひさし》についた看板に〈白黒帽子ホテル〉とある。そうだ、思い出した。子どもたちが冒険の手助けをしてもらうために、このホテルにいる人間に会いに行かねばならないのだ。白黒帽子ホテルのルールはひとつ。ここにいるときは、いつでも白黒帽子をかぶっていなければならない。ここではとっておきのゴシップと、それ以上にうれしい、チョコレート・バニラ・ソフトクリームがもらえる。

しかしこちらもいまは暗く、しっかり鍵がかかっていた。さらに〈レッドローバーの宝物探し道具店〉(ここではバケツをひとつ買うとシャベルが無料でついてくる)と、〈ホボナンデモアリ図書館〉の時計島分館も閉まっている。子どもたちがいつでも入っていって、冒険に必要な物事をなんでも調べられる図書館だった。そこには時計島の不死身と思える司書、ミズ・ストーリーがいるはずなのだが、彼女の姿もない。図書館に住んでいる雄鶏《おんどり》、ダールズ・チキンズに餌をやっているときでなければ、いつでも喜んで子どもたちの力になってくれる人だった。

窓から図書館のなかを覗いてみる。ほとんど埃と同化していそうな本が棚に並んでいるのは見えるが、悲しいことに、カウンターにミズ・ストーリーの姿はない。取り置き期限の過ぎた本の山にとまっているはずの雄鶏もいない。

この町全体がゴーストタウンのようだった。そもそも人が住んでいなかった町がゴーストタウンになるものだろうか？　どの建物もペンキがはがれているし、窓は曇っている。ジャックはどうして、この場所をあきらめてしまったのだろう？

見捨てられた町の奥へ奥へと入っていくと、とうとう駅が見えてきた。駅自体は本のジャケットに描かれているのと同じように、薄いグリーンの長方形の建物で、脇に大きな文字ではっきりと、〈セカンドハンド駅〉と記されている。駅には列車も停車していた。黒と黄色に塗り分けられたミニチュアの機関車に、客車がふたつ接続されている。児童公園にある電車みたいに、子どもも十人とその親が乗ったらもう満杯になってしまう大きさだ。鳥の糞にまみれた車両がなんとも哀れだった。ある子どもがサウィン（ケルト暦で一年のはじまりにあたる十一月一日の祭り。ハロウィンはサウィンの前夜）駅行きの時計島エクスプレスに乗るエピソードが物語のなかにあった。サウィンは、オクトーバー卿とその奥方が支配している町で、毎日がハロウィンなのだった。

しかしこの列車は、目的地がどこであろうと、まもなく出発するようには見えなかった。それどころか、線路は永遠に完成しそうにない。途中で投げ出さざるを得なかった挫折感のようなものが、この場所全体から色濃く漂っている。

そこでふとルーシーの頭にひとつの場面が浮かんだ。祖父母の家で暮らすことになった夜。もう何時間も病院の待合室にいて、とうとう迎えがやってきた。でも着替えはひとつも持ってきていなかったから、家にもどって荷作りをしないといけない。屋根裏にある寝室に入ると、床に未完成のパズルが置いてあった。完成すれば二匹の子ネコが蝶ネクタイをつけている写真が浮かび上がる。アンジーが投げ出したおもちゃのひとつだった。箱に入れて祖父母の家に持っていくこともできたが、そうはしなかった。姉は長いあいだ病院から出てこられないし、自分は祖父母と暮らすことになる。そう思ったら、蝶ネクタイの子ネコが急にばからしく、子どもじみているように思えたのだ。

あのパズルのように、この場所も、放っておかれて永遠に完成を見ないのかもしれない。何かここでまずいことが起きたのだろう。ジャック・マスターソンが休筆したのは、裕福になりすぎて、もう二度と働く必要がなくなったからではない。何かの理由で書く気力を失ったのだ。

こんなところでぐずぐずしていないで、部屋にもどりたい。だけど、あのカード。だれが残していったのか。いくら考えてもわからず、もうあきらめようとしたところで、妙な形の建物に明かりがついているのに気づいた。白と灰色に塗り分けられたコテージの正面に、ホビットの家みたいな丸い玄関ドアがついている。そのドアに直接店名が書かれている。〈嵐商店〉

ほかの建物と同じように、そこも鍵が閉まっているだろうと思ったが、一応ドアノブをまわしてみた。驚いたことに、ドアがあいた。きらきらと店内を明るく照らす一万個もの星と見えるのは、無数に飾られた着色豆電球だ。

子ども時代の夢の神殿に足を踏み入れる気分で、店内へ入っていく。前から一度来てみたいとずっと思っていた。ここでは独特な顔をした風変わりな小男が、いろんな瓶や箱に嵐にまつわる品物を詰めて売っている。見れば本に出てきたとおりの商品が置いてあった。ガラス製の小型の薬瓶に入った三角形のクリスタルは、〈氷山の一角〉。白い陶器の水差し形の容器に詰められているのは、〈あなたの涙を隠す雨〉。

この〈嵐商店〉に決められた時間にたどりつくために、ものすごく苦労した子どもの話があった。店内の様子はまさに中世の薬屋さん。広口瓶をはじめとする各種瓶類のほかに、彫刻を施した木製の箱などが、棚やテーブルやラックのあちこちに並んでいる。すべてに手書きした紙のラベルがついていて、なかに何が入っているかわかるようになっている。瓶をひとつ取り上げてラベルを読んでみる。〈雪の日を瓶に詰めました——嵐商店〉

青い広口瓶のなかでは、もやもやした不思議なものがわだかまっていて、まるでなかに本物の雪嵐が閉じこめられているようだった。この蓋をあけると、島全体が雪にすっぽり覆われて、明日はだれも学校へ行かなくていいということになりそうだ。ほかにも棚に並ぶいろいろな瓶を見ていく。どれもこれも、お話のなかに出てくるものを美しく再現していた。

〈あなたの帆を押す風〉

〈盗まれた雷〉

ガラスの箱に入って、ちらちらとやわらかな光を投げる灰色のリボンには、〈雲の明るい縁〉と書かれたラベルがついている。

〈警戒心を運び去ってくれる風〉というのもある。

透明なガラスに彫刻した人間の頭部には〈ひらめき《ブレインストーム》〉と書かれたラベルがついていた。

〈ティーポットのなかの嵐〉は水色の本物のティーポットに入っている。ルーシーはそれを長いこと両手で持っていて、しばらくしてから棚にもどした。

「持って帰ったらいい。だれも文句はいわない」

ルーシーは弾かれたようにふりかえった。店の奥に灰色の外套を着た男が立っていた。五十歳ぐらいで、髪は青みがかった灰色。冷たいまなざしでこちらを見ている。

「現在の勝者は？」男がきいた。

「わたしです。二ポイント。あなたは？」ルーシーがきいた。

「ああ、まずは自己紹介だね」男は気取った笑みを浮かべた。暗がりから出てきて、ルーシーに名刺を渡す。リチャード・マーカム、弁護士。

「弁護士さん？」

「あるクライアントに仕事を頼まれていましてね。ジャック・マスターソンの新作に大変興味を持っていらっしゃる」

「出版したいというのですか？」

「彼は稀覯本のコレクターです。史上最も売れた児童文学作家の最後の作品。これ以上に貴重な本はまずない。おわかりかな、ルーシー。手に入るなら喜んで八桁の額を出すと、彼はいっています。八桁ですよ。ライオンハウスが提示している六桁とはわけが違う。六桁なんて、しみったれた額じゃ、カリフォルニアでは半年しか持ちません」

「その方は、オリジナル原稿が欲しいだけなのですよね？　でしたら、こちらはコピーを――」

「コピーは不可。きみは本といっしょにこのファンタジックな島を出て、本をわたしに寄越す。わたしはきみに小切手を渡す。以上」

それじゃあ、クリストファーさえ読めない。

「それはできません。世界中の子どもたちが新作を読みたがっているんですから」ルーシーは名刺を返そうとした。相手は片手を上げて返却を拒否し、ぐっと身を近づけてきた。ルーシーはのけぞって棚にぶつかった。ガラス瓶が音を立てる。

「ひとつ、個人的な質問をしてよろしいかな？」マーカムがいった。ルーシーの答えを待たずにそれをぶつける。「どうして、きみみたいに魅力的な女性が、ショーン・パリッシュのようなろくでなしとつきあおうなんて考えるんだろう？」

「ショーン？」

相手は肩をすくめた。「ショーン・パリッシュ。一流の作家。ジャック・マスターソンほどではありませんがね。まあ彼に匹敵する者はまずいません。きみは学校の創作の授業で彼と出会った。そして六か月後、彼と同棲をはじめた。金目当てかな？ 愛でないことはまちがいない。それが悪いかって？ いいじゃないですか、別に。結婚まで漕ぎ着けたらなおのこといい」そこで世界一面白いジョークを口にしたというように、自分でゲラゲラ笑う。

「どうしてあなたが、そういったことを知っているんですか？」

「いくらでも知っている。きみのことだけじゃない、アンドレ・ワトキンズ、メラニー・エヴァンズ……きみが祖父母と暮らすようにと、ご両親から送り出されたことも知っている。いまではもうご家族とは縁を切っていることも」そこで相手は、よくやったというように親指を立ててみせる。「きみのそういうところがいい。損失の少ないうちに手を引くというのは、わたしの座右の銘でね。しかし、ここに至ってきみの事情が変わった。二十六歳。子ども時代にいっしょに学校に通った仲間は次々と結婚して、子どもを産んでいる。ところがきみは、日々の暮らしで精一杯で、そこまで手がまわらない」

「わたしが無一文だから、本をコレクターに売ると、そう考えているんですか？　作品が永久に葬り去られると知っていながら？」

「いいじゃないですか。わたしならそうする。いつの日か、きみの姉がきみの家の戸口に現れて、もう一度チャンスを与えてほしいと懇願する。きみが大富豪になったという、ただそれだけのことで。ルーシー、成功は最大の復讐だ。八桁の金があれば、相手をいくらでもやりこめることができる」

「わたしは復讐なんて望んでいません」

「ああ、そうだったね。しかし手に入れたいものはある。だれだって欲しいものはあるからね」

そこで上着の胸ポケットから何か取り出そうとする。ハンカチーフか、また別の名刺か。そうではなく、相手の手にはクリストファーの学校で撮った写真があった。それをルーシーにさっと見せてから、外套のポケットにしまう。「だれにだって欲しいものはある」

「帰ってください。さあ」

「わかった。ただ、これは持っていてほしい」そういって、名刺を持ったルーシーの手をぎゅっと握らせると、優しい口調でいった。「その日の花を摘め《カルペ・ディエム》、ルーシー。金を摘むんだよ」

それだけいうと、嵐のなかにひとりルーシーを残して男は消えた。

16

ヒューゴはジャックの家の裏口から外へ出た。庭を突きぬけたあとに一本道を通ってコテージへ帰るのだが、その途中でぎょっとして足をとめた。ルーシーがひとりで歩いている。廃墟同然の時計島の公園へ向かっているようだ。

真夜中に散歩に出るなんてどうかしている。あそこには足をひっかけて転びかねない鉄道の線路が途中まで敷いてあるし、いつ崩れるかわからない、ばかげた建物がいくつもある。しかしそこでヒューゴは自分にいいきかせる。彼女には、そうしたいなら島をめぐる権利がある。それに、ちゃんとランタンを持っていた。それでもヒューゴはコテージに向かう道半ばで思い直して方向転換し、森に向かった。彼女が無事かどうか、やはり確かめないといけない。

小走りで、図書館、郵便局、ホテルの前を過ぎていくと、〈嵐商店〉に明かりが灯っているのが見えた。その入り口まで来たとき、ちょうどドアがあいてルーシーが出てきた。ランタンの光で周囲の闇を照らしながら、目を血走らせている。

「ルーシー?」

「ヒューゴ」息を切らしながらいう。「あの人、見なかった?」

「だれのことだ?」

ルーシーはその場でぐるっと回転し、あわてた様子で森のほうへ足を向けた。

「どうした?」ヒューゴはきいた。

「ここに男の人がいたの。もういなくなったんだけど。さっきまでいたの」

「男って、だれのことだ? ルーシー?」ヒューゴはルーシーの腕を優しくつかんだ。

ルーシーは息を吐いた。冷たい夜気のなかで、まるで雲を吐き出したように見える。名刺をヒューゴに渡して、不可解なことのいきさつを話してきかせる。だれかが部屋のドアをノックしたこと。そのあと、公園に来るようにと書かれたカードを見つけ、行ってみたら男がいた。本人は弁護士だというものの、見かけはテレビに出てくるマフィアの殺し屋みたいだった云々《うんぬん》。

「これもゲームだと思ったんです。クリアしないといけない問題か何かだと」

ヒューゴはルーシーの持っているランタンの明かりで名刺の文面を読んだ。

「この名前、知っている。ジャックの本と引き換えに、大金を渡すといってきたんじゃないか?」

「そう、そうなんです。八桁という額」

「ふざけた野郎だ。俺には七桁といった」

冗談めかしていったのは、ルーシーの緊張を解くためだった。きっと恐ろしい思いをしたに違いない。真夜中に眠っているところを起こされて、外に誘いだされた。理由もわからずに。

「ジャックにいって、島のセキュリティをもっと厳重にしてもらわないといけない。たぶん九時にボートを待たせてあるんだろう」

「九時? 待って。それって九時の波止場っていうこと?」

ヒューゴは相手の記憶力に感服してうなずいた。きれいなだけじゃなく、頭もいいらしい。

「あの人、ほんとうに弁護士なのかしら？」ルーシーがきいた。そのあいだもずっと頭を動かしてあたりに目を走らせている。男がいまにももどってくると脅《おび》えているようだ。「ぞっとする人だった」

「本物だよ。シリコンバレーの億万長者に雇われている。顧客は人工知能プログラムに小説を書かせようとしているらしい。そういうやつは即刻鞭《むち》打ちの刑に処して、三年間、強制的に芸術学の授業に出席させないと」

「厳しいですね」ルーシーがいって、少し笑った。もう一度深く息を吸って、また新たな雲を吐き出す。「わかりました。肝に銘じておきます。ドアの下から部屋にすべりこませたカードなんて、これからは絶対信用しないようにって」

「それがいい。よし、じゃあ家まで送ろう」

ふたりは道を見つけて、そこを下りはじめた。ルーシーはヒューゴの貸したジャケットを胸の前でぎゅっとかき寄せている。あれじゃあ、返してもらったときに彼女の匂いがついているんじゃないか？　そう思ったそばから、ヒューゴは自分を叱る。おい待て、どうしてそんなことを気にする必要がある？

「島を探検してみたいと思っていたんです。ただし午前二時という時間ではなく。ここって、いったいどういう場所なんですか？」

「ポートランドにある小児科病院の患者たちのための公園になる予定だった。公園にジャックが家族を招いて、一日か二日だけでも子どもたちに病気を忘れさせたいと、そう望んでいた」

「小児科病院。わたし、いやになるほど、そういった病院にすごくなじみがあるんです」疲れた声でいった。

「きみは、子どものとき、病気をしていたの?」

ルーシーは首を横に振った。「うちの姉です。PIDD。免疫系に何かしら問題を抱えている子どもをすべてひっくるめて、そういうんです。姉はいつでも具合が悪くて。わたしは……わたしは姉と同じ家で暮らすことさえ許してもらえませんでした」

ヒューゴは胸を締めつけられた。デイヴィもまた健康に問題を抱えていたが、それでも兄弟が離れて暮らすことなど想像もできず、拷問に近いと思える。

「それはつらいね。きみもお姉さんも」

たいしたことではないというように、ルーシーは肩をすくめたものの、そのまなざしに悲しみが露呈していた。

「わたしの家出した一番の理由は、姉だったといっていいかもしれません。わたしにそばにいてほしくないと、はっきりそういっていましたから。それでわたし、もしここでジャックと暮らせたらって……」そこでルーシーは言葉を切って、息を吐く。「実際、何を考えていたんでしょうね。自分に注意を向けてもらいたかったのかもしれません」

「家に帰りたかったんじゃないか」ヒューゴがいった。ルーシーはまるで痛いところを突かれたような顔になった。しかし、それからにこっと笑顔を見せた。

「まあ、そうですね。だけど頭のなかでは、この島にわたしのほんとうの家があるって思っていた。子どもってそうですよね。自分はよその星からやってきて、両親がほんとうの親だとは思えない。ジャックがほんとうの父親だったらいいと、そう願う子どもは、確実に百万人はいると思います。わたしもそのひとり」

「十億人のひとりだ」ヒューゴがいうと、ルーシーが微笑《ほほえ》んだ。

「まあ、結局うまくいきませんでしたけど、もしもう一度チャレンジしろといわれたら、やります。何しろ、いまはここにいるんですから」

ヒューゴが前方の線路を指さした。ルーシーはそれを器用に乗り越え、ふたりして先へ進む。

「その公園プロジェクトはどうなったんですか？　どうして完成しなかったんでしょう？」

「ジャックが書くのをやめたのと同じ理由だ」

「どうしてジャックは書くのをやめたんですか？」

ヒューゴは最初答えなかった。ジャックの一番のルールを思い出していた。魔法を解くな。

「人生航路には、険しい一角がある」ようやく言葉を思いついてヒューゴはいった。「ジャックはそこを抜けるのに――」そこで腕時計にちらっと目をやる。「それじゃあ『一角』どころか、延々と続く難所です」

ルーシーはヒューゴに片眉をつり上げる。「もう六年半かけている」

いわれたヒューゴも反論できない。「で、もうそこは通り抜けたんですか？」

「忌々《いまいま》しいことに、それがわからない。通り抜けたと思いたいところだが、ほんとうに通り抜けたのか、抜けたふりをしているだけなのか」

「今夜は幸せそうでした」

「幸せ？　ジャックは幸せの意味さえ忘れているよ」ヒューゴは両手をポケットに突っこんで、小石を森へ蹴飛ばした。「私有する美しい島、三百六十度ひらけた海の眺望、こんな家に住めたら死んでもいいとだれもが思う豪邸……そういうところで暮らしながら、長年ずっと、地球上でこれ以上みじめな人間はいないと思わせる毎日を送ってきた。金で幸せは買えない。そいつを教えてくれる、ジャックは生きた見本だ」

「ジャックの場合はそうかもしれませんけど、ほかの人間の大半はそうじゃありません」ルーシーはやんわりとたしなめる口調でいったが、賛同は得られない。

ヒューゴは首を横に振った。「金で幸せになったとされている人間たちをいろいろ見てきた。みんなみじめなもんだ。金があってもみじめな人生。俺自身、経験済みだ」

「わたしの幸せはお金で買えます」

ヒューゴは目をぐるんとまわした。あきれるとしかいいようがない。彼女は夢の国で暮らしている。「ジャックの本をマーカムはじめ、寄生虫のような人間に売って、金が手に入ったら何につかうか、きみは早くも想像をめぐらしているってわけか？」

ルーシーはふりかえって、ヒューゴを正面からにらみつけた。「何がいけないんですか？　宝くじが当たったらどうするか、あなたは一度も想像したことがないと？」

「宝くじは、世界に一冊しか存在しない子どもの物語とは違う。俺だって想像したことがないとはいわない。だが、きみと違って、生憎《あいにく》こっちは空中に浮かぶ城のような豪邸に招かれた経験が何度もある。隙間風がひどくて、俺は好みじゃないが、きみがそういう家を手に入れたいと願っているなら、それはそれでかまわない」

ルーシーは怒りを小さな冷笑にしてぶちまける。自分でも驚くほど苦々しい声が出た。「わたしもそれなりに、空中楼閣は訪れています。でもそういうものを自分も買いたいなどと思ったことは一度もない。わたしが欲しいのは、一軒の家と車だけ。クリストファーとわたしのために」

ルーシーが街灯柱の下で足をとめた。温かい光が、寒さでピンク色になった頬を浮かび上がらせる。気がつけばヒューゴは彼女のくちびるを見つめていた。このピンク色のやわらかいくちびるは微笑むためにあるのに、いま彼女は笑っていない。

「クリストファー？」

「わたしの教え子です」

「きみは、その子に家を買ってやろうというのか？　それは職務の範疇《はんちゅう》を完全に超えている」

「単なる教え子じゃありません。わかりますか？　二年前にわたしのクラスに入った、ほんとうに素晴らしい子。けれどそのときから、彼が家庭で困難にあえいでいるとわかった。父親は以前、建築現場で働いていて仕事中に怪我をした。以来鎮痛剤に依存するようになって、母親も同じ道をたどった。よくあることです。両親は息子を愛していたけれど、あの子が家でつらい目に遭っているのは薄々わかりました。数日間だまりこんでいたかと思うと、また別の日にはわたしにくっついて離れない。家に帰りたいと泣いている日があるかと思うと、家に帰りたくないと泣きじゃくる日が同じぐらいある……でも、頭のいい子なんです。良すぎるほどに。なかでも読書は得意だったから、あの子が何かでふさぎこんでいる日は、子どもたちを集めて小さなグループをつくり、みんなでいっしょに本を読んだ。けれど、わたしにできるのはそれぐらい。教え子はひとりじゃなくて二十人もいるんですから。夏が来て学校が休みに入ったある日、ソーシャルワーカーから電話がかかってきた。クリストファー・ラムの両親が薬物の過剰摂取で亡くなったと。おかしな薬物が出まわっていたらしくて、その日町では十六人の過剰摂取者が出て、そのうち十一人が命を落としました」

「なんてこった」ヒューゴはいった。

ルーシーはヒューゴの顔を見ずに、ひたすら話し続ける。「クリストファーは、彼を養育してくれるフォスターファミリーが見つかるまでのあいだ、わたしと一週間、いっしょに過ごすことになりました。このまま彼を手もとに置けるなら腎臓を売ってもいいと思った。けれどわたしには、子どもをひとり養えるだけの余裕はなく、ましてや養子にするなんてあり得ない。二人のルームメイトと家をシェアして、車はなく、クレジットカードの借金がかさんで、仕事は最低限の賃金しかもらえない。それに、ほら、お気に入りの靴には穴があいている」

ルーシーはスニーカーを脱いで小さな穴を見せた。キャンバス地がゴム底からはがれている。

「だからわたしは、本が手に入ったら最高値をつけた人間に売る」ナイフのように鋭い口調で、言葉のひとつひとつがヒューゴの心に切りつけてくる。「あなたは私有地の島に暮らしている。お金持ちのあなたなら、お金で幸せは買えないというのも簡単。だけど、クリストファーとわたしは、お金で大きな幸せが買える。いいえ、幸せなんて贅沢《ぜいたく》なことはいわない」ルーシーはそういって、勢いよく手を前へ払った。まるで目の前の男と、その男の口から出たばかげた言葉のひとつひとつを消し去ろうというかのようだった。「人生で一度でもいいから、胃が痛くなることなく、クリストファーに十五ドルのおもちゃを気持ちよく買ってやりたい。もうそれだけでいい。お金に期待しすぎだと、あなたにそう思われるのは残念だけど、クリストファーとわたしにいまあるのは、望みと夢だけ。でも何もないよりはいい」

「ルーシー、俺は――」

「知っているかしら。職員室で教員たちが噂話をするとき、あなたみたいな子どもをなんと呼んでいるか?」そういってルーシーはヒューゴの胸に片手をたたきつけた。「甘やかされたガキ」

ヒューゴはルーシーをじっと見ながら奥歯を噛みしめている。「ひどいな」

「世の中がひどいところじゃなくなったら、起こしてください。おやすみなさい、ヒューゴ。あとはひとりで帰れますから」

ルーシーはそそくさと歩いていく。ヒューゴはその場に立ち尽くす。ほかにどうすることができるだろう。

地面に白いものが落ちていた。紙。ヒューゴはそれを拾い上げる。ルーシーは怒って胸をひっぱたいたのではなかった。マーカムの名刺を寄越したのだった。

17

翌日、ルーシーは重い足取りでダイニングルームへ入っていった。すでにほかのプレイヤーたちは勢揃いしている。みんなが皿から顔を上げ、オーク材のドアをあけてとぼとぼと歩いてくるルーシーに視線を向ける。

「遅くなってごめんなさい。時差ぼけで」とルーシー。

「無理もない」とアンドレ。「バターやジャムは、自分で好きなのをどうぞ」

ルーシーはコーヒーにミルクを入れ、皿に料理を盛り付ける。会話はほとんどない。思った以上に、みんなの顔が疲れているようだった。ルーシー自身も、マーカムとの一件を経たあと、ヒューゴとケンカをしたせいで、ベッドに入ってもなかなか眠れなかった。コーヒーが冷めていて、がぶ飲みできるのがありがたい。

「ルーシー、それはコーヒーだ。ビールみたいに一気飲みするもんじゃない」

「昨夜はずっと起きていて、寝たのが遅かったの」マグカップごしにルーシーがいう。

「そうなの？」とメラニー。「あなたは早くに上がったじゃない。わたしたちは深夜を過ぎても解放されなかった」

「二位はだれになった？」とルーシー。

気まずい沈黙が広がった。アンドレがゴホンとせきばらいをする。「結局、みんなあきらめたんだ」

「まあ」そういうしかなかった。下手なことをいえば、バターナイフが飛んでこないとも限らない。

ダスティンが席を立って、コーヒーのお代わりを注ぎにサイドボードに向かった。「だれか、この島で妙な人間を見なかったかな？　スーツを着た男とか？」

「ああ、見た。きみも？」とアンドレ。

メラニーは食べかけのソーセージを皿の向こうへ追いやった。「わたしも」

「マーカムでしょ」とルーシー。「わたしも彼に会った。こちらが断れないような大金を提示してきたわ」

「同じ、同じ」アンドレがうなずいていう。「で、きみはどうしたの？」

「断った」とルーシー。「だって、本は出版されるべきでしょ？」

「まさしく」とメラニー。アンドレも同意した。ダスティンは肩をすくめている。

ふいにドアがあいて、満面の笑みを浮かべたジャックが入ってきた。「おはよう、子どもたち」

みんなはありったけの気力を振り絞って、ジャックにあいさつをした。

「わかる、わかる。昨夜はだれにとっても厳しい夜だった。ルーシー、喜んでくれたまえ。波止場のセキュリティを強化したよ。もう夜遅くにサメの襲来はない」

「サメの襲来？」とメラニー。

「弁護士が、真夜中にわたしの部屋をノックしたの」ルーシーが説明する。「ありがとう、ジャック」

「どういたしまして。わたしが好きなサメは海にいるやつだけだ。だから弁護士は、はしけから突き落とすようにしている。それはさておき、次のゲームの話をしよう」

みんなの背筋がわずかに伸びた。輝く目から、戦闘態勢に入ったのがわかる。

「時計島の王を探せ。王冠の下に、次のゲームの指示がある」

「すみません、もう一度いってもらえませんか?」アンドレがいう。ノートを取り出して、そこにジャックが口にした一言一句を書き留めている。

〈時計島の王を探せ。王冠の下に、次のゲームの指示がある〉

「これにはポイントはつかない」とジャック。「だからみんなで力を合わせても、個人で見つけてもいい。しかし、その指示が見つかるまで、次のゲームをはじめることはできない。幸運を祈っている」

そういって全員に向かって鷹揚《おうよう》に笑いかけると、ジャックはダイニングルームから出ていった。

アンドレはげんなりして、ため息をついた。「母さんのいうとおりだったかもな。家出して時計島に逃げたのは、おまえの人生で最も愚かなことだった」

四人はみんなで協力することにした。ポイントが関係しないからだ。そろって家を出て、謎の王様を探すために島をめぐる。

まずは四時の〈ようこそ海岸〉からはじめ、そこから反時計まわりに三時の〈ツノメドリ岩〉

を過ぎて……一時の〈ピクニック場〉へ……。

それぞれにアイディアを出しては却下される。

時計島の王様だろ？

それならジャックじゃないのかな？　でも王冠《クラウン》はかぶっていない。いったいぼくらに、どうしろというんだろう？　ジャックの頭のてっぺん《クラウン》を切り落としてみるとか？

「ぼくならできる」と医師のダスティンがにやにや笑っていう。「以前にやったことがある」

「ジャックの頭を切るのはまだ早い」とアンドレ。「彫像や塑像《そぞう》がないか、見つけよう」

道のまんなかでふいにメラニーが立ちどまり、指をパチンと鳴らした。「時計島の王様。それって本のタイトルじゃなかった？」

「いいえ」とルーシー。「完全なタイトルは、『時計島の失われた王』よ。だけど……」

いっしょに過ごした最後の夜にクリストファーに読み聞かせをした本がそれだったのをルーシーは思い出した。クリストファーがその本を選んだのは、ジャケットの絵を気に入ったからだった。少年王が黒い馬に乗って、木々がにやにや笑う呪われた森を駆け抜けていく絵。少年王は黒い髪に黄金の冠をのせていた。クリストファーの髪も黒かったから、その本を選んだのだろう。

「ヒューゴの描いた絵が家じゅうに飾ってあるわよね」とルーシー。「たぶん、ジャケットの絵もあるんじゃない？　だれか、馬に乗った少年が森を抜けていく絵を覚えていない？」

アンドレが指を鳴らした。「ぼくの部屋の突き当たりだ。行こう」

みんなで家へ引き返す。出てきたときよりも足取りが速い。昨日の疲れが吹き飛んだようだ。

ルーシーの気分も上向きになる。じつは昨夜ヒューゴを「甘やかされたガキ」と呼んだことに、朝からずっとやましさを覚えていて、彼に借りたジャケットを着る気にもなれなかったのだ。

それでも彼をずっと避けていることはできない。家にもどり、みんなで階段を上がっていく。廊下を進んで、さらに短い階段を上がっていくと、突き当たりに置いてあるアンティークのバトラーズテーブル（執事が主人に給仕するために考案されたテーブル）の上に、その絵が掛かっていた。テーブルの上には古色《こしょく》蒼然《そうぜん》としたロイアルの黒いタイプライター。それに紙が一枚はさまっている。紙のてっぺんに〈見つけたな！〉と、言葉が印字してあった。

メラニーが慎重な手つきで、紙をタイプライターからはずした。裏にはこう書いてある。〈次のゲームは一時で二時にはじまる〉

アンドレが首を横に振って天井を見上げた。「普通の世界が恋しい」

「一時は〈ピクニック場〉」とルーシー。「ということは、そこへ午後二時に集まればいいってことじゃない？」

廊下の向こう端の部屋からジャックが顔を突き出した。「よくわかったな、正解だ」と不吉な声音でいってから、また消えた。

というわけで、ゲームの指示はわかった。メラニー、アンドレ、ダスティンは廊下を引き返して階段を下りていく。歩きながらメラニーがしゃべっている。

「子どものころにね、どうしてドロシーはオズの国を出てカンザスに帰りたいんだろうなって、ずっと不思議に思っていたの。その気持ちがいま、ようやくわかったわ」

三人してゲラゲラ笑っている。笑わないのはルーシーだけ。ひとり後に残って、暗い森を馬に乗って駆けていく少年の絵をじっと見ている。美しい絵で、ヒューゴの傑作のひとつだ。そこで思う。わたしはオズの国を出て、家に帰りたいなんて思わない。時計島だってそう。もしずっといていいのなら。

時計島では、やわらかな茶色の髪の女の子が、採ったばかりの星を長い木のスプーンでまんまる顔のお月様に食べさせている。

今朝ヒューゴをベッドから出したのは、その場面だった。よし、これはいい絵になりそうだ。奇妙さとせつなさの両方を感じさせる絵。ジャックの新作はこの絵でいけるんじゃないか？　まぁそれは別としても、心のなかのイメージがキャンバスの上で形になって息づいていくのを見るのは楽しい。レメディオス・バロの描く絵の雰囲気にちょっと似ている。子どもにアルファベットを教えるのはいくら早くてもかまわない。それと同様、スペイン出身でメキシコに移住した女性シュールレアリストについて子どもに教えるのに、早すぎることはないというのがヒューゴの持論だった。

ベッドから出て、もう何時間も絵を描き続けている。目覚めたのは朝の五時で、デイヴィの出てくる夢を一晩に千回も見たような気がした。そのことごとくが、ヒューゴに絵を描くよう、デイヴィが要求する夢なのだった。

ある夢のなかでは、ふたりとも子どもだった。ヒューゴはデイヴィのベッドのそばに椅子を持ってきてすわって、物語の本を読んできかせている。窓の外を何匹ものサメが泳いで通り過ぎていき、ベッドのフットボードには小鳥たちがとまっている。どういうわけか、夢のなかにルーシー・ハートも登場した。部屋に入ってきてにっこり笑い、今度は自分が読んであげる番だとヒューゴにいった。その本の表紙に、この場面が描かれていた――まんまる顔のお月様、スプーン、星々、そして子ども時代のルーシーにちょっと似ている女の子。

意識に突然のぼってくるイメージから何かを導き出す。そういうことをヒューゴはこれまで一度もしたことがない。象徴化や理論化は美術評論を生業《なりわい》とする人間に任せておけばいい。自分は夢を見る。想像する。絵を描く。そこにどんな意味があるのか、なんてきかないでほしい。そんなのは知ったことじゃない。大事なのは、昨夜見たのがいい夢だったこと。目覚めたとき、ずっと夢のなかにいたかったと、そう思った。夜のあいだだけデイヴィが生き返って、ルーシーが本を読んでやっていた。その本を自分の両手で持ちたいとヒューゴは思った。

デイヴィ……なんだって、おまえがこんなに恋しいんだ。もう長い年月が経っているというのに、いまでも気がつくと、「どこだ、デイヴィ？　どこに行ったんだ？」とささやいている自分がいる。

デイヴィが生きていたころは、型にはまった子どもの本を、弟に読み聞かせする時間が退屈でたまらなかった。けれどいま、あともう一冊デイヴィに読み聞かせができるなら、命を差しだしてもいい。当時デイヴィのお気に入りは『ポッパーさんとペンギン・ファミリー』で、毎晩一章ずつ読んで、数週間で最後まで読み終わると、また第一章にもどって読み聞かせた。

さすがに飽きてきて、ほかに弟が好きそうな本がないかと思った。それで、地元の教会で開催されたがらくた市に行って、子ども向けの安い古本を手に入れることにした。すると、あるテーブルに時計島の本が山のように積んであった。そういうタイトルをヒューゴはきいたことがなかったが、四冊で一ポンドという破格の値段を見て、試してみない手はないと思ったのだった。

あの日、たった一ポンドで手に入れた本が、その後の人生を大きく変えた。

ヒューゴはファンブラシに月光色の絵の具をのせた。デイヴィの出てくる夢はもう長いこと見ておらず、昨夜はほんとうに久しぶりだった。しかし、なぜ昨夜？　そうか、ルーシーだ。彼女にデイヴィのことを話した。きかれもしないのに。それに、ばかみたいに彼女のあとをつけて〈セカンドハンドの町〉へ行った。無事を確かめるためと自分にいいきかせながら、自分が彼女を傷つけてしまった。

もう一度、ヒューゴは必要以上に筆をきれいに洗う。そろそろコーヒーと、顔に強烈なパンチが必要だろう。昔パイパーにいわれた。あなたが語るのは美術のことだけにして、重要な問題は大人に任せなさい。そう、あの助言を守るべきだったのだ。アトリエを出ていきながら、窓に目を向けたところ、ルーシー・ハートの姿が目に入った。ゲストハウスの前に広がる岩がちの浜を歩いている。背後では、カモメたちが海面に急降下しては、また上空へ舞い上がっている。

出ていって、昨夜の件を謝ろうか。夢をぶち壊してすまなかったと。しかしそこに邪心はないかと、自分の胸にきく。おまえは彼女に許しを乞いたいのか？　償いをしようというのか？　それとも、どうしようもないほど彼女に惹かれて近づきたいだけなのか？　だれかが自分を個人的に好いているかどうか、そんなことを気にするのは、とうの昔にやめたはずだ。まったく情けない。

やめよう。余計なことはしないで放っておく。以上。

コーヒーを飲んでしっかりしようと思い、歩きだしたところが、もうひとり、ゲームの参加者が目に入って、また足をとめる。ボストンからやってきた医師……ダスティンだったか？　そうだ。そのダスティンがルーシーに近づいていって、腕をつかんだ。

ヒューゴは窓辺に寄って、窓を細くあけた。別に盗み聞きをしようというわけじゃない。風を入れるだけだ。

「本気でいってるのか？」とダスティン。ずいぶんと偉そうな威嚇《いかく》口調だった。「正気か？」そういって、左右のこめかみを指でぎゅっと押さえ、たったいま、ルーシーに頭を撃ち抜かれたというように、両手をぱっと離した。

「弁護士の話をきいたでしょ。それは不正よ。ふたりとも失格になる。わたしは不正をしたくないし、失格にもなりたくない。あなたはどうなの？」うんざりするほど物わかりの悪い生徒にいいきかせる、教師の口調になっている。

「不正じゃない。これはチームワークだ。さっきもみんなで力を合わせた。それと何も違わない」

「あれはポイントを獲得するゲームじゃなかった。ジャックのお遊びのひとつ」

ダスティンはあきれて目をぐるんとさせて空を見上げた。「おいおい、きみは金が欲しいんじゃなかったのか、それともいらないのか？」

「わたしは本を勝ち取りたい。でも出版する見こみのまったくない、単なるコレクターには売りたくない。子どもたちがずっと楽しみに待って——」

「そんなことを気にしている場合か？　あの弁護士は八桁出すといってるんだぞ。ふたりで山分けしても、最低でもひとり一千万ドル」

「気にしないほうがどうかしている」ルーシーがいった。ヒューゴは彼女の意地に拍手を贈りたかった。

「高潔な人間を気取るなよ、ルーシー。きみは一文無しだって、マーカムからきいてる。まあ、ぼくも同じなんだが」

「とにかく、お断り」

「なるほど、見かけどおり、ばかな女ってわけだ」

そのへんにしておけと、ヒューゴは思う。アトリエのドアを抜けて、まっすぐ浜辺へ向かう。

「ルーシー」大声で呼んだ。ルーシーの口があんぐりとあく。ダスティンがふりかえり、すさまじい形相でヒューゴをにらみつける。「大丈夫かい？」とヒューゴ。

「彼女なら大丈夫。割りこまないでほしい」とダスティン。「プライベートな話をしている」

「いや、話をしているのはルーシーだ。きみはごり押ししているだけだ」

ダスティンがあざ笑う。「プレイヤーどうしが話をするのは許されているはずですよ」

「きみがしているのは話じゃない。このゲームで一番勝ち目がある人間を利用しようと脅しているだけだ。まあ無理もないだろう。マーカムは俺にも連絡してきた。じつに心引かれる提案だった」

「ほらね？」ダスティンはルーシーにいう。「彼は頭がいい」

「そう、俺はばかじゃない。ルーシーだってそうだ。しかもあんたより上等な頭を持っている。でなけりゃ、あんたは彼女を脅して、その力を借りようとはしないはずだ」

「ぼくは医師だ。いつもクラスでトップだった。そんな話に耳を貸す必要はない。もうこんな島とはおさらばだ」そういってぱっと両手を上げると、走り去っていった。

ダスティンがいなくなったところで、ヒューゴはルーシーに向き直った。「たいした貴公子だ」

ルーシーは少々面食らっている。「昨日も今朝も、感じのいい人だと思ったのに。信じられない」

「男のなかには、負けるとどうしていいかわからなくなるやつがいる。職員室では、そういう子どもをなんと呼ぶのかな？　負けっぷりの悪い子？　負け惜しみの減らず口？」

ルーシーはいたたまれない気持ちで相手の顔を見た。「あなたを探しに来たんです。あの、昨日のことを謝ろうと思って。つまり、その……」

「シングルマザーのもとで、カビだらけの公営アパートで育った男を『甘やかされたガキ』と呼んだことかな？」

「ええ、ええ」弱々しい声でいった。「まさしくそれです。昨夜は少し興奮してしまって」

「いわれて当然だ」

「いいえ、そんなことありません。ただ、わたしは……このゲームは、わたしが少しでも前へ進む唯一のチャンスなんです」

「わかるよ。ものすごくよく。だからもう何もいわなくていい」

「ありがとうございます」ルーシーはうなずき、それから周囲に目を走らせた。何かいおうとして、やっぱりやめようと口をつぐむ、そんな感じだった。何をいおうとしたのか、教えてくれるならヒューゴは八桁の額を払っただろう。「えっと、そろそろわたし、家にもどったほうがいいですね」

「送っていくよ」とヒューゴ。「ボディガードが必要だ。また別の輩《やから》が、数百万ドルの陰謀に加われと無理強いしてくるかもしれない」

「映画で観るような楽しいもんじゃありませんね。がっかり」

ヒューゴはルーシーを連れて、浜辺を歩いて家に向かう。雲を切り裂いてのびてきた日差しが、海面のそこここで、きらきらと踊っている。海から吹くそよ風は温かく穏やかだった。ヒューゴの胸になじみのない感情が湧き上がってくる。幸福感？　違う。希望？　それも少し違う気がするが、まあそんなようなものだろう。

「正直いって」ヒューゴは切り出した。「きみが一千万ドル以上を手にするチャンスを断ったのには感服した」

ルーシーは首を横に振った。「もし相手がケツの穴じゃなかったら、断れなかったかも」

「小さい子を教える先生が、〝ケツの穴〟なんて言葉をつかっていいのかい？」

「いまはオフですから。勤務中だったら、〝お尻の穴〟ですね」

「クイーン・マムというのはどうだい？」

「クイーン・マム?」

「韻をつかったコックニーのスラングだ。マムはバム（ろくでなし）と同じ韻」

「覚えておきます。子どもが喜びそう」

「ジャック・アンド・ダニーがどういう意味かはきかないでくれ」そういってヒューゴは片目をつぶってみせる。

「そんなことといわれたら、絶対知りたくなる」ルーシーはそういって、相手に軽い肘鉄を食らわせた。ヒューゴは悪い気はしなかった。

「代わりに、きみに絵を描いてあげよう」

「それはぜひぜひ。数百万ドルで売って、新しい靴を買おうっと」

「流通市場での俺の人気を買いかぶりすぎている」

「それじゃあ、数百ドルで売って、新しい靴を買おうかしら?」

「よし、だいぶ近づいてきた」そういって、ヒューゴはルーシーに笑顔を見せた。笑顔? この俺が? なんてこった、にやけてやがる。

ルーシー・ハートには近づかないと誓った、その舌の根も乾かぬうちに。

ずっと昔、時計島の本のなかに、巻末に折りたたんだポスターのついているものがあった。ルーシーはそれをていねいに切り取って広げ、ベッドの上に飾っていた。何時間も見入ったその繊《せん》細《さい》なタッチの絵には、奇妙な石造りの塔のなかに少女がすわって、窓から時計島を眺めている場

面が描かれていた。その少女のもとに、かぎ爪でメモをつかんだカラスが空を飛んで向かってい
る。『時計島の王女』というタイトルで、シリーズの三十巻目。絵はすべてヒューゴ・リースが
描いていた。

ルーシーはその本が大好きで、ポスターも大好きで、そこに描かれている少女、時計島の王女
になりたかった。十四歳から十六歳まで、自分はその絵の下で眠っていたのだと、ヒューゴには
いっていない。その画家と、いまここでこうして、時計島の浜辺を散策している。まるで昔なじ
みのように。自分はヒューゴ・リースの友であると、そう考えるのはうれしかった。もし事情が
違っていれば——いまとはがらりと違っていたら……いや、そんなことは考えられない。クリス
トファーがわたしを必要としている。いま大事なのはそれだけ。

「また助けてもらっちゃいましたね。ありがとうございます」ふいに訪れた気まずい沈黙を破ろ
うとして、ルーシーはいった。

「ふたりがアトリエの外で口論していた。俺は絵を描くのに疲れていた。だから気晴らしにと、
そんな勝手な理由で出ていっただけだ」

「ずっとゲストハウスで暮らしているんですか？　それとも、あそこはアトリエとしてつかって
いるだけ？」

「あそこに住んでる。あそこで仕事をして、あそこで仕事をさぼる。どうして？」

「てっきり、本宅のほうで暮らしているのかと。ジャックといっしょに——」

「違う、違う、違うって」ヒューゴが片手を上げた。「おかしな噂が広まっているのは知ってる

し、面白おかしくジョークのネタにされているのも知っている。確かにジャックはゲイだ。だが、俺は違う。たとえゲイだったとしても、ジャックは俺にとって父親のような存在であって、それ以外何もない」

ルーシーはゲラゲラ笑った。「違いますよ。そういうことをいったんじゃありません。ただ、あんなに大きな家があるのにって」

「大きな家は、牢獄の同意語だ」

「そんなことないでしょう。あんなに美しい家」浜辺の歩道を出て、家に通じる砂利道に入った。

ルーシーはもうちょっと突っこんできたかったのだが、失礼なことはいいたくない。それでも好奇心には抗《あらが》えなかった。

「あの……ひとつ、不思議に思っていることが。本のイラストを描く画家が、その本の作家といっしょに暮らすというのは、当たり前のことなんですか？　違っていたらごめんなさい」

ヒューゴは気分を害してはいないようだった。「当たり前じゃないよ。だがジャックは何をとっても当たり前の人間じゃない。弟にせがまれてコンテストに応募した話はしたよね？　その二年後に弟が死んだ。もともと俺は若いころから、仲間たちとつるんで少々ハメをはずす嫌いはあったんだが、デイヴィが死んで、完全にレールからはずれた。酒、ドラッグ、仕事。仕事を終えるためにコカインをやる。仕事を忘れて眠るためにウィスキーをがぶ飲みする。悪い組み合わせだ」

「そんな……」

ヒューゴはルーシーと目を合わせようとしない。ルーシーが目を合わせようとしているのがわかっていても。「死に神と戯《たわむ》れの恋をしていたわけだ。ジャックがそれを見て、仲を引き裂きに入った。あの部屋でね」ジャックが物語工場と呼んでいる部屋だとルーシーにはわかった。

「おつらかったでしょうね」

「弟の死は、俺の人生に起きた最悪の事件だったが、ジャックとの出会いは俺の人生に起きた最善の事件だった。俺をすわらせて、ジャックは切々と訴えかけてきた。きみのような才能を持つ人間が、それを無駄にすることは許されない。救貧院の前で札束を燃やすようなもので、残酷なだけでなく、鼻持ちならないという。その言葉が俺の胸に刺さった。デイヴィが生まれてすぐ父は蒸発して、以来母親が昼も夜も働いた。一ペニーだって喉から手が出るほど欲しい、そんな思いで家族が暮らす、うちのアパートの前で現金を燃やしている男がいる。それは……」

「ええ、ええ、とても身につまされます」

ヒューゴは地面に目を落とし、砂を蹴りながら重たい足取りで小道を歩いていく。「ジャックの編集者は俺をクビにしたかった。何しろ作家は健全な子どもの本を書いているというのに、その本のイラストを描いている人間が更生中。あまり外聞のいいもんじゃない」

「健全？　ジャックの本に出てくる子どもたちは、逃亡、不法侵入、規則破りなどやりたい放題。魔女とつるんだり、海賊と戦ったり、家出をしたり、宝物を盗んだり。それでいてみんなご褒美をもらえるんですよ」

「だろ？　きみは書評家たちよりジャックの作品を理解している」そういってヒューゴはルーシーに軽く肘鉄を食らわせた。ルーシーはうれしかったが、あまり調子に乗らないようにする。

「ジャックは俺をクビにするのを拒否した。クビにするなら、時計島シリーズはもう終わりだといった。信じられなかった。こんな自分のために、まだ生きている世界一有名な作家が、あえて批判に身をさらすなんて。身の縮む思いだったよ。ジャックは俺を更生させた。以来俺はずっとまともな生活をしているってわけだ」

「つらい時期をよく乗り越えられましたね。ご自分を誇りに思うべきです」

「ジャックをがっかりさせるわけにはいかなかった。俺のためにそこまでやってくれたわけだから。ジャックと仕事をはじめることになったとき、新しい本の表紙絵を描くために、数か月だけゲストハウスで暮らしていた」

「わたし、そのときにお会いしたんですね」とルーシー。

「そして六年半前、ジャックが壁にぶつかったとき、ここにもどってきた。以来ずっと、ここにいる。ジャックをひとりぼっちでこの島に置いておくなんて、考えただけで耐えられなかった。もうすっかり乗り越えたと本人ははっきり宣言していて、そうだったらいいと思う。いずれにしろ、そろそろ俺も、自分の人生を生きないといけない」

「ここを出ていくということですか？」ルーシーには信じられなかった。時計島をだれが出ていきたいと思うだろう。「なぜ？」

「ここに永遠にいるわけには行かない、だろ？」

「どうして、いちゃいけないんですか?」

ヒューゴはその質問を無視した。「まあ、ここを出たら、絵に影響が出るかもしれないという心配はある。自分でいいと思える作品はすべて、ここで描いたから。ここにいれば、とことんみじめになれるからだろう」

「時計島にいながら、どうしてみじめになんてなれるんですか?」

「どこにいたって、俺はみじめになれる。仕事の性質上ね」

ルーシーはヒューゴのわき腹を肘で突っついた。「そんなの絶対信じない」

「じゃあ幸せなアーティストの名前を上げてごらん。さあ」

ルーシーは顔をしかめて真剣に考え、これまできいたことのある芸術家について知っていることをすべて思い出そうとする。ひとり頭に浮かんで、指を一本立てる。

「ドガ?」とルーシー。「美しいバレエの踊り子をたくさん描きましたよね」

「ああ。だが彼はバレエの踊り子をはじめ、女全般を忌み嫌っていた。悪名高い女性蔑視者。厭世家との定評もあったね。はい、次」

「えっと……ゴッホはみじめな暮らしをしていたって知っています。じゃあモネは?」

「妻ふたりに死なれている。息子も死んだ。生涯経済的に困窮していた。視力を失った。はい、あとひとりだけ」

ルーシーはさらによく考えた。そしてとうとう指をパチンと鳴らした。

「わかった――ボブ・ロス」

ヒューゴはルーシーの顔を見据えた。「よろしい。それは正解としよう」

「勝った。このゲームはわたしの勝利」

「残念だが、ポイントはつかない」

「かまいません。いずれ勝利に酔えますから」ルーシーはいった。空では太陽が高い位置にのぼっていた。温かい日差しが、時計島のあらゆる時間、分、秒に口づけしている。

「笑顔になったね」とヒューゴ。

「あなたもです」

「俺が？」

「あなたは大変な才能に恵まれた画家ですけど、みじめなふりをするのは、ご自分で思っているほど上手じゃありません」

「異議あり」

「思うに、アーティストって、文句ばっかりいってる気がします」とルーシー。

「まあ……確かに、状況は上向きになってきているとは認めよう」

「ジャックがまた書きはじめたから？」

するとヒューゴがルーシーにまた笑顔を向けた。その笑みで、陽光が少しまぶしさを増した。

「そう。確かに」とヒューゴ。ジャックのことだけをいっているのでなければいいと、ルーシーは心の片隅で思う。

「ダイニングルームでお茶でもいかがですか？」家に入ったところでルーシーがきいた。

「またの機会にしよう。ジャックに話をしないと」

「わたしに話とは、なんだね？」

ふたりがそろってふりかえると、ジャックがいた。ちょうど廊下からダイニングに入ってくるところだった。

「やあ、ルーシー」とジャック。

「問題発生だ」ルーシーにしゃべらせずにヒューゴがいった。

「問題はいやだな」とジャック。「われわれは問題なしに、一日も過ごすことはできないのかねえ」

「あの、ヒューゴ――」ルーシーがいいかける。「あれは――」

「フェリーを呼ばないといけない」ルーシーを無視してヒューゴがいった。「善良な医師ダスティンが自分から失格になった」

「ジャック、わたしは――」ルーシーがまたいいかける。

「やつを守る必要はない」とヒューゴ。「同じ状況になっても、やつはきみを守りはしない。いいかジャック、ダスティンが不正行為にルーシーを誘ったんだ。そうしてルーシーが断ったところ、あまり紳士的とはいえない反撃に出た」

状況を理解するまでに、ジャックは少々時間がかかった。このニュースに心を痛めているのだろうと、ルーシーは想像する。メラニー、アンドレ、ダスティン、そして自分。四人を見るジャックのまなざしは、子どもを見るようだったのを覚えている。まるで全員が自分の子どもであるかのようだった。

「フェリーを呼んでくれ」ジャックはいって、ため息をついた。ヒューゴはポケットからスマートフォンを取り出して玄関先へ出ていった。

「ごめんなさい」とルーシー。

「謝る必要なんかない」とジャック。「時計島のふたつ目のルールをダスティンが忘れたのは、きみのせいじゃない。『つねにマスターマインドを信じろ。彼はきみの味方だ。一見そうとは思えなくても』」

18

ルーシーは時間をかけてシャワーを浴びた。昨夜と今朝にたまったストレスを全部洗い流したかった。バスルームから出たところで、ドアの下にメモがはさまっているのに気づいた。もしやダスティンかと、ぞっとする。腹いせの置き土産《みやげ》かもしれないと思い、手に取るのをためらった。しかしよく見れば紙の色は水色で、ジャックの愛用している文房具だった。それで思い切ってひらいてみた。〈ドアの外に贈り物。脅《おび》えないで。かみつきやしない〉と書かれている。

書き手のイニシャルがあった。H・Rに（人事部《Human Resources》ではない）という注意書きまで添えられている。

ドアをあけると、ダンボールの箱がひとつ置いてあった。取り上げて、片手でドアを閉めてから、ベッドのところへ持っていく。ヒューゴがいったい何をくれたのだろう？　ルーシーは箱をあけた。

靴。それだけ。女性もののハイキングブーツだった。濃い茶色の革で、ここがメイン州であることを改めて思いおこさせるL.L.Beanのタグがついている。注意して見るとわずかに使用感があるが、それを除けば申し分ない。

ありがたく受け取るべきなのはわかっているのに、素直に感謝できない。自分が人間のくずのように思えた。

ベッドに腰を下ろして、まじまじと靴を見下ろす。今日はヒューゴと、まるで恋人どうしのような時間を過ごしたと、そう思っていた自分がばかみたいだった。ヒューゴがダスティンのぞっとする策略から救ってくれ、そのあともボディガード役を買って出てくれ、それをわたしは喜んで受けた。でも、靴を恵んでもらうというのは……。喜べない。同情されているとしか思えない。まるで施しのようで、ヒューゴは、そんなことを一番してほしくない相手だった。いい人。ただそれだけのこと。優しくしてくれるのは、彼がいい人だからであって、自分を好いているからではない。もし好いてくれているのだとしても、それに対してどうするか悩むなんて、お門違いもいいところ。有名なアーティストに永遠の片思いをするなんていうのは、いまの自分に最も余計なことだった。

そこでルーシーは思い出した。そうだ、彼も以前は一文無しだった。それがどれだけつらいか知っている。お金がないなか母親が身を粉《こ》にして働いていた。そういうことなら、この靴は施しではなく、仲間意識から出た真心の贈り物だ。そう思っても完全にすっきりするわけではないが、ここは大人になって素直に受け取ることにする。新品同様の上等なブーツを受け取らないのは、恩知らずか愚か者だけだ。いま履いている靴の底がぱっくり口をあけているならなおさらだ。

ジーンズのポケットからスマートフォンを取り出して、テレサに短いメッセージを送る。

ばかな真似はやめろといって。

返事がくるとは思っていなかったのに、すぐに最初のメッセージが入った。時間を確認すると、レッドウッドは午前六時四十五分。おそらくテレサは十五分前に起きたばかりだ。

子どもたちに、〝ばか〟という言葉をつかうなと教えているんだから、あなたもその言葉はつかわないこと。

ルーシーはすぐに返事を打つ。〝ゲームに勝利することだけを考えて、よそ見をするな〟とそういって。でなかったら、島にいるあいだ、この男のことを考えるのをやめられるようなことを何かいって。

テレサは即電話をかけてきた。ルーシーは笑って電話に出る。こちらが「もしもし」もいわないうちに、テレサが開口一番きいてきた。「だれ、その男?」

「おはよう」とルーシー。

「おはようなんて、どうでもいい。だれなのよ?　ゲームの参加者?」

「名前はヒューゴ・リース。時計島の本の絵を描いている。でもって、すごいハンサム」

「待って、見てみる」しばしの間。おそらくヒューゴの名前でググっているのだろう。数秒が過ぎた。そして「イケてる。いやそれどころじゃない。セクシーな大学教授って感じ」

「いまはね」とルーシー。「最初にここに来たときにも会っているの。でもそのときは、九〇年代のパンクバンドでギターを弾いているという感じだった。両腕にびっしりタトゥー」

「それも見ないと」ヒューゴの若いころの写真をテレサが探しているあいだ、ルーシーは待つ。

「うわ、ちょっと、これヤバッ……」いい写真を見つけたに違いない。

「イギリス人よ」

「ウィリアム王子みたいな？」

ルーシーはちょっと考える。「どちらかというと、パブの外でウィリアム王子を殴る男って感じかな」

「なおさらいいじゃない」

ルーシーは声を上げて笑った。テレサならきっと気分を上向きにしてくれるとわかっていた。

「あなたに気があるの？」とテレサ。

「そうは思わない」とルーシー。「でも、靴を一足くれた」

「え……靴？　どういうこと？」

「もしかして料理しながら話してる？」そうきいたのは、背後で鍋やフライパンのぶつかる音がしているからだ。

「わたしは小さい子たちの教師よ。マルチタスクはお手の物、八本足のタコ並みよ。いいから話して」

ルーシーはこれまでに起きたことをすべて話した。上着を貸してくれたこと、弁護士にからまれたこと、「甘やかされたガキ」といってしまったこと、ダスティンから助けてもらい、靴をもらったことまで。

「気がある」テレサが結論を出した。

「靴は同情じゃなくて、こちらの気を引くためだっていうの？」

「マーティンは、わたしの気を引くために、水槽を買ってくれた。男ってね、女に夢中になると、もうわけがわからなくなるの。靴をもらったんなら、おかえしはパンティね」

「ちょっとテレサ、幼稚園の先生が何をいうの」

「先生だけど、夫もいる。彼をつかまえなさい」

「わたしは夫をつかまえに、ここにやってきたんじゃない。そこを忘れないで。あなたはわたしに、勝負から目をそらすなといってくれないと。クリストファーのためにがんばってるんだから」

「あのね、勝負に勝って手にできるものはひとつとは限らないの。特にあなたの場合はね。ゲームに勝つ。そして子どもと大人、両方の男を手に入れる。以上」

ルーシーは額をこすった。「テレサ。これじゃ、逆効果」

「だったらわたしじゃなく、別の愚か者に電話をかけなさい。わたしは頭がよすぎて、恋にうつつを抜かすな、なんていえない。恋愛上等。どんどんおやりなさい。彼に水槽を買わせるのよ、ルーシー」

「大好きよ」とルーシー。「常軌を逸している、そんなあなたが大好き。自分がばかみたいに思えて自己嫌悪に陥っていたのが、少し気分が軽くなった」

「ばかみたいじゃなくて、あなたはばか。それを忘れないで。わたしだってあなたが大好き。いい子ちゃんでいるのはいいけど、優等生になりすぎないこと」

「あなたもね」そこで電話は終わった。

テレサと話すと元気が出る。ルーシーはコンバースのスニーカーを脱いでベッドの下へ放り投げた。一番厚手の靴下を見つけて、それをまず穿《は》いてから、ブーツを履く。足にぴったりだった。この新品同様のハイキングブーツがあれば、島のあちこちを長時間めぐり歩くのもずっと楽だろう。全身を鏡に映してみる。赤のスキニージーンズ――グッドウィルで見つけた――とお気に入りの黒のクルーネックセーター――ショーンから昔もらったもの――と見事にマッチして、すごく素敵だ。

歯を磨き終わったときには、もう二時近くになっていた。ルーシーは一時の〈ピクニック場〉まで歩いていく。

アンドレとメラニーがいた。ダスティンはいない。

「ルーシー、こちらへどうぞ」アンドレがいって、パチパチパチと拍手をする。「きみは今朝の難問を解いたうえに、ダスティンも排除した」

「そんなつもりはなかった」

「褒めているのよ」とメラニー。「彼が不正行為の相手に選んだのは、わたしたちではなくあなただった」

「そうね、幸運が続いてるから」いいながら、やはりほめ言葉としては妙だと思う。とはいえ最初のゲームで勝利して、今朝の難問も解いた。もし次のゲームも勝ち取れば、優勝まで半ばということになる。あと一、二日で勝負がつく。

ジャックが小道をやってきて、ピクニック場のテーブルの前に立った。その横に革の書類入れを脇に抱えたミズ・ハイドが立つ。

「やあみんな、ご苦労。承知のとおり、プレイヤーがひとり減った」とジャック。「ダスティンは一時間前に去ったよ。ルーシー、きみに心から謝罪すると、そういっていた。どうやら彼は、SLSD症候群だったようだ。Student Loan Stress Disorder. 要するに奨学金の返済に苦しんでいたんだ」

「いいんです」とルーシー。「もう恨んでいません」

「みなさん、もう一度思い出してください」ミズ・ハイドがいう。「いかなる形であれ、不正行為——並びに不正を試みようとしただけで、ただちに失格となります」

「まったく残念だ」ジャックがいった。憂鬱《ゆううつ》な口調だった。「個人的には、カンニングも嘘も盗みも、わたしは賛成なんだがね。そもそも本のアイディアをわたしがどうやって得ていると思う?」

「いまのはジョークです」とミズ・ハイド。「ミスター・マスターソンに対して、これまで信憑《しんぴょう》性のある盗作疑惑はひとつも上がっておりません」

「ジョークだって、みんなわかってるさ」とジャック。それからパチンと手を打ち、両手をごしごしこすりあわせ、不吉な笑いを浮かべていった。「さて、つまらん話はもう忘れて、新しいゲームをしようじゃないか」

ミズ・ハイドが書類入れをひらき、参加者に紙を一枚ずつ配る。

「このリストはなんですか？」アンドレがきいた。「まったく不可能な借り物ゲーム？ ちょっと、待って。だれにも集められないものを、ぼくらに集めてこいって、そういうこと？ いったいどうやって？」

ルーシーは自分に配られた紙を受け取って、そこに並ぶ品物に目をやる。

A wheelbarrow for a fairy garden（妖精の庭用手押し車）
The wind under a kite（凧を空高く上げる風）
A solid-black checkerboard（黒一色のチェス盤）

「九本脚のクモですって？」メラニーがいった。「冗談でしょ？ わたしの頭が正気を失ったのか、このリストが狂っているのか、そのどっちかでしょ」

「まあ、そうだろう。わたしでもそう思う。このリストの秘密を暴いたら、二点獲得。今回は二位にはポイントはつかない」

「ジャック、ヒントが欲しい」とアンドレ。「オリガミのサラミや秘密を持った魚を追いかけるのに一日を費やすなんて冗談じゃない」

「お願い」メラニーも懇願《こんがん》の目で訴える。「最初のゲームが終わってから、自分がどうしようもない愚か者に思えてるの。あとから見れば、なーんだそんな簡単な話となるのよね。きっと今度もその手のものだと思うけれど、今回はもうちょっとわかりやすくスタートしてくれないかしら」

そういってにっこり笑ったものの、そこまで懇願する自分を恥じるような、緊張した笑みだった。そこでルーシーは思う。メラニーもわたしと同じぐらい、切実に本を勝ち取りたいのだろうか。

「ああ、だが人生なんてそんなものだよ」とジャック。「後悔先に立たずという言葉がある。実際そのとおりだ。まちがったことをしでかしてはじめて、正しいことがわかる。セーレン・キルケゴールの、偉大だが、ほぼ理解不能とされている言葉を引こう。『人生は後ろ向きにしかわからない。しかし人は前へ向かって生きていかねばならない』。あるいは作家ならだれでも知っているように、最後まで読まないと最初は理解できないと、そういってもいい。というわけで、ヒントはこれですべてだ。さあ借り物ゲームのはじまりはじまり」

三人のプレイヤーはリストを何度も何度も読み直す。

A crying wolf（めそめそ泣いているオオカミ）

An assortment of octopi（タコいろいろ）

　ルーシーは声を上げて笑いたかった。しかしこのばかげているような言葉に、大きなものがかかっている。最初のふたつのゲームが簡単に思えたから、自分はきっと勝てるだろうと心の隅で思っていた。ところがここに来て、いきなり胃が重くなった。どうすればいいのか、さっぱりわからない。

「何かトリックがあるはず」とメラニー。「そうですよね？」

　ミズ・ハイドはゴホンとせきばらいをしてから、くるりとみんなに背を向けて、ジャックのあとについて家へもどっていく。

「そうだ」メラニーがいう。「教え合っちゃいけないんだ。わたしはどこかほかの場所で考えることにするわ」

　メラニーは小道の一本を適当に選んで歩み去った。その一方でアンドレは、ルーシーが悔しくなるほど自信に満ちた顔で、また別の小道を歩いていく。まぶしい陽光と心地よいそよ風。海は穏やかで、たくさんの鳥たちが上昇気流に乗って空を舞っている。それなのにプレイヤーたちの目はリストしか見ていない。

　ルーシーはピクニック場にとどまって、何度もリストの言葉を読んでいる。メラニーのいうとおりだ。これには何かトリックがある。両義にとれる言葉。実際は一目瞭然のはずが、自分には気づかない何か。最初に思ったのはスマートフォンでフレーズをグーグル検索してみることだった。それで何か手がかりが得られるかもしれない。しかしそれは不正行為だ。

そもそもインターネットが役に立つとは思えない。本のストーリーと同じように、このゲームはすべてジャックが自分で考え出したものだろう。本のなかに出てくる問題と同じなら、子どもでも解けるものであるはずだった。

じゃあ、何？　このリストに何が隠れているの？

借り物ゲームというのは、宝物探しと同じよね？　それでルーシーは、まずセカンドハンドの町へ行ってみることにした。〈レッドローバーの宝物探し道具店〉は、ゴールドラッシュの時代にカリフォルニアにあった鉱山労働者の小屋を漫画チックにつくったもの。屋根はかしいで、壁はベニヤ板の継ぎはぎで、看板は手描き。けれど窓から覗いてみると、どの棚もからっぽだった。

これじゃあ、なんの助けにもならない。

ルーシーはサウィン駅に向かう線路に沿って歩き続ける。すると線路は、森の空き地のまんなかで突然終わってしまった。野の花が伸び放題の野原。これはこれできれいだけれど、本に出てくるサウィン駅とは違う。塔がない。カボチャの王座もない。オクトーバー卿とその奥方もいない。どこへも着かない線路があるばかりだった。

ルーシーは野草の咲く野原のまんなかに腰を下ろした。アリやハチには充分気をつける。もう一度リストに目を落とすが、何もピンと来るものはない。

A chicken-fried Kentuckian?（唐揚げにしたケンタッキー州人？）

ジャック、いったい何をたくらんでいるの？　ルーシーは心のなかでつぶやいた。

わかる人には、答えは火を見るより明らかなのだろうが、わたしにはわからない。ほかのだれかがこの回を勝ち取って、わたしの幸運続きもそこで終わる。勝ち目があるなんてヒューゴはいっていたけれど、それは見立て違いで、結局負けたらどうするんだろう。それもこの回だけでなく、ゲーム自体に敗北したら？　そうしたらレッドウッドにもどって、関節痛になるまでひたすらマフラーを編んでネットで売り、一週間に二回、目眩《めまい》を起こさずに血漿《けっしょう》を売れるよう、安いスパゲッティでカーボローディングに励みながら、自分のほんとうの人生がはじまるのを待つしかない。わたしのほんとうの人生は、クリストファーが自分の息子になるまではじまらないと、そういいきかせながら。

クリストファーは永遠に自分の息子にはならないと決まったら、わたしのほんとうの人生も永遠にはじまらないのだろうか？　いっしょに暮らすことを夢見て、いつかそうなるからとあの子に約束した。夢見ているのは、ばかみたいに単純な暮らしだ。お城なんていらない。塔もいらない。魔法の島々もいらない。寝室のふたつあるアパートで、まともに動く中古車があればいい。それだけでいいのに、doll condo（人形用アパート）とか、loaf of cat（ネコのパン）とか、わけのわからない言葉が何を表しているのかわからない悪い頭のせいで、そんな小さな夢にさえ手が届かない。

じかにすわっている地面の冷たさと固さが身に染みてきて、足がしびれた。立ち上がってジーンズの尻を払う。じっとすわっているのに耐えられず、涙をこらえて森のなかをあてもなく歩きだす。借り物競走の参加者はだれも一箇所にじっとすわっていたりしない。じきに森の木々はまばらになって、海辺に特有の植物が丈高く伸びる一角に出てきた。石の道は終わって、その先は厚板でできた橋になっている。その橋を渡って、道なりに曲がって歩いていくと、五十ヤードほど先に灯台が立っているのが見えた。

大きくはないが、とても愛らしい。高さは二十五フィートほどで、てっぺんに鮮やかな赤色の丸天井がついている。灯台が赤い帽子をかぶっているようで、なんとも愉快だ。まぶしい日差しのなかに立ち、身の締まるような風に髪をなびかせていると、顔にあかぎれができそうだった。ジャックのリビングルームにあった時計では、灯台はてっぺんに描かれていたのを思い出す。

真昼と真夜中を示す灯台には、外に梯子《はしご》がついていて、展望台までのぼれるようになっていた。ルーシーはジーンズで手をふいてから、梯子をつかんだ。てっぺんまで上がってみると、地上から見たよりずっと高いとわかった。最初は目がくらんだが、手すりにしっかりつかまってから、海をじっと見やる。

見事な眺望。青、灰、金、銀とさまざまな色をまとう海。銀色の雲の陰で太陽がかくれんぼをしている。感動していいはずなのに、いまルーシーの目の前には、のっぺらぼうのレンガの壁が立ちふさがっているようで、本来なら感じとれる喜びを完全にさえぎっている。一分が瞬《また》く間に過ぎていく。チクタク、チクタク。時間がどんどん減っていく。アンドレのまなざしに浮かんでいたあの自信。きっと彼はもう正解の半ばまでたどりついているのだろう。わたしがスタートラインでぐずぐずしているあいだに。

最初の夜、ジャックは集まったみんなに、きみたちは時計島でゲームを楽しむのだといっていた。それが本の世界と同じだったら、どんなにいいだろう。シリーズに出てくる子どもの願いは、最終的にはみんな叶う。ただし……いつもそうではなかったと、ルーシーは思い出した。子どもたちには叶えたい願いがあるのだけれど、結末に至って、はじめに願っていたのとは違うもの、それよりよいものを手にする場合がある。そんなものが欲しかったなんて、本人さえ知らなかったものを。シリーズの一巻目『時計島の家』では、アストリッドとマックスは父親が家にもどってくることを願っていた。けれど最後にふたりに与えられたのは、最初に願っていたものとは違った。

アストリッドと弟は父親を呼びもどしたのではなく、父親が仕事を見つけた都会に自分たちが行って、そこでまたいっしょに暮らすことになったのだ。時計島に行ったことで、ふたりは自分たちの恐怖と向き合うようになった。そうしてひとたび自らのなかに勇気を見いだすと、勇敢にも母親にこういったのだ。わたしたちは友だちも学校も海辺の家も喜んであきらめる。そうすれば家族がまたいっしょに暮らせるというなら。

もちろんマスターマインドは、お別れに秘密のプレゼントを用意していた。一家が家を売って引越しのバンに乗り、父親のいる都会に向かうなか、アストリッドは直前に届いた自分宛の封筒をあける。するとそこにメモと鍵がひとつ入っていた。手紙には、海辺の小さな青い家を買ったのはマスターマインドであり、アストリッドが大人になって、またそこへ帰る準備が調うのを待っていると書かれていた。

ほろ苦い結末ではあったものの、そこには希望と、楽しみな将来への期待があふれていた。願いを叶えるのに役立ったのは、皮肉なことにアストリッドのなぞなぞを解く才能ではなく、勇気と素直な心だった。じつに感動的。胸がきゅんとなる結末だった。だからといって、ここでは役に立たない。それとも何かのヒントになる？

本のなかで子どもたちは願いを叶えるために、何をしたのだったか？

まずは願いごとをする。それから時計島に行く。その後、なぞなぞに答えたり、奇妙なゲームをしたりする。それから自分の恐怖と向き合わないといけない。わたしが恐れているのは何？ゲームに負けること以外に？

ルーシーは海の空気を胸いっぱいに吸ってから、灯台の梯子を下りていった。また小道を見つけ、島をぐるりと一めぐりする。ピクニック場の前をまた過ぎて、二時の潮だまりにやってきた。

灰色の岩の上に立つ。無限に寄せては返す波に洗われて岩の表面はなめらかになっていた。ガラスのような水面の奥深くを覗いて、ヒントとなるものを探す。魚、海藻《かいそう》、ヒトデ、ウニ……謎を解く手がかりになるようなものは何もない。海は秘密をずっと隠して明かさない。

秘密。秘密。秘密を持った魚。それって、いったい何を意味するの？

浜辺を歩いて三時のツノメドリ岩へ行き、そこで再度リストに目を走らせる。

A crying wolf（めそめそ泣いているオオカミ）
An assortment of octopi（タコいろいろ）
A humble actor（偉ぶらない俳優）
A jar of nine-legged spiders（九本脚のクモが入った広口瓶）
A fish with a secret（秘密を抱えた魚）
A loaf of cat（ネコのパン）
A doll condo（人形用アパート）
A shelf on an elf（エルフの上の棚）
A slice of Pi（πの一切れ）
A wheelbarrow for a fairy garden（妖精の庭用手押し車）
A solid-black checkerboard（黒一色のチェス盤）
The bang from a drum（太鼓の音）
The wind under a kite（凧を空高く上げる風）
A shadow's shadow（影の影）
An origami salami（オリガミのサラミ）
A chicken-fried Kentuckian（唐揚げにしたケンタッキー州人）
A ray of darkness（闇の光）

叫びだしたかったが、思いとどまった。ジャックのなぞなぞは、答えを知ってしまえば、なーんだというものばかりだ。後悔先に立たず（Hindsight was twenty-twenty）。確かジャックはみんなに、そういっていた。えっ？　だとすると、何かそこに意味があるのでは？

上着のポケットからペンを取り出し、指折り数えて、二十文字ごとに声に出して読んでみる。M……A……何度かやってみて、数字をふくめたり除外したりもしてみる。違う、そうじゃない。ほかにジャックは何をいっていた？「人生は後ろ向きにしかわからない。しかし人は前へ向かって生きていかねばならない」という哲学者キルケゴールの言葉。

後ろ向きにしかわからない？

よし、後ろから文字を読んでみよう。

A crying wolf は、flow gniyrc A.

これも違う。

そうだ、ジャックはこうもいっていた。「作家ならだれでも知っているように、最後まで読まないと最初は理解できない」

それで今度は、リストの一番最後から単語をひとつひとつ読んでいく。

Darkness of ray a Kentuckian……。

これも違う。

もうあきらめようとしたとき、それぞれのフレーズの最後の文字を見てみようと思いたった。ペンで最後の文字を○で囲んでいくと、たちまちピンと来た。

A crying wolf（めそめそ泣いているオオカミ）――F
An assortment of octopi（タコいろいろ）――I
A humble actor（偉ぶらない俳優）――R
A jar of nine-legged spiders（九本脚のクモが入った広口瓶）――S
A fish with a secret（秘密を抱えた魚）――T

心臓が激しく鼓動して血がドクドクと流れている。最後まで○で囲んでいくと、答えが出た。
FIRST TO FIND ME WINS.（最初にわたしを見つけた者が勝つ）

19

内臓が口から飛び出しそうになっている。カリフォルニアでは、どこへでも徒歩や自転車で出かけていったが、走ることは学生時代を最後にほとんどしていない。五キロのランニングをやめてしまった自分に、いまになって無性に腹が立っている。全力疾走をほんの数分しただけで、脚と肺が悲鳴を上げていた。

しかしルーシーは走り続ける。とまるつもりはなかった。夏休み前の最後の登校日に、終業のベルが鳴ると同時に外に駆け出した。あの子ども時代のように両手を思いっきり振って走っている。ジャックはたぶん、書斎にいる。だからそこを目指して一目散に走っている。もし机を前にすわっていなかったら……考えるな、心配は着いてからだ。

家まであと半分というところで限界が来た。息を整えようと腰を折って前のめりになる。はあはあ荒い息をしながらも、ヒューゴからもらったブーツに目をやって、ばかみたいにうれしくなる。古いコンバースのスニーカーだったら、走るなんてとんでもなかった。焼ける肺に、空気をがぶ飲みして入れると、遠くに家が見えた。

いや、家だけじゃない。五時の砂浜に人影がある。アンドレだ。野球帽に鮮やかな青のウィンドブレーカー。まちがいない。

向こうも走っている。

家を目指して走っている。

ルーシーは力の限り走った。新しい靴の底が木の厚板にたたきつける音が響く。この木道は島のほとんどをめぐっている。

アンドレは背が高く、大柄で、足も速かったが、ルーシーも負けてはいない。たぶん五分五分。アンドレは浜を駆け上がり、ルーシーは駆け下りる。家まであとほんの五百ヤード……胸が破裂して心臓が飛び出しそうだった。あと三百ヤード……吐きそうだ。二百ヤード。ゆるんでいた木の板で足をすべらせたものの、転ぶ直前に持ち直した。この二秒の遅れで勝負を逃したか？　ルーシーは走り続ける。アンドレも近づいているが、ルーシーもゴールに近い。丸石の歩道を駆け上がって、残っていた最後のアドレナリンを爆発させて玄関へ飛びこんだ。アンドレは数歩後ろまで迫っていた。あとはジャックを見つけるだけ。アンドレはきっと図書室にいると思っているだろう。ジャックが窓辺にいるのを見たのだろうか？　ここまでがんばってきたというのに、最後に部屋をまちがえて負けるなんてことがある？

居間に飛びこんでいくと、ジャックが暖炉のそばに立って、カップに入ったコーヒーを手にしていた。

そして、ジャックといっしょにメラニーが、やはりカップに入ったコーヒーを手に立っている。メラニーがにっこり微笑《ほほえ》んだ。

ルーシーはソファに倒れこんだ。アンドレが一秒遅れて入ってきて、目の前の光景を呆然と眺める。

「くそっ」そういってドアを足で蹴って閉める。その音にルーシーは飛び上がった。

「残念」メラニーがいって肩をすくめる。「ジャックがいったように、二位にはポイントはつかないのよ」

ルーシーはメラニーの勝利をねたむことはしない。ダスティンのように負けっぷりの悪い人間になるつもりはない。

「どうやら、ぼくは家に帰ったほうがよさそうだ」アンドレがいった。悔しくてたまらないというより、単にもう降参だといった口調だった。ソファに腰を下ろして肩を落とし、敗北感を露《あら》わにする。「妻のいうとおりだ。女子のほうが男子より頭がいい」

これだけ痛い目に遭っても、まだユーモアのセンスをなくしていないのが、ルーシーは見ていてうれしかった。自分も泣きたいけれど、それはあとにとっておこうと思う。

「いや、まだあきらめるのは早いぞ」ジャックはいって、アンドレの背中をぽんぽんとたたいて、片目をつぶってみせる。アンドレが微笑み、室内の緊張が少しやわらいだ。

「ジャック、悪くとらないでほしいんだけど、このゲーム、十一歳のときなら楽しかったけど、いまはどうかな？　大人にはキツイばかりだ」揶揄《やゆ》するようにアンドレがいった。

ジャックには驚いたふうも気分を害した様子もなかった。「わたしは、きみたちが当時望んでいたものを、ここで再現しているだけだよ。願いごとをして、ゲームをして、勝利を勝ち取る」

ルーシーが当時望んでいたのはそれではなかった。本は大好きで、ホグワーツやナルニアに行きたいと願う子どもたち同様、本のなかに入って、登場人物のひとりになることを夢見ていた。けれど、真から望んでいたのは、ジャックが手紙に書いてくれていた、彼の相棒になることだった。ジャックといっしょにここで暮らして、自分は娘になって、ジャックに父親のようにかわいがられたい。本の世界も大好きだったけれど、それと同じぐらい現実が変わることを望んでいた。

「それじゃあ、次のゲームは？」アンドレがジャックにきいた。「ぼくだって、まだあさらめるつもりはない」

「夕食のあとにわかるよ。だがそのときまでは、たっぷり楽しむといい。ここは時計島であって、グーラグ（強制労働収容所）じゃあない」

ルーシーの幸運続きは単に終わっただけでなく、死んで土に埋められた。その夜、みんなは「時計島ポリー」をプレイした。モノポリーの時計島版だ。企業弁護士であるアンドレが汗ひとつかかずに一位。メラニーは二位。ルーシーにはポイントがつかなかった。モノポリーなんて一度もやったことがない。やっていくうちにコツもわかってきて、次に挑戦したときには楽しめるだろうとも思えた。ただしそれも、勝負にジャックの新作がかかっていなければの話だ。刑務所の代わりに時計塔があって、そこに入ってしまったプレイヤーは、二時間のあいだ、自分の地所にほかのプレイヤーが止まってもレンタル料を受け取ることができない。時は金なりと、そのマスには書いてあった。

二日目の夜が終わった時点で、各自の総合得点は次のとおり。

ルーシー――二点。

メラニー――三点。

アンドレ――二点。

三日目は、これまでよりたくさんのゲームをやった。時計島に関するトリビアを競うゲームではルーシーが快勝。メラニーが二位。それから庭に出て、「お母さん、いい？」（「だるまさんがころんだ」に似た遊び）の〝お母さん〟を〝マスターマインド〟に代えた、「マスターマインド、いい？」をやった。そして夕食のあとには、本のなかに出てくる場面を再現するジェスチャーゲームをやったのだが、これがルーシーはたまらなく恥ずかしかった。図書室で本の陰からヒューゴが見ていて、笑いを噛み殺しているのだ。

この二日間で、不思議なことが起きているのにルーシーは気づいた。みんな、勝負の目的を忘れて楽しんでいるようなのだ。これがジャックの新作本のかかった重要な勝負であることを忘れてしまったかのようだった。とりわけジェスチャーゲームのときがそうだった。オクトーバー卿がパンプキンボーイズとそのゴースト軍団と戦っている場面をアンドレがジェスチャーで伝えることになった。しかし、目に見えないゴーストの軍団を、どうやって仕草で表現できるだろう？ところがこの難題をアンドレは見事クリアした。それからルーシーは、アストリッドが弟を見つけるために、灯台の壁をのぼる場面を表現することになった。弟は時計島の悪名高き悪投、ビリー・ザ・キッドならぬビリー・ジ・アザー・キッドに誘拐されて行方不明になっていた。

いやもう、めちゃくちゃなのだが、これがすこぶる楽しい。純粋に楽しんでいる自分に気づいて、勝つことに集中しろと、ルーシーは何度も胸にいいきかせた。わたしが勝たなければ、クリストファーが困るのだ。重要な勝負であることを忘れてはならない。

三日目の終了時点で、各自の総合点は接近し、だれひとり安心できなかった。

ルーシー――五点。

メラニー――六点。

アンドレ――五点。

しかし、まだあと二日残っている。そのあいだに何が起きるかわからない。だれが勝ってもおかしくない。

ジェスチャーゲームが終わったあと、全員が図書室に残った。厨房《ちゅうぼう》のスタッフが現れて、ホットチョコレートに山のようにホイップクリームをのせたカップを各自に配る。暖炉で小さな炎がゆらめくなか、みんなはホットチョコレートを味わった。

「すまなかった、ジャック」アンドレがいった。ホットチョコレートをぐいっと飲んで、鼻にホイップクリームをくっつけている。「このゲームを楽しんでいないなんていって」

「謝るのはまだ早い」とジャック。「明日のゲームは、あんまり楽しくないだろうからね」

メラニーとアンドレが顔を見あわせた。ルーシーは首をねじって肩越しにヒューゴを見た。ヒューゴは片目をつぶって寄越し、それでルーシーの体温が一気に二度ほど上がった。

「明日はいったい何を?」とアンドレ。

「わからないかね?」ジャックはメラニー、アンドレ、ルーシーを順番に指さしてきく。

「わかります」ルーシーはふりかえってジャックの顔を見ていった。「たぶん、あれだと思います」

「え、なんなの?」メラニーが身をのりだしてきた。顔が緊張している。みんなもそうだった。

「わたしたちは、本のなかにいるんですよね?」ルーシーはジャックにきいた。「時計島シリーズのなかで遊ぶ子どもと同じように」

「まさしく」とジャック。

「それじゃ、こういうことじゃないかしら。まず子どもは島にやってきて、それからなぞなぞに答えたりゲームをしたりする。そこまではもう、わたしたちは済んだ。となると次は――」

「恐怖と向き合う」アンドレがいった。「違うかな? マスターマインドがいつも子どもたちにいう言葉がある。〝さてと、きみたちの恐怖と向き合う時間がやってきた〟」

「そのとおりだ」ジャックがいってうなずいた。

アンドレがいう。「マスターマインドがあれをいうとき、ぼくはいつだって緊張した。おとぎ話が現実になるような気がして。『ゴースト・マシーン』で、男の子が自分そっくりのゴーストに追いかけられる場面を読んだあと、何か月も悪夢にうなされたよ。ジャック、あれはどういう意図があったんだい？」

「あのシーンはやめようと、編集者にいわれたよ」とジャック。

「なぜ？」メラニーがきく。

「これを読んだ子どもは、それから何か月も悪い夢にうなされるってね。そんなことはないとわたしはいったんだ。だが、彼女に謝らねばならんな」そういってジャックはあごを指でとんとんとたたく。「返せとはいわないだろうが、わたしは彼女にひとつ貸しができた」

「ぼくらを恐怖と向き合わせる。本気でそんなことを考えているんですか？」アンドレがきいた。信じられないという口調。大人になったのだから、怖いものなんかないだろうと。

「ああ、しかしそれこそが、本のなかの子どもたちにとって、一番難しいことなんだ」ジャックがいい、手を伸ばしてマグカップを暖炉のマントルピースの上に置いた。「自身の恐怖と向き合わねば勝てない。ちゃんと向き合わない限り、ずっと恐怖に負けたままだ」

「こっちはもう大人ですよ」とアンドレ。「クモやヘビやゴーストなんか、もう怖くない。ぼくが怖いといったら、適合する腎臓が見つからずに、父が死んでしまうということだけです。それが一番の恐怖だけど、その事実から目をそむけたことなんて一度もない。向き合えば、あなたは状況を変えられるとでもいうんですか?」

もっともな疑問だった。大人たちを前にして、どうしてジャックは恐怖と向き合えなどというのだろう。もう十歳のときのように、闇を恐れたり、割れた骨董品の花瓶について両親に真実を話すのを恐れたり、親友に謝るのを恐れたりなんてしない……。だが大人になれば、毎朝目が覚めたときには、すでに目の前に恐れるべき現実が待っている。

「わたしが恐れているのは、自分の経営する書店を失うことだけ」メラニーがいった。「小さな町で子どもの本を売る店をつぶさないでやっていく。やったことがある人はいる? うちの町じゃ、食料雑貨店だって閉店ぎりぎり。すでに向き合っている恐怖に、改めて向き合う。そんなことがどうしてできるの?」

ジャックは謎めいた答えを出した。「いまにわかる」

ルーシーはぞっとした。ジャックならできるだろう。自分たちを恐怖と向き合わせることができるとしたら、それは老練なマスターマインドだ。

「それと、これは最初にいっておいたほうがいいだろう」とジャック。「自分の恐怖と向き合っても、ポイントはつかない。ただし、それができないと、ゲームの最終戦をプレイできない」

ルーシーは深く息を吸った。最終戦がいつか来ることはわかっていたが、それは永遠に先のように思えていた。でもわたしはそこで勝つ。だから、なんでも向き合う。ヘビにキスだってするし、海に張ったロープの上を歩いたっていい。勝つためならなんでもする。

「さてと」ジャックがいった。「現実にもどって、天気予報に注意を向けよう。今夜は嵐になるそうだ。強風に大雨だ。もし小舟を出して海で遊ぼうと考えていたなら、先にずらしたほうがいい。それじゃ、おやすみ、子どもたち。よい夢を」そういって歩み去ろうとするジャックにアンドレが質問をひとつ投げた。

「ジャック、あなたは自分の恐怖と向き合ったのですか？」アンドレがいった。口調は礼儀正しいものの、そこに挑戦するような強気があるのをルーシーはききのがさなかった。ジャックが自分の恐怖に向き合ったことがないのに、みんなにそれを強いるのは不公平というものだ。

ジャックは一瞬静かになったが、それに反して家のなかはやかましくなった。風が勢いを増している。樹木の枝が窓にたたきつけ、風が屋根に打ち付ける。強風が吹きこんでくるたびに暖炉の火が踊る。

「みんなになぞなぞを出そう」とジャック。「ひとつの島にふたりの男――」

「勘弁してくれよ」ヒューゴがうめいた。

風の音と暖炉ではじける火の音を除いて、室内はまた静かになった。ジャックが先を続ける。

ひとつの島にふたりの男、ともに海のせいにしている。
妻を失ったのも、娘を死なせたのも。
しかしどちらの男も結婚はしておらず、子どももいない。
海と娘と妻。さてここに、どんな秘密が隠れている？

最後に全員の顔を見まわしてから、ジャックがいう。「このなぞなぞが解けても、ポイントはつかない。残念だ。けれど、もし解けたら、また別の勝負に勝つことになる」

それだけいうと、ジャックはみんなを残して図書室から出ていった。

ルーシーはヒューゴに目を向ける。ヒューゴが見返してきた。「頼む、俺にきかないでくれ。もし何か浮かんだら、正解かどうか教えてやるが、俺だけの話でもないんでね」

「でも、あなたは答えを知っている?」アンドレがきいた。

「もちろん、知ってるさ。島の男のひとりが、俺。残念ながらね」

「何かピンと来るものはないかい?」アンドレがメラニーに目を向けた。

「いいえ、さっぱり。子どもがいないのに、どうして娘を死なせることができるの?」

アンドレがルーシーに目を向けた。「きみはどう?」

ルーシーはヒューゴと目を合わせた。「わたしもさっぱり」ルーシーはそういった。

しかし、それは嘘だった。

たぶんこれが正解だと、思いあたることがあった。

第四部　わたしのかわいい子どもたちよ、自らの恐怖と向き合え

「アストリッド？　マックス？　どこにいるの？　アストリッド！」

母親の声だとアストリッドにはわかった。どこにいたってわかる。でもなんだか変な感じだった。そういえばお母さんが脅《おび》える声などきいたことがなかった。そりゃ、脅えるだろう。何しろ昨日の夜に子どもふたりが家から消えたのだから。でもどうして、時計島にいることがわかったんだろう？

「わたしたち、どうすればいいんですか？」アストリッドはマスターマインドにきいた。見るからに強そうな鎧《よろいかぶと》兜一式が投げる黒々とした影。その影のなかにマスターマインドは立っていて、まるで闇の鎧兜を着ているようだった。ここに来てもう丸一日が経っているというのに、まだマスターマインドの顔をはっきり見ていない。きっと姿は見せないのだろう。

「もしきみがお母さんだったら、子どもたちにどうしてほしいと思う？」マスターマインドの声は優しい。こんな口調ははじめてだった。

アストリッドが答えられずにいると、マックスが口をひらいた。

「お母さんは、ぼくらを見つけたいんだ。だからぼくらは、自分たちの居場所を教えなきゃ」

マックスは暗がりのなかに目を凝らすものの、影は何もいわない。

「だめよ。居場所がわかったら、ママに殺される」アストリッドはかすれ声でマックスにいった。

「だけど、ここにずっと隠れてなんていられないよ」マックスがいって、姉と目を合わせた。

「でしょ？」

「マックス？　アストリッド？　どこにいるの？」ふたりには母親が浜辺にいるのが見える。激しい風と雨がたたきつけて、髪や上着がめちゃくちゃにはためている。あれじゃあ、寒いだろう。寒いし、怖い。「アストリッド！」

母親の声をきくのも、脅えた様子を見るのも、アストリッドにはつらくてたまらない。

「怖い」アストリッドがいった。

「お母さんに叱られるからかな？」マスターマインドがきいた。

「どうして家を出たんだって、理由をきかれるから。そうしたら、いわなくちゃいけない」

「いわなくちゃいけないって、何を？」きかなくても、もうわかっていると、そう思えるきかたをマスターマインドはよくする。

「お父さんとまたいっしょに暮らしたい。たとえ引越しをすることになっても」マックスがいった。「お父さんは、新しい仕事をするために家を出るって決めたんだ。だけどぼくたちが学校を変わるのはかわいそうだから、自分ひとりで行くって。それでもやっぱり、ぼくらは、お父さんといっしょのほうがいい。たとえ学校が……」

「だったら、わたしたちが引越さないといけない」アストリッドがいった。それこそアストリッドが最も恐れていることだった……何もかもあとに残して、また一からはじめる。新しい町で新しい友だちと新しい生活をする。もしかしたら、友だちはできないかもしれない。それ以上に怖いことはないのでは？

いやあると、アストリッドは気づいた。お父さんがいないまま、ここにとどまること。ほんとうに恐ろしいのはそっちだ。

アストリッドはマックスの手をつかんでいった。「行こう」

ふたりは玄関のドアに向かって走り、マスターマインドにさよならをいうことも忘れている。

「お母さん！」アストリッドが叫ぶ。「お母さん、わたしたちはここよ！」

――ジャック・マスターソン作、時計島シリーズ第一巻『時計島の家』（一九九〇年刊）より。

20

ヒューゴはジャックに続いて図書室から出ていった。ルーシーはしばらく待ってみたが、もうヒューゴはもどってこなかった。ゲストハウスに帰ったのだろう。そこへ行ってみるべきか？　行ったほうがいい。だけど、いったい何をいえばいい？　お礼を忘れてすみません、靴のプレゼントをありがとうございました。ところで、ちょっと考えてみたんですが、あのなぞなぞ、要するにあなたの奥さんがあなたを捨てて別の男と逃げたということなんじゃないでしょうか。そのことについて最初から教えてもらえませんか。

そんな流れになったら、惨憺《さんたん》たる結果になるのは目に見えている。

何かが家に強く打ち付けた。風の仕業だ。突然の物音に、プレイヤー三人がそろってビクンとなった。嵐が来るというジャックの言葉は嘘ではなかった。

「すごいな、メイン州ってところは」アンドレがいって暗い目を窓の外に向け、遠くで風にかきまわされている海を見やる。「まるでハリケーンだ」

「ひどい嵐ってだけよ」ルーシーが期待をこめていった。どうか雨や雪を伴う北東の暴風にはなりませんように。

「嵐は大嫌い」メラニーがいった。背筋をぶるっとふるわせて窓に目を向けると、首を横に振った。自嘲気味に笑い声をもらしていう。「これって、ジャックの仕業じゃないかしら。わたしを嵐の恐怖と向き合わせようっていう」

アンドレがメラニーに目を向ける。「きみが怖いのは、書店を失うことだけだと思っていたけど」

「ほんとうのことをいうと、書店を失うことで、別れた夫が正しかったことが証明されるのが怖いの。離婚係争中にいわれたわ。きみには書店経営なんて無理だって。結局は彼のいうとおりで、自分は何もわかっていないんだって、そう思い知らされるのが恐ろしい」

メラニーの告白をきいて、ルーシーは胸を鷲《わし》づかみにされた。「メラニー、あなたに会ったとき、この人は完璧な人生を送っていると思ったのよ。まったく隙がないって」

「隙がないのは服装だけ」とメラニー。

「ぼくもほんとうをいうと」アンドレが口をひらく。火の消えかかった暖炉の前に立とうと、椅子から立ち上がった。「一番恐れているのは、息子に真実を告げることなんだ。祖父が病気なのは知らせてあるんだが、適合する腎臓をすぐ移植しないと命が危ないことは隠している。ふたりはとても仲がいいんでね」

「あなたの腎臓じゃだめなの?」メラニーがきいた。

アンドレが首を横に振った。「うちの父の血液型は珍しくてね。まるで悪夢だよ」

「あなたが息子さんにいいたくないのは」メラニーがいう。「あなた自身、まだ現実のできごとだと思いたくないからじゃないかしら」

アンドレはうなずいたが、何もいわない。

「あなたのお父さまは、ほんとうにお気の毒だと思う」ルーシーがいう。「でもわたしにいわせると、孫と祖父がそんな素晴らしい関係を築けていることが、とっても、うらやましい。わたしもそうなれるなら、命を差しだしたっていい」

「そうだね、こういう家族が持ててどれだけ幸運か、それを忘れて当たり前のことのように思ってしまっている。思い出させてくれてありがとう」アンドレが微笑《ほほえ》んだ。「ああ、子どものときに脅《おび》えていたものたちが、いまは恋しいよ。あのころはゴーストやタンスのなかのモンスターに脅えるだけでよかった。父が孫の成長を見ることもないままに亡くなってしまうことを恐れなくていい」

「それにクモもね」とメラニー。「それからネズミ。本物のネズミは、わたしが結婚したネズミほど恐ろしくない」

「おいおい。で、ルーシー、きみはどうなんだ？」とアンドレ。「ぼくらは全部白状した。きみがほんとうに恐怖しているのは？」

「わたしの場合は、ひとつってわけじゃないの」意味もなくマグカップをまわして、底に残ったチョコレートのかすを揺らしている。「つまり、なんでもあり。元カレにばったり再会するのがひとつ。わたしが人生で何ひとつちゃんとしたことを成し遂げていないことが彼にわかってしまうことがひとつ。それに、両親と姉がわたしを愛さないのは、わたしに愛されるべきところが何もないからだってわかってしまうことも。情けない話だけど、どんなに大人になってもだめ。悪いのは両親や姉であって、わたしじゃないんだって自分の胸にどれだけいいきかせても、そうは思えないの」

アンドレが身をのりだしてきた。「きみは悪くない。息子のためなら山だって動かす覚悟がある父親の立場からいわせてもらうと、悪いのはきみじゃない。愛されていないなんて子どもに感じさせる親は、親のほうがどこかおかしいんだ」それからメラニーを手でさしていう。「そしてきみ。どんな事業にもうまくいかない時期はある。あのAppleだって、九〇年代には破産寸前にまで追いこまれた。ぼくはどうしようもないばかじゃない。一応ハーバードのロースクール出身だ。しかしきみはそんなぼくを、前回のゲームで、こてんぱんにやっつけた」

メラニーが満面の笑みになった。「ありがとう」といってから、わざとうんざりした顔をつくっていう。「あーあ、自分と同じぐらい、あなたたちふたりにも勝ってほしいと思えてきた」

「ジャックはわかってやっているんだ」とアンドレ。「ぼくらがこんな気持ちになることをあらかじめ見越して仕組んでいる」

「確かにやりかねないわね」とメラニー。

「そうそう。じゃあ、明日の朝、また朝食の席で」アンドレが立ち上がってドアのほうへ歩いていく。途中でふりかえって、女性陣と顔を合わせる。「ぼくは勝ちたい。でもきみたちふたりのどちらかが勝っても、うれしい気がする。どうにかしてふたりの願いがいっぺんに叶わないものかな。できれば、ぼくら全員の願いが」

メラニーがアンドレに笑みを向け、アンドレは歩み去った。

「お金がないって、いったい何につかうお金なの？」肘掛け椅子から立ち上がりながら、メラニーがルーシーにきいた。

ルーシーはためらった。哀れっぽい身の上話をするのはみっともないと思うが、それでも、クリストファーのことを話すのは、どんな場合でもうれしい。

「養育したいと思ってる小さな男の子がいるの。ほんとうは養子にしたいんだけど、まずは養育というステップを踏まないといけない。で、いまのわたしには、養育資格が得られない。あの子と……家族になりたいと思っているんだけど、たぶん無理」

「ゲームに勝って本を売らない限り」

「そう。勝たない限り無理」

メラニーはにっこり笑っていった。「それ、とてもいい願いごとね」


寝室の窓から、ルーシーは嵐が大暴れしている様子を眺めている。こういう春の荒れた空を見て懐かしく思うのは、メインで生まれ育った人間だけだろう。恐ろしく感じるときもあるけれど、見えない決勝ゴール目指して雲がいっせいに駆け出し、激しい渦を巻く海から、いまにも怪物クラーケンがザザーッと浮き上がってきそうな光景はやはり美しい。ここにクリストファーもいて、自分の前に立ち、ガラス窓に顔をくっつけている場面が頭に浮かぶ。嵐が去ったら、ふたりで浜辺に駆け出していって、流木を見つけたり、浜に打ち寄せられたヒトデを投げて海にもどしてやったりする。

ベッド脇のテーブルでスマートフォンが鳴った。手に取ると、テレサから長いメッセージが来ていた。

どう話したらいいのかわからないのだけど、ちょうどいま、教室にクリストファーがやってきたの。新しいフォスターファミリーの家に行くことになったらしい。プレストンにいる年配の夫婦の家。学校は最後の週までこちらで終えさせるつもりらしい。これから会議に出なくちゃいけないんだけど、できるだけ早く電話をするわね。クリストファー、思いっきり脅えちゃって、かなり動揺しているみたい。当然よね。だけど、来年は別の学校に通うことになるって、それにはまだ気づいていないみたい。ルーシー、ほんとうに残念だわ。

内容が胸に落ちてくるまで、何度も何度も読み直した。ショックが強すぎて泣くこともできない。最初に起きたのは否定の感情。これは何かのまちがいだ。プレストンはレッドウッドから二十マイル近くも離れている。同じ国ではあるものの、これはもう……。

フォスターケアを利用する子どもたちにはよくあることだと、ルーシーも頭ではわかっていた。いつだって連絡が入るのは直前で、それからすぐ荷物をまとめなくてはならない。そして、それにどれだけ大きな精神的ショックを受けようとおかまいなしに学校も転校になり、勉強についていくのがほとんど不可能になる。

それはもう十二分にわかっていた。けれど、まさかクリストファーの身にそれが降りかかるとは思っていなかった。百歩譲って、移動はあるかもしれないが、別の町の別の学校へ移るなんて。

これこそ、自分が最も恐怖することだった。

ルーシーは深く息を吸い、血走った目で室内を見まわす。まるでこのオーシャン・ルームのどこかに、答えが隠されているかのように。しかし、力になってくれそうなものは何もなかった。ベッド。ドレッサー。鏡台。暖炉の上に飾られたヒューゴのサメの絵。マントルピースの上には、振り子時計をかたどったブックエンドのあいだに、本が数冊押しこまれている。

あ、この本。時計島シリーズの最初の四冊。どれもオリジナルのジャケットカバーだ。『時計島の家』、『時計島に影が落ちる』、『時計島からの伝言』、『時計島の呪い』。

ルーシーは声を上げて笑い、それからうなった。頭を振って頰に流れ落ちた涙を手でふく。たいしたものね、ジャック。これはもう脱帽するしかない。ジャックはわたしが恐怖するものをひっぱりだす方法を知っていた。それを見せて、さあしっかり向き合えと、そういっているのだ。わたしが一番恐怖しているものを、ジャックはすでに知っていた。

ルーシーは立ち上がった。ドアから廊下へ出て、家の反対端にある、ジャックが物語工場と呼ぶ部屋へ向かった。

ドアを一度ノック。それから大きな音を立ててドンドンたたく。

「どうぞ」なかからジャックの声がした。ドアをあけてなかに入ると、ルーシーはまたすぐドアを閉めた。ジャックは机を前にすわっていて、机の上には紙類が山積みになっている。たぶん手紙だろう。

「ルーシー」純粋にうれしそうな笑みを向けてジャックがいった。参加者にはいつでも、こういう笑みを向ける。これがつくり笑いだなんてことが、あるだろうか？

「すごいですね、ジャック。いったいどんな手をつかったんですか？」

ジャックは首をわずかにかしげた。「なんのことだね？」

「友人のテレサが送ったと見せかけて、メッセージを寄越しましたよね？　彼女は頼まれたってそんなことをする人じゃない。だからあなたが彼女に為り変わって、偽のメッセージを送った。彼女の連絡先をつかって。さあ、恐怖と向き合うがいい。これがおまえの恐怖だと、そういうことですよね？　クリストファーのことはヒューゴに話しました。それをヒューゴがあなたに教えた」

「ああ、クリストファーのことなら知っているよ。だが、それがどうかしたのかな？」

「しらばっくれないでください。あなたか、あなたの弁護士のひとりか、そうでなかったらだれでも、あの子が新しいフォスターファミリーの家に移るという内容のメッセージを送った。現在の家から二十マイル離れたところへ移るって」

ジャックは息を吐き、それから身をのりだしてきた。「違うよ、ルーシー」そういって首を横に振る。「わたしのゲームはきみたちをいらいらさせるかもしれないが、拷問のような苦しみは与えない。そんなことは絶対にしない。何があっても」

ルーシーはジャックの言葉を信じたくなかったが、信じざるを得なかった。こうして改めて目を向けて、そのくしゃくしゃになった知的な顔と、疲れを見せながらどこまでも優しい目を見ていると、この人が偽のメッセージを送ったなどと、一瞬でも考えた自分のほうが完全におかしいと思えてくる。

「家に帰らないと」とルーシー。

「え？　いまかね？　今夜？　外は嵐だよ」

「かまいません。とにかく空港へ行って、最初に飛ぶ飛行機に乗るだけです。あの子は学校の最終日の翌日に引越すんです。今週の金曜が最終登校日。土曜日にはいなくなってしまう。いますぐ家に帰らないと、引越し前にあの子といっしょの時間を過ごせない。引越しの日にはそばに居てあげないと、でないと……あの子はだめなんです。わたしがいないと、脅えます。あの子は――」

ひとりぼっち。恐ろしいのに、頼る人もいない。だめだ。そんな目に遭わせるわけにはいかない。あの子には。わたしのクリストファーには。引越しのときには、わたしがそばにいなければならない。いっしょにいて、「大丈夫、これからもできるだけ頻繁に会えるようにする、だから大丈夫、怖いかもしれないけれど、あなたはひとりじゃない」と、そういってやる。もちろんそんなのは嘘だ。でもとにかくいまは、そばにいてやらなきゃいけない。

「ルーシー、できることなら自家用機にきみを乗せて、いますぐ家に帰してやりたい。しかしこの天候で離陸できるパイロットは世界中どこをさがしてもいない」

まるでそれを証明するかのように、何かが家の側面に衝突した。樹木の幹から折れた枝だろう。たぶん。でもいまのルーシーにはそんなことはどうでもよかった。

「わかりました。それじゃあ自力でなんとかして向こう岸まで行って、そこで車を借ります」

出ていこうと背を向けた瞬間、ジャックに名前を呼ばれた。ひょっとして助けてくれるのかと、必死の思いでルーシーはふりかえった。

「思いとどまってくれ。どうか、頼むから。わたしたちにも力になれることがある。そうでなくても、どうにかする。だが、そのためには辛抱をしてもらわないといけない」

「辛抱?」ルーシーは首を横に振って、苦々しい笑い声を上げた。「大きくなったらきっと幸せになるからと、幼い子どものときにあなたは約束してくれました。でもわたし、いまもダメダメな生活を送っています。それなのにあなたは、いまになって、わたしたちをこの島に呼んでゲームをさせている。なんのためですか? 物語のなかの子どもたちのように、あなたがしろといったことを、わたしたちがなんでもすると思っているから? 時計島自体が偽物だった。瓶のなかに嵐なんて詰まっていないし、列車の線路はどこへも通じていない。まったくどこにも。だけどクリストファーは本物。彼はわたしにとって、どんな本やどんなゲームよりも十億倍も大切なんです。だからわたしは、大きくなったら幸せになるから、それまで待ちなさいなんて、あの子にいわない。幸せになるのはいま。そのためなら、自分の命だって惜しくない」

ルーシーはかかとを重心にくるりとまわって、ジャックをひとり残して部屋を出ていく。

ジャックのことなんて忘れろ。何もかも忘れろ。

いま大事なのは、ポートランドに行くことだけ。レンタカーを借りて、ニューハンプシャーかボストンまで行って、そこからまだ離陸できる飛行機に乗る。デビットカードは持っている。もちろん、レンタカーと飛行機のチケットで、貯えの半分は飛んでしまうけれど、クリストファーがレッドウッドでひとりぼっちで脅えているというのに、国の反対側でじっとしているなんて、できるわけがない。クリストファーがベイリー家の自分の部屋で、わずかな衣類と本を大きなゴミ袋に詰めこんでいるのを想像しただけで吐き気がこみ上げてくる。

雨はそうひどくはない。少なくとも今夜ポートトランドまで行くことはできる。荷物をスーツケースのなかにぽんぽん投げこんでいきながら、窓の外に目をやると、海に数隻の船が出ていた。ハリケーンではないし、スコールでもない。単なる嵐だ。波止場までひとっ走りして、借りられるボートがないか見てこよう。ショーンが高速モーターボートを持っていて、運転の仕方を習ったことがある。モーターボートか、釣り舟でもいい。なんなら手こぎボートだってかまわない。それしかなかったなら。まずは借りてしまって、謝るのはあとだ。ジャックならわかってくれるだろう。

荷作りが終わると、ヒューゴのジャケットをつかんでさっとはおる。階段を下りて玄関へ向かい、降りしきる雨のなかへ飛び出していく。雨は冷たく、勢いも激しかったが、ルーシーは負けない。心はもう決まっている。明日の朝には絶対にカリフォルニアにもどっている。それまでは何があろうと、だれであろうと邪魔はさせない。

頭を下げて、風のなかへ突っこんでいくようにして歩いていく。どれだけフードの紐を締めても、強い風ですぐ脱げてしまう。もういい。ぬれていけばいい。

前方に波止場が見えてきた。その端にライトがふたつ灯っていたが、船はもうそこになかった。そりゃそうだ。もう夜で、スタッフはみんな本土へ帰っている。

浜辺の隅々まで目を走らせても何も見えない。風にあおられて激しく揺れている木《こ》の間《ま》を透かし見ると、小さな石造りの建物があった。たぶんあれだ。スーツケースをひきずって二股に分かれた道のひとつを通って、木の間に見える石造りの建物を目指す。

近くまで来ると、それはボート小屋ではなく、ヒューゴのコテージの裏にある納屋だとわかった。それでも彼なら、ボートをどこで見つけることができるか、教えてくれるだろう。

コテージのドアを力一杯ノックする。

「ヒューゴ?」大声で呼びかける。「ヒューゴ、ルーシーよ!」

ヒューゴがドアをあけた。手にスマートフォンを持っている。だれかと話している最中だったようだが、ルーシーがやってきたのを見ても驚いた様子はない。

「あとでかけ直す」電話の相手にそういうと、スマートフォンをジーンズのポケットに押しこんだ。ちょうどシャワーを浴びたばかりのようで、髪がぬれていて裸足だった。

「ヒューゴ、お願い、どうしてもポートランドに行かないといけないの」

「今夜は無理だ」そういうと、ヒューゴはルーシーの腕に手を伸ばして家のなかに引き入れようとする。電話の相手はジャックだったようだ。

「帰らなきゃいけないの」ルーシーはいって、ヒューゴの手から腕を引き抜いた。

ドアをあけようと方向転換したところで、ヒューゴの言葉に足がとまった。

「クリストファーはそんなことを望んじゃいない。きみだってわかっているはずだ」

21

白熱する怒りに胸を焼きながら、ルーシーはヒューゴに向かって、きっぱりと首を横に振った。たったいま耳にした言葉が信じられなかった。「クリストファーが何を望んでいるか、いないか、あなたにわかるはずがない。彼のことを知らないし、わたしのことも知らない」

ヒューゴは引き下がらない。「きみがその子を養子にしたいというのは知っている。金が必要だってことも。奇跡でも起きない限り、その金は手に入らない。きみが自分でそういった。その奇跡がこれだ」そういって両手を広げ、時計島全体を示す。「残るはあと二日のみ。まだゲームは終わっていない。それなのにきみは、あきらめるのか？」

「ゲーム？　わたしが負けているゲームのことをいっているの？」

「一ポイント負けているだけだ」

「ポイントがなんだっていうの？」ルーシーはかみつくようにいった。「クリストファーのもとへ帰らないといけないの。いまごろパニックになってる。そういう子なの。わたしを必要としているの」

「きみにいまそばにいてほしいというのは、彼の甘えだ。彼にとって、きみは永遠に必要なはずだ。いまここを去って彼を甘やかすか、それとも残って、このばかげたゲームに勝利して永遠に必要なものを彼に与えるか。きみは勝てるんだぞ。マヌケな男だって、ジャックのゲームには勝てるんだ。ここにその証拠がある」そういって、自分の顔を指さした。

ルーシーはひきつった笑みを浮かべた。思いがけず笑い声が出て、それからわっと泣きだした。

「ルーシー……」ヒューゴが優しくいって、彼女の両肩に手をのせる。

「行かなきゃ」顔を涙でぬらして、ルーシーはいう。「あの子がひとりぼっちでいるときに、わたしはここにいられない。部屋にひとりで置いておかれて、だれもわたしを助けに来てくれない。そういう子どもの気持ちをあなたは知らない」

「〝わたし〟を助けに来てくれない？」ヒューゴがそっといった。

「わたしっていうのは、子ども全般のこと。わかるでしょ」

「わからない。どういう意味なのか教えてほしい。きみのもとに、だれがやってきて助けてくれるはずだったんだ？」

ルーシーはヒューゴから顔をそむけ、額に両手をあてた。「姉が死んでしまうんだと思っていた。突然高熱を発して、両親が大急ぎで病院に連れていった。子守を頼む時間なんてなかったから、わたしもいっしょに連れていかれて、待合室に捨て置かれた。ひとりぼっちで」ルーシーはヒューゴと目を合わせる。「まだ八歳だったの。両親は何時間ももどってこない。何時間も姿を見せなかった。その年ごろにはわたしも時計が読めたの。五時間のあいだ、その待合室にひとりで置かれた。だれも来てくれない。あの子は大丈夫かなって、様子を見に来てくれる人はいない。アンジーが死んだのか、生きているのか、それさえも教えてもらえなかった」

ヒューゴはルーシーを抱き寄せたが、ルーシーはハグを受け入れられなかった。お腹の前で組んでいる両腕をほどけない。

「わたしは、きっと永遠にここに置き去りにされんだと思った。八歳で、両親からあまり大事にされていない子は、そういうことだって考えるの」

鼻をぐすんとさせてから、ルーシーは小さな笑い声をもらした。

ヒューゴがルーシーのあごに手を触れて、自分のほうを向かせる。「何がおかしい？」

「わたしが時計島の本を読みだしたのが、その夜だった。塗り絵の本が入っていた籠のなかに混じっていたの。その夜、絶望しなくて済んだのは、あの本のおかげよ。とうとう仲間を見つけたと思えたから。結局、その後どうなったと思う？　両親がわたしを迎えに待合室にやってくることはなかった。祖父母がやってきて、わたしを自分たちの家に連れていったの。ママもパパもさよならのキスをしに出てくることさえなかった。それ以来、わたしは自分の家で両親やアンジーと暮らすことができなくなった。ときどき訪ねていくことはあっても、あまり歓迎はされなかった」ルーシーはヒューゴの腕のなかから外へ出た。「小さなときに、ひとりぼっちで置いておかれるのがどれだけ恐ろしいか、あなたにはわからない。だれも自分を助けに来てくれないとわかっている子どもの気持ちは」

ヒューゴが懇願《こんがん》するような目になった。「ルーシー、電話をかけるんだ。ほんとうにもどったほうがいいのか、彼にきいてみるんだ。賭けてもいい。きっと彼はきみにここに残って、ゲームを続けてほしいと思っている」

「電話はかけられない。あの子は――」また新たな嗚咽《おえつ》がルーシーの喉にこみ上げてくる。「電話が怖いの」

ヒューゴが片眉をつり上げた。わけがわからない。「どういうことだい？」

「あの子のお母さんのスマートフォンが、ある朝、ずっと鳴りやまなかった。呼び出し音に振動音が、何度も何度も。だれも電話に出ない。それでクリストファーが出ようと思って、両親の寝室に行ったら――ママとパパがベッドで死んでいた。電話が鳴りやまなかったのは、お母さんの職場の上司が、どうして出勤してこないのか理由をきこうとしていたから」

「なんてこった」ヒューゴがつらそうに顔をしかめた。

「それ以来電話は怖くて出られない。だからかけられない。クリストファーの気持ちは電話では確かめられない。わたしが行かないとだめなの。そういうことなの」

ドアのほうを向こうとしたが、それより先にヒューゴがドアをブロックして、両手をかかげて降参を示す。

「話をきいてくれ」とヒューゴ。「俺が力になる。だけどまじめな話、今夜は出発できない。この嵐じゃ、ジャックの家に歩いていくのだって厳しい。ましてや海に出るなんて。ルーシー、きみは溺れ死ぬぞ。きみまで失ったら、クリストファーはどうしたらいいんだ？」

ルーシーはがくんとうなだれた。涙がとめどなく顔をしたたり落ちる。ヒューゴが正しいのはわかっている。ジャックも正しい。樹木の枝がヒューゴのコテージに襲いかかる。窓をひっかき、たたき、枝が折れて鋭い音が響いた。怒っているような海の咆哮《ほうこう》もきこえた。

「クリストファーはいつ引越すんだい?」ヒューゴは穏やかな声で、冷静にきいた。脅《おび》える馬がいまにも駆け出してしまうのを恐れるような言い方だった。

「学校が終わったらすぐ。だから金曜日の夜か土曜日の朝」

「明日はまだ水曜日だろ? まだ時間はある。朝になって嵐が去ったら、そして、これならまちがいなくきみを飛行機に乗せて家まで帰らせることができると判断したら」そこでヒューゴは本土のあるほうを指さした。「俺がきみを空港まで送っていく。明日の夜にはレッドウッドにもどることができる。安全にね。いま出発しても、きみは家にはたどりつけない。永遠に」

ルーシーは口をきゅっと結び、笑いそうになった。「メロドラマみたい」

「目くそ鼻くそを笑う」とヒューゴ。

ルーシーはまたくすっと笑った。「今度は皮肉ね」

「皮肉は俺の母語だ。というわけで、もうばかな真似はしないと約束してくれるね。それとも、波止場にボートのロープで縛り付けたほうがいいかい? 巻き結びやパイルヒッチなら知っている。ただし、どちらの結び方でも、腰をしばられるというのは、あまり気持ちのいいものじゃない」

「わかりました」ルーシーは手を振っていった。「だけど、嵐が去ったら空港まで連れていってくれるって、誓ってください」

ヒューゴは深く息を吸った。「嵐が去って、そのときもまだ空港まで連れていってほしいときみが思っていたなら、俺が半径二百マイル圏内にあるどこの空港にでも、きみを送っていくと約束する。これでどうだ？」

まだ走っていきたい気持ちはあった。ふりかえってドアに目をやる。ヒューゴを信用していいのだろうか？　確かに、これまで彼に裏切られたようなことはないけれど……。

「ルーシー」ヒューゴが優しい声でいった。「頼む。ジャックはすでに、子どもひとりを亡くしている。もうひとりそこに加わったら、ジャックは生きていけない。時計島の浜辺に打ち上げられた女の子が過去にもいたんだ」

ふたりの男がひとつの島に、ともに海のせいにしている……。

ルーシーは、はっとしてふりかえった。ヒューゴの顔にあいまいな笑みが浮かんでいる。

「わかりました」ルーシーはしぶしぶいった。「朝までここにいます」

ヒューゴは両手を組み合わせ、「ありがとう」と心から安堵した顔でいった。「家にもどるのは、嵐が小やみになるまで待ったほうがいい。すわったらどうだい？」ヒューゴは彼女の――正しくは彼の――ジャケットを受け取って、コートラックにかけた。ルーシーは彼にもらった靴を脱いで、それをドアの脇にそろえて置いた。ヒューゴはルーシーをリビングに案内する。暖炉に火を入れると、赤、オレンジ、青の炎が踊って、冷え切ったルーシーの肌がじんわりと温かくなっていく。暖炉を背にして立って温まっているあいだに、ヒューゴはドアの向こうへ消えた。

ひとりになると、ルーシーはスマートフォンを取り出して、テレサのメッセージに返信を送った。

できるだけ早く帰るとクリストファーに伝えて。こちらは嵐だけれど、明日の朝にはきっと飛行機に乗れると思う。

テレサは返信を待ち受けていたらしく、すぐにまた返事が返ってきた。

帰ってくる必要はないわ。今週末には、あなたとクリストファーがまちがいなく会えるよう手はずを整えておく。とにかくそこにいてゲームで勝利して。それが彼の望みよ。

ルーシーは画面をまじまじと見ながら、どう答えていいのかわからず、結局スマートフォンをポケットにしまった。

ヒューゴがタオルを山のように抱えてもどってきた。

「はい、これ」一枚をルーシーにわたす。ルーシーは髪と顔をタオルでごしごしこすった。いま自分がどんな外見をしているか、考えたくなかった。きっと常軌を逸しているだろう。

「その子、だれなんですか?」ルーシーは尋ねた。「それとも、わたしは知ってはいけないとか?」

ヒューゴはルーシーの前に置いてあるコーヒーテーブルに腰を下ろした。ルーシーは身体を乾かそうと暖炉にぎりぎりまで近づいている。

「なぞなぞを解いたのかい?」

「ふたりの男が失ったのはそれぞれ、〝妻〟のようなガールフレンドであり、〝彼の〟という限定詞のつかない一般的な〝娘〟」

ヒューゴはうなずいた。「きみは頭がいい」

「わたしは教師。それだけのことです。失われた女の子っていうのはだれなんですか?」

「名前はオータム・ヒラード」まるでその子の名前はすっかり埃をかぶって、いまではだれも口にしないというようないいかただった。「NDAに署名したから、家族はその話をメディアに持っていくことはできない。だからネットで検索しても出てこない」

ルーシーは胃がねじくれる心地がした。NDA、要するに守秘義務契約だ。

「訴訟になったんですか？　ジャックが訴えられたの？」

ヒューゴは胸の前で腕を組んだ。「きみも知ってのとおり、ジャックはああいう人間だ。大切なものを守るために一途になる。それで常軌を逸したことをやってしまう」

ルーシーは知るのが恐いような気がしてきたが、知らないでは済まされないのもわかっていた。

「何があったんですか？」

「俺が最初に会ったとき、ジャックにいわれた。時計島における一番大事な決まりは、決して魔法を解かないこと」

「魔法？」

ヒューゴが肩をすくめた。「子どもたちはジャックがマスターマインドだと信じている。時計島は現実に存在すると思っている。彼に願いを打ち明ければ、それを叶えてくれると信じているんだ。七年前、オータムはジャックにファンレターを送ってきた。そこに彼女は、自分の願いは、夜父親が寝室に入ってくるのをやめてくれることだと書いていた」

「まあ、なんてこと」ルーシーは口を手で覆った。

「その手の手紙が、どれだけたくさん届くか、きみは知りたくないだろう」

「知りたくない」ルーシーは手を口から離した。「それでどうなったんですか？」

「彼女はポートランドに住んでいた。それでジャックは手を差し伸べることができると思った。比喩じゃなく、実際にだ。いつものように返事を書いて、信頼できる大人に状況を話して相談することを勧めるんじゃない。そういった手紙はすべて当局に引き渡すものの、ファンレター一枚で、警察が捜査にのりだすのは難しい」ヒューゴは首の後ろをさすった。ほんとうは話したくないのだろう。「ジャックは彼女に電話した」

「電話した？」

「電話番号を手紙のなかに記していた。ジャックがそこに電話をかけたんだ。それがまちがいの元だった。だがジャックはそうせざるを得なかった。彼の父親が暴君だったんだ。ジャックは、ふだんはテディベアだが、苦しんでいる子どもがいるとわかったとたん、グリズリーに変身する」ヒューゴはにこっと笑う。しかしすぐに笑いは消えた。「電話で話しているうちに、ジャックはその子に、こんなことをいいだした。『願いをひとつ叶えてやるといわれたら、わたしはきっとこういうだろう。きみを時計島に連れてきて、わたしといっしょに安全に暮らせるようにしてほしい』と」

それですべて謎が解けた。「その子はジャックの言葉を信じた」

「そう。もし時計島に行くことができれば、ジャックといっしょに暮らせると思ったんだ。それできみと同じように、フェリーに飛び乗った。しかしその日フェリーは時計島には寄らなかった。彼女はだれも見ていないときに、フェリーから飛び下りて、泳いで島へたどりつこうとした」ヒユーゴはそこでルーシーと目を合わせる。「ジャックには朝食前に浜辺を散歩する習慣があった。それでその日、五時の砂浜に彼女が打ち上げられているのを見つけた」

ルーシーはショックで口が利けない。

ヒューゴは傷口からばんそうこうをはがすように、一気に話を先へ進める。「その子の家族が、ジャックは小児性愛者だと非難した。いったいどの口からそんなことがいえる？　しかしさっきもいったように、警察はファンレター一通しか証拠がないところで、大したことはできない。しかもその手紙を書いた子は死んでいる。それでジャックの弁護士たちが、口止めのために親に金をつかませた。正確な金額は俺にはわからないが、おそらく数百万ドルといった単位で、全員が守秘義務合意書にサインをした。ジャックはそのとき生ける屍《しかばね》だった。そうでなかったら、戦っただろう。その後はもう執筆をやめて、浜辺の散歩もやめて、生きるのもやめた。それで俺がここへやってきた」

ルーシーの想像を遥かに超える、悲惨な事実だった。ジャック・マスターソンは、きっと脳卒中か何かで倒れて、それで書くのをやめたのだと、ルーシーは自分にそういいきかせていた。あるいは、早期退職して悠々自適を楽しもうと考えたか、あるいは子どもの本を書くのに飽きて、つまらない大人たちのために、つまらない本を、ペンネームか何かで書いていると。まさか自分の願ったことが原因で、間接的に子どもをひとり殺してしまい、子どもを性的虐待していた人間に金をつかませなければならなくなったなんて、夢にも思わなかった。

「数百万ドルもの大金を、そんな相手に払うなんて信じられない」

「ジャックと弁護士たちがお互い敵視しているように見えるのはどうしてか、きみが首をひねっていたとしたら……」

「そのことが、もしもニュースに出てしまったら――」

ヒューゴがうなずいた。「彼がこれまでやってきた仕事は台無しだ」

なんとも胸の悪くなる、下劣な話になったことだろう。子どもの本を書く作家が自分の島に、ひとりの少女を呼びよせた。そんな非難を受けたら、ジャックの名は児童文学史から永久に抹消されただろう。

「ジャックが気の毒すぎる」とルーシー。いまジャックと話ができたら、まず謝って、それから長いハグをしてやれたのに。

ヒューゴが立ち上がった。「これで俺がこの島に六年にわたって暮らしていた理由がわかっただろう。だれかが彼を注意して見ていないと、短いはしけから飛び下りないとも限らない。波止場から歩いて海に出ていこうとするのを、文字どおり必死で阻止しなきゃいけない日もあったんだ」

ルーシーはヒューゴに向かって小さく笑った。「彼のためにそこまでしてくれて、ありがとう」

「ジャックは俺に同じことをしてくれた」ヒューゴはルーシーの肩にかかっていたタオルをはずし、それで彼女の腕を軽くたたいた。「もう、だいぶ乾いて温まったんじゃないか?」

「ええ、温まりました。でも乾いたっていうのはどうかしら? ショートヘアの男性は、家にドライヤーなんて置いてないですよね?」

「置かない」とヒューゴ。「でも画家は置く」

ヒューゴはルーシーのために、アトリエからヘアドライヤーを取ってきた。ルーシーはそれをひとめ見て、思わずヒューゴの顔を見返した。

「待ってください。ヘアドライヤーをつかって絵を描くこともあるんですか?」ヒューゴのドライヤーにはさまざまな色の絵の具が多彩に飛び散っていた。

「アルカリ絵の具を大急ぎで乾かさないといけないときに、ヘアドライヤーをつかう。ちょっとした企業秘密だ」

「大急ぎで絵の具を乾かさなきゃいけないときって、どんなときですか?」

「もう締め切りを過ぎているとき」申し訳なさそうな顔をしてみるものの、いつも平気で締め切りを破っているのがバレていることもわかっていた。「ジャックにいわせると、締め切りってのは、パーティと同じらしい。遅れて到着するのがエチケットだって。まあ彼がそういうのは簡単だ。ミダス王のような大金持ちなんだから。われわれ庶民は哀れにも、五分前にのこのこ行って、会場から放り出されないように祈るしかない」

ルーシーは笑い、ヒューゴからドライヤーを受け取った。また笑顔になったのを見てヒューゴはほっと安心する。ルーシーはスーツケースとドライヤーを持ってバスルームへ消えた。ルーシーがいないあいだに、ヒューゴは寝室のウォークインクローゼットにすべりこんでジャックに電話をかける。

「彼女、そこにいるのか？」電話に出るなりジャックがそういった。

「無事確保した。大目玉を食らわせてやって、いまは落ち着いている。ただし、ずっとそうとは限らない」ポートランドに安全に向かえるようになるまで、ここにいることは了承したものの、今週いっぱいいいるとはいっていない。

「何かで気をそらすんだ。きみの面倒な仕事を手伝わせるとか」

「仕事で気をそらす？」

「たいていはそれでうまくいく」とジャック。

「まあ最善は尽くすよ。ところで――」ほんとうはききたくないが、やはり知っておかねばならない。「これはまさか、あんたの仕組んだことじゃないよな？　なぜって、ほら、恐怖と向き合えとかなんとか、みんなにそんなことをいってたから――」

「このゲームに、クリストファーはもちろん、どんな子どもも巻きこむつもりはない」

「そうだとして、ルーシーをどうやって恐怖に向き合わせるつもりだ？」

ヒューゴが予想したとおり、ジャックの答えは人をいらだたせるものだった。「あんまりひどいことはしないよ」

「もし彼女を傷つけたりしたら――」

「どうする？　鼻にパンチでもお見舞いするかい？　それとも決闘に呼び出すとか？」

「落ち着いてくれ」とヒューゴ。「俺がいいたいのは、彼女はいま、傷つきやすくなっているってことだけだ」

「好きなんだな、彼女が？」その満足げな口調がヒューゴをいらだたせる。まるで、すべて自分がお膳立てをしてやったといいたげだった。「わたしは許すよ」

「許してくれなんて、頼んでいない」

「いずれにしろ、わたしに文句はない」

ヒューゴは相手の言葉を無視する。「よくきけ、彼女にオータムのことを話した。流れで話すしかなかった。事実を知って、彼女は相当参っている」

「わかった。いずれ知るべきだ」ジャックは一瞬口ごもり、それから先を続けた。「ヒューゴ、少なくともあと一日は彼女を引き留めておいてくれ。頼む。明日彼女に会わせたい人間がやってくる」

「だれ？」

「わたしも会うのははじめてだ。ルーシーは会えばだれだかわかる」

22

ルーシーがバスルームから出てきたときには、ヒューゴはいなくなっていた。「ヒューゴ？」

「このほうへ来たれ！」短い廊下の向こう側からヒューゴが大声で返事をした。

わけがわからないままに、ルーシーは興味を引かれて声のするほうへ歩いていく。「このほうへ来たれ？　いまどき、だれがそんな言葉をつかうの？」とルーシー。

「俺だよ。そなた、もうこちらへ向かっているか？」

半分ひらいたドアの前にたどりついた。奥は寝室のようだったが、ドアを押しあけてみると、そこはヒューゴのアトリエだった。

「はい、仰せのとおり、こうして――うわっ」それだけいってルーシーはドア口でいったんかたまった。それから慎重な足取りでなかへ入っていく。まるで『オズの魔法使い』で、ドロシーがモノクロのカンザスから、テクニカラーのオズの国へ入ったかのようだった。あらゆる壁が、床から天井までびっしり絵で覆われている。床に敷かれたビニールシートにもさまざまな色の絵の具が飛び散っている。いくつかあるテーブルには、絵の具、絵筆、水入れ、何やら怪し気な薬品のようなもの、それにルーシーにはなんだかさっぱりわからないものが山積みになっている。時代がかった金属製の書棚には、古びたスケッチブックと見えるものが百冊ほども突っこまれていて、そのスケッチブック自体もさまざまな絵の具で覆われていた。

ルーシーはきかずにはいられなかった。「ひょっとして、退屈すると、部屋のまんなかに立って、いろんなものに絵の具をぶちまけているんですか？」

「そうだ」と答えたヒューゴは、キャンバスを積み重ねた脇で、床にひざをついている。

「ここにあるのは、すべて時計島関連のものですか？」

「まあ、そうかな。慈善事業に寄付したものは別として、スケッチ、写真、表紙絵、それと、絵に関してジャックがアドバイスを書いたメモなんかも、ひとつ残らず取ってある」ヒューゴは、キャンバスのひとつを手に取ると、裏に貼ってある黄色い付箋をはがしてルーシーに見せる。

ルーシーは手に取り、文面を声に出して読む。「『ぞぞーーーっ、うわうわうわーっ！』って、なんですか、これ。ちっともアドバイスになってない」

「だよな」

ルーシーは付箋をヒューゴに返した。ほんとうはお土産《みやげ》として持って帰りたかった。

「とにかく、ここに置いてあるか、ポートランドにあるかのどちらかだ。ずっと昔、ジャックの版元にいわれたよ。歴史的、文学的に、大変重要な価値がある……こういったもののすべてにってね」そういって、あたりを手で示す。

「それをあなたは、全部裸のまま、壁に立てかけてあるんですか？　カバーをかけたり、鍵のかかった金庫室にしまったりせずに？」

「毛布だけはかけておく。除湿剤がわりにね」そういうと、積み重ねた絵の上に数枚の毛布を投げていく。「あっちに、お茶とビスケットがある。ご自由にどうぞ」

ルーシーは絵の具で覆われていないテーブルに歩み寄った。「ビスケット？　これはクッキーに見えますけど」

「きみには正しい英語を教えてやらないといけないな」とヒューゴ。「イギリスでは、クッキーはビスケットという。アメリカでいうビスケット、いわゆるケーキ状のパンは、イギリスではスコーンで、俺たちはそれにクロテッド・クリームとジャムをのせて食べる。グレイビーソースはつけない。グレイビーソースはイギリスでは肉料理に添えるものだ」

「へえ、そうなんですか」ルーシーはマグカップにお茶を注いで両手で包んだ。冷たい手にぬくもりがじんと伝わってくる。それを持って、室内をめぐり歩くと、まるで世界一小さい、とても不思議な美術館にいるようだった。

「チーズケーキもあるよ。イギリスではそれを……やっぱりチーズケーキと呼ぶ」

「あなたの手作りですか？」

「まさか。全部ジャックのキッチンからくすねてくる」ヒューゴは床に置いてあった自分のマグカップをつかんで立ち上がった。「俺は世界一行儀の悪い泊まり客でね。ドライヤーはつかえたかい？」

「すっかり乾きました」そういって、遊び心たっぷりに髪をはねちらかして見せる。「あなたのペインティング・ヘアドライヤーのおかげで、このとおり」

「じゃあ、恩返しに、ここで少し手伝ってくれ」そういって、壁を背にして積み重ねた絵や、ワゴンの上に山になっている絵を指さす。「簡単にいえば、俺の元カノが画廊で働いていて、時計島の表紙絵を何枚か欲しいっていうんだ。選ぶのを手伝ってほしい。全部で五枚」

「展覧会用の絵を選ぶのを手伝ってほしいと、そういうことですか？」

「俺が好きなものは、だれも好まない。だからニュートラルな意見が必要なんだ」

ルーシーはうれしくなり、マグカップを置いてヒューゴのもとへ歩いていく。「どれだけニュートラルになれるか自信はありません。何しろあなたの絵はどれも同じように大好きだから」

「よし。こいつを彼女に送ってやろう」とヒューゴ。

そういって彼がかかげたのは、『時計島の暗い夜』の表紙絵だった。

「それはちょっと」ルーシーはモノクロの絵に向かって、さっと手を払う。「暗すぎます」

ヒューゴは笑って後ろへ下がる。「じゃあ、お手並み拝見といこう」

ルーシーはビニールシートにひざをついた。ありがたいことに、ここにある絵はすべて、もう絵の具はとっくに乾いていた。表紙絵を一枚一枚ゆっくりとめくっていくと、記憶のなかにある物語の場面が次々とよみがえってきた。


『火星の海賊対時計島』

『時計島のゴブリンの夜』

『スカルズ&スカルダッガリー』

『時計仕掛けのオオガラス』

『時計島の番人』


どれも素晴らしい表紙絵で、時計島シリーズの大好きな子どもがこれを見たら、だれもが胸をときめかすに違いない。大きなキャンバスに描かれているので、細部まで見ることができる。

「ひとつ、個人的な質問をしてもいいですか?」ルーシーはまた別の表紙絵の山に向かいながらいう。

「してもいい。でも必ず答えるとは約束できない」

「その画廊で働いている、あなたのかつての恋人が、わたしのもらったブーツの最初の持ち主ですか？」

「パイパー。ああ、そうだ」

ヒューゴは壁に掛けてある小さな肖像画をはずした。美しい黒髪の女性が描かれている。銀幕の美女といった風情で、エリザベス・テイラーに似ている。きかなきゃよかったとルーシーは後悔する。この人に比べれば、わたしはどこにでもいる地味な女だ。

「ひとつの島にふたりの男」ルーシーはヒューゴの目を見ていった。「娘の死の理由についてはわかりました。ひょっとして彼女が、あなたの『失った妻』じゃありませんか？　その人がだれかほかの人の妻であるなら、あなたじゃない人と結婚をした」

ヒューゴは小さな肖像画を壁にもどした。「彼女を自分の妻にしたかった。昔はね。ニューヨークにある、俺のお気に入りの画廊のひとつで働いていた。そこで出会ったんだ。ジャックから目を離さないようにするため、俺がここへ移ってきたときに、彼女もいっしょに来たんだ」そこで一呼吸入れる。「ジャックが憂鬱《ゆううつ》から脱することができるまでに、どれだけ長い時間が必要か、俺たちはどっちもわかっていなかった。それに島暮らしはだれにとっても快適というわけじゃない。彼女もここでまるまる六か月はがんばったんだが、それ以上は我慢できなかった。社会から隔絶されているのがいやだったんだ。彼女とジャック、ふたりのどちらかを選べといわれて、ジャックを選ぶしかなかった」そういうと、いま掛けたばかりの肖像画をまた壁からはずし、床に積み上げた絵の上に置いた。もう毎日見る必要はないとでもいうように。「彼女はいま、獣医師と結婚して幸せに暮らしている。とびっきりかわいい娘もいる。それでよかったんだと俺は喜んでいる」

「また皮肉ですか?」

最初ヒューゴは答えなかった。それから「違うよ。最近彼女と会って、もう終わったことがわかった。怒りが消えていた。愛も、欲望も、全部どこかへ消えてしまった。彼女の幸せを素直に喜べた」そこでため息をつく。「しかし、それはそれでまずいんだ。苦悩のさなかにいるほうが、ずっといい作品が描けるからね。まあ、そのうちニューヨークに移るつもりだから、その問題はクリアできるだろう」

「ふーん。で、ここの賃料はおいくらですか?」

微笑《ほほえ》みを浮かべたヒューゴの顔があまりにハンサムで、ルーシーの胸が痛くなった。ルーシーはまた山積みになった絵を真剣に見るまなざしになり、どうか赤くなった顔を見られませんようにと心のなかで祈る。

「何か、好きなのは見つかったかい?」とヒューゴ。

あなたですと思いながら、それは心のなかだけにとどめておく。「えーと……全部好きです。ただ、『時計島の王女』の表紙絵がないかと思って。わたしの一番のお気に入りがあれなんです」

「『時計島の王女』は、セントジュード小児病院に寄贈したんだ」

「まあ。それじゃあ、『時計島の秘密』は? クリストファーはそれがお気に入りなんです」

「それもやっぱり寄贈した……どこかに」

ルーシーは怪訝《けげん》な目でヒューゴの顔を見た。「どこかに？」

「そう、どこかに」

「わたしに場所を教えちゃいけないことになっているんですか？」

「いや、そんなことはない。単に俺が教えたくないだけだ」

「ヒューゴ……」

「ロイヤルファミリーがこれを……つまり、デッサン教室のチャリティとか——」

「もういいです。あんまりうらやましすぎて憎らしくなってきました」とルーシー。

「そんな大層なもんじゃないだろう。バッキンガム宮殿に飾られているわけじゃあるまいし。ほんとうはそれだけの価値があると思うがね」

「もういいです」

「ビスケットをもっと取ってこよう」

「チーズケーキがあるって、おっしゃっていましたよね？」

ヒューゴはあきれ顔を寄越した。「はいはい、チーズケーキを取ってまいります」

ヒューゴがアトリエを留守にしているあいだ、ルーシーは立ち上がって大きく伸びをした。と、また別の絵が目に飛びこんできた。灰色の無機質な金属棚に隠すようにして置いてある。近づいていって慎重にひっぱりだすと、これもまた肖像画だった。あっ、この目と、愛らしい鼻。

「まあ、デイヴィ」ルーシーが口に出してそういったところで、ヒューゴがもどってきた。首をねじって肩越しにちらっと見ると、ヒューゴは笑っていなかった。「ごめんなさい。勝手に見てしまって」

「かまわない。それはいい絵だ。ただ……ときに顔を見たくないときがある。つらすぎて見られないんだ」

「何があったのか、きいてもいいですか？」

「ダウン症の子どもは、心臓に問題を抱えている場合がある。デイヴィも運悪く、そうだった」ヒューゴはチーズケーキをのせた皿ふたつを仕事用のテーブルに置こうと、絵の具で汚れたカップやグラスを五つほど脇に寄せた。「あいつが十五歳のとき、手術をしないと生きられないと診断された」ヒューゴはいったん口をつぐむ。「そうして合併症が起きた。血栓だ。デイヴィは病院で亡くなった。母親がついていたが、俺はここにいた。仕事をしていたんだ」

「つらかったですね」そういって彼の腕にそっと触れた。しかしヒューゴは反応せず、また絵を棚から取り出して、それをさっきまでパイパーの絵が掛けてあったフックに掛けた。「素晴らしい肖像画です」

「素晴らしいものから、素晴らしいものをつくりだすのは簡単だ」そういって一瞬だまる。「デイヴィはよく、通りで知らない人間に話しかけていた。うちのお兄ちゃん、時計島の本の絵を描いてるんだよって。母親といっしょに本屋に行くと、棚から時計島の本をひっぱりだして、これはお兄ちゃんの描いた絵なんだと、きく耳のある人間に片っ端から話しかけて自慢していた。女の人に、サインを求められたって、うれしそうにいってたっけ。あのころはほんとうに幸せそうだった」ヒューゴは笑顔になったものの、それからすぐ顔から笑みを消した。「あのとき、ジャックが何から何までしてくれた。まったく俺の王子様だった。葬儀の費用を出してくれて、飛行機のチケットを買って俺をイギリスに帰し、母親の借りている家の賃料をすべて支払ってくれた。あまりにショックが大きすぎて母親はそれから何か月も仕事には復帰できなかったんだ。親子そろってジャックに助けられたってわけだ」

危ない水域のすぐ近くまで来ているとルーシーにはわかっていた。ひらいた傷口と向き合うには、細心の注意が必要だ。「ジャックが苦しんでいるときに、あなたがここへ移ってきたのは、そのときのことがあったからですね」そっといった。

「ジャックには大きな借りができた。どうやったって、それを完済するのは無理だと思っていた……」そこでアトリエの窓に目をやる。オータムの命を奪い、パイパーを連れ去った海を眺めている。「ジャックはもう平気だというが、どうだかな。まだ闇を抜けていないのに、抜けたふりをしているだけかもしれない。ひょっとしたら、俺がジャックを置き去りにする罪悪感なしにここを出ていけるよう、演技をしているんじゃないかって、そう思うこともある」

「ジャックはマスターマインドです。忘れたんですか?」ルーシーはケーキの皿を自分用にひとつ取り上げ、もうひとつをヒューゴに差しだした。もう一度彼の笑顔を引き出したかった。それが成功した。「彼が実際に何をたくらんでいるか、推測はいくらでもできるが、ほんとうのところはだれにもわからない」

「そのとおりです。じゃあケーキで乾杯」ふたりはフォークをぶつけ合うと、ケーキに食らいついた。

それから四十分と、チーズケーキから得た数千キロのカロリーを費やして、ルーシーはヒューゴの絵のなかから、これはという五枚を選び出した。ヒューゴはルーシーの選んだ絵をひとつひとつ見ていく。

「おお、『時計島のゴブリンの夜』か」ヒューゴはいって、満足げにうなずいてみせる。

「あの本、子どものとき、すごく恐かったんです。ジャックの本はどれもぞっとする場面があるけれど、とりわけあれは恐かった」

「あの本に隠された暗い秘密を知っているかい？」ヒューゴはゴブリンの夜の絵をからっぽのイーゼルに置いた。

ルーシーは立ち上がり、服の埃を払ってヒューゴの隣に並んだ。「知りません。どんな秘密があるんですか？」

「あの本のストーリーを覚えているかい？」

「時計島に、ある男の子がやってきて……正確なところはどうだったかしら」ルーシーは眉を寄せた。「あっ、そうだ、その子はお父さんがオオカミ男だと思っていて、お父さんを人間にもどす治療法をさがしていた。それでオクトーバー卿とその奥方が、その子をモンスターだらけの城に冒険の旅に出す。そうじゃなかったですか？」

「まあ、そんなところだ」とヒューゴ。「ジャックの父親がアルコール依存症だった。まるでオオカミ男といっしょに育ったようなものだとジャックはそういっていた。飲んでないときは大丈夫……普通の人間なんだ。ところがひとたび酒を飲みだすとモンスターに早変わり」そこでパチンと指を鳴らす。「息子を殴る。妻を殴る。ジャックの父親と比べたら、俺の父親が聖人に思えるよ。うちの場合、もうこれ以上父親はやっていたくないと思って、家を出ていっただけだ。壊したのはおふくろの心だけで、腕を折ったりはしなかった」

「そんな」ルーシーは絵の隅に描かれている少年をまじまじと見つめる。その子は、勇気を振り絞って城へ入っていこうとしている。なかに入って、父親を助ける方法を見つけるか、それともモンスターたちに命を奪われるか。「そんなことまったく知りませんでした。ジャックはいままで――」

「そういう話をしたことがあるかって？　ないよ。時計島の一番のルールは『魔法を解くな』だから。子どもたちにはマスターマインドが現実にいると信じさせないといけない。その存在の裏にどんな人間が隠れているかは知らなくていい」

それはルーシーにも理解できるし、ありがたいことだとも思う。けれどそんなにたくさんの秘密を世間から隠しておかねばならないジャックのことを思うと、胸が張り裂けそうだった。ほかにジャックは世間から何を隠しているのだろう？

ヒューゴが話を続ける。「数年前ジャックからこんな話をきいた。父親がオオカミに変わる夜に彼は頭のなかに時計島をつくり上げていたそうだ。布団をひっかぶって、暗がりのなかで光る腕時計の文字盤をにらみ、時間が去っていくのをじっと待っていた。時計はジャックにとって魔法だった。夜の十時と十一時は危険な時間。オオカミの時間だ。しかし朝の六時、七時、八時は人間の時間。もし自分が時計を自由に操れる王様だったとしたら、オオカミの時間は来させない。それから、どういうわけか時計が島になった。そこへ行けば脅《おび》えた子どもが勇気を見いだせるという島に」

「その部分が、わたしはいつでも大好きだった」とルーシー。「自分でも知らないうちに、物語の一番の肝を押さえていたんですね。時計島に行けば、歓迎してもらえると、それがわかっていた」ジャックは子どもの気持ちをよく理解して、どう書けば子どもの心に響くのかわかっていた。その根は自らの子ども時代にあったのだ。いまでも、病院の待合室にいて、両親が迎えに来てほしい、様子を見に来てほしいと、そう願っている自分を想像することがある。結局は来ないのだとわかっていながら。それと同じで、ジャックも愛する人を助けるために、いつでもモンスターだらけの黒い城に飛びこんでいくことを考えているのだろう。

ルーシーはうめき声をもらして、額をこすった。

「わたし、自分がとんでもないばかに思えてきました。さっきジャックにひどいことをいっちゃったんです」

「そんなことは思わなくていい。ジャックには、ときどき思い出させてやらないといけない。人間がみんな、自分の書く物語の登場人物だと思ったら大まちがいだ。自分の思いどおりに操るなんてしてはならないんだと。それに、ジャックにひどいことをいうことにかけちゃ、俺の右に出る者はいない。信じてくれていいよ、ルーシー」そういって、ヒューゴが軽く肘で突っついてきた。彼のすぐそばに立っていられるのがうれしくてたまらないと思う、そんな自分がいやだった。

「信じてくれていいよ、ルーシー」と甘い声でいわれて、思いっきり胸をときめかせている自分もいやだ。ヒューゴは白いTシャツ姿なので、カラフルな腕のタトゥーが全部見えている。腕の筋肉が動くたびに、色が揺れ動いて位置を変える。まるで生きて呼吸してる絵の隣に立っているようだった。

「あとはどれに決めたのかな?」

ルーシーは自分の選んだ絵の束を見せた。ヒューゴはそれを見ていき、ルーシーの選択眼に納得してうなずいている。「『時計島の番人』を選んだか」

「え、だめですか? わたし、大好きなんです」ルーシーはキャンバスを持ち上げて、それをイーゼルに置いた。「灯台と、その上に立って夜空を見上げている男の人……」そこでルーシーは、満月の光に照らし出されている歩道の人影を指さす。「これ、もうすごく印象的で。謎めいていますよね」

「ジャックもこれがお気に入りだといっていた。理由はわからない」

「わたし、わかる気がします」

ヒューゴが片眉をつり上げてルーシーを見る。

ルーシーは肘でそっとヒューゴを突っついた。「ほら、見てください」そういって、アトリエ内に散らばる、思い出の詰まったものたちを手で示す。「時計島の絵、スケッチ、メモ、メッセージ、そういったものすべてをあなたがここに保管している……」

「だから?」

「あなたが、時計島の番人なんです。ジャックがその表紙絵を大好きだというのは、ジャックがあなたを愛しているから」

ヒューゴは顔をそむけた。「俺がいなくなったら、新たな番人が必要になる」

「わたし、その後釜にすわってもいいですか？」

ヒューゴはルーシーをにらみつけたが、その目にいたずらっぽい光が宿っている。「このハゲタカめ。まだ死体は冷たくなっていないぞ」

「じゃあ早いとこ冷めてください。わたし、家が必要なんです」

ヒューゴはルーシーの顔を指さし、それから鼻先をはじいた。

ルーシーはショックを受けたふりをする。

「ばかなことをいった罰だ」

「だって本音ですから」

「ハイ、退場。もうきみにビスケットはやらない」

絵の具が飛び散った美しいアトリエからルーシーはしぶしぶ出ていった。リビングにもどって暖炉の前に立つ。手をかざしていると、ジーンズの尻ポケットでスマートフォンがふるえた。取り出してみると、またテレサからメッセージが入っていた。

頼むからそこにいて、ゲームをやり遂げて。クリストファーはわたしのほうでちゃんと見ていると約束する。自分のためにあなたがゲームをあきらめたと知ったら、あの子きっと一生自分を許せない。

「大丈夫かい？」

ルーシーは顔を上げた。ヒューゴがリビングの入り口に立っていた。心配げに眉を寄せている。

「友だちのテレサから、ちょうどいまメッセージが来たんです。頼むからここにとどまって、ゲームを続けてくれって。どうなんでしょう。このゲームに勝つのは、だれにとっても非常に難しいって、ジャックはそういっていました。勝てる可能性がそんなに低いなら――」

「不可能じゃない。いかれたことを山ほどやるジャックだが、どうせ負けるとわかっているゲームのために、きみたちをここに集めるなんてことはしない。そもそもこの俺だって、勝てるとは思っていなかったんだ。どうせ自分なんて、ハックニー（ロンドンの歓楽街）の薄汚いタトゥー屋で働くのが関の山で、夜道で刺されないようびくびくしながら家に帰る将来を想像していた。ところがそうはならずに、ここにこうしているってわけだ」そこで周囲にさっと手を払う。「この家、この場所、好きな仕事……」ヒューゴは歩いていってルーシーの目の前に立った。「きみをここにとどまらせて、勝負に決着をつけさせることは俺にはできない。しかし、これだけは約束できる。もしきみが最後まで勝負せずにここを去ったら、生涯ずっとひとつの想像に苦しめられることになる。もしゲームに勝っていたら、どうなっていただろうって。で、これは自信を持っていえる。きみが毎回想像するのは、まちがいなく、とびっきり美しい光景だ」

「あなたは勝負に勝ったあと、みじめに暮らしていた。そう思っていましたけど」

「俺もそう思っていた」そこでヒューゴは眉を持ち上げ、両手を広げてみせる。「頭のいい女性に、最近こういわれた。あなたたって、大嘘つきね」

ルーシーはため息をついた。「そうかもしれません。でも、あなたは真実もいいあてている。確かに、もうこれ以上後悔はしたくありません。一生分の後悔をしてきましたから」

ヒューゴはルーシーに笑顔を見せてから、アトリエに消えた。

ルーシーはテレサに、ここに残って最後まで勝負すると返事を打った。

テレサから返信が来た。そして勝つ！

それに対してルーシーは、こう返すしかなかった。そう願っているわ。

23

島にとどまるようルーシーを説得したあと、ヒューゴはこっそりアトリエにもどってジャックにまた電話をかけた。深夜過ぎの遅い時間ではあったが、相手はすぐに出た。

「彼女の気をそらすっていう、あんたのあくどい作戦が功を奏した。残ることに決めたよ」とヒューゴ。「ゲームを最後までやるってさ」

ジャックは心から安堵して、ヒューゴの耳をふるわすほど大きく息を吐いた。「息子よ、よくやった」

「これから彼女をそっちへ送っていく」

「しかしまだ――」

突然、室内の空気が変わって妙に重たい静寂が広がったと思ったら、ふいに闇になった。「いや無理か」とヒューゴ。突然照明が消えたのに驚いて、ルーシーがキャッと悲鳴を上げたのがわかった。

「戸締まりをしっかりな」とジャック。「明日の朝に会おう。もしお互い無事でいられたら」

「ルーシーをここに置いといて、まずくないのか？　ふたりいっしょにいるあいだに、彼女が勝つためにカンニングをしたとか、あらぬ疑いをもたれかねない」

「恋人どうしになったと疑われる？」

「友だちだ」

「いいかい、ヒューゴ。残るふたつのゲームは、きみひとりがいくらがんばったところで、彼女を勝たせることはできないんだよ」それだけいって、ジャックは電話を切った。

ヒューゴはルーシーの様子を見にいった。これだけの嵐だ。今夜はここに泊まるというのが、どう考えても妥当だろう。ルーシーはいま、リビングの暖炉のそばにいるから、とりあえず安全だと思い、ヒューゴは毛布と必要なものを集めてくる。一番やわらかい枕。毛布も一番贅沢《ぜいたく》なものを選ぶ。念のため蠟燭《ろうそく》も数本用意しておく。女性と最後に夜を過ごしたのは、いつぶりだろう？　ほんとうに久しぶりだ。はしゃぐんじゃないぞと、ヒューゴは自分の胸にいいきかせる。浮かれているのは、きっと目新しさと、孤独な毎日のせいだろう。ルーシーが自分のいる方向に笑顔を向けただけで、靴のなかで爪先が丸くなるのも、悪くない気分だった。

リビングにもどると、まぶしい炎が大きく燃えて、熱をふりまいていた。ルーシーが暖炉の火をかきたててくれたのだ。暖炉のそばのクッションに腰を下ろしている彼女を見て、ヒューゴも別のクッションをつかんで隣に腰を下ろし、火で温まる。

「枕も毛布もいくらでもあるから」とヒューゴ。「少なくとも、今夜は凍え死ぬことはない」

ルーシーがヒューゴの顔をじっと見る。まるで彼の顔に何かついているかのようだった。

「何?」とヒューゴ。

「悪くとらないでほしいんですけど。眼鏡がないと、その……なんというか……」

うっかり忘れていた。バスルームで懐中電灯の光を頼りに歯を磨いたときにはずしたのだった。

「失礼。行って取ってくる。俺の顔は眼鏡で隠しているときが一番よく見えるって、自分でもわかってる」

ルーシーは口をぎゅっとすぼめて、にらむようにヒューゴの顔を見る。「眼鏡がないほうが素敵だっていいたかったんです。すごく若く見える」

ヒューゴが両の眉をつり上げた。「そうだよな。コンタクトレンズにするべきだって、わかってた」

ルーシーはヒューゴが暖炉のそばに置きっ放しにしたスケッチブックを取り上げた。

「ちょうど仕事をしていたところだったんですか? わたしがその……正気を失って飛びこんできたとき」

「いや正気は失っていなかった。あわてていただけだ。それに俺がやっていたのは仕事じゃない。単なるアホガキだ」

「アホガキ?」

「デイヴィの造語だ。ラクガキならぬアホガキ。俺がそこにさらさらと描く絵は、そう呼ぶのがふさわしいそうだ。面白い子だったよ」デイヴィの話ができるのはうれしかった。ほかの人間はたいてい、こちらがデイヴィを話題にすると、まるで悲しみに感染するとでもいうように、身を引いて構える。彼女はそうではなかった。

「なんて素晴らしい子。あなたのアホガキを見せてもらえますか?」そういって、無邪気に笑う。

ご自由にどうぞと、ヒューゴは手を振った。

ルーシーはまずシャツで両手をふく。絵にわずかな汚れもつけまいという心遣いで、その仕草があまりに健気《けなげ》で、胸にじんとくる。ルーシーが最初のページをひらいた。満月がクレーターもはっきりわかるように描かれている。それだけで、ほぼページ全体をつかい、月の手前の海には、海賊旗をたなびかせた船が描かれていて、舵を取っているのはコーギー犬だった。

「ジャックの新作には、海賊船が出てくるんですか?」

「さあ、どうだろう」とヒューゴ。クッションに背を預け、暖炉の前にひざを立てる。「満月を背景に、コーギー犬が船長を務める海賊船が浮かんでいる、そんな場面を描きたくなったっていうだけの話だ。昔は、シリアスな絵を描く画家になろうと考えていたときもあったんだがね」

「ああよかった、そうならなくて」とルーシー。「だって、たとえばレンブラントの絵を部屋に飾っている子どもなんて、わたしはひとりも知りませんけど、あなたの絵を部屋に飾っている子どもなら山ほど知っています」

「ほんとうに？」

ヒューゴと目を合わせずに、ルーシーは自分を指した。「『時計島の王女』にポスターの付録がついていましたよね？　わたし、子どものとき、あれをずっとベッドの上に飾っていました」

ヒューゴは芝居がかった調子でうなった。「ありがとう。自分がずいぶんな年寄りだとわからせてくれて」

「光栄に思うべきですよ」

「そうだね。ありがとう。誠に光栄でございます」冗談めかしていったものの、ほんとうにうれしかった。年寄りではあるが、栄《は》えある年寄りだ。

ルーシーはスケッチブックをめくり続ける。「うわ、かわいい」木炭で描いたオオガラスの頭に赤い水彩絵の具で帽子を描いた絵だった。

「それはサール。帽子は余計だがね」

「似合ってます」とルーシー。次のページは、ピエロが頭に風船をくくりつけて宙に浮いている絵だった。また別のページをひらいたルーシーの眉がぴょんと飛び上がった。スケッチブックを回転させて、その絵をヒューゴに見せる。「えへん」

「いっただろ、きみにジャック・アンド・ダニーの絵を描いてやるって」そういってにやっと笑う。恥じるべきなのだろうが、蘭の花を描いた場合、蘭に見えることもあれば、そうでないときもあって——。

「女性器のようですけど」とルーシー。

「ジャックの温室で咲いている蘭の花だ。俺じゃなく、ジョージア・オキーフを責めてくれ。彼女が最初にはじめた」

ルーシーはだまって首を横に振りながら、次から次へページをめくっていく。「どれもこれも、ほんとうにすごい」ルーシーにいわれて、ヒューゴの胸が苦しくなる。アーティストがみなそうであるように、彼もまた、お世辞にぼうっとなる質ではあったが、いまはそれ以上だった。自分のスケッチブックにルーシーが夢中で見入って、ページをめくるたびに、微笑《ほほえ》んだり、声を上げて笑ったりする。美しい女性の顔に浮かぶ笑み。それを引き出したのが自分であるという事実がどれだけうれしいものか、長らく忘れていた。

「わたしにも芸術的な才能があったらなあって思うんです。マフラーを編むのは得意なんですけど、それは芸術というより工芸ですから」

「工芸は、人間に役立つ芸術だ。そうでないとはだれにもいわせない。山のようにあるピカソの作品より、俺はアーミッシュのキルトに感銘を受ける」

ルーシーは笑みを浮かべたが、何もいわず、あるページの絵を長いこと見つめている。

いいかげん寝室に退散すべきところだろうが、ヒューゴはこの会話を終わらせたくなかった。気がつけばルーシーと過ごす時間を楽しみすぎている自分がいた。

「アートをやりたいと思ったことは？」ヒューゴはきいた。

ルーシーはスケッチブックを閉じて、それをコーヒーテーブルの上にていねいに置いた。「いいえ。でもそういう業界で働きたいと思っていました。それに一番近い仕事でわたしが経験したのは、セミプロの女神《ミューズ》でしょうか」

ヒューゴの眉がつり上がった。「セミプロのミューズ？　なんなんだ、それは？」

「わたし作家とつきあっていたことがあるんです」とルーシー。「彼がわたしのことを俺のミューズと呼んでいた。わたしから創作の霊感を受けるという意味ではほめ言葉と取るべきなんでしょうけど、彼が書くのはみじめな人間が出てくる話ばっかりで」

ヒューゴが小さな笑い声を上げるると、ルーシーは身を縮めるよう、ひざを折って正座になった。

「俺も名前をきいたことがある人かな？」とヒューゴ。

「ショーン・パリッシュって、ご存じですか？」

ヒューゴの背筋が伸びた。ああ、彼かとすぐピンと来たが、心に兆《きざ》したのは感銘ではなく警戒だった。「ショーン・パリッシュだって？　冗談だろ」

ルーシーはどこかが痛むような顔をした。「彼を知っているんですか？　つまり、個人的に？」

「彼とジャックは何年も同じエージェンシーに所属していたんだが、俺は会ったことがない。本人より評判が先行していた。好評も悪評もね」

ルーシーは両手を持ち上げて秤《はかり》に見立てる。「片やピュリッツァー賞受賞作家」とルーシー。

「その一方で……」

「世にも名高いケツの穴」とヒューゴ。どう考えても好きな作家ではなかった。一作を手に取ってみたものの、最初の五十ページでもうシュレッダーにかけて、サメと泳ぎに行きたくなった。

「ええ。まったく……そのとおり」ため息をついていった。「わたしは彼の恋人でした」

「いったいどこで出会ったんだ?」

「彼はわたしの先生だったんです。創作のクラスの。当時のわたしは、いつの日か出版界で働きたいと思っていた。初心《うぶ》だったんですね。英語の学位を持ってニューヨークへ行くだけで、出版社の角部屋《コーナー・オフィス》に入れてもらえると思っていた。それで有名な作家の創作の授業を取ることを思いついた。その先生が、きっと仕事を得るのに力になってくれるって」

「つまり、ショーン・パリッシュは教え子と寝ていたってことかい? まあ、驚きはしないが」

批判めいてきこえないよう努めたものの、やはり無理だった。ヒューゴには、ショーンもまた、自分の知っている男性アーティストの多くと変わらないように思えた。才能に見あうだけの大きな自尊心を持っているものの、精神的には非常に不安定で、若いアーティストを吸血鬼のように食い物にする。

「公平を期するためにいっておきますと——まあ、そんな気遣いを受けるべき人間ではないんですけど——わたしがそのクラスを卒業するまでは、ふたりのあいだには何もなかったんです。大晦日《おおみそか》にニューヨークのあるバーで、ばったり遭遇して。いっしょに彼の家に帰ったら、これがもう驚くほど豪華なアパートメントで、それから三年のあいだ、そこで暮らしたんです」

「彼は……俺より年がいってるんじゃなかったかな?」

「いまは四十代はじめ。四十三歳、だったかしら? ちょうど『亡命者たち』で全米図書賞を受賞したときに出会ったんです。つきあっているあいだに、彼はすごいベストセラーを二作出して、映画化された作品もありました。おまえは俺の幸運のお守りだ、ミューズだっていって。だれも欲しがらない、だれにも愛されない捨て猫を引き取ったことで、宇宙が自分に有利にかたむいたとそう思っていた。わたしは彼の善行だったんです」

ヒューゴが目を大きく見ひらいた。「彼がそういったのか？　きみを捨て猫だって？　信じられない」

「わたしが〝愛情失調〟であるというのが彼は好きでした。わたしをそう呼んでいた。〝両親を失うよりつらいのは、死んだほうがいい人間を両親に持つことだ〟これは『スモール・タイム』に出てくるセリフだったかしら。それとも『アーティフィス』だったかしら。両方がごっちゃになっているのかもしれません」そういうと、ルーシーはヒューゴから顔をそむけ、暖炉の火をしばらく見つめている。再び口をひらいたときには、どこかうつろな話し方になっていた。「彼もまた、愛情に飢えていた。親は結局離婚したけど、不倫やドラッグは日常茶飯で、家庭は憩《いこ》いの場ではなかった。それで十二歳で自活していました。ぼろぼろな者どうしが引かれ合った、そういうわけです」

「その出典を明らかにせよ」

「えっ？」ルーシーはひきつった笑いをもらした。

「ジャックがいっている。いつでも出典は明らかにしないといけない。ぼろぼろな者どうしが引かれ合ったと、そういったのはだれだい？　彼か？　それともきみか？」

「彼。で、わたしは彼の言葉を信じたんだと思います」

冗談を口にしたように笑うものの、その笑顔に入ったひびがヒューゴには見える気がした。

「ルーシー……そんなのは大嘘だ」

「誤解しないでください。楽しいときもあったんです。マーサズ・ヴィニヤードのホームパーティに参加して、ミシュランの三つ星レストランで食事をして、彼のヨーロッパ・ツアーにもついていきました。そしてこのわたしは」そこで自分の胸を指さす。「彼とお城で愛し合った」

「なのに俺は、きみを単なる幼稚園の教員補助だとしか思っていなかった」とヒューゴ。そういってから床の上で大きく伸びをする。「俺がいま、本物のミューズといっしょにいるなんてだれが思うだろう？　あらゆるアーティストの夢。それが実現するんだから、俺はよほど運がいい」

「わたしのタトゥー、見たいですか？」

「ああ、そのためなら人生を捧げてもいい」

「断言しますけど、見せびらかそうってわけじゃありませんよ」そういうと、一度ヒューゴに背を向けてシャツの裾を持ち上げてから、また向き直ってわき腹をヒューゴに見せる。古代ギリシアの美しい女性が両手で巻物を持っている姿が八インチほどの高さで彫られている。ヒューゴは横転して近づき、火明かりを頼りにタトゥーの輪郭《りんかく》をまじまじと見つめる。指でたどって見たかったが、一度触れたら、もう二度と離したくなくなることもわかっていた。

「彼女の名前はカリオペ」とルーシー。「ギリシアのミューズたちのまとめ役で、叙事詩を司っている」

「頼むから、ショーン・パリッシュが、きみにこれを彫らせたなんていわないでくれよ」

「いいえ、違います。彫らせたのは自分。わたしは彼のミューズだから、きっと喜んでくれるんじゃないかと思って」

ヒューゴは顔を近づけて、なおもよく見てみる。女性の身体をうっとり眺めるのではなく、彫り師の腕前を鑑定するような目つきだった。

「手があいているミューズを雇ってみたいっていう人、だれかご存じないですか?」シャツを下ろしながら、ルーシーがいう。

「俺は現代のアーティストだからね」そういって頭の後ろで手を組む。「俺のミューズは、食えなくなること、忘れ去られることへの恐怖だ」

ルーシーは笑みを浮かべたが、目は遠くを見ている。まるで忘れたいと願っていたことを思い出したかのようだった。「彼にもいいところはあったんです。人生ではじめて、わたしに有用感を持たせてくれたのが彼だった。心からわたしを必要としてくれた。でもって、人生ではじめて人から必要とされると、気がつくんです。自分がどれだけそれに飢えていたか」

そういうルーシーの声に、だれにもいえない過去の苦しみがにじんでいるようにヒューゴは感じた。半身を起こして、優しくきいてみる。「で、きみたちふたりは、それからどうなったんだい?」

ルーシーは長く息を吐いてから、話しだした。

「いっしょに寝るようになって、最初の一か月でもうわかっていたと思うんです。彼がどういう男か。どうしてきみは、作家になる気もないのに創作のクラスに入ったんだと、彼にきかれました。それで、いつの日か出版業界で働きたいのだと打ち明けた。ニューヨークで子どもの本を出版する会社に入りたいと。『それはすごい』とか、『きみにぴったりの仕事だね』とか、そんなことをいってくれるんじゃないかと期待しました。そうでなくても、『きみならできる。きみの力を信じている』みたいに、漠然と励ましてくれるかと。でもそうじゃなかった。彼はあきれ顔を寄越して、子どもの本は本物の文学じゃない、ジャンルをきちんと見極めたほうがいい、つまり――」

「絵が入っているような本は論外」ヒューゴがいった。絵本の仕事を見下すような発言をこれまでに何度もきかされた。

「そうなんです。ごめんなさい」

「謝らなくていい。きみはそんなことを信じていないとわかっている」

「はい。でも反論する勇気がなかった。彼の言葉に適当にうなずいて、その夢を立ち消えにしてしまった。でも彼は魅力的で、面白くて、セクシーで、いっしょによく旅をして、彼のアパートメントは素敵で……そうやって肯定できる部分を継ぎ合わせて、これでいいんだって思っていた。自分がラッキーだと思うのに、幸せである必要はないんです。こんな有名な作家とつきあえて、自分は運がいいと思える。ところが妊娠が判明したことで、その継ぎ目が破れてしまった」

「ルーシー」かわいそうにと、ヒューゴは胸が詰まった。ぎゅっと抱きしめてやりたいと思うものの、それはやってはいけないことだった。

「心の奥底では、ずっとわかっていたんです。わたしが彼にとってどんな存在なのか。そばに置いておけば自分も若やいだ気分でいられる若い女。けれど子どもは、彼の計画には入っていなかった。そんなものはなかったことにしたい。堕ろすようにと再三いってきて、わたしに変わって手術の予約までしてくれました」

ルーシーはそこで深く息を吸った。

「そんなわけで、最終的にカリフォルニアに行き着いたというわけです。シャワーを浴びて鏡を見るたびに、このばかげたタトゥーが目に入る。彼を満足させるために、自分がどれだけのものをあきらめてきたのか、いやというほど思い知らされる。もしこのまま同じ生活を続ければ、しまいには自分がすっかりすり減ってしまう。それで……ある夜、マンハッタンで彼の著書の発刊祝賀パーティに参加したとき、頭痛がすると嘘をついてホテルにもどったんです。荷物をつかんで、大急ぎで逃げた。一枚だけ持っていたクレジットカードをつかって西へ移動しました。今後のことを考えるあいだ、カレッジ時代の友人が下宿させてくれたんですが、その数週間後に出血しました」

ヒューゴは何もいわない。何かまちがったことを口走ってしまうのが恐ろしかった。

ルーシーの両手がこぶしに握られる。「でも……わたしは……ショーンにはいいませんでした。何ひとつ。まったく。自分の居場所さえ教えなかった。うまい言葉でいいくるめられて、また彼のもとにもどっていくんじゃないかと、まだ不安でした。とにかく、ここで一からやりなおすんだと心を決めました。カリフォルニアってそういう場所じゃありませんか？　大敗した人間が、心機一転まき直しを図るのに必要な場。わたしはそこで仕事を得て、白紙の状態からはじめました。ここに至ってもまだ、白紙に変わりないんですけど」

「大変だったね」ほかに何がいえるだろう?

「流産してから、頭のなかで小さな声がきこえるようになりました。ショーンのいったとおり、自分は母親になるべきではないんだと」

「違う」ヒューゴはいった。「そんなことはまったくない。クリストファーの手を握ってやるという、ただそれだけのためにカリフォルニアまで泳いでも行く覚悟だった。母親にふさわしくない人間はそんなことはしない。ショーン・パリッシュが子どもを欲しくないのは、自分以外に考えなくてはならない存在ができるのがいやなんだ。そんなやつのいうことなんぞ、何ひとつ信じちゃいけない」

ルーシーは天井を見上げ、泣くのをこらえるようにまばたきをする。

「きいてくれ。もしデイヴィがまだ生きていて、その世話をだれかに頼まなきゃいけないとする。そうしたら俺はほかのだれよりもきみを信頼して託す。ジャックだって、きみには叶わない」いったそばから、いまの言葉は本気だったと気づいてヒューゴは衝撃を受けた。

ルーシーがにっこり笑った。たまった涙で目がきらきらしている。「そういっていただけるのはとてもうれしいですけど、わたしは、自分の面倒さえ見られないんです」

「俺と同じことをすればいい。きみの裕福な友人たちにたかるんだ。きみにとって真の問題は、リッチな友人がいないことだ」

なんとかして彼女を笑わせたかった。ルーシーの口もとを、笑みに似たものがかすかによぎる。

「とにかく、そういうことだったんです。これで話は終わりです」

「物語はまだ終わっていない」

ルーシーのやつれた顔に笑みが浮かんだ。「ええ、もちろん。なぜならわたしはこのゲームで勝つ。そうですよね？」

ヒューゴはルーシーの顔を両手ではさみ、目と目を合わせる。キスをしたかったが、やめておく。いまの彼女が必要としているのはそれじゃない。

「きみならできる」代わりにそういってやる。「きみの力を信じている」

24

ルーシーはヒューゴのソファの上で目を覚ました。そよ風の音。窓の外に広がる海は穏やかに静まっている。コーヒーのいい香りと、パンを焼くおいしそうな匂い。空には太陽が輝き、身体のなかには力が満ちている。もう逃げたり隠れたりする理由はない。ルーシーはゆっくりと身体を起こし、髪を指でとかす。

「ヒューゴ？」声を張り上げて呼ぶと、キッチンからひょっこり顔を出した。もう起きていた。着替えを済ませ、朝食の用意にかかっている。昨夜、大きく温かい手で顔を包まれた心地よい感触と、きみの力を信じているといったときの、あの強いまなざしがみるみるよみがえってきた。顔が赤くなる前に、その記憶を頭から追い出す。

ってている」

「おはよう」とヒューゴ。「コーヒーはどうする？」

「血管に直接流しこみたいです」とルーシー。

「それじゃあ、点滴の用意をしよう。シャワーは好きなだけ浴びてくれ。タオルは廊下の棚に入っている」

ヒューゴのいうとおりに廊下を進んでいくと、壁にガラスケースに入ったメダルがかかっているのが目にとまった。覗いてみると、大きな金のメダルには、馬に乗った男の姿が刻印されていた。コールデコット賞のメダル。子どもの本を手がけるイラストレーターが受ける最高の栄誉だ。ヒューゴがコールデコット賞を受賞した？　そんなことはひと言もきいていない。ショーンは会う人ごとに、ピュリッツァー賞を受賞した話をしていた。

ヒューゴに見られないうちに、こっそりネット検索をしてみると、受賞作が出てきた。『デイヴィのドリーム・ワールド』という絵本で、美しい絵がふんだんに入っている。ダウン症の少年がひょんなことから、あらゆる夢が叶う別世界に入りこむというストーリーだった。飛行機を飛ばしたり、山に登ったり、巨人と戦ったり……けれど、ここにずっととどまってもいいといわれると、少年は家族が恋しくなり、その誘いを断って家に帰るのだった。もちろん、この物語はデイヴィッド・リースの思い出に捧げられていた。

献辞のページにはこう書かれている。「デイヴィへ。ドリーム・ワールドをとことん楽しんだら、家族を思い出して家に帰ってくるのを忘れないでおくれ」

注意をしないと、いまにもヒューゴに激しく恋してしまいそうだった。すでに好きになっててはいるけれど、もっともっと好きになりそうだった。それに、彼も自分に好意を抱いてくれているように思える。でもそんなことを考えたところで意味はない。数日後にはここを出るのだ。ゲームが終わったらすぐ家に帰って、おそらくもう二度と彼に会うことはないだろう。

けれどももしクリストファーのために新作の本を勝ち取ったら、そういうことでぐちぐち悩むこともなくなる。だからゲームに集中する。いま大事なのは自分じゃない。クリストファーを救えるかどうかだ。

シャワーを浴びてタオルでふき、スーツケースのなかから、ジーンズと水色のセーターをひっぱりだして着る。バスルームのドアをヒューゴが軽くたたいた。

「どうぞ。もう着替え終わっています」とルーシー。

「そりゃ、残念」ヒューゴがいって、ドアをあけた。ドア口に立つ彼は、ジーンズにTシャツという格好で、たまらなくハンサムだった。そのうえ髪の寝癖がとてもセクシー。ルーシーの心臓がスキップをする。心臓が現実にそんなことをするとは知らなかった。

「ジャックから電話があった。きみに会いたいそうだ。頼む。〝頼む〟といったのは俺じゃなくジャックだ。だが、会ってやってくれと、俺からも頼む」

ルーシーはため息をつき、両のこめかみを指でこすった。「行くべきでしょうか？」

「そりゃそうだ」とヒューゴ。「知ってるよな。『願いを叶えるのは、だれもきいてくれないと思えるときでも、願い続けた勇敢な子どもたち。なぜならその願いは、どこかでだれかが――』」

「はい、わかりました」

「そうだ、ハート・アタック」にっこり笑っていう。「恐れるんじゃない」

恐ろしいけれど、意を決して、ルーシーはジャックの家へもどった。なかは不気味なほど静かで、だれもいないように思える。と、図書室から、やわらかな話し声がくぐもってきこえてきた。昨日のことがあったから、きっとジャックは過剰反応をしたわたしに怒っている。たぶんダスティンのように、家に帰そうと考えているかもしれない。とにかく、昨夜の自分はあまりに失礼だった。

それでも……まちがったことをしたとは思えない。興奮して、怒って、ひどいことをいったのは認める。でも、まちがってはいない。わたしたちは生身の人間だ。結局は勘違いだったが、自分の人生や心をおもちゃのようにもてあそばれたと思ったら、怒っていいはずなのだ。

ジャックは居間で待っていた。図書室に通じるドアは閉まっている。

「やあ、ルーシー」ジャックがにっこり笑っていった。「調子はどうかな?」

通り一遍のあいさつが、ジャックの口から出ると、相手の健康を本気で心配して、答えを知りたがっているようにきこえる。実際、気遣ってくれているのだろう。

「よくなりました」ルーシーはいった。「昨夜はあんなに興奮してしまって、そのお詫びをしたかったんです。わたしったら――」

「もうそれは忘れよう。忘れてほしい。きみにとって、厳しい日々が続いたからね。そして申し訳ないが、これからゲーム終了までは、さらに厳しくなる」

「さらに厳しくなる?」ルーシーはまた図書室のドアに目をやった。閉まっている。まるでそこにだれかがいて、人目につかぬよう隠されているようだった。まだジャックがわたしに会わせたくない相手がそこにいる。

わたしが恐れる相手。

「気分を害さないでくれるといいんだが、ここにわたしの友人をひとり招いたんだ。きみに話をしたいといっていて、その人物には……きみと話す権利があると、わたしは思うんだ」

「友人？」ルーシーはジャックの顔をじっと見た。それでドアの向こうにだれがいるのかわかった。

ショーンだ。他にだれがいる？　その人の子どもをみごもって、産みたかったけれど、生まれなかった。彼とジャックは同じエージェンシー。顔を合わせないでいるほうが難しい。

それぞれに抱えている恐怖と向き合わせると、ジャックはいっていた。しかし、元カレをこの島に呼びよせる？　ジャックがそんなことをするとは信じられないが、ひょっとしたら、わたしの知らない事情を何かつかんでいるのかもしれない。となると、わたしがやるべきことはひとつ。彼のもとから去ったあと、何が起きたかを彼に話す。それで終わりだ。

これはゲーム。わたしがプレイして勝たないといけないゲーム。

ルーシーは図書室のドアをあけた。

女性がひとり、ソファにすわっている。

女性？　ショーンじゃない？

相手はルーシーを見ると、立ち上がった。最初ルーシーはだれなのかわからなかった。すると相手が百万ワットのまぶしい笑顔を見せた。白く輝く美しい歯並び。不動産エージェンシーのホームページにのっていた写真と同じ。

「アンジー?」

25

相手が片手を上げて小さく手を振った。

「ハイ、ルーシー。ほんとうに久しぶりね」

重たい沈黙が図書室内に霧のように下りてきた。ルーシーは凍り付いている。何をいったらいいのか、何をすればいいのか、どう考えたらいいのかわからない。しかし答えはすぐ出た。まわれ右をして、ふりかえることなく部屋を出ていく。

「ルーシー?」目の前を過ぎていくルーシーにジャックが声をかける。「ルーシー!」

ルーシーは階段の前までたどりついた。すぐさまここを離れ、部屋に入ってドアを閉めて鍵をかけろ。そう叫んでいる心の声に従って階段を上がる。

半ばまで上がったところで、ジャックが追いついた。

「待ってくれ、ルーシー。老人を走らせないでくれ」

ジャックは手すりにしがみつくようにして上がってくる。大きく見ひらいた目に懇願《こんがん》の色が浮かんでいる。

「どうしてよ、ジャック！」かみつくようにいった。ほかにいいようがない。どうして、ジャックはこんなひどいことをするのか？

「五分だ」ジャックがいう。「それだけでいい。説明のための五分が欲しい。頼む」

まだショック状態にあるルーシーは、どう答えていいかわからない。姉が階下の図書室にいる。地球上で最も会いたくない相手。あそこにすわって、姉と仲よくおしゃべりをするぐらいなら、ショーン・パリッシュに黄金の酒杯でワインを注いでやるほうがよっぽどいい。

「姉がどれだけ、わたしを傷つけたか。知っているでしょ」ルーシーの目に涙がたまってきた。一粒たりともこぼすまいと、必死にまばたきをこらえる。これまでさんざんに泣かされてきたのだ。もうあの人のために流す涙はない。

ジャックが片手を心臓にあてていう。「わが王国のために、どうか五分の時間を」

その声とまなざしに、ルーシーの足がとまった。わたしの痛みを知って、ジャックも胸を痛めているとわかったのだ。怒りとショックと悲しみのさなかにいても、ルーシーは忘れていなかった。ジャックの本があったから、人生で最悪の時期を乗り越えることができた。その恩を返すといったら大げさだが、それを思えば、ここで五分ぐらいあげたっていい。

「五分ですね」

「ありがとう。わたしのオフィスで話をきいてくれるかね？」

鉛のように重たい足をひきずって、ルーシーは廊下を進んで物語工場へ向かう。また子ども時代にもどってしまったかのように、胸に恐怖と不安が兆《きざ》している。ジャックがドアをあけてルーシーをなかに入れ、古いソファにすわるよう勧める。十三歳のときにはそこにすわったが、いまのルーシーは首を横に振った。

「立っています」

ジャックはそれに逆らわず、机の前に腰を下ろした。

「面白いと思わないかね？　登場人物たちが恐怖と向き合う物語を読むのはエキサイティングだ。けれど、それを自分でやるのはあまり愉快なものじゃない」

「わたしはアンジーを恐れてはいません。憎んでいるだけです。恐怖と憎悪は違います」

「恐怖がどんな顔をしているか、わたしにはわかる。ほんとうだよ。毎朝鏡のなかで対面しているからね」

ルーシーはジャックをにらみつけた。「あなたに何を恐れることがあるんですか？　人変なお金持ちで、必要なものも欲しいものも、なんでも買えるのに」

「時間は買えない。この世界では、だれも時間は買えない。人生の時間をどれだけ無駄にしてきたことか……これぱっかりは買いもどすことはできない。買いたいものがひとつあるとしたら、それはわたしが、向き合うことを恐れて逃げ続けてきた時間だ」

ジャックの声は後悔にふるえていた。ルーシーはゆっくりとソファの上に腰を下ろした。

「何を後悔しているんですか？」ルーシーはきいた。名声、富、何百万人の愛とあこがれ……。それだけたくさんのものを手に入れたのに、何を後悔することがあるのだろう。

ジャックは椅子の背にもたれて小さく口笛を吹いた。カラスのサールが止まり木から飛んできて、ジャックの手首にとまった。ジャックはサールの優雅な首を撫でてやる。

「父親になりたかったんだ」ジャックがいって、ルーシーを指さす。「しかし、きみは、わたしのそういう面は知らなかったに違いない」

「ええ、知りませんでした。なぜ――」

「わかるはずだよ。いまでさえ独身男性、とりわけゲイの独り者が子どもを養子にするのは難しい。それが三十年前となると、ほぼ不可能だ。そのころならわたしも父親になろうと考えるほど若かった。勇敢だか、ばかげているのか、知らないがね」

「ばかげているなんて思いません。きっと勇気は必要だったでしょうけど、ばかげたことをやろうとしたわけじゃない」

「そのころはまだ、作家としてのわたしのキャリアははじまったばかりだった。それを言い訳に、先延ばしにした。それから好きな相手が現れたが、その恋は報われなかった。よくある話だ。その後、名が売れてくると、今度はそれを理由に先延ばしにする。要するに、わたしは自分がゲイであることを世間に知られるのを恐れていた。学校はわたしの書いた本を禁書にするのではないかとね。それは被害妄想だというなら、雄のペンギン二匹が、ヒナを育てる物語を思い出してほしい。いまでもアメリカで禁書リストのトップに上がっている。自由の国アメリカがきいてあきれる」

「残念です、ジャック。わたしはあなたの子どもになれたら、天にも昇る心地がしたでしょう。

現実の父親よりずっといい。そんなことをいっても、あまり慰めにはならないでしょうけど……でも、わたしは幼いころ、あなたの子どもになりたくてしょうがなかった。ご存じのはずです」

ジャックが弱々しい笑みを浮かべた。「ヒューゴから、オータムの話をきいたね？」

ルーシーは答えるまでに一瞬、間を置いた。「ええ、きききましたけど、あなたから話してくれてもよかったんです。みんな事情を正しく理解したはずです」

「子どもには大人の心配をさせちゃいけないというのが、わたしの持論だ。子どもが大人の心配をするような世の中はまちがっている」

「わたしもそう思います」とルーシー。「でも、わたしたちはもう子どもじゃありません」

「わたしにとっては、子どもだよ」ジャックはルーシーに微笑《ほほえ》む。「それにオータムも……彼女と電話で話したあと、わたしの弁護士に連絡をした。彼女の父親について、警察に捜査をさせたいと。費用が必要だというなら、自分で払うつもりだった。心のなかでは、彼女は自分の子どもと同じだったんだ。それなのに、わたしのせいで、わたしの果たせなかった約束のせいで、あの子は死んでしまった。そんなひどい父親がどこにいる……」

「そもそも彼女が家出したのはあなたのせいじゃありません。あなたは居場所を与えてやっただけ。そこなら安心して生きていけると彼女が思う場所を。そこにたどりつくことができていたらよかった。わたしがいいたいのは、時計島というのは、そういう場所だってことです。実際にここにやってくることはなくても、想像のなかで時計島に行くことができる。現実があまりにつらくてどうしようもないとき、わたしは夢のなかでここにやってきた。それで絶望しないで済んだんです」

「優しいことをいってくれるが、わたしはじつはもうずっと昔から、時計島など存在しなければいいと思っていた。本のページのなかにも、わたしの足の下にも、存在しなければいいと。それなら、彼女はまだ生きていた」

「時計島を悪者にしないでください。多くの人間が必要としているんです。クリストファーがうちに来て、いっしょに過ごした最初の夜に、時計島の本を読んでやりました。あの子はその日の朝に両親が死んでいるのを見つけて……茫然自失の体《てい》でした。ショックだったのでしょう。生ける屍《しかばね》のようでした。それで本をひっぱりだして、読んでやった。一章の終わりまで来て、もうやめてほしいかときいてみたら、首を横に振った。それで読み続けました。翌日にはクリストファーのほうから、時計島の別のお話を読んでほしいといってきた。あの物語のおかげで、あの子は絶望の淵から抜け出すことができたんです。わたしもです。アンドレだって、メラニーだって、ダスティンだって。ヒューゴだってそうです」

「ヒューゴ」ジャックがオウム返しにいった。「秘密を打ち明けよう。オータムが死んだあと、わたしがいつまでも立ち直らなかったのは、仕事にもどったらすぐヒューゴがいなくなってしまうと思ったからなんだ。これまで生きてきて、自分の子どもに最も近いと思える存在を失ってしまうと思った」

「養子を取ることだってできたはずです」とルーシー。「遅いなんてことはありません」

「ああ、だがわたしはひどい怖がりでね」そういって、にこっと笑ったが、その笑みはすぐに消えた。「わたしは本のなかに自分を投影していると、みんなはそう思っている。マスターマインドはわたしなのだと。違うんだ。事実はそうじゃない。わたしはいつだって子どもだ。怖がりだけれど、希望を捨てず、いつの日か自分の願いをだれかが叶えてくれると夢見ている。永遠の子どもなんだよ」そこでジャックはルーシーの目を見た。「ときに、われわれが世界で一番欲しいものが、最も恐ろしいものだったりする。そして、最も恐ろしいものが、最も欲しいものだったりする。きみが、世界で一番欲しいものは？」

「クリストファー。当然です。ご存じのはずです」

「じゃあ、最も恐ろしいものは？　それもお互い知っているんじゃないかな？」

ルーシーは顔をそむけ、まばたきをする。涙がこぼれ落ちた。

「もしわたしひとりの力であの子を育てることができなかったら……。どうすれば母親になれるのか、わからないんです」とうとういってしまった。「クリストファーはすでに大変な思いをしてきています。そこへきて、わたしが彼を失望させたら。そんなことになったら、わたしは生きていけない。ふだんは心の奥深くに沈めている考えが、浮かんでくることがあるんです。ひょっとして、わたしじゃなく、ほかのだれかに育てられたほうが、クリストファーは幸せになれるんじゃないかって」

ルーシーはミセス・コスタの言葉を思い出した。わたしはあなたの母親にはなれないと、ひとたびクリストファーにいってしまえば……肩の荷が下りる。もしそれが正しかったら？

ジャックはルーシーをじっと見つめている。どこまでも優しいまなざしだった。

「夢を追い続けろと人はいう」とジャック。「そうでなければ、つねに欠落感を抱えて生きることになる。成功のチャンスに手を伸ばさなければ、ずっとみじめなままだと。しかし夢をあきらめたときの気分については、だれも何もいわない。あれは……」

「開放感?」

「そう、まさしく」ジャックがいってうなずく。「ある日わたしは心を決めた。子どもと暮らすことなど、もう考えるまい。これからもずっと独り者で、子どものいない人生を生きていこうと。そうして翌朝目覚めると、海の上で日差しが踊っていて、これまでにないほどコーヒーがうまく感じられた。ひとつ心配ごとが減った。守るべき約束がひとつ減った。戦わなくてはいけない戦いがひとつ減った。傷心の種がひとつ減った。それがなんとも、気分がよかった。勝利と同じぐらいにね。あきらめたあとのすがすがしさというのもあるんだね」

ルーシーは海に目をやった。わたしのために日差しが踊っている。「昨夜ヒューゴのコテージで……」切り出しながら、こんなことを打ち明けようという自分が信じられなかった。それでもジャックなら――ジャックだけは――わかってくれる気がした。「じつはわたし、考えたんです。もしあきらめたらどうなるだろうって。クリストファーといっしょに暮らすことをあきらめたら。彼の母親にならなかったら、どうなるだろうって? たぶんだれかの恋人になって、だれかに車を運転してもらうことになる。わたしの人生の運転をだれかに任せる。別に自分がハンドルを握らなくたっていいじゃないかって」そこでルーシーは悲しげに笑った。ジャックは何もいわず、ただ優しい目でルーシーを見ている。「あなたがおっしゃったように――ひとつ心配ごとが減ります」

「彼はきみを好いている。われらのヒューゴ。きみがいますぐ彼の家まで行って、キスをしてほしいといったら、まちがいなくしてくれるだろう。もうゲームは下りる、姉と話したくない。そうきみがいったら、彼はわかってくれる」

「きっとそうですね」

「だから、そうしてもいいんだ。アンジーと話すか、それともゲームをやめるか。どっちを選んでもいいんだよ」

あきらめたあとのことをルーシーは想像する。ジャックがいったように、心配ごとがひとつ減るのだから悪くないだろう。石だらけの道を歩いていって、ヒューゴの小さなコテージに行き、ドアをノックして彼に話をする。ジャックに姉と無理やり対面させられた。許せないほど傷つけられた姉に。ヒューゴは同情し、抱きしめてくれるだろう。頼めばキスもしてくれるだろう。そうしてわたしは彼の胸で泣く。ヒューゴは慰めてくれるだろう。それからふたりで浜辺を散歩する……これからずっといっしょに歩く、それが最初の一歩だ。歩きながら、彼に言い訳する。だって無理なの。自分の面倒さえ見られないのに、どうしてクリストファーの面倒を見られるの？

するど、彼はこういうだろう。大丈夫。俺がきみの面倒を見るから。

そしてクリストファーはだれかほかの人が面倒を見てくれる。それでうまくいく。最終的には。

悪くない展開だ。

引かれる。

ルーシーは立ち上がって、ジャックのオフィスの大きな一枚ガラスの窓に歩いていった。ヒューゴの家に続く小道をじっと見つめ、それから海の上で踊る日差しに目を移す。

「わたし、八歳のときに祖父母と暮らすことになったんです。両親が学校に迎えに来てくれたらいいなって、いつも思っていました。ある日ふいに現れて、わたしを家に連れ帰ってくれる。でも結局そういうことはなかった」

ジャックが窓辺に寄って、ルーシーの隣に立った。「つらかったね。本来ならそういう展開にならなければおかしいんだ。もしきみがわたしの娘だったら、風船やソフトクリームを持って教室に入っていき、きみをポニーの背中に乗せてパレードのようにみんなに見せびらかして家に連れ帰っただろう」

「わたしはクリストファーのためにパレードを出してやることはできません」とルーシー。「わたしは……あの子を車で迎えにいって家に連れ帰ることもできない。でも現れることはできる。それならできる」

ジャックがふりかえってルーシーのおでこにキスをした。父親にずっとそうしてもらいたいとルーシーは思っていた。それからジャックがいった。「ほらね？　やっぱりわたしのいったとおりだ。アストリッドはまだここにいる」

ここにいる。アストリッドはわたし。

ルーシーは恐怖と向き合うために階段を下りていった。

図書室のドアをあけると、書棚のひとつに向き合うようにしてアンジーが立っていた。ひらいていた『時計島の家』をパタンと閉じると、まるでそれが盾でもあるかのように、胸にぎゅっと押しあてた。

「ハイ」とアンジー。

「ハイ」

「驚かせてごめんなさい。わたし……それよりびっくりだわ、あなた、すごくきれいになった」そういってアンジーが微笑んだ。「いくつになったんだっけ。まるで別人のよう。いつだったかしら、わたしが十七歳、いや十八歳、最後に会ったとき――」

「アンジー」ルーシーがいった。「わたしがここにいるのは、ただ単に、あなたと話すようジャックに頼まれたから」

その言葉に姉は驚いた様子を見せなかった。床に目を落とし、それから口をひらいた。「ごめんなさい。ほんとうに」脅《おび》えているような声だった。それとも恥じている声？　まもなく顔を上げてルーシーを見た。「でも、会えてよかった」

「よかった？」

「ええ。信じてもらえないかもしれないけど」胸の前で腕を交差させて、本を心臓に押しつける。

ルーシーはソファの肘掛けに腰を下ろした。ヒューゴが図書室にいるときは、いつもここにすわっていた。アンジーは疲れたような笑みを見せて対面のソファに腰を下ろす。

「あなたが何かいう前に」アンジーが切り出した。「先に謝っておきたいの。連絡もなしに突然現れてごめんなさい。電話をしたかったんだけど、しないでくれとジャックにいわれて。それに電話をかけたところで、あなたはすぐ切っただろうし」

「そうしたと思う」

「そうよね、わかるわ」

「わかる?」ルーシーは身をのりだし、家族で最も近い関係にあるはずの疎遠な相手をまじまじと見つめた。「家族のだれからも自分は愛されず、いらないと思われている。そう感じながら育つのがどんな気分だか、わかるっていうの? 単に感じるだけでなく、それが事実なのだと、あなたに思い知らされた。自分のいった言葉を忘れたの? 『あなたは、わたしに骨髄移植が必要になるとパパとママが思ったから、この世に生まれてきたの。ほんとうはママもパパもわたしも、あなたなんかいらなかった』そういったのよ。しかもあなたの十六歳の誕生日に集まった二十人もの人たちを前にしてそういった。あなたの誕生パーティに参加していいといわれて、わたしは大興奮だった。あなたはわたしにとってセレブも同然。お小遣いで新しい服を買って、おばあちゃんに髪をきれいなアップにしてもらって、もしかしたら、とうとうわたしは家にもどれるのかもしれないって、ばかな期待を抱いた。だけど、あなたはそれを許さなかった。ママとパパの愛をほんの一秒でも、わたしに分け与えることを拒否した。仕方なくわたしはママに、家に帰らせてほしいって頼んだ。そうしたらあなたはどうした? 家に集まった全員の前で、妹は返品することもできない高い買い物なのって、そういったのよ」長いあいだに溜めこんできた怒りと痛みが、いっぺんに外に噴き出した。「覚えていないの? わたしは一日たりとも忘れることなどなかった」

あの言葉が耳の奥で、まだきこえている。ほんとうはママもパパもわたしも、あなたなんかいらなかった……。

あれは十二歳のとき。

「わたしは……」アンジーは顔をそむけた。

臆病者、とルーシーは思う。相手は妹だというのに、目を見て離すこともできないなんて。

「ええ、そういった。そういうひどいことを、わたしはいった」とうとうアンジーがルーシーの目を見た。「撤回できるなら、何を差しだしてもいい。後悔している。ほんとうに、ほんとうにごめんなさい。許してくれとはいわないし、言い訳だってしちゃいけないと思っている。まだ十六歳だったけど、ひどい人間だった。自分が残忍なことをしているとわかっていながら、あんなことをいった。もしできるなら撤回したいけど、もうできない。わたしにできるのは、ごめんなさいというだけ」

ルーシーは何もいうことができない。言葉が文をつくることを拒否していた。この日をこれまで何千回想像したかわからない。父と母と姉がそろってわたしに平身低頭して、許しを乞う場面。白昼夢のなかで許すこともあった。でも眠っているときの夢ではまず許さなかった。いまさら遅い、もう完全に手遅れだ。わたしはもう人生の次のステージに進んでいて、家族は必要ないと、それを捨てゼリフに立ち上がって歩み去り、どれだけ大声で名前を呼ばれようと、もう二度とふりかえらなかった。

とうとうアンジーが部屋の静寂を破った。「わかった。もう帰るわ。あなたには謝罪を受ける権利がある。そして謝罪を拒否して、ひとりそっとして置かれる権利もある」

アンジーはソファからゆっくりと立ち上がった。その瞬間、痛みに顔をしかめたのをルーシーは見逃さなかった。子ども時代の病気からくるさまざまな合併症にいまも苦しんでいるのだろうか。こういう場面を白昼夢で想像したことはなかった。

「いてもいい」ルーシーはいった。

アンジーは妹の顔を疑わしげに見てから、またソファにゆっくりと腰を下ろした。

「ひとつ教えて」ルーシーはいった。「あれはほんとうなの？　いずれあなたには骨髄移植が必要になると医者がいったから、ママとパパはわたしをつくったの？　そうして不要だとわかると、わたしは単なる場所ふさぎになった？」

アンジーはソファの背にもたれ、冷えきってからっぽになった暖炉をぼうっと見つめている。

「ちょっと話をしてもいい？」とアンジー。「きいてくれる？」

「わたしは逃げない。どうぞ」

「普通、家族の〝お気に入り〟として育った子どもは、そうでない子どもより、多くの問題を抱えているって知ってた？　わたしたち子どもが最初に学ぶのは、親の愛情は条件付きであり、その条件を満たせなければ、両親は子どもから完全にそっぽを向くということ。兄弟姉妹の扱いを見て、子どもはそれを学び、自分もそっぽを向かれないよう、条件を満たすためにあらゆる手を尽くす。面白いでしょ？　そういうことをわたしは、セラピーで学んだ」

ルーシーはまだ口を利けずにいる。一瞬の間のあと、ようやく口をひらいた。「セラピーを受けていたの？」

「十七歳のときからね」アンジーはいって、冷ややかに小さく笑った。「ママとパパの勧めで。というより命令で」

「それは、子ども時代をずっと病気に苦しめられて送ったから？」

「それは、わたしが病気じゃないと両親は不満だったから。あの人たちは、わたしを医者に診せて治療を受けさせるのが好きだった。病気のわたしが好きだったの。で、ひとたび身体に問題がなくなると、今度は別の問題を見いださないといけなくなった。パパとママが修正できるようなね。それで、アンジーは学習障害だとか、摂食障害だとかいいだして、しまいには鬱《うつ》病で双極性障害の可能性があると決めつけた。そうして、とにかくなんでもいいから、わたしに病名をつけてくれる医者を探そうとした。精神科医、精神分析医、臨床心理士なんかを見つけて、手当たりしだいにわたしを送り出した。病弱な子どもの命を救うために、あらゆる手を尽くす英雄を演じていた。そうする以外に、自分の人生で何をしていいのか、あの人たちはわからなかった」

ルーシーは自分の耳が信じられない。まるで姉の正体はスパイで、じつは両親を裏切っていたのだと知らされたかのようだった。

「ふたりとも、健全な人間ではなかったの」アンジーは続ける。「ともにナルシストだったのか、それともナルシストだったのはママだけで、パパは気が弱いからママについていくしかなかったのか……これはっかりはわからない。まあ、そんなことはどうでもいいか。あのふたりの問題は……」そこでさっと天井を向く。泣くまいとしているようだった。「まあふりかえってみれば、わたしは家の外でおばあちゃんとおじいちゃんといっしょに育ったあなたがうらやましかったのね。わたしが誕生日で口走ったことに、あなたが激怒しているのは知っている。でもね、ルーシー、これだけは自信を持っていえる。ラッキーなのはあなたよ。それに気づいてくれたら……」

ルーシーはただ姉の顔をまじまじと見つめている。相手の言葉を理解しようと、脳がフル回転している。「悪いけど、まったく話についていけない」

「ほんとうに？　あなたが出ていったのは、そういうからくりを見抜いたからだって、わたしはそう思っていた。セラピーでもうひとつ学んだことを教えましょうか？　機能不全の家庭では、感情をむきだしにして反抗する子どもが、精神的には最も健全なんですって。そういう子たちは、何かがおかしいとわかっている。だから感情をむきだしにする。家がめらめらと燃えているのが見えているから、大声で助けを呼んでいる。それがあなただった。残りの家族は、まわりであらゆるものが燃えているというのに、キッチンでテーブルを囲んでただすわっている。わたしはあなたの声に耳をかたむけるべきだった。わたしも大声で助けを呼ばないといけなかった」

ルーシーは緊張の面持ちで姉の話をきいている。最初は口ごもる感じだったアンジーが、いまは堰《せき》を切ったように、早口でまくしたてている。

アンジーは子ども時代の半分を窓辺で過ごしていた。ほかの子たちが通りで遊んでいたり、トリック・オア・トリートをしていたりするのをじっと眺めて。自転車に乗ったり、裏庭で本を読んだり、走りまわったり、木登りをしたり。そういう子たちが大嫌いだったのは、ジェラシー以外の何物でもない。そのことにアンジーはいま気づいた。確かに自分は病気だった。それは動かしようのない事実だったが、何もルーシーを追いやる必要はなかったのだ。そうしたのは、両親の世間体のためだった。重い病気を抱えた長女が少しでも回復できるよう、その世話に百パーセント力を傾注する。そういう姿を見れば、世間はふたりをさらにすごいヒーローだと崇め立てる。長女を世話するために次女をあきらめるとは、なんたる犠牲精神か。どれだけつらいことか！　これこそ英雄的行為というもの！　それを思うとアンジーは吐きそうになった。

しかし、とうとうアンジーは健康を取りもどした。以前より強くなり、元気になった……するとアンジーはすぐに気づいた。病気ではない自分に、両親はすっかり興味を失っていると。それから仮病がはじまった。熱があって具合が悪いふりをする。まさに両親の思うつぼだった。そうしてまた同じことがはじまった。セラピストに予約。ママとパパの受難のはじまり。

「でもね、もうふたりの思うようにはいかなかった」いいながらアンジーの顔が勝利に輝く。「わたしのセラピストが事情を察したの。家族のなかで、問題を抱えているのはわたしじゃない。ママとパパだって。それでわたしももう、ふたりに調子を合わせるのをやめた」

「やめた？　それはどういうこと？」ルーシーがきいた。

「もう長いこと、ママにもパパにも会っていない」声に誇りをにじませてアンジーがいった。その誇りは、牢獄から見事脱出した女性の満足感かもしれない。ルーシーは口のなかがからからに乾いてしゃべることができない。人生でこれほど驚いたのははじめてだった。

「もうあの人たちのそばにいるのは耐えられない」アンジーが続ける。「いずれにしろ、元気になったわたしは、ふたりにすれば、なんの使い道もない。それでパパとママは東欧からふたりの子どもを連れてきて養子にした。ママは、その子たちのために自分ががんばっていることを逐一知らせるブログをはじめた。読まないほうがいいわ。ママをヒーローと讃えるコメントを見たら、スマートフォンを窓から放り投げたくなるから」

ルーシーは首を横に振るのが精一杯だった。うちの両親が？　ヒーロー？　このわたしには誕生日に電話一本かけてこなかった。

「あの人たちのしたことで……」アンジーが沈黙を破った。「一番許せないのは……あなたのことと。妹を失ったことが、何よりつらかった。いまでも覚えているの……」まるで何か美しいものを思い出したように、うっとりした顔になった。「あなたがこの島で暮らそうと家出をしたとき、ママとパパはとたんにおろおろした。育児放棄か何かで、逮捕されると思ったらしい。あの人たちが心配するのはそれだけ。あなたじゃなくて、自分たちの評判なの。でもわたしは、あなたをすごいと思った。なんてすごいんだろうと感動した。わたしはそれまで本を読まなかったんだけど、その事件があってから何冊か読んで、ジャック・マスターソンに手紙まで書いて、わたしがあなたの姉であることを知らせた。そうしたら返事が返ってきて、ルーシーがどれだけすごい女の子か、そういう頭のいい勇敢な妹を持っているきみがどれだけ幸運か知っているのかって書いてあった。ジャックはわたしのひどい失言をあなたに謝らせようとしたんだけど、わたしにはできなかった。それからも手紙を書くたびに、ジャックが返事をくれて、妹と話すようにって。しまいにわたしは手紙を書くのをやめてしまった。自分がとても悪い人間に思えてね。そうしたら、このゲーム大会が開催されて、あなたが参加することになった。それでジャック・マスターソンから電話があって、わたしもそこに一枚加わることになったの。だからいま……ここにいる。くりかえしになるけれど、ほんとうにごめんなさい。これからもずっとあなたに謝りながら生きていくわ」

「謝ってくれるのを、ずっとずっと待っていた」

「もう待たなくていい。ルーシー、ごめんなさい。わたしはママとパパの愛を失うのが恐かった。健康になっていくにつれて、すでに失いつつあるのがわかっていた。両親の注意がわたしからそれて、あなたに向くのが恐かったの。あのひどいことをいったとき、わたしはもう健康になって、あなたも健康だった。わたしたち姉妹が同じルールで戦うとなったら……」アンジーはそこで顔を上げ、一度よそを向いたものの、最後にはルーシーを正面から見つめた。「……あなたが勝つ」

ルーシーはわけがわからないまま、声を上げて笑った。「勝つ？　何に勝つの？」

「人生に」アンジーがいって肩をすくめた。「あなたは人生に勝つ。なぜならわたしは、ママとパパに、ファベルジェの卵（金細工師ファベルジェによって製作された宝石で装飾したイースターエッグ）のように扱われて育って……お茶の淹《い》れ方さえわからない。それどころか……自分がお茶を好きなのかどうかさえわからなかった」

「わたしもわからなかった」とルーシー。何かいわないといけないと思い、口をついて出たのがそれだった。「でもね、ジャックが山ほどお砂糖を入れてお茶をつくってくれて。それがとてもおいしかった」

「世界一有名な児童文学者をファーストネームで呼ぶなんて。しかもその人に、お砂糖を入れたお茶までつくってもらった。そうして彼の所有する島から、警察によって連れ去られた」アンジーはルーシーに両手を差しだした。「あなたは人生の勝利者。わたしは二位にもなれなかった」

ルーシーの心に異変が起きた。周囲にはりめぐらした壁が崩れて倒れていく。

「小さいときには、ネコ一匹飼わせてもらえなかった」とアンジー。「唯一欲しいものがそれだったのよ。一匹のネコ。それがいまは二匹飼っている」そういって、にっこり笑った。「ヴィンス・パラルディとビリー・ポーリデー」

「ジャックの本から盗んだのね」

「そういう窃盗なら許すっていわれたわ」そういってアンジーが身をのりだす。「ああ、ルーシー。こういうことを直接話せたらいいなって、ずっとずっと昔から願っていたの。なのに一歩を踏み出すことができなかった。情けない臆病者。いまでもそれは変わらない。ここに来てあなたに会うように、ジャックが一生懸命説得してくれて、やっとだもの」

「わたしも電話をかけようと思ったことがある。でも、それはお金が必要だったというだけ」

「かけてきたら、あげたのに。まだ必要？　任せてちょうだい」

「いいえ。いや、必要なんだけど。そう簡単に助けてもらうのはいやなの」

「そっか。じゃあ、あなたの考えが変わったらということで」そういって、アンジーは弱々しい笑みを浮かべた。「ほかに何か、わたしからあげることのできるものがある？　ママとパパのもっと恐ろしい話をききたければ、山ほどあるわ」

「もし自分が子どもを持つようになったら、ママとパパみたいに、子どもにひどいことをする親になるんじゃないかって、恐くなったことはない？」

「あるある。いつもそう思ってた。これまでにつきあった人はふたりだけ。ひとりは完全なナルシストで……」

「それはわたしも経験済み」

「でも、もうひとりはとてもいい人。だけど……」そこで首を横に振る。「彼にはもっと素晴らしい人生が待っている。それはさておき、悪い親になるなんて、あなたの場合、心配は無用」

「どうして？」

「大丈夫。あなたはきっと素晴らしい母親になる。子どもは愛される資格があるって知っているから。それをあなたは、わたしたち家族にわかってもらおうと、ずっと訴えてきた。その訴えをわたしたちはきこうとしなかった」

ルーシーは何かいいたかった。適切な言葉は浮かんでこないものの、アンジーのいってくれた言葉のひとつひとつに感謝をしたかった。

しかしそこで、ジャックが図書室のドアを優しくノックして、ドアのすきまから顔を覗かせた。

「邪魔して申し訳ない。まもなくフェリーが到着するよ、ミス・アンジー。もし、もうよければ」

アンジーはジャックに微笑《ほほえ》んでから、ルーシーに笑いかけた。「長居しすぎたら、嫌われちゃうね」

アンジーが立ち上がって、ドアのほうへ歩いていく。ルーシーはいった。「波止場まで、送っていく」

アンジーが妹に笑顔を向けた。「ありがとう。うれしいわ」

小道を歩いて波止場へ向かいながら、アンジーはあたりに目を走らせた。「信じられないほど素敵。あなたは幸運ね」

波止場まで来ると、船長がフェリーを舫《もや》い綱でつなぐのを待つ。海は穏やかだった。カモメが頭上で旋回し、折れた小枝や嵐で流れ着いたゴミのあいだからランチをさがしている。

「とにかく」ふたりのあいだにまた広がった気まずい沈黙を埋めるようにアンジーが口をひらいた。「また会えるといい――」

「どうしていま？」ふいにルーシーがきいた。

「えっ？」

「どうしていまになって、わたしに話そうと思ったの？　一年前でも、三年前でもなく？　ゲーム大会だけが理由じゃないはずよ。どうしてジャックは、ここに来るよう、あなたをそんなに一生懸命説得したのか――」

「もう時間を無駄遣いしたくなかった」とアンジー。「それだけよ」

船長が手を貸して、アンジーをフェリーに乗せる。

「すぐに連絡してくれる？」アンジーがきく。「ゲームの結果がどうなったか、どうしてもあなたの口からききたい。勝ったら教えてくれる？」

ルーシーはちょっとためらってから答えた。「たぶん」

フェリーのエンジンが回転を速め、波止場から離れていく。ジャックがやってきてルーシーの隣に立った。フェリーが水をかきたてながら浅瀬を進んでいき、深い海域へと入っていく。

「わたしは幸運だと、姉はそう思っています」

「そりゃそうだろう。きみは健康そのものなんだから」

「どうしてわたし、アンジーは完璧な人生を送るものだって、いつも決めつけていたんでしょう」

「それは彼女がご両親に愛されていたからだ。きみは、お姉さんが宝くじに当たったと思っていた。しかし、宝くじに当たった人間の呪いというものも、きいたことがあるんじゃないかな?」

知っている。アンジーもその呪いにやられたようだった。親の愛は勝ち取ったものの、その愛をあっけなく失った。

「姉を許せません。いまはまだ」フェリーが視界から消えると同時にルーシーはいった。

「そりゃそうだろう」

「でも、憎んではいない」

「憎しみは持ち手のないナイフだ。自分を切らずには、何かを切ることはできない」

「ジャック――」

「ルーシー、今日きみを傷つけたことを申し訳なく思っている。どうか勘弁してほしい。これは簡単なことじゃないのはわかっているし、自分がおせっかいジジイであるのも知っている。だが、もし少しでも時間ができたら――」

「ジャック?」

ジャックはルーシーと正面から向き合った。いまにも斧が落ちてくるのを待ち受ける死刑囚のような顔だった。

「ありがとう」

第五部　最後の小さな質問

「最後にひとつ、小さな質問に答えてもらおう」影のなかからマスターマインドがいった。マスターマインドがどこへ行こうと、影は片時も離れない。

アストリッドの血が一気に冷えた。また質問？　もうすべてテストをクリアしたのじゃなかったの？　なぞなぞだって全部答えた。マックスとふたり、もうやり残したことはないはずでしょ？　弟もママも波止場で待っている。自分も早くそこに行き、家に帰って荷作りをしたい。あっ、でもその前にパパに電話をしないと。わたしたちはもう、家でじっと待っているのはやめた。いま住んでいる町でもパパはきっと新しい仕事を見つけられると願って、その願いが魔法のように叶えられるのを待ってはいない。動きだす。新しい生活へ一歩を踏み出す。家族が再びひとつになるのだ。チクタク、時計がいっている。チクタク、時計島を去る時間だと。

「質問って、なんですか？」戸口に立ったままアストリッドはいった。片足を時計島の家のなかに入れたまま、もう一方の足を外に出して、波止場へ駆け出す用意をしている。

「ほんとうのことを知りたい」とジャック。「きみの本音だ。いや……心の奥の真実といったほうがいい。ここを去るというのが、ほかの何より、きみにとって大切なことなのか？」

ほんとうのこと。本音。心の奥の真実。

「わたし、ここが大好きです」アストリッドはいって、首をねじり、果てしてなく広がる銀色の海と、永遠にそこにある青みがかった灰色の空を見やった。「パパもふくめ、家族みんながいっしょにいたい……でもそれと同時に……いつの日か、もどってきたいという思いもあります」

「きみの町へかい？」

「いいえ、ここです。時計島。できますか？」

「時計島にもどってくることはできるか？　もしきみが勇敢だったら、おそらくその願いも叶うだろう」

「どうして勇敢な子どもだけが、願いを叶えることができるんですか？」アストリッドはきいた。

「なぜなら、願うだけでは充分でないことを、勇敢な子どもだけが知っているからだ。願いを叶えるためには、自分で努力をしないといけない。きみとマックスのように」影がほんの少し、アストリッドに近づいてきて、笑っているように見えた。「さあ、行きなさい。きみのお母さんが待っている。妖精の船もこちらへ向かっている」

アストリッドは肩越しに海を見た。やってくるのは妖精が船長を務める船。帆の代わりに、背中に生えたトンボの翅《はね》をふくらませ、まもなく波止場に到着する。

「最後にわたしから、小さな質問があります」とアストリッド。「あなたの願いはなんですか？」

マスターマインドの影がまたにっこり笑ったものの、すぐに笑みは消えて、影も単なる影にもどった。マスターマインドはもうそこにいないのだとアストリッドはわかった。いつの日か願いが叶って、時計島にもどってきたら、そのときにもう一度きいてみよう。
アストリッドは波止場へ駆け出した。母と弟と、海の向こう側で待っている新しい生活を目指してひた走った。

——ジャック・マスターソン作、時計島シリーズ第一巻『時計島の家』（一九九〇年刊）より。

26

今日はゲーム大会の最終日。だれかが勝者になる。あるいは勝者は出ないかもしれない。けれど、何が起きようと明日までにはゲームが終わって、みんな家に帰るのだ。

ルーシーは玄関ポーチに置いてある白いロッキングチェアに腰を下ろし、ちらちら光りながら水平線に沈んでいく夕日を見ている。何もかもが穏やかに静まっているなか、ルーシーの心臓だけが激しく動いている。この空気の静けさは、嵐のあとの静寂ではなく、台風の目のなかにいるときの静寂だ。呼吸を整えようと、ロッキングチェアをゆっくり揺らしてみる。後ろへ揺れるとき、鼻からひんやりした潮風を吸い、前へ揺れるときに、口から温かい息を吐く。前から後ろへ、後ろから前へ……白い木製のポーチの上で、ロッキングチェアの響かせるリズミカルな音をききながら、ルーシーは十歳のころにもどっていく。自分は祖父母のポーチに置いてある、ふたりがけのロッキングチェアにすわっていて、おばあちゃんとおじいちゃんはポーチブランコで揺れている。静けさのなか、コイルがキーキーきしむ音が、穏やかで安心できる夕方のBGMだった。

わたしは愛されていた。両親には愛されなかったけれど、祖父母に愛された。たとえふたりとも、孫の孤独は理解できなかったとしても。暖かな夕暮れどきに、祖父母はわたしをよくポーチに呼びだした。穏やかにおしゃべりをしながら一日の疲れを癒やす場に、孫もいっしょに居させたかったのだ。テレビもない。ラジオもない。三人と虫の声があるばかりだった。

そう、愛されていた。祖父母は、彼らの育てた冷淡で、無情な息子とは大違いだった。ほんとうなら旅行だってしたかったろう。床に散らばるおもちゃや、バザーのための菓子作り、PTAの集まりなんかとは無縁の生活を望んでいたはずなのに、文句ひとついわず、喜んで孫を引き取って育て、愛情を注いだ。わたしには、いっしょに暮らせる両親や姉がおらず、ほかの子たちが持っていると思えるものが欠落していた。それでも、代わりに別のものを持っていたのではないか。昨日アンジーと話してから、そう思うようになった。ひょっとしてそれは……思っていた以上にいいものではなかったか？

きっとそうに違いない。わたしは子どもを深く愛するのがどういうことなのか、よく知っている。愛がどんなものか、犠牲がどんなものか、ちゃんとわかっている。別にじつの親子ではなくたって、いい親子関係は築けることを、祖父母が証明してくれた。クリストファーとのあいだに、今後どんなことが起きようと、いつの日かわたしは彼の素晴らしい母親になる。もしゲームに負けたら、レッドウッドにもどるだけの話だ。土曜日には、クリストファーに別れを告げ、愛しているといってから、二年前にしたのと同じ約束をまたする。ふたりいっしょに暮らすために、わたしはあらゆることをするからねと。

そうして、その約束を守るためになんでもやる。

空がピンク、オレンジ、青になり、暗色を帯びてきた。あと少しで日が完全に沈む。網戸があいて、勢いよく閉まる音がした。優しい手がルーシーの肩に置かれ、ぎゅっと力をこめてきた。

ルーシーは顔を上げる。思ったとおりヒューゴだった。ヒューゴはルーシーににっこり笑いかけた。

「準備はいいかい？」

ルーシーはこくりとうなずいた。「はい、これ以上はないぐらいに」

空が炎のように真っ赤に燃えるなか、ルーシーは家に入った。船乗りの喜び。夕焼けは天候がよくなる徴《しるし》だから、そう呼ばれている。これが吉兆であることを祈るばかりだ。

図書室に入ると、ほかの参加者ふたりがすでに来て待っていた。ここに来るために、ふたりは昨日どんな恐怖と向き合ったのだろう。最終戦を待つ過去二十四時間のあいだ、ずっと三人は距離を置いていた。

アンドレは書棚のひとつを背にして立っている。あごに力を入れ、目をすーっと細めている。まるで剣闘士に迎えられたようにルーシーは感じた。アンドレは表情でこういっている。きみのことは好きだし、尊敬もしているが、なんとかして倒そうとがんばるから、きみも同じように全力でかかってきてほしい。

メラニーはソファに腰を下ろしている。両ひざを手でつかんで、前後に軽く身体をゆすっている。そうやって心を落ち着けようとしているのかもしれない。メラニーの前を通りしな、ルーシーは彼女の肩に手を置いた。メラニーが顔を上げる。

「全員が勝てればいいのにね」とルーシー。メラニーがその手をぎゅっと握る。

「ほんとうにそう」

ミズ・ハイドももちろんいて、みんなの様子をじっと見ているものの、だれにも話しかけはしない。顔に浮かぶ気取った笑みは、まもなくポケットにジャックの新作を入れて、ライオンハウスへ歩いていく未来が早くも見えているかのようだった。

しばらくしてジャックが図書室に入ってきた。いつものように暖炉の前に立って、みんなと向き合う。室内はとても静かで、海のとどろきと、黄昏《たそがれ》に飛ぶカモメ数羽の鳴き声がきこえる。

「チクタク」とジャック。「時計島の時間が過ぎていく」ジャックはにやっと笑う。「はじめる前に、ひとついわせてほしい。きみたち全員をここに迎えることができて、わたしはほんとうにうれしかった。子どもたちのことをいっているんだよ。弁護士じゃない」

「それはもういやというほど思い知らされています」とミズ・ハイド。

ジャックが先を続ける。「きみたちがわたしと同じ年齢になったとき、砂時計のなかに残っている砂より、落ちてしまった砂のほうが多くなる。そのときぎみたちは選ばなきゃいけない。はじめたことを終えようか、それとも終えずにこの世を去るか……」そこで口をつぐんで、ルーシーの目を見る。「たとえば、どこにも通じていない線路をそのままにしていくのか」そこで笑顔になって、今度は全員の目を見つめる。「ずっと昔、わたしはきみたちに約束をした。いつの日か大きくなったら、ここにもどってきたいという願いをきっと叶えてやると。その約束を守ることができてよかった。アンドレ、メラニー、ルーシー……もしきみたちが、わたしのほんとうの子どもだったら、それ以上に誇らしいことはない。白状すると、わたしの子どもになってほしいと、願ったこともあるんだ」

「わたしだってそうです」とメラニー。

「みんなそうですよ、ジャック」アンドレがいった。「うちの両親に対して敬意を欠きたくはないけれど、この島で暮らしていいといわれたら、ノーとはいえない」

ルーシーは何もいわなかった。いう必要がないとわかっている。どれだけ自分がジャックを好きだったか、役立たずの両親ではなく、ジャックという父親の下で大人になりたいとどれだけ願ったか、あなたは知っている。子どものころはジャックに自分の父親になってほしかった。けれど大人になったいまは、自分がジャックの娘になりたい。

「悲しいかな。よくいうように、どんなに素晴らしいこともいずれ終わらせなければならない。きみたちも知っているように、時計島シリーズでは、マスターマインドが最後に小さな質問をひとつするまで物語は終わらない。そしていま、わたしがその最後の小さな質問をする時間になった。その質問に正しく答えられたら、五ポイントが与えられる。五ポイントというのは、それを獲得しさえすれば、だれもが勝利の条件を満たすか超えるかできる得点だ。つまり勝利の可能性はだれにもあるということだ」

そこでジャックはまた全員の目を見る。「みんな、電話は持っているね？」

ルーシー、メラニー、アンドレは、互いに顔を見あわせた。全員いつもの習慣で持ち歩いてはいる。けれど、ゲームのあいだスマートフォンをつかうのは禁じられている。それなのに、いったいどういうこと？

「わたしは、愛と友情の力を固く信じている」とジャック。「よって、最後の質問に答えるのに、友人の力が必要なら、電話をすればいい。願いを叶えるのに、何も自分ひとりでがんばらねばならないという法はない」

室内がしんと静まった。だれもが息を詰めているようだった。

「ミズ・ハイド?」ジャックがいう。「その質問を読んでもらえるかね?」

鞭《むち》のようにシュッとした弁護士が立ち上がった。冷酷な笑みを浮かべて三人の顔を見る。「最後の小さな質問は……答えられれば五ポイントを獲得し、ゲームに勝利することができます」とミズ・ハイド。「そしてジャックがいったように、そのために友人に電話をしてもかまいません……二〇〇五年刊行のペーパーバック版『時計島の秘密』の一二九ページに書かれているひと言はなんでしょう? 制限時間は五分。そのあいだ、この部屋から出てはいけません」

ルーシーは息を呑んだ。メラニーは砲弾ショックでも受けたような顔。アンドレは片手で口をぎゅっと押さえている。手の下にあるのは笑顔か、それともあんぐりとあけた口か?

アンドレとメラニーはすぐにスマートフォンの画面をスクロールしだした。ルーシーの手のなかでスマートフォンはまるで死んだもののように感じられ、ジャックがこんなことを自分に課したというのが信じられない。ルーシーが唯一頼れる人間は電話に出ない。けれど、時計島シリーズは全巻彼にあげてある。この質問に答えるのに力を貸してもらえるとしたらクリストファーしかいない。勢いよく息を吸ってから、ミセス・ベイリーの携帯電話にかける。あいだに人をはさむことですでに貴重な時間を無駄にしているとわかってぞっとするが、それでもほかに選択肢はない。あとはクリストファーが背表紙をちらっと見ただけで、こちらの求めている巻を即見つけてくれることを祈るばかりだ。

アンドレのかけた電話がつながった。「そう、パパだ。マーカスをすぐ電話に出してくれ」一瞬の間。「マーカス、何もきくな。いますぐ走っていって、おまえの棚から本を取ってくる。時計島の本」そこでまた間。「え？　交換したって、だれと？　おまえはパパの時計島の本を人と交換したというのか？　そのことは家に帰ってから話そう。いますぐママのスマートフォンを取ってきて、その子に電話をしろ」

メラニーは電話の連絡先をスクロールしている。ある名前でスクロールをやめて、電話をかける。「ジェン？　いますぐ時計島の本が置いてある棚に走って、五十二巻に何が書いてあるか見てちょうだい」

ルーシーの電話からは留守番メッセージが流れている。ジャックにスマートフォンを投げつけたいのを必死にこらえる。ヒューゴの視線が自分に向いているのがわかる。もう一度同じ番号にかけてみる。ミセス・ベイリーはたぶん隣の部屋で双子の世話をしているのだろう。呼び出し音が鳴るたびに、貴重な数秒が消えていく。また留守番メッセージになって、すぐリダイアルする。家のなかで何度も何度も鳴り響く電話の音。きっとだれかがききつけるはず。ミスター・ベイリーはどこに行ったの？　たとえクリストファーが電話に出ることができなくても、まだチャンスはある。携帯電話がカウンターの上に置いてあるなら、発信者の名前が表示されて、わたしがかけているのだとクリストファーにわかる。

クリストファー、もしそこにいるなら、ミセス・ベイリーを電話に出させて。ルーシーはそれから心のなかで祈りを捧げるようにいった。電話をかけているのは、あなたのママよ。

27

クリストファーは子ども部屋で、服をかばんに詰めている。かっこいいかばんだった。その日ミセス・ベイリーがグッドウィルに行って買ってきてくれた。自分の旅行かばんを持つなんてはじめてで、これはほんとうにかっこいい。青と赤の地に、ロケット船の絵がついていて、大文字で「BLAST OFF（発射）！」と煙みたいに描かれている。擦り傷やへこみがあるけれど、それ以外はどこもちゃんとしていて、ミセス・ベイリーがウィンデックス（窓ガラス洗浄剤）とペーパータオルで汚れをふきとってくれたあとは、新品みたいになった。前のときは、荷物は大きなゴミ袋に入れて持っていった。ルーシーからもらった本は全部ダンボール箱に入れることになっている。箱は見つけてあげるからって、ミセス・ベイリーが約束してくれたけど、もう一回きいてみたほうがいいかな。あの本を置いていくなんて、絶対いやだ。だけど、ミセス・ベイリーは赤ちゃんたちを連れて近所に散歩に行ってる。ミスター・ベイリーは寝室で眠っていて、夜の仕事がはじまる時間までは起きてこない。

リサイクル用のダンボール箱が裏口のそばに積んであるのは知っている。時計島の本がちゃんと箱に入って、いつでも持っていけるようにしておけば安心なんだけどな。新しいフォスターファミリーの、ジムとスーザンっていう名前のマッティングリー夫妻は、とても素敵な夫婦だってミセス・ベイリーがいっていた。ふたりの子どもがカレッジに入ったあとの、からっぽの巣は耐えられないんだって。巣にはペットの小鳥がいたのかなと思ったら、そうじゃないっていわれた。からっぽの巣っていうのは、子どもたちが育って出ていってしまった家のことなんだって。

キッチンのダンボールが積んである場所に来てみたけれど、今週集まった箱はどれも小さすぎた。

やっぱりミセス・ベイリーが帰ってくるのを待って、いっしょに探してもらおう。それまでのあいだ、クリストファーは冷蔵庫をあけてカプリサンのジュースを探す。高いから、いつも買い置きしているわけじゃないっていってミセス・ベイリーがいっていた。でも、今週ぼくはいなくなるから山ほど買っておいてくれた。

フルーツパンチ味のカプリサンを手に取った。これが一番好き。だって一番甘くて、いつも舌が真っ赤になるから。それを飲みながらクリストファーはこれからのことを考える。マッティングリーさんの家ではすごくいい子にしていよう。頭がよくて、本も読めるんだってわかってもらう。一日か二日したら、ルーシーのことを話そう。ほんとうにいい人たちだったら、きっとルーシーも家に呼んでいっしょに住まわせてくれる。ルーシーがママになって、マッティングリーさんたちはおじいちゃん、おばあちゃんになれば、みんな幸せに暮らせる。ぼくのおじいちゃんおばあちゃんのことはあまり覚えていない。パパとママより先に死んでしまったから。でも、おじいちゃんが面白い人で、いつも大きな声で笑っていたのは覚えている。ぼくをぎゅっと抱きしめてから、宙にぽーんと放り投げて、それからキャッチする。ママのほかに、おじいちゃんもいたら、きっと毎日すごく楽しいよ。

うん、絶対それがいい。そうなったら最高だ。それにマッティングリー夫妻は「スーパーナイス」だって、ミセス・ベイリーがいっていた。「スーパーナイス」っていう言葉、ぼくは大好きだ。それなのに、どうして泣いちゃうんだろう。

廊下から電話が振動している音がきこえる。クスンと洟《はな》をすすって、背筋を伸ばす。ミセス・ベイリーはまだ赤ちゃんたちと出かけている。それでクリストファーは椅子から立ち上がって、電話を見に行くことにした。マッティングリー夫妻から連絡があるかもしれないって、ミセス・ベイリーがいっていた。

コンセントにつないだ充電器が置いてあるテーブルの前に立った。そこに置かれたスマートフォンに発信者の名前が表示されている。

ルーシー・ハート。

クリストファーはあわてて顔の涙をぬぐった。まるで電話を通じてルーシーに泣き顔を見られてしまうとでもいうように。ルーシーが電話をかけてきている。電話に出れば、ルーシーと話せる。ぼくがいっしょに暮らしたいのはルーシーだけ。ほかのだれでもない。ぼくに本を読んでくれるルーシー。かっこいいサメをいくつも買ってくれるルーシー。いいことがあったら、ぼくが真っ先に知らせたいのはルーシーだ。本を読むのがとてもうまくなったから、これからは四年生の本を読むんだよとか、昨日の休み時間にバスケットで六点入れたんだよとか、クラス一人気のあるエマが、算数のクイズでぼくと組みたがったんだよ、とか。どうしてぼくと組みたいのってきいたんだ。そうしたら、ルーシーのことが知りたいし、どうやって時計島に行ったのか、教えてほしいからなんだって。

マッティングリー夫妻がスーパーナイスでも、お城に住んでいても、船で暮らしていても、たとえ時計島に住んでいたって、そこでいっしょに暮らすのはいやだ。ぼくは部屋がふたつあって、壁にサメの絵を描いたアパートでルーシーといっしょに暮らしたい。

だって、ルーシーは壁にサメを描くって約束したら、必ずサメを描くんだから。

クリストファーは電話に出ようと手を伸ばす。いまにも手が届くというとき、ルーシーの名前が消えた。振動もとまった。

クリストファーの口から小さな悲鳴がもれた。でもミセス・ベイリーが帰ってきたら、かけ直してくれるよね？

スマートフォンがパッと光り、テーブルの上でまた踊りだした。

ルーシー・ハート。

電話に出れば、ルーシーの声がきける。ぼくの考えた作戦をルーシーに話せる。ぼくの代わりにマスターマインドに「ハイ！」っていってもらえる。ゲーム大会がどうなったか、きける。

もしルーシーが優勝していたら？　もしかして、勝ったから電話をしてきたんじゃないの？

電話が振動する音がクリストファーはいやだった。ヘビとかハチみたい。どうしてミセス・ベイリーは着信音を音楽にしなかったんだろう。だめだ、恐がっちゃ。こんなの恐くない。

「願いを叶えられるのは」と、クリストファーは自分の胸にいいきかせる。「勇敢な子どもだけ……」

こういうとき、勇敢な子どもはどうするか、クリストファーは知っている。知ってはいるけれど、それが自分にできるかどうか、わからない。

でもマスターマインドは、ぼくならできるっていった。それに、ぼくはマスターマインドにやるって約束した。

手が小刻みにふるえている。心臓がバクバクいっている。電話はまだヘビみたいにふるえている。

でも、ぼくは勇敢なんだ。

マスターマインドがそういった。ルーシーにも勇敢だっていわれた。

だから、ぼくはやる。

「もしもし」というクリストファーの声に、ルーシーは息を呑んだ。「クリストファー？　ほんとうに？」涙が顔を流れていく。「信じられない。あなたが電話に出るなんて」

「ルーシーだってわかったから！　話がしたかったんだよ！　電話は恐いもんじゃないって、マスターマインドから教わった！」

「なんていい子。ほんとうにすごい。こんなに誇らしい気持ちになったのは――」

ミズ・ハイドがタイマーを見ながら、爪でコツコツ音を立てている。早くも三分以上の時間が経過している。チクタク。

「クリストファー、クリストファー」いいながら、ルーシーの手はふるえている。「きいて。あなたに大きなお願いがあるの。いま、家でしょ？　だったら自分の部屋に走っていって、『時計島の秘密』を棚から取ってきて、わかった？　いまこっちはゲーム中で、一二九ページに何が書いてあるか、知りたいの。わかった？　できる？　そう。じゃあ、電話を切らずにこのまま持っていって」

「残り一分」ミズ・ハイドがいった。

その後に続く数秒の静寂は地獄の苦しみに近い。ルーシーは過呼吸になりかかっている。クリストファーがたたき落とすようにして棚から本をひっぱりだす音がきこえる。

クリストファーが電話の向こうで叫んだ。「あった！」

「一二九ページよ、クリストファー。一二九。そのページをひらいて、書いてある言葉を読んで。わかった？」

「残り十五秒」とミズ・ハイド。

「わかった？」ルーシーはきいた。まわりに目を向ける。アンドレはだれかと話しているものの、あの顔からするとうまくいってはいないようだ。メラニーは電話を耳に押しつけて、その場でせかせかと行ったり来たりをくりかえしている。

「わかった！」

ミズ・ハイドがカウントダウンする。「五、四、三、二――」

クリストファーがルーシーに答えを教えた。

「勝った！」ルーシーは叫んだ。「答えは、『勝った！』です」

28

『時計島の秘密』の巻では、モリーという名の女の子が、孤児院から逃げ出して時計島にやってくる。マスターマインドに願いをきかれたモリーは、ここにあなたといっしょにいることだと答えた。それが唯一の願いだった。マスターマインドはモリーを脅《おび》えさせて帰そうとする。けれどモリーは、わたしを追い返すことはできない、わたしには孤児院で体験してきたこと以上に恐ろしいことはないからという。それでマスターマインドは解くことのできないなぞなぞを出してみるものの、モリーはそれには答えずに、次から次へ質問を浴びせていく。

どうしてあなたはいつも影のなかにいるの？　どこへ行っても影がついてくるなんて、どうやったらできるの？　影は帽子みたいなもの？　だったらわたしにも、かぶらせてもらえる？　もしかしてあなたは顔が変なの？　だからいつも影に隠れているの？　その変な顔を見せてもらえる？　わたしの顔は変？　でも変な顔だからって、何がいけないの？　どうしてここは時計島っていうの？　時計でできている島なの？　それとも島の形をした時計なの？　ひとりしか住んでいないのに、どうしてこんなに大きな家なの？　あれって、犬歯を持ったフェレット？　あなたには子どもがいるの？　子どもが欲しい？　わたしを自分の子どもにしたい？　わたしがここにとどまって、あなたの子どもになることはできる？

次にマスターマインドは、モリーを恐怖と向き合わせようとする。ところがモリーはゲラゲラ笑うばかり。恐怖なんて、両親が死んで孤児院に連れていかれたときに、とっくに向き合っているという。もしほんとうにわたしを脅えさせたいなら、また孤児院に入れるしかないとモリーはいう。でもそれには、わたしをつかまえて、袋に投げ入れて、肩に背負って孤児院まで運ぶしかない。わたしはもどらない。とにかくここにいる。フェレットの部屋で眠るとモリーはいう。

それでジャックは、あるゲームをいっしょにするなら、ここに住んでもいいと譲歩した。そのゲームとはにらめっこ。影を相手ににらめっこで勝つのは簡単ではないとモリーもわかっている。けれどもにらめっこのやり方は知っている。事故で亡くなる前にママに教えてもらったのだ。

多少の不安はあったもののモリーは受けて立った。もし勝てば時計島で暮らせる。負けたら孤児院にもどる。絶対勝たないといけない。

にらめっこがはじまった。

ママににらめっこを教えてもらったときのことを思い出してモリーは泣きそうになる。それをなんとか我慢するものの、涙に曇った目でにらめっこをするのは難しい。でもモリーはマスターマインドが好きだったからがんばった。マスターマインドはどこか恐い感じがあるけれど、実際にこの人のやっていることといえば、影に隠れて立って――それ自体はぞっとするけれど――子どもたちの願いを叶えるだけ。それに、この家はひとりで暮らすには大きすぎる。いやひとりじゃない、ひとりと一匹。犬歯のあるフェレットもいっしょだ。わざわざ子どもの願いを叶えようというのだから、マスターマインドはきっと子ども好きに違いない。まちがっても、子どもを洗濯機に入れて鍵をかけて、スイッチを入れるような人じゃない。

とにかく集中しなければとモリーは思う。すぐ後ろにママが立っていて、首をねじればママが見えるような気がする。ママにもう一度会いたいと思うけれど、そうしたらゲームは負けだ。ふりかえることはできない。前を見ていないとだめ。マスターマインドからずっと目を離さずにいれば――といってもモリーが目を向けているのは、こちらをにらんでいる影なのだが――また家族ができる。新しい家族。血のつながった家族ではないけれど、素晴らしい家族――わたしとマスターマインドとジョリーン。

とうとう影がまばたきをした。影にどうしてまばたきができるのか、モリーにはわからないけれど、この影は確かにまばたきをした。

一二九ページで、モリーは叫んだ。「勝った！」

一三〇ページには、次の一文があるだけだった。

マスターマインドはモリーを勝たせた。

29

「勝ったの？」クリストファーがきいた。

違う。だれも勝ってはいない。

心臓が床に落ちてしまったようで、ルーシーはなんと答えていいのかわからない。ミズ・ハイドのタイマーはルーシーが答えを叫ぶ直前にゼロをカウントした。その差は一秒にも満たない。いっしょに暮らせるチャンスを、わずか一秒で逃した。

「待ってね」ルーシーはクリストファーにいった。「ちょっとだけ……すぐ終わるからね」平静を装ってそういったものの、心は粉々に砕けていた。勝利の寸前で負けた事実に、まだ頭が追いついていない。

「参加者のみなさま、ありがとうございました」ミズ・ハイドはそういってから、ジャックをふりかえった。そら見たことかという顔だった。

「すまない、子どもたち」とジャック。「だれかが勝つことを心から望んでいた」

そういってから、しわだらけの濃紺のズボンのポケットに手を入れ、鍵をひとつ取り出した。

「原稿は、銀行の金庫に入っている」ジャックはいって、ミズ・ハイドの手に鍵をのせた。「詳細はあとで教えるとして、これが金庫の鍵だ」

ミズ・ハイドは小さな銀色の鍵をぎゅっと握りしめた。「出版社に代わってお礼を申し上げます、ジャック」そういってから参加者に申し訳なさそうな顔を見せる。それぐらいの気遣いはできるらしい。「みなさんそれぞれに優勝を狙っていたわけですから、この結果を残念に思っているのはわかります。みなさんには、ご自身のコレクション用に、サイン入りの初版本をお送りします。ひょんなことから持ち上がった企画ですが、児童文学史上屈指の素晴らしい宣伝キャンペーンになりましたことに深くお礼を申し上げます」

「再度いうが、違う展開になればよかったと、心から思っている。その償いを、このわたしが精一杯させていただくよ」

アンドレが最初に笑顔を見せた。「そんな深刻にならないでよ、ジャック」そういって歩み寄り、握手の手を差しだす。「あなたに会えただけで、とてもうれしかったんだ。こっちはこの話を、この先何年も人に話して自慢するつもりですからね」

ジャックはアンドレを抱きしめた。アンドレはもう電話を切っていた。

「ルーシー?」クリストファーが電話の向こうからいう。「どうなってるの?」

「ごめんごめん」ルーシーはスマートフォンのスピーカーを覆っていた手をはずした。「主催者側から、大事な話をきいていたの」

「ルーシーは勝ったの? 本はもらったの?」

「えっと……それはその——」打ち明けようとしながら、全身がふるえて吐きそうだった。

そんなルーシーに、ヒューゴが手を伸ばした。「俺に話をさせてくれ」

「え?」とルーシー。

「いいだろ?」

ルーシーはふるえる声で電話に向かっていう。「クリストファー、あなたと話したいっていう人がいるの。ヒューゴ・リースっていう名前で、時計島の本の素敵な絵を全部描いている人よ」

「ほんとうに？」クリストファーがいった。「地図とか、パズルとか、列車の絵とか？」

「そうよ、全部。その人があなたにあいさつをしたいって。じゃあ、代わるわね。ヒューゴ？」

「やあクリストファー。ぼくはヒューゴ。ルーシーの友だちだよ」

ルーシーは椅子の背に身体を預け、ショックで口も利けないまま、ヒューゴがクリストファーに自己紹介するのをきくともなくきいている。いったいヒューゴは何をいうつもりだろう？　嘘はつけない。子どもに真実を隠しておくのはよくあることだが、今回それは無理だ。このゲームに優勝者は出ず、新作はジャックの出版社の手に渡ったと、まもなく全世界にニュースが伝わるのだ。両手で口もとを押さえて指のあいだから息をする。そうしながら、この状況をどうにかして変える方法はないのか、時計を巻きもどして一秒早く答えるチャンスを再度得られる方法はないかと、むなしい考えを頭にめぐらせている。

「いや、そうじゃないんだ。ルーシーはジャックの本は勝ち取れなかったが、二位の賞品を勝ち取った。賞品は絵。ぼくの描いた絵だ。大きなサメの絵だよ。きみはきっと気に入るって、ルーシーからきいている」ヒューゴはそこで笑顔になって、ルーシーと目を合わせた。「サメのなかでは何が一番好きかい？　ハンマーヘッドかな？　そうか、いい趣味だ。ああいう頭を持つ動物が、もっといていいよな。ハンマーヘッド・キャット。ハンマーヘッド・ドッグ。ハンマーヘッド・スネーク。待ってくれ。きみのおかげで、新しい絵のアイディアが生まれたぞ」

ルーシーはミズ・ハイドが勝ち誇ったような顔で図書室から出ていくのを見ている。

「ルーシーが勝ち取った絵をきみはずっと持っているんだ。そうして十年ぐらい経って売りに出せば、カレッジの学費ぐらいにはなるだろう。贅沢《ぜいたく》な学校は無理だが、それでも――」
ルーシーは声を上げて笑った。小声だったので、ヒューゴにはきこえない。わたしが二位です
って？　同じ五ポイントのメラニーと引き分けで三位。アンドレは六ポイントだった。だからと
いって、どうなるものでもない。そんなことはどうでもいい。腕を伸ばしてヒューゴの肩に手を
のせる。ふりかえったヒューゴに、口の動きだけで「ありがとう」と伝える。
それからまた椅子の背に頭をもどして泣いた。

30

二階のオーシャン・ルームでルーシーは荷作りをしている。エネルギーが枯渇《こかつ》して、憔悴《しょうすい》しき
っている。生きている気がしなかったが、そのせいでかえって無心に手を動かしていられた。ヒ
ューゴが手伝いに来てくれたものの、別にすることはない。ただそばにいて、ルーシーの心がま
た粉々に砕けてしまわぬよう、気をそらしてくれている。
「朝に俺が空港まで送っていく」ルーシーがスーツケースのファスナーを閉めたところで、ヒュ
ーゴがいった。
「五時発のフェリーに乗らなくちゃいけないんです」とルーシー。その声は自分の耳にもうつろ
で、どこか遠くできこえているようだった。「午前五時」

「かまわない。送っていくと決めたんだ、きみにやめろといわれても」

「やめろなんていいません」とルーシー。

時計はすでに九時半をまわっていて、そろそろベッドに入らなくてはならなかったが、あともう少しヒューゴといっしょにいたい。ふたりが同じ時間を過ごせるのは、おそらく今夜が最後になる。そもそも住む世界が違うのだ。わたしが最後にニューヨークに行ったのはいつだろう？もう二度と行くことはない。

「明日帰るときにサメの絵をいっしょに持っていきたいなら、梱包《こんぽう》して木箱に入れないといけないから、時間がかかる。なんなら郵便で送ることもできる――」

ルーシーは枕をつかんで、ヒューゴに放り投げた。

ヒューゴは枕をキャッチし、痛そうに顔をしかめた。

「これはなんの罰だ？」

「余計なことをしたから」とルーシー。「偽の二等賞なんて、くれなくてよかったんです」

「クリストファーにもらってほしかったんだ」とヒューゴ。「もらってくれないと困る。でないと俺は自分を憎むことになる。いま以上にね」

ルーシーは暖炉の上にかかった空飛ぶサメの絵をちらっと見上げる。フライフィッシングとヒューゴが名づけた絵。あれがもらえれば、少なくとも、ここで過ごした日々の証明になる。ヒューゴ・リースが描いた本物の絵。わたしの大好きな画家。クリストファーも大好きだ。

「プレゼントとしては豪華すぎます。あなたの作品に途方もない値段がつくことぐらい、わたしだって知っています」

「俺はバンクシーじゃないが、画廊に持っていって売れば――」

「やめてください。これっぽっちでもそんなこと考えないで」ルーシーはいった。「あなたがクリストファーに贈る絵を、売るつもりなどありません。もしあの子が望むなら、いつの日かカレッジの学費に充ててもいいし、大事に持っていて子どもや孫に代々継承してもいい。でもわたしは、質に入れるなんてことはしません。絶対に」

「ルーシー――」

ルーシーは畳んでいたTシャツを手から落とし、ヒューゴに顔を向けた。

「おいで」とヒューゴ。

「いいえ」そういいながら、行かずにはいられず、ヒューゴの腕に飛びこんで、抱きしめられた。また嗚咽《おえつ》がもれて、大きくしゃくりあげる。心がまっぷたつに割れたように、そこからいくらでも泣き声があふれてくる。ヒューゴに抱きしめられて背中をさすられているあいだ、ルーシーはひたすら泣いて何もいわない。

心が壊れるときは、だまっていたほうがいい。

ようやく嗚咽が収まると、ルーシーは一度大きく息を吸って、それから吐いた。

「もう大丈夫です」ルーシーはそっといった。

「きみは大丈夫だってわかっている」

「世間のシングルマザーと同じことをします。懸命に働いて、子どもの面倒を見る。副業にも就こうと思っています。それでクリストファーとあまり会えなくなっても、かまわない。これからは電話で話すことができます。FaceTimeだってつかえるし、じかに会えなくてもお互い電話で声をきくことができます。いっしょに暮らすようになったら、そんなときもあったねと、きっと懐《なつ》かしく思える」

「きみは俺の援助は受けたくない――」

「はい受けません。半年後にはもっと困窮《こんきゅう》するかもしれないし、二年後に車が故障したり、部屋の賃料が上がったり、わたしが仕事を失ったりするかもしれない」そこでルーシーはまた深く息を吸って、ヒューゴの腕のなかから出た。「わたしは自分であの子の面倒を見られるようにならないと。でも、靴をいただいたことは感謝しています」

「俺は願うしかないわけだ――」そういってルーシーの顔をじっと見つめる。

「はい。わたしも願っています」

ヒューゴは立ち上がったが、まだ目はルーシーを見ている。もっといいたいことがあるのに、いわずにいようとしているのか、単にいえないのか。

「ひとつ、お願いをきいていただけますか?」

「ああ、俺にできることならなんでも」ヒューゴが本気でなんでもやると考えているのが、ルーシーにはわかった。

「小さなサメのスケッチか何かをクリストファーのために描いてもらえませんか。明日わたしがあの子に持って帰れるように。あなたがくださる絵の到着をふたりで待っているあいだ、それがあればとてもうれしい。できれば彼の名前も描いてやってくれませんか。その代わり、赤いマフラーはずっとお持ちいただいて結構です」

「お安い御用だ。スケッチブックを取ってくる。それに赤いマフラーは、どうせもらうつもりでいた」

ドアに向かったものの、途中で足をとめてふりかえった。「あの子、きみのことが好きでたまらないんだな、ルーシー。きみがかけてきたとわかったから、電話に出た。ママからかかってきたからだ」

ルーシーはにっこり笑った。「今日は大きなショックを受けましたけど……それでも幸せな気分です。あの子が新しいフォスターファミリーの家に移ったあとでも、電話で話ができるわけですし、そのうち車を買って会いに行くことだってできる。面白いですよね。マスターマインドのおかげで電話に出ることができるようになったって、そんなことをいってたでしょ？　きっと本のなかに出てくる勇敢な子どもたちに感化されたんですね」

「あの子は、信じられないほど勇敢だ」とヒューゴ。

ルーシーは肩をすくめた。「それなのに願いが叶わずに、残念」

「きみといっしょに生きていけるじゃないか」とヒューゴ。「それを幸運と呼ばずになんという」

ルーシーは顔がほてってくるのを感じた。ヒューゴが笑い返した。「どこにも行くな。すぐもどる」

ヒューゴがいなくなると、ルーシーは両手のあいだから深く息を吸った。確かにゲームに負けた。つらい。悔しい。また泣きたいし、叫びたい……でも、自分はここにいる。こうして立って、息をして、明日になればクリストファーと会える。重要なのはそれだ。

メッセージをチェックしようとスマートフォンを取り出した。重要なものはひとつもなかった。まだコンテストの結果についての報道は解禁されていないのだ。明日になれば怒濤《どとう》のようにメッセージが押し寄せるとジャックがいっていた。アンジーに連絡しようか。ジャックからきいて電話番号は知っていた。これだけ長い年月疎遠にし、粗略に扱われ、孤独や残酷な仕打ちで心に傷が残っていても、やはり傷心のときに、電話をかけられる家族がいたらいいという思いは依然として消えなかった。

しかし、いまはやめておこう。すでにとことん傷ついているというのに、そこに新たな傷をくわえる心の用意はない。

「トン、トン」

ルーシーは表情を引き締めた。見ればドア口にジャックが立っている。お決まりの、しわくちゃのズボンに、コーヒーのシミがついた水色のボタンダウンのシャツ。だぶだぶのカーディガンは縫い目がほつれかかっている。ポケットにペーパーバッグが一冊押しこまれている。確かに本が一冊入るほど大きいポケットだった。そのためにこういうカーディガンを着ているのかもしれない。

「ジャック。もうお休みになっていたのでは？」

「いやいや、書類仕事がいくつか残っていてね。入ってもいいかな？」

「もちろんです、どうぞ」

ジャックがとぼとぼと部屋に入ってきた。「ゲームに勝てなかったことで、きみがあまり怒っていないといいんだが」

「何をおっしゃるんですか。本が出版されることになってよかったです。アンジーと会えたのもよかった。何よりもあなたに再会できたのがうれしいです」

「それにヒューゴにも？」

ルーシーは赤面した。「そう、ヒューゴにも。でもあなたが考えているようなことはありません。わたしは彼の絵の大ファンですから」

「わたしは、ポール・クレイのことを話すのに赤面はしないよ」

「赤面するべきです」とルーシー。「彼はまちがいなくすごいハンサムですから」

ジャックは声を上げて笑った。彼が笑っているのを見て、ルーシーはうれしくなった。十三歳で会ったときと、まったく同じ。十年余りの時が痛みとともに溶けていく。

「ところで、われらのヒューゴはどこだ？　ここにいたんじゃなかったのかい？」

「スケッチブックを取りに行きました。クリストファーに何か描いてくださるそうです」

「ああ、そうか。じゃあ、彼がもどってくる前に、きみにちょっとしたものを上げよう」そういってカーディガンのポケットから本をひっぱりだした。「きみに、時計島の家をもらってほしい」

ルーシーが目を落とすと、時計島シリーズのすっかりくたびれた第一巻があった。

「まあ、ありがとうございます。ひょっとしてサイン入りですか？　だったらクリストファーの名前を入れてもらえませんか?」

「本はきみへのプレゼントじゃない。クリストファーへのプレゼントでもない」

ルーシーは眉をひそめた。「えっ?」

「本はきみへのプレゼントじゃない。わたしはきみに、時計島の家をもらってほしいんだ。つまり、時計島に建つ……家そのものだ」

ジャックは本をひらいた。ページの中央に鍵がひとつ。家の鍵だ。

家の鍵。

家の鍵。

時計島に建つ家の鍵。

「ジャック……」ルーシーは鋭く息を吸った。「それは――」

「本には手が届かなかったが、願いは叶えられる。ルーシー・ハート――きみはまだわたしの相棒になりたいかい?」

31

ルーシーはベッドの上に、ドシンと腰を下ろした。ひざから力が抜けて立っていられなかった。視界もぼやけている。やがて霧が晴れたように事態が胸に落ちてきた。心臓が激しく鼓動する。

「あなたが、わたしにくださるのは……」

「家だ」とジャック。「もしきみがもらってくれるなら。ただし、その家にはわたしももれなくくっついている。箱に入れて運び出されるまではね。もしきみがメイン州に来てもらえるようクリストファーを説得できたら、彼もここでいっしょに暮らせる。そうしたら、なおうれしい」

「わたしはまだ、あの子の養育者でさえないんです。たとえその資格があったとしても、カリフォルニア州の外へ連れ出すことはできません。それには何か月もの――」頭が事実に追いついていかず、呼吸もままならなくなってきた。これはほんとうに現実？

「ああ、そのことなら、わたしが力になれる。幸運なことに、使い道がわからないほど余分な金があるからね」

「だめです、ジャック……いくらなんでもそんなの受け取れない――」

「受け取れるんだよ、ルーシー。きみには助けを受け入れる権利がある。もしきみがだめだというなら、クリストファーが受け取ればいい」ジャックはカーディガンのもう一方のポケットから、紙の束を取り出してルーシーに渡した。

ルーシーはそれをめくっていく。クリストファーの愛らしい文字。ふるえて、ひしゃげたクレヨンの手書き文字で、「ぼくの願いは、ルーシーの子どもになることです」と描かれている。

さらにめくっていくと、クリストファーからマスターマインドに宛てた手紙が六通あった。数か月前から、ふたりは文通をしていたのだ。山ほどの綴りのまちがいをしでかしながら、クリストファーはマスターマインドに扮したジャックに、ルーシーの子どもになる夢や、両親の死や、電話への恐怖などを訴えていた。最後の手紙でクリストファーは、今度ルーシーから電話がかかってきたら必ず出ると約束していた。

「クリストファーが電話に出られるよう手助けしたのは、あなただった」ジャックの顔を見上げていう。「本ではなく。あなただった」

「恐怖がどんなものか、よくわかっている人間がいるとしたら、それはわたしだよ」

「ジャック……」ルーシーは胸に手紙をぎゅっと押しつけた。喉が詰まって苦しい。国の反対側にいる少年に、ジャックは勇気を見いだす手助けをしていた。だれに見せびらかすでもなく、ひとり密かに助けていた。「憎らしい子、わたしにひと言もいわないで」

「彼はきみを驚かせたかったんだ。成功だ、そうだろ？」

ルーシーの顔から涙があふれだした。その両肩をジャックがそっとつかんで、顔をまじまじと覗きこむ。

「ルーシー・ハート。十三年前、きみはわたしの相棒になりたいと願っていた。その願いを叶えよう」ジャックはいった。「実権を伴わない名誉称号だけでいいというなら、それもよし。だが、ここに引越してきてわたしといっしょに暮らし、わたしが再び自分の人生を生きる手助けをしてくれてもいい。そして、クリストファーの願いは、きみの子どもになることだった。その願いも叶えよう」そこでわざと恐ろしい顔をしてみせる。「きみのために、すでに弁護士に手続きを進めてもらっている。数か月後には準備が整うはずだ」

「ええ、任せてください」

その声に、ルーシーは弾かれたようにふりかえった。ミズ・ハイドがドア口に立っている。

「あなたが?」ルーシーは自分の目が信じられなかった。

「ルーシー、ちょっとお時間ができたら、いくつかの書類にサインをしていただきたいの。図書室で待っているので、いらしてね」

「待って……あなたはジャックの版元に雇われているんじゃないんですか?」

相手はにこりともせず、あごを持ち上げている。「黙秘権を行使します」

ミズ・ハイドがいなくなると、ルーシーはジャックに向き直った。

「わたし……気が動転しています」

「わたしのためにイエスといえないなら、クリストファーのためにイエスといってほしい」

「でも……ヒューゴは? ヒューゴはどうなるんです? わたしを彼の後釜に据えようというんですか? だとすると彼は——」

「彼はありがたいはずだ」とジャック。「わたしのそばにだれかがついているときけば、彼は大喜びだ。ここに居てもよし、出ていってもよし。これからは自分の意志で決められる。なんの心配もなく罪悪感もない。きみも心配しなくていい。わたしがこの世を去るとき、時計島の家はきみにやる。だが、島は彼のものだ」ジャックはベッドのそばにある椅子に腰を下ろし、ルーシーの目を覗きこむ。ルーシーは相手の目を見返した。最初に会ったときから十三年の年月が経過し、老いは隠せない。それでも、目の前にいるのはマスターマインドで、依然として影に包まれている。謎めいた不思議な存在であり、風変わりで善良な人だった。

「幸せになるのに、もうずいぶん長く待った。これ以上わたしを待たせないでおくれ」ジャックが腕を伸ばしてルーシーの手を取った。「さあ、なんといってくれるかな?」

いうとしたら、これしかない。

ルーシーはにっこり笑っていった。「勝った!」

32

もちろん、マスターマインドはルーシーを勝たせた。※

※　二〇〇五年版『時計島の秘密』より。出典はつねに明記すべし。

33

三か月後

「緊張しているのかな?」ジャックがきいた。

「俺が緊張しているように見えるか？」ヒューゴは空港の手荷物受取所にちらちら目をやって、こちらを二度見する人間や、物知り顔の人間がいないかどうか、目を配っている。いまのところ、だれもジャックがここにいると気づいた者はいなかった。これもまた作家という職業の利点のひとつ。どれだけ有名であっても、人混みのなかでは無名の人間でいられる。それでもときどき、子どもやティーンエイジャーがジャックを二度見、三度見する。どこかで見たことがあるけれど、どこだったか思い出せないというように。

「おまえさんは興奮し、わたしは緊張している」ジャックはため息をついた。

「そんなに自分を責めるなって。孫にはじめて会うんだ、だれだって平静ではいられない」

ジャックが片眉をつり上げて、ヒューゴの顔を見る。

「ルーシーを娘にするなら、クリストファーは自動的に孫になるんじゃないのか？」

いわれてジャックはよくよく考える。「メイン州では、大人を養子にするのは合法だって知っていたかい？」

「頼むから、俺とルーシーをいっしょに養子にしないでくれ」

「確かに、妹に情熱的なキスはしない」

「そのとおり」とヒューゴ。

「彼女がクリストファーの部屋を見たら、きっときみと結婚するだろう」

「結婚の前に、キスをさせてくれ」

ジャックが冷やかす。「またずいぶんと昔気質《かたぎ》だな」

自分がどっちに興奮しているのか、ヒューゴにはわからなかった。ルーシーとの再会か、それともクリストファーの部屋を彼女に見せることか。ルーシーからきいたクリストファーの好みに基づいて、まるまるひと月かけて子ども部屋を整えた。天井は青空に白い雲がびゅんびゅん飛んでいる絵をペンキで描いた。壁は海に見立てて、サメが船長を務める船をいくつも描き、サメたちにはもれなく船長の帽子をかぶせた。タコには棒針を持たせて魚網を編ませ、その網にひっかかっている文字をつなげると、クリストファーの名前になる。まさに最高傑作のひとつといえる出来映えだった。幸せは最高のミューズだと、だれが知っていただろう？

「マスターマインドはほんとうにいるのかって、今度子どもにきかれたら、いるよと答えることにする」ヒューゴがいった。

「いやいや、まさかおまえさんがルーシーをそんなに気に入るなんて、思ってもみなかった」ジャックがいって、やわらかな笑い声を上げる。「わたしのせいにしなさんな。惚れてしまったのはすべて自己責任だ」

「こっちには、あんたを黒とする理由がちゃんとある」ヒューゴはいって、電光掲示板にちらっと目をやる。まもなくだ。あともう少し……。

ジャックが謎めいた笑みを浮かべる。作家はつねに、世間一般の人々より十も二十も、いや百ページも先を読んでいるものだ。「おまえさんを蚊帳《かや》の外に置いてコンテストを開催して、申し訳なかった。ほんとうにそう思っている。だが、話したら、やめろといわれる。しかしもう迷っている時間はなかった。いいかげん臆病者を卒業して、本のなかの言葉を自分にぶつける頃合いだと思った。おまえも少しは勇敢になれとね。勇敢なのか、ばかげているのか。違いを見分けるのが難しいときもあるのだがね」

ジャックは腕時計を確認する。ふたりとも、心のなかでカウントダウンをしていた。

「待っているあいだに、話すことがあった」とヒューゴ。「ドクター・ダスティン・ガードナーからおかしなメールが来た。あんたにお礼のカードを送ったから、ちゃんと見るようにいってくれって」

「ああ、見た」

「礼って、なんの？　島から追い出したことへの礼か？」

「特に理由はない」やましいことは何もないというジャックの顔に、ヒューゴはわずかもだまされなかった。

こちらがまじまじと見つめても、ジャックは目を合わせようとしない。「奨学金をあんたが完済してやった、そうだな？」

「ノー・コメント。だが、もしわたしがそういうことをしたなら、アンガーマネージメントのセラピーを受けるようにという条件付きだ」

「アンドレとメラニーは？」

「どちらもゲームには勝たなかったが、わたしから心づくしの残念賞を贈ったところで、だれも文句はいうまい」

「知ってるよ。なぜだかニューブランズウィックのセント・ジョンズにある〈小さな赤い灯台書店〉とかいうところで新作発表パーティがひらかれることになった。ニューブランズウィックだって？　それどころか俺たちは、オールドブランズウィックだって、一度も足を向けたことがない」

ジャックはポケットに両手を突っこんで、肩をすくめた。「小さな独立系書店に対して、わたしは昔から支援を惜しまなかった」

支援者だって？　そこまでやったら救世主だ。ヒューゴには早くもこの先の展開が見えていた。新作が出ると決まった週に、記者やファンたちがメラニーの書店に大勢押し寄せる。ジャックをひとめ見てサインをもらいたいと願うファンが、町のはずれからはずれまで、くねくねと長い列をつくる。オンラインの注文だけでも、メラニーの店に、この先十年も雨露《あめつゆ》をしのげる屋根をつくれる。

「あんたの腎臓の行方については、恐ろしくてきけない」ヒューゴはいった。アンドレの願いは、死に瀕した父親に腎臓を移植することだった。アンドレが島にいたとき、まだ適合する腎臓は見つかっていなかった。

「わたしの腎臓はどちらも無事だ。こんな老いぼれの腎臓を欲しがる人間がいるとは思えない。しかし、アトランタの探偵のおかげで、腎臓が適合する、またいとこが見つかった。まもなく移植手術が行われるらしい」

「ジャック、あんたひとりで世界を救うことはできないぞ」

「ああ、そんな大それたことは考えない。子どもたちとの約束を守っただけだ」

ヒューゴの胸はまだもやもやしていた……どうして、いまなんだ？　ここに至ってなぜジャックは急に悲しみを振り切って、また書きだしたんだ？　閉ざしていた家の門を開け放ち、再び生きる意欲を出したのはなぜだ？　しばらくヒューゴはそのことを考えていた。ジャックが口にした「時間がない」という言葉。そこに謎を解く鍵があるとわかっていたが、踏みこむのは恐い。それでいて、きくならいましかないともわかっていた。

「どうしてまた書きだしたのか、理由は教えてくれないのか？　働かなければ、破産するというわけでもないだろ？」

ジャックはにやっと笑った。「ならば、なぞなぞで答えてやろう」

「ああ、なんでもいい」

「それはQのあとにくる」

もう少しでRといいそうになったが、頭のいいジャックはそこまで簡単ななぞなぞは出さないだろう。それとも単に頭がやられているだけか。とにかく、答えはRではないとヒューゴにはわかる。現代英語の正書法において、Qは、Uを伴ってquのつづりで用いるのが原則で、つまりQのあとにくるのはUだ。

You――おまえ。

「俺か」とヒューゴ。「すべては、俺のためってことか？」いいながら、自分の言葉が信じられない。言葉が喉のなかで、ナイフのように感じられる。

「きみは島を出ていくつもりだった、そうだね？　それがいま、ここにいる。まだ荷作りを終えた荷物はひとつもない」

ヒューゴは息を呑んだ。「ジャック」

「目の前にあると自分の手が見えないときがある。わたしは子どもがいない不満をぶつけるばかりで長い年月を無駄に費やした。ニューヨークの不動産会社から、宣伝ビラやダイレクトメールが送られてくるまで、まもなく自身の息子を失うであろうことに気づかなかった。気づいたときには、責める相手は自分しかいなかった。だが、ゲーム大会の行方を見守るあいだは、きみは島にいるだろうとわかっていた。そうしてゲームの展開しだいでは……きみがここに残る理由を見つけたなら、きっと残るだろうと」

驚きの事実に、ヒューゴは口が利けず、しばらくジャックの顔をまじまじと見ていた。ルーシーが家に帰ると騒ぎたてて、自分のコテージにやってきた夜のことを思い出す。彼女を帰らせないために、どうしろとジャックはいった？

何かで気をそらすんだ。きみの面倒な仕事を手伝わせるとか。たいていはそれでうまくいく。

ジャックは正しかった。うまくいった。

とうとうヒューゴは口を利いた。「この忌々《いまいま》しいゲームはまるごと、俺を島にとどめるための作戦だったというのか？」

ジャックが声を上げて笑った。懐かしい笑い。自分の賢さに自分で驚いているときの笑い声だった。ジャックはヒューゴのわき腹を肘で突っついて、エスカレーターのほうを指さした。ルーシーとクリストファーがゆっくり下りてくる。

「勝った！」とジャック。

クリストファーとともに下りのエスカレーターまで来たとき、ルーシーはいよいよだと思った。この下にたどりついた瞬間から、メイン州でのふたりの生活がはじまる。クリストファーはエスカレーターの手前で足をとめ、ルーシーの顔を見上げた。

「大丈夫。わたしが抱っこして下りてもいいし、自分ひとりで乗るのにチャレンジしてもいいわ。手すりをつかんで、最初の段に足を踏み出すだけでいいのよ」

クリストファーは手すりに手を伸ばすものの、触れた瞬間、火傷《やけど》でもしたようにぱっと手を離した。けれど脅《おび》えてルーシーの胸に飛びこむことはせず、もう一度チャレンジしてみる。

今度は成功。手すりをつかんで、エスカレーターに乗った。念のためルーシーはクリストファーのTシャツの背中をつかんでいる。

「やった」クリストファーはいって、ちょっと恥ずかしそうに笑った。

「すごいよ、クリストファー」とルーシー。クリストファーは誇らしげな笑顔を見せる。最近はよくこういう顔を見せるようになった。目の下の黒いクマはもうずっと前に消えている。つらいことがあった日には、遙か遠くを見るような目をしていたのに、いまではめったにしない。にこにこ笑顔で、笑い声を上げ、家の近所でとんぼ返りをする。これといった理由もなく、できるから、そうしている。なぜならいまは安全だから。愛されているから。安心も愛情も、もうどこへも行かないから。

ルーシーは彼のシャツの背中をそっとひっぱった。クリストファーが顔を見上げてきた。

「ママはあなたが大好きよ」とルーシー。

クリストファーがあきれ顔を見せる。「知ってるよ」そういったものの、すぐに頭をルーシーの身体にぎゅっと押しつけてきた。そうすることで、ぼくだって大好きさといっているのだ。

ルーシーがエスカレーターの下を見ると、ヒューゴとジャックが待っているのが見えた。そちらに向かってにっこり笑いかけるものの、手を振ることはせず、クリストファーにも何もいわない。興奮しすぎて動いているエスカレーターを駆け下りてしまったら困るからだ。クリストファーはいま、毎日船に乗って通学するのがどれだけすごいことか、口から泡を飛ばして夢中でしゃべっていた。一週間後には学校がはじまる。船だよ！　学校へ船で行くんだよ！　それも毎日！　ぼく、一度も乗ったことがないんだ。船に乗る！　学校へ行く！　毎日！

ジャックがルーシーに手を振ってきた。ヒューゴは白い包み紙をまるめたようなものと格闘している。見ているとヒューゴがジャックの腕をぴしゃりとたたいた。いったいふたりは何をしているのか？　するとジャックとヒューゴがそれぞれ別方向に歩きだし、横断幕を広げた。少なくとも十フィートの長さがあって、高さは三フィートほど。そこに、〈ようこそ、ルーシーとクリストファー〉と描かれている。

描いたのはヒューゴだろう。どちらの名前もサメの白い腹に記されている。ルーシーは優美なホホジロザメ、クリストファーはハンマーヘッド・シャーク。それを見るなり、クリストファーの口があんぐりとあいた。もうとめることはできない。最後の数段をタタタッと駆け下りて、横断幕へ走っていった。

最初にヒューゴからハグ。それからルーシーが、数週間前からずっと夢見ていたことをする。「クリストファー」ルーシーは彼の両肩をつかんで、そっと前に押しだした。「こちらは、ジャック・マスターソン。ジャック、この子がクリストファー」そこでにっこり笑い、今日まで生きてきて、最も誇らしい気持ちでいいたす。「わたしの息子です」

クリストファーは目を大きく見ひらいて、畏敬の念に打たれたように、ジャックの顔をだまったまま、まじまじと見ている。

「ほら、こんにちはって」とルーシーがせっつく。

「おじさん、ほんとうにマスターマインドなの？」クリストファーがきいた。

するとジャックがいう。「手がふたつあるのに、かゆいところがかけないもの、なーんだ？」

クリストファーの顔にゆっくりと笑みが広がっていく。「時計！」

「お見事。これなら時計島でうまくやっていけるな。じゃあ出発しようかね？　マイキーが車で待っている」

車のとめてあるところまでやってくると、クリストファーはまんなかの席にジャックと並んですわり、ルーシーとヒューゴはふたりきりで後部座席にすわった。車に乗りこむときにジャックはふたりに片目をつぶって見せた。

波止場へ向かう車中で、ルーシーとヒューゴが後部座席で静かに話をしているあいだ、クリストファーとジャックは、どちらがたくさんしゃべれるか競い合うように、つばを飛ばしてしゃべっている。

「こんなにうれしそうなジャックを見るのははじめてだ」とヒューゴ。「こんなことはいまだかつてない……オータムが亡くなる前だって」

「クリストファーは完全に舞い上がっていて、もう二度と地上には下りてこないでしょうね」

「で、きみは？」ヒューゴがきいた。「幸せかい？」

ルーシーは頭を彼の肩にもたせかけていう。「あの子がわたしのものになった。それだけいえば充分でしょ」


ここに至るまでの三か月はまさに嵐のようで、ルーシーの人生で最高の三か月だった。レッドウッドに帰ると、学校の子どもたちから勇者の帰還のように迎えられた。留守にしているあいだに、ジャックは学校に時計島の本を三百セット送ってくれていた。レッドウッド小学校の児童ひとりひとりに、全巻セットが行き渡るように。ルーシーは週末を地元局や全国ネットワークのテレビ放送でインタビューに答えるのに費やした。そして月曜日の朝、学校が休みに入ると、地元の家族法の弁護士と会った。ミズ・ハイドが手配した、彼女とつながりのある弁護士だった。それから、治安のいい地域に小さな家を一軒借りて家具を入れ、車を借りた。そこで二週間過ごすあいだに手続きが済んで、とうとうルーシーはクリストファーの養育者になった。

この夏は毎日、自転車に乗ったり、図書館に行ったり、散歩に出かけたりした。ローラー・スケートまでやった。そのあいだに、家族法の弁護士であるミズ・ヴェガスとともに、ルーシーは養子縁組の申請書を作成した。必要な費用はすべてジャック・マスターソンが出してくれた。

ヒューゴは金で幸せは買えないといっていたが、買える幸せもあるのだった。

そして、つらかったけれど何よりうれしかったのは、クリストファーがはじめて、これこれをやりなさいとルーシーにいわれて、かんしゃくを起こしたことだった。この瞬間をルーシーはずっと待っていた。クリストファーが自分に対してわがままをいう瞬間を。それはつまり、クリストファーが自分をほんとうの母親として受け入れた証拠だった。もうルーシーはどこへも行かない、朝食の食器を食洗機に入れるのをしぶって文句をいったり、歯磨きやレゴを片づけるのを拒否したりしても、ルーシーはどこへも行ったりしないと安心している証拠なのだ。しまいに、放りっぱなしのおもちゃが部屋のあちこちに転がるようになった。だらしないルームメイトとはこのことだ。

「もうほとほと手を焼いて、気がおかしくなりそうだった」クリストファーにとことん手こずらされた夜のことを、ルーシーはテレサに話した。

「おめでとう」テレサはいって、声を上げて笑った。「これであなたも、本物の母親ね」

もっとつらい日々もあった。クリストファーが汗びっしょりになって飛び起きる夜。昔の悪夢にうなされて、両親を大声で呼んでいる。そういうときはルーシーにできることはない。ただぎゅっと抱きしめて、話をするか、本を読んできかせるかしていると、そのうち眠りに落ちていく。不思議なことに、そんなふうに胸を締めつけられるような夜にこそ、自分はこの子の母親だと強く実感するのだった。

クリストファーを正式に養子にする段になると、テレサとその家族だけでなく、クリストファーを教えている先生たちや二年生のクラスメートが全員来てくれた。あのソーシャルワーカーのミセス・コスタさえ、「男の子ですよ！」という文字の入ったバルーンをいくつも持ってきてくれた。来てくれてよかったとルーシーは思う。確かにミセス・コスタのいうことは正しかった。子どもひとり育てるには村ひとつが必要なのだ。そしてルーシーは、できたてほやほやのまったく新しい村に迎えられることになった。というのも、その夜ヒューゴが、貸家のリビングルームにいるふたりの前に立って、時計島の魔法王国を代表する者として、ルーシーとクリストファーを正式な市民として迎えるべく、誘いに来たのだった。

「時計島に引越したくないかって、ヒューゴはそうきいているの」ルーシーがクリストファーの耳にそっとささやく。「どうする？」

クリストファーはイエスといった。続けて千回もイエスといった。

次の日、ルーシーはこれまでになく自信にあふれて、ショーンに連絡をした。そうして、手短かながら、なんとかていねいに話をした。流産のことを彼に打ち明け、もっと早くに連絡をしなかったことを詫びた。そのことを今度ポートランドにきみがやってきたときに、顔を合わせて話そうというショーンからの誘いは、丁重に断った。それで終わった。ショーンのことは済んだ。両親のことも。自分の数々の失敗も。過去と過去の亡霊たち、現実のものも妄想のなかのものもふくめて清算した。

そう、ほぼすべて。

「着いたよ、ルーシー」ジャックが前の座席からいった。

「ありがとう。そんなに長居はしません。ちょっと様子を見に行くだけ」

ジャックが前の座席から手を伸ばして、ルーシーの腕を優しくつかんだ。目を合わせていう。

「好きなだけ時間をかけておいで」とジャック。

「ぼくも行っていい？」クリストファーがきいた。

「まだだめなの。でもすぐに会わせるって約束する。ジャックとヒューゴと待っていて」

「いや、俺も行く。廊下で待っているよ」

ヒューゴの声の調子から、逆らっても無駄だとわかる。クリストファーに安心させる笑みを見せて、ルーシーはヒューゴといっしょに車をおりた。癌治療センターのガラスの回転ドアをふたりして抜ける。

「どこ？」エレベーターの前に来ると、ヒューゴがきいた。

「三階」胃が締めつけられて小さな声しか出ない。エレベーターの横に看板がかかっている。

〈十八歳未満の子どもの訪問を禁じる〉

ヒューゴがボタンを押した。エレベーターが上昇する。

「あなたまで来る必要はなかったのに――」

「いや、ある。向こうはきみが来ることを知っているのか？」

「今週会いに行くといったんだけど、今日検査入院するってメッセージが来て」

ルーシーがずっと考えまいとしていたことを、ヒューゴがきいてきた。「彼女、どれだけ悪いか、知っているのか?」

「悪い」ルーシーはいって、身体をふるわせた。「持って三か月。運がよければ四か月。わたしたち、たくさんの時間を無駄にした」

ヒューゴは何もいわず、ルーシーの手を取ってぎゅっと握った。

エレベーターがとまって、ドアがひらいた。ルーシーは三〇一〇号室を見つける。

「ここで待っているから」とヒューゴ。ルーシーは深く息を吸った。

「あまりに不公平よ」ルーシーはささやいた。「ようやく取りもどしたと思ったのに。でもあなたも同じ気持ちを味わった」

「ああそうだ」ヒューゴはいってルーシーの頭にキスをした。

ルーシーはもう一度息を整えてから、部屋に入った。

「アンジー?」ルーシーはベッドをぐるりと囲んでいる花柄のカーテンを押し分けた。

アンジーは椅子にすわっていた。頭に愛らしいペイズリー柄のスカーフを巻いて、ひざに青いブランケットを置き、片手にiPadを持っている。

「ルーシー」声は疲れていたが、顔にうれしそうな笑みを浮かべて、iPadを脇のテーブルに置いた。「いつ着いたの?」

ルーシーは姉を抱きしめたかったが、点滴のカテーテルや医療ポートのようなものが腕に接続されているので、触れるのが恐かった。アンジーが自由になるほうの腕を伸ばしてくれたので、ルーシーはそちらを握った。皮膚がひんやりして、手はやせているものの、ルーシーの手を力強く握り返してきた。

「二十分前」

ルーシーの答えに、アンジーが目を大きく見ひらいた。ドアを指さしていう。「行きなさい。さあ。今日はもう帰って、明日もどってきて。わたしはまだここにいるから」

ルーシーは命令を無視して、部屋に置いてある予備の椅子を持ってきて腰を下ろした。「今晩は帰れないの？」

「わたしはほら病歴が病歴でしょ。過剰反応されちゃうのよね」アンジーが肩をすくめていった。「そういうわけだから。今日はもう帰って、またあとで来てちょうだい」

「無事に着いたって知らせたかったの。明日車で家まで送っていこうか？　今晩ネコちゃんたちに餌をあげるとか、それ以外でも、何か頼みたいことはない？」

「ネコたちの世話は近所の人に頼んである。車の手配もしてある。わたしが頼みたいのは、あなたに、そのドアから出ていって息子のもとにもどり、彼を時計島に連れていってということ。それで動画と写真を撮って、全部送ってちょうだい。あなたには明日また会って、クリストファーにも今週家に帰ったら会うから。わかった？　わかったらわたしが本気で怒る前に帰って。読書の邪魔をしないでちょうだい」そういって、またｉＰａｄを取り上げた。

「わかった、帰る」ルーシーは降参するように両手をかかげた。「居ると機嫌が悪くなるならね」

アンジーは声を上げて笑ったものの、その笑いは目には届かなかった。「ありがとう、来てくれて」

　ルーシーはアンジーの手をもう一度握った。「昔はよく、病室にわたしだけ入れないっていわれて、とことん怒ったものだった」

「よかったじゃない。もう大人になって。うれしい？」

「すごくうれしい」ルーシーは笑顔になろうとしたが、うまくいかなかった。「大丈夫？」

「穏やかな気持ちよ」そういって、疲れたように笑った。「さあ、行きなさい。ほら。すぐにまた会えるわ。わたしに代わって甥っ子にハグをしてあげて」

「わかった」ルーシーはドアのほうへ歩きかけて、大事なことを思い出した。『そうだ、クリストファーから昨日の夜、これをあなたにあげてくれって頼まれていたんだった。えっと思うかもしれないけど、あの子本気でこれをあなたに持っていてほしいんだって」

「それをきいて、ますます欲しくなった」

　ルーシーはバッグをあけて、なかから青い薄紙に包まれたものを取り出した。靴ひもで結んである。「見てのとおり、ラッピングも自分でしたのよ」

　アンジーは妹から贈り物を受け取ると、にこにこしながら靴ひもをほどいて薄紙を破いた。出てきたのは、ハンマーヘッド・シャーク。おもちゃのフィギュアで、ルーシーがクリストファーに買ってやったのと同じものだった。

「サメが大好きなの」とルーシー。「光栄に思ってちょうだい。ハンマーヘッドはあの子の一番のお気に入りなんだから」

まるで貴重な骨董品のように、アンジーはプラスティックのサメを手の上に大切そうにのせた。サメの小さな身体を指でそっと包むと、胸に押しあてる。ちょうど心臓のあたりに。その瞬間、ルーシーはアンジーを許した。ファンファーレも鳴らず、儀式もなく、花火も上がらず、涙も流さずに、姉を許した。今日まで生きてきてはじめて、ふたりは姉妹に、本物の姉妹になった。

アンジーがいう。「光栄だわと、彼に伝えてちょうだい」

廊下に出ると、ヒューゴがまだ待っていた。椅子から立ち上がって両腕を差し伸べてくる。ルーシーは彼の胸に飛びこみ、ヒューゴにきつく抱きしめられた。

「大丈夫だよ、なんていわないで」

「いうものか。わかっている」

ルーシーの頭のてっぺんにキスをする。「行こう」とヒューゴ。「家へ帰ろう」

車にもどったときには、ルーシーの涙は乾いていた。泣く時間ならこれからいくらでもある。でも今日はだめだ。今日はクリストファーの日であって、自分の日じゃない。母親となったいま、自分の感情は脇に置かねばならない。

二十分後、一行はフェリーのターミナルに到着した。

「用意はいいかい？」ジャックがクリストファーにきいた。

クリストファーが力一杯いう。

「いいよ！」

大気は温かく、日差しはまぶしい。これまで見たどんな空より青が濃い青空の下、一行を乗せたフェリーは島へ向かった。クリストファーとジャックが舳先《へさき》に並んで立っていて、ジャックが何かを指さすと、クリストファーも同じ方向に指を差した。ジャックが手びさしをして、頭上を飛ぶ鳥を見ると、クリストファーもまた同じように手びさしをして空を見上げる。

ふたりより後ろに下がってヒューゴと並んで立つルーシーは、思わず笑いだした。「まるで祖父と孫みたい」

「実際そうじゃないか」とヒューゴ。「正式に相棒となったいま、きみはジャックと何をしでかすつもりだい?」

「大きな計画があるの」とルーシー。「まずは非営利活動として、無料の本、バックパック、文房具なんかをフォスターケアを受けている子どもたちに提供するの。愛の小包にして時計島の消印を押す。どう思う?」

「最高だね。これまできいたアイディアのなかで一、二を争う」

「それで――」

いいかけた言葉を飲みこんで、ふいにヒューゴが船の前方に向かって片手を上げた。

ルーシーはその場にかたまって、小声できく。「何?」

「クリストファー、こっちへおいで」ヒューゴが命じた。クリストファーがふりかえって、こちらへ走ってくる。「見てごらん」

ヒューゴが指さす先に、灰色の三角形があった。波を切り裂いて進んでいき、しまいにまた水面下に消えてしまった。

「サメ？」クリストファーがそっといった。

「この海域にはサメがたくさんいるんだ。絶対にハンバーガーをポケットに入れて泳ぐんじゃないぞ」

フェリーがゆっくり進んでいき、時計島の南端を着実に航行していく。六時、五時、四時。ルーシーはスマートフォンを取り出して、録画を開始する。アンジーが写真と動画を欲しがっていた。全部撮って送ってやろう。

とうとう見えてきた。日差しを浴びてきらきら光っている。時計島の家。

「ああ、愛しいわが家だ」ジャックがクリストファーにいう。

「え？　あれがぼくらの家？」クリストファーがいった。信じられないという顔で、ヒューゴを見て、それからルーシーに目を移す。

「そうよ。気に入った？」

フェリーが波止場に到着した。船長がエンジンを切る。

「チクタク」とジャック。「ようこそ、時計島へ」

クリストファーの笑みが空より大きく広がった。

ヒューゴが最初に下りて、ルーシーが下りるのに手を貸し、ルーシーはクリストファーに手を貸して下ろす。それから三人が手を貸して、ジャックを下ろした。

クリストファーは驚いて目を大きくみはっている。室内の壁に描かれたサメたちに。そしてもちろん、窓のすぐ外に広がる海に。それからジャックがクリストファーにマニュアルのタイプライターの使い方と、サール・レイブンズクロフトにクルミの餌を食べさせるやり方を教える。それを横目で見ながら、ヒューゴがルーシーに廊下に出るよう仕草で示す。

「どうしたの?」ルーシーがささやいた。

ヒューゴは左を見る。右を見る。なぜか片手を背中に隠しているのを見て、ルーシーは何か非常に怪しいと思う。「俺がこれをきみにやったことはだれにもいうな。ジャックの版元に知られたら、耳をつかまれて市中引きまわしにされる」ヒューゴは背中から隠していた手を出した。

本。それも単なる本ではない。

「『時計島に願いを』だ。ジャケットカバーを気に入ってくれるといいんだが」ヒューゴがいった。

ルーシーは目から涙をあふれさせながら、ヒューゴの絵をまじまじと見ている。クリストファーそっくりの少年が、ふたつ並んだベッドのひとつに入って上体を起こし、ルーシーそっくりの女性が、おやすみ前に本を読んでくれているのをきいている。窓の外には、まんまる顔のお月様が女性の肩越しに本を覗きこんでいて、まるで自分もお話をきこうとしているかのようだった。

ルーシーはなんといえばいいのかわからない。「ヒューゴ……」

「俺はもう読んだ。アストリッドの話だ。第一巻に登場した女の子が大人になって時計島にもどってくる」

「カバーに描かれているアストリッドは、わたし?」

「もちろん、きみだ。彼女とその息子が、マスターマインドが失踪したときいて、ふたりで力を合わせて見つける」

「見つけたの？」

ヒューゴがにやっと笑う。「それは自分で読んだほうがいいだろう。まさに犬のキンタマ」

「それって、イギリスでは〝最高〟っていう意味？」

「よくわかってきたじゃないか」

ルーシーはカバーから目が離せない。少年はまさにクリストファーだった。ハシバミ色の瞳に、くしゃくしゃの黒い髪。女性はまさに自分。茶色い髪も横顔もそっくりで、首には自作のスカーフまで巻いている。「子どものころ、アストリッドになりたかったって知ってた？」

ルーシーはヒューゴの首にしがみついて激しいキスをし、本を落としそうになっている。

クリストファーが廊下に走り出てルーシーの名前を呼ぶ。ルーシーはヒューゴからぱっと離れて本をバッグにしまった。

「ママ！　ママ！　ママ！　ぼく、本物のカラスに餌を食べさせたんだよ！」

クリストファーがママと呼ぶ声は、何度きいても飽きない。たとえ連続百回いわれてもそうだった。

「見た見た！　すごかったね。それでジャック、次はどこへ行くんですか？」ルーシーはきいた。

「願いごとの井戸？　それとも嵐商店？」

「いやいや、もっといいものを見せてやろう」ジャックはクリストファーと手をつないで、家から出て裏庭に向かった。

ヒューゴがルーシーの手を握って、ふたりのあとに続く。

「ここで待っておいで」ジャックがクリストファーにいった。三人して家の裏で待っているあいだに、ジャックはセカンドハンドの町があるほうへ歩いていった。

「何を見せてくれるのかしら?」ルーシーはヒューゴにささやいた。

「きみたちふたりが到着するのを待つあいだ、ジャックは大忙しだった。そら、来たぞ」

あたりに音が響きわたった。鉄の車輪が回転する音と、甲高い汽笛の音。そうしてまもなく、黒と黄色の車体を光らせてやってくる時計島エクスプレスがみんなの視界に入った。運転席にはジャックが乗っている。

「ルーシー!」ジャックが大声で呼びかける。「とうとう線路を敷き終わった! クリストファー、サウィン駅まで乗っていかないか? あそこじゃ毎日がハロウィンだそうだ!」

クリストファーは何もいわず、ただ目を大きく見ひらいている。次に何が起きるかルーシーにはわかっていて、アンジーのために録画しようと、スマートフォンを用意する。

クリストファーは大きく息を吸って肺に空気をいっぱいためると、両手をぱっと振り上げて、これ以上ないほどうれしそうに、大歓声を上げた。

そうそう、思いっきり叫びなさいとルーシーは思い、自分も大歓声を上げた。ヒューゴもそうする。ジャックもそうした。

叫びたいときは、思いっきり叫べ。

時計島シリーズ——心躍る冒険物語を全巻集めよう！

1　時計島の家
2　時計島に影が落ちる
3　時計島からの伝言
4　時計島の呪い
5　時計島の王子
6　冬の魔法使い
7　時計島の冒険
8　時計島のゴブリンの夜
9　スカルズ＆スカルダッガリー（時計島のスーパーアドベンチャー）
10　時計島のオオガラス
11　ゴースト・マシーン
12　時計島の暗い夜
13　火星の海賊対時計島
14　時計島のオペラ座の怪人
15　首なし馬男たち
16　ビッグフットのバラード
17　時計島、危うし！

18 時計島の失われた王
19 時の魔女
20 十月の呪文
21 時計島のオオカミ男
22 悪夢の船
23 時計島の伯爵
24 魅惑の砂時計
25 秘密の階段
26 海の怪物《シー・モンスター》、セイ・モンスター
27 雲をつかまえる者
28 謎のサーカス
29 星明かりの騎士
30 時計島の王女
31 スケルトン・ドア
32 時計島エクスプレスの謎
33 失われた時の森
34 おじいさんの時計、おばあさんの時間
35 時計の島で閉じこめられた！

36 仮面と仮面舞踏会
37 時計塔の鍵
38 月明かりのカーニバル
39 時計島の番人
40 時計島の漂流者
41 時計島、宇宙へ行く！
42 ステンドグラスのユニコーン
43 時計島の家陥落
44 迷宮の地図
45 時計島の猟犬
46 奇妙《ビザール》なバザール
47 時計島の忘れられた物語
48 かかしが飛ぶように
49 クリスマスの危機
50 雷泥棒
51 失われた時の旅人
52 時計島の秘密
53 パズルのパラドックス

54 時計島への脱出
55 ホボナンデモアリ図書館
56 呪われた時計
57 恐竜装置
58 なぞなぞの箱
59 時計島のスパイ
60 狐火のランタン
61 物語の盗賊
62 黒猫の犯罪
63 時の大釜
64 時計島潟の生き物
65 むかしむかしの時計
66 時計島に願いを

ジャック・マスターソンのそのほかの作品

ノンフィクション
オオガラスとの共著と時計島の実話

詩

わたし、隻眼の巨人キュクロプス
クモのための歌集

謝　辞

　本を書くのは理論上、孤独な仕事ですが、作家がキーボードに手を置くとき、そこには他者のたくさんの手も置かれています。はじめに、わたしの頭脳を小学校三年生の時代に連れていってくれた、ジーン・ワイルド演じるウィリー・ウォンカに感謝を捧げます。人生を変えることのできるゲームに参加するチャンス。それを自分が手にすることを読者のみなさんは想像できるでしょうか？　そう、チャーリーになるのです！　また、ソーシャルメディアや書籍やニュース記事で自身の経験をシェアしてくれた、フォスターケアのシステムを支えた大勢の養い親と、そのシステムで育ったかつての子どもたちに、心から感謝を捧げます。フォスターケアとそれに関わった人たちの話は、ひとくくりに語ることはできません。幸せな話があるかと思えば、悲劇としかいいようのない話もあります。けれど、フォスターケアで育った子どもたちにはひとり残らず、クリストファーのように幸せな結末を迎える権利があるという考えにはだれもが賛同してくれることでしょう。そういった子どもたちと養い親たちのために、喜びと愛が訪れることを願ってやみません。この本に描かれたフォスターケアの現実や法律に、誤りや説明不足があれば、このわたしからお詫びいたします。このシステムの非常に複雑な側面よりも、フォスターケアで育つ子どもの夢や希望や願いに焦点を当てることをわたしは選びました。

　惜しみない愛情を注いでわたしを支援してくれた素晴らしい両親と素敵な姉、そしてほかのだれも気づかない問題点を見つけてくれた、わたしの天才的な夫にも感謝を捧げます。さらに初期の草稿を読んで貴重なアドバイスをくれた方々にも感謝を捧げます。才能ある作家であり衣装係であるキラ・ゴールドには、ヒューゴと同じように愛してやまないダウン症の弟がいます。さらに、わたしの大好きなイギリスのアーティスト、ケヴィン・リーと、作家であり母親であり元セラピスト（かつまたわたしの大好きな親友）のカレン・スティヴァリにも感謝を捧げます。この作品の数ページを読んでくれた最初の作家で、完成作品を読ませてもらうのを楽しみにしているといってくれたアール・P・ディーン。ありがとう、アール、この作品を楽しんでくれますように！

世界屈指の敏腕著作権代理人エイミー・タネンバウムと、ジェーン・ロトロセン・エージェンシーの素晴らしいスタッフ全員にも感謝を捧げます。そして、野心あふれるすべての作家に、持ちこみ原稿の山のあとにも人生はあるという言葉を捧げます。また、類い希《まれ》な敏腕編集者のショーナ・サマーズにも感謝を捧げます。あなたのアイディアと熱意は、わたしにとってかけがえのないものでした。

そして、『This American Life』の第四百七十話、「Just South of the Unicorns」にも特別な感謝を。一九八七年、ニューヨークの家からフロリダに逃げた少年アンディが、ベストセラー・ファンタジー作家で、彼がヒーローと崇める、ピアーズ・アンソニーの家の玄関先に現れた実話です。この本は、そのアンディと、つらいときに本のページのなかに明るい光を見いだす、すべての子どもたちのものです。

みなさん、ほんとうにありがとう。

追伸：子どもたちへ、どうか家出はしないでね。

訳者あとがき

現実とフィクションが交錯する舞台——フィクションの力はどこまで現実を変え得るのか？

『ナルニア国物語』を夢中になって読んでいた子どもが、大人になって現実にあるナルニア国に招かれたらどうなるだろう？　『ハリー・ポッター』のホグワーツ魔法魔術学校を体験できるテーマパークやアトラクションが世界のあちこちにあるように、物語の世界に飛びこむというのは子どもにとっても大人にとっても夢の体験だろう。

大人版『チャーリーとチョコレート工場』との呼び声高く、アメリカで爆発的な人気を博した本作は、子ども時代に愛してやまなかった物語の世界を現実で体験する大人たちの物語だ。ジャック・マスターソンという世界じゅうで愛される児童文学作家が、ポートランド沖の孤島につくり上げた物語の世界「時計島」に、かつて勇敢な子どもだった大人の読者を招待するのである。この設定だけで、本好きのみなさんは心を躍らせるのではないだろうか。

島に招待されたのは四人。『不思議の国のアリス』に出てくるなぞなぞ、「カラスが書き物机に似ているの、なーんでだ？」の答えを知っている人間だけだ。いったいその答えはなんなのか、大いに興味を引かれるところだが、そこは作品を読んでのお楽しみ。四人は住む場所も仕事も年齢もばらばらだが、ひとつ大きな共通点がある。みな子ども時代に「時計島シリーズ」に夢中になり、家出をして、作家の暮らす時計島に渡った経験があるのだ。

主人公のルーシーもそのひとり。両親から愛情を得られずに育った彼女は、ジャック・マスターソンの相棒として時計島に暮らそうと考え、十三歳のときに一度家を飛び出している。二十六歳となったいまは幼稚園の教員補助として働きながら、クリストファーという男児を引き取って養子にしたいと願っている。両親を悲劇的な事件で失って養家をたらいまわしにされている子どもに、愛情をたっぷり注いでやりたいのだった。

そのためにはまず、子どもを健全に育てられる生活基盤をつくり、責任能力のある養育者として認められねばならない。安アパートの部屋を学生たちとシェアしながら、日々かつかつの暮らしを送る借金まみれのルーシーは、その日が訪れることを夢見て働き、コツコツ貯金を続けている。ところがある日、「どれだけ強く願ったところで、それだけで願いは叶わない」と、児童相談所の職員に告げられて絶望の淵に立たされる。

「だけどクリストファーには持たせてやりたかった……なんていえばいいのか……。希望、でしょうか?」

「あなたはあの子に、ほんとうに希望を持たせたの? それともいたずらに期待させただけ?」

要するに、もうあきらめろというのだ。そんな彼女の苦境を見かねたかのように、ジャック・マスターソンが、救いの手を差し伸べる。ルーシーにゲーム大会の招待状を送ったのである。彼の書いた「時計島シリーズ」はこれまで六億部以上売れており、困難に突き当たった大勢の子どもたちを救ってきた。子ども時代のルーシーも救われたひとりだった。

家庭で親から無視され、優しい言葉もかけてもらえない。もしジャック・マスターソンの時計島シリーズがなかったら、幼いルーシーは完全に打ちのめされていただろう。

ルーシーが心を持っていかれたのは、時計島シリーズで活躍する勇敢な女の子アストリッド。彼女に自分を重ねて、ワクワクドキドキの冒険に出かけるひととき。これがもう至福の時間であることは、本好きの読者のみなさんにはよくおわかりだろう。灰色の狭量な現実を抜け出て、色鮮やかで広大な世界に飛びこんでいき、物事にはいろいろな見方があるのだと悟る。この体験を一度でもしてみると、その子は今後の人生で何があろうと、絶望しない。絶望しそうになったら本の世界に飛びこんで、そこでまた新たな視点を獲得し、元気をもらって帰ってくればいいとわかっているからだ。

しかし、ルーシーは二十六歳にして人生に絶望している。厳しい現実を前にした大人には、もう物語の魔法は効かないのだろうか……。

作家が現実につくりだした時計島で開催するゲームでは、優勝者に、シリーズ最新刊の版権が与えられる。長らく休筆していた作家がようやく筆を執って世に送り出す、世界中の子どもたちが待ち望んでいた作品。それが手に入れば、時計島シリーズに夢中なクリストファーは大喜びするし、読んだ後で出版社に売れば莫大な金が手に入り、ふたりいっしょに暮らすことができる。
子ども時代に、物語で自分を救ってくれた作家が、今度は現実で救ってくれるという。ただし、現実でも主人公は、物語に登場する子どもたちと同じように、願いを叶えるために勇気を奮い起こさねばならない。時計島で願いを叶えるのは、だれもきいてくれないときでも願い続け、自身の恐怖と正面から向き合う勇敢な子どもたち。それが時計島シリーズ全巻に通底するテーマだった。大人になって時計島に踏みこんだゲームの参加者にも、まったく同じことが要求されるのである。

幼い頃に親しんだフィクションの世界が現実化した場。そこに足を踏み入れて、実人生の重要な決断や成長を迫られる。現実とフィクションが交錯する舞台で繰り広げられるこの作品は、作家が頭のなかでつくり上げたフィクションが、現実をどこまで変えられるのかというテーマに迫り、物語が単なる空想や逃避ではなく、現実世界においても力を持つことを教えてくれる。物語は人生を変えるだけでなく、人生を救う。その事実をこれほどストレートに描いた作品はほかにないだろう。

子どもの頃に味わった、純粋な読書の喜び。仕事に必要だから、翻訳者のたしなみとして、読んでいないと話題についていけないから……などなど、不純な動機は一切かなぐり捨て、物語の海に飛びこんで、ストーリーの波に揉まれたい。いま一度子ども時代にもどって手当たり次第に本を読みたい。訳者は読後にそんな思いを強くした。読者のみなさんも読後にはきっと、幼い頃に出会った物語の登場人物たちにもう一度会いたいと願うことだろう。

ところで、ルーシーはどうして自身の子どもを産むことを考えず、養子を取ることを選んだのか、不思議に思われる方もいるだろう。彼女の選択は子ども時代の体験に深く根ざしている。両親には愛されなかったが、祖父母は愛してくれていたのだと、後年ルーシーは気づき、子どもに愛情を注ぐのはじつの両親でなくてもいいと考えるようになるのである。

子どもは社会全体で育てていくものという考えがこの物語には通底しており、新しい家族の形が肯定されていくのも魅力のひとつだ。血のつながりにこだわらない、愛情で結ばれた新しい家族の形を模索する物語は日本でも徐々に認知されつつあるが、欧米ではこの考え方がさらに進んでいるようで、本作のような物語に出会えるのは、海外作品を読む喜びのひとつといえる。

メグ・シェイファーはアメリカのケンタッキー在住の作家。デビュー作である本作（原題は*THE WISHING GAME*）はグッドリーズ・チョイス・アワードのファイナリスト、ブック・オブ・ザ・マンス年間最優秀書籍のファイナリスト、バーンズ&ノーブルのベストセラー第一位、リーダーズ・ダイジェストの年間最優秀書籍の中に選ばれるなど、数々の賞に輝いた。現在発売中の二作目の小説 *The Lost Story* も物語の力や物語が人生に与える影響がテーマで、やはり全米でベストセラーとなっている。いずれ日本の読者に紹介できる日がくることを強く願う。

最後になりましたが、このハートウォーミングな物語を日本の読者に届けるために、とりわけ尽力してくださった編集の小林甘奈さんに心より感謝を申し上げます。

杉田七重

時計島に願いを

著　者　メグ・シェイファー
訳　者　杉田七重

2024年10月18日　初版

発行者　渋谷健太郎
発行所　(株)東京創元社
〒162-0814　東京都新宿区新小川町1-5
電話　03-3268-8231（代）
URL　https://www.tsogen.co.jp
装　画　Emi Webber
装　幀　岡本歌織（next door design）
印　刷　萩原印刷
製　本　加藤製本

乱丁・落丁本は、ご面倒ですが小社までご送付ください。
送料小社負担にてお取替えいたします。

ISBN978-4-488-01138-3 C0097

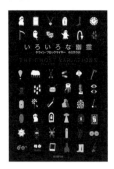

英国SF協会賞YA部門受賞

呪いを解く者

UNRAVELLER

フランシス・ハーディング　児玉敦子 訳

四六判上製

Frances Hardinge

〈原野《ワイルズ》〉と呼ばれる沼の森を抱える国ラディスでは、〈小さな仲間〉という生き物がもたらす呪いが人々に大きな影響を与えていた。15歳の少年ケレンは、呪いの糸をほどいて取り除くほどき屋だ。ケレンの相棒は同じく15歳のネトル。彼女はまま母に呪いをかけられ鳥にかえられていたが、ケレンに助けられて以来彼を手伝っている。二人は呪いに悩む人々の依頼を解決し、さまざまな謎を解き明かしながら、〈原野〉に分け入り旅をするが……。英国SF協会賞YA部門受賞。『嘘の木』の著者が唯一無二の世界を描く傑作ファンタジイ。